ANITA TERPSTRA

Die Braut

Buch

Als Mackenzie Walker und Matt Ayers heiraten, reagiert ihr Umfeld mit Unverständnis. Warum geht eine junge Frau die Ehe mit einem Mann ein, der angeklagt ist, mehrere Frauen entführt und festgehalten zu haben – und deshalb in der Todeszelle sitzt? Mackenzie wird öffentlich beleidigt und sogar bedroht, doch sie versucht unbeirrt, Matts Unschuld zu beweisen und damit sein Leben zu retten. Als ihr das nicht gelingt, beschließt sie, ihm bei der Flucht aus dem Hochsicherheitsgefängnis zu helfen. Denn für sie steht viel mehr auf dem Spiel, als irgendjemand ahnt – und mit dem Tod von Matt Ayers wäre für Mackenzie alles verloren …

Autorin

Die niederländische Schriftstellerin Anita Terpstra, geboren 1975, studierte Journalismus und Kunstgeschichte und arbeitete danach als freie Journalistin für einige Zeitschriften. Nach *Anders* ist *Die Braut* ihr zweiter Roman bei Blanvalet.

ANITA
TERPSTRA

DIE BRAUT

Thriller

Deutsch von Simone Schroth

blanvalet

Die Originalausgabe erschien 2016
unter dem Titel »Samen« bei Cargo,
een imprint van Uitgeverij De Bezige Bij, Amsterdam.

FSC
www.fsc.org
MIX
Papier aus verantwortungsvollen Quellen
FSC® C014496

Verlagsgruppe Random House FSC® N001967

1. Auflage

Redaktion: René Stein
Umschlaggestaltung: © Johannes Wiebel | punchdesign,
unter Verwendung von Motiven von REHvolution.de/photocase.de
und Antonov Roman/Shutterstock.com
LH · Herstellung: sam
Satz: Buch-Werkstatt GmbH, Bad Aibling
Druck und Bindung: GGP Media GmbH, Pößneck
Printed in Germany
ISBN: 978-3-7341-0576-0

www.blanvalet.de

1

Rosie

Wilde Nächte mit Freunden und viel Alkohol, daran erinnere ich mich gut. Wie alt war ich da wohl? Fünfzehn, sechzehn? Noch zu jung, um ausgehen oder trinken zu dürfen. Aber weil es in dem Kaff, in dem ich aufgewachsen bin, sonst nichts zu tun gab, taten wir es heimlich doch. Wir trafen uns am Fluss. »Wir«, das waren immer die, die sich aus dem Haus schleichen konnten, ohne erwischt zu werden. Oder die, deren Eltern es egal war, was ihr Kind so trieb und mit wem. Ich gehörte zur ersten Kategorie.

Wir saßen am Wasser, oft ganz blau vor Kälte, denn ein Feuer wäre zu sehr aufgefallen. Wir versuchten, uns gegenseitig zu wärmen. Aber es waren vor allem die Fragen, die wir einander stellten, die mich aufwärmten, denn sie jagten mir von ganz tief drinnen Angst ein. Es waren gefährliche Fragen, das wusste ich instinktiv, weil sie für einige Menschen die schreckliche, bittere Wahrheit darstellten. Das sagte ich nicht zu den anderen, natürlich nicht. Ich machte mit, wollte dazugehören. Manchmal denke ich, dass ich damit mein Schicksal heraufbeschworen habe.

Würdest du lieber einen Arm oder ein Bein verlieren?

Was ist schlimmer, nicht mehr hören oder nicht mehr sprechen zu können?

Willst du lieber bei lebendigem Leibe verbrennen oder begraben werden?

Was ist schlimmer, vergewaltigt oder ermordet zu werden?

Was ist schlimmer, erschossen oder erstochen zu werden?

Was fändest du schlimmer, wenn dein Vater stirbt oder deine Mutter?

Was ist schlimmer, ermordet zu werden oder entführt?

Ich kann mich noch selbst hören: ermordet! Wenn man entführt wird, lebt man wenigstens noch. Ich kann mich erinnern, dass ein anderes Mädchen sagte, dann wäre sie lieber tot. Um nicht leiden zu müssen. Ich konnte nicht nachvollziehen, was sie meinte, und wir gerieten fast darüber in Streit. Jetzt begreife ich sie. Und wie gut ich sie begreife.

2

Mackenzie

Lieber Matt,
ich habe Sie diese Woche im Gefängnis gesehen (als ich Ihren Nachbarn Mitchell und seinen Hund besucht habe), und seitdem muss ich ständig an Sie denken. Oder genauer gesagt daran, was Sie zu mir gesagt haben – dass Sie unschuldig sind. Ich habe in der Zeitung über Sie gelesen, und ich würde gerne Ihre Version der Geschichte hören. Vielleicht fragen Sie nach dem Grund, doch die Antwort ist ganz einfach: Ich bin gegen die Todesstrafe. Ich habe in der Army gedient und war einige Male in Afghanistan stationiert. Beim letzten Mal musste ich ein Gefängnis bewachen. Dort habe ich aus nächster Nähe miterlebt, wie unschuldige Menschen bis an ihr Lebensende eingesperrt wurden, ohne dass ich etwas dagegen tun konnte. Ich bin kein Moralapostel; nach meiner Rückkehr bin ich nicht sofort auf die Barrikaden gegangen, aber als ich Sie sah … Sie haben einen verlorenen Eindruck auf mich gemacht, und das hat mich berührt. Vielleicht kann ich ja für Sie etwas tun. Ich hoffe natürlich, dass Ihnen das überhaupt recht ist.
Mackenzie Walker

Liebe Mackenzie,
vielen Dank für Ihren Brief – der ist ganz anders als die, die ich normalerweise bekomme. Sie glauben gar nicht, wie viele Frauen mir schreiben, die völlig gestört sind. Da steht dann, dass sie begreifen, dass ich diese Frauen entführt habe und dass sie mich heiraten wollen. Manche schicken mir auch Nacktfotos von sich. Ich weiß gar nicht, was ich damit soll. So ein Mann bin ich nicht. Ich sage mir immer wieder, und den anderen sage ich das auch: Ich bin unschuldig. Weil es die Wahrheit ist, aber auch, weil ich befürchte, das eines Tages zu vergessen. Jeder behandelt mich, als wäre ich schuldig; die Leute hassen mich. Ich habe Angst, wenn ich nur oft genug höre, dass ich es getan habe, glaube ich es irgendwann selbst, verstehen Sie?
Sie schreiben, dass Sie in der Zeitung über mich gelesen haben, aber die Person, die da beschrieben wird, bin ich nicht. Diese Scheißjournalisten haben alles verdreht. Ich hatte nicht den Hauch einer Chance und war schon verurteilt, bevor mein Prozess überhaupt anfing. Zugegeben: Bevor ich hierhergekommen bin, war ich kein Heiliger. Ich habe früher einige wirklich schlimme Dinge getan, aber dafür habe ich meine Strafe erhalten. In meinem Prozess ist es zu vielen Fehlern gekommen: Es gab nur wenige Beweise, und die, die vorgelegt wurden, sind keine echten. Ich weiß, wie die Sache gelaufen ist: Vicky hat mich als Täter identifiziert, und die Polizei hat bei mir zu Hause ihre Kette gefunden. Das mit der Kette stimmt: Vicky hatte sie in der Werkstatt verloren, wo ich damals arbeitete. Ich habe sie gefunden und mit nach Hause genommen – ich hatte ja keine Ahnung, dass sie Vicky gehörte. Und das Einzige,

was Vicky beschreiben konnte, ist ein Mann mit einer Baseballkappe. Sie hat den Mann, der sie entführt hat, niemals zu Gesicht bekommen, nur gesprochen. Ich weiß nicht, warum sie mich identifiziert hat. Vielleicht, weil ich auch solche Kappen trage, auch an dem Tag in der Werkstatt, als sie ihr Auto abgeholt hat. Danach hatte sie unterwegs eine Panne. Der Staatsanwalt hat behauptet, ich hätte ihr Auto manipuliert.
Ich sage nicht, dass Vicky eine Lügnerin ist, ich glaube wirklich, dass sie denkt, ich war es. Oder dass man ihr es bei der Polizei eingeredet hat oder weil sie ein Trauma erlitten hat oder so was, oder beides, ich weiß es nicht. Aber ich weiß nur zu gut, dass es die Polizei sehr eilig damit hatte, jemanden zu verhaften. Mein Anwalt sagt, sie wollten davon ablenken, dass sie jahrelang überhaupt nichts unternommen haben, um diese vermissten Frauen zu finden. Glauben Sie mir bitte. Schreiben Sie mir wieder. Wissen Sie, Sie hören sich an wie eine normale Frau, und so jemanden brauche ich. Das Leben hier in der Todeszelle ist nicht gerade normal. Meine Mitgefangenen sind völlig gestört, und der größte Teil der Wärter auch. In dieser engen, bedrückenden und stinkenden Zelle vergisst man manchmal leicht, dass es außerhalb dieser Gefängnismauern so etwas wie ein normales Leben gibt. Irgendwann werde ich das wiederbekommen, hoffe ich. Mein Anwalt tut jedenfalls, was er nur kann. Er glaubt wirklich an mich, wissen Sie. Er nimmt kein Geld von mir, aber ich weiß nicht, ob er noch lange so weitermachen kann. Er muss schließlich auch irgendwie seine Hypothek bezahlen und seine Familie ernähren.
Ich möchte gern mehr über Sie wissen, Mackenzie.

Sie sind nicht mehr in der Army, oder? Warum nicht? Und könnten Sie mir mit Ihrem nächsten Brief ein Foto schicken? Sie sind eine attraktive Frau. Ich habe hier nicht viel Schönes zum Anschauen und würde das Foto gerne in meiner Zelle aufhängen. Ich hoffe, meine Bitte schreckt Sie nicht ab.
Matt Ayers

Lieber Matt,
Sie schrecken mich nicht ab, im Gegenteil. Es macht mich ganz verlegen, dass Sie mich attraktiv finden. Das hat noch nie jemand zu mir gesagt!
Was Sie da über Ihren Prozess schreiben … Ich weiß nicht, was ich sagen soll, Matt. Ich wünschte, ich könnte etwas für Sie tun. Aber ich kann Ihnen nur einen Brief zurückschreiben, wie Sie es sich gewünscht haben. Also tue ich das.
Ich bin einunddreißig Jahre alt und wohne seit Kurzem in Atmore, wo ich als Serviererin in einem kleinen Diner arbeite. Das Restaurant gehört Joe, und Joe ist der Ehemann von Taylor Marr; sie organisiert das *Dog Rescue Prison Program*. Ich verdanke Taylor mein Leben. Die Details erzähle ich Ihnen gleich.
Ich bin in Denver geboren und als Kind oft umgezogen. Mein Vater hat sich davongemacht, als ich noch klein war, und meine Mutter hat danach noch mal geheiratet. Kurz nach der Geburt meiner Schwester hat uns auch dieser Mann verlassen. Meine Mutter konnte sich nicht um uns kümmern, sie war eine Trinkerin und kam nicht davon los. Wir lebten häufiger in Pflegefamilien als bei ihr.
Mit siebzehn bin ich zur Army gegangen. Dafür

brauchte ich die Zustimmung meiner Mutter, aber der war es sowieso egal. Sie unterstellte mir, ich würde es da keine vier Wochen lang aushalten, denn sie war immer der Meinung, ich könnte mich schlecht anderen Autoritäten unterordnen. Aber ich war fest entschlossen, ihr zu beweisen, dass sie unrecht hatte. Letzten Endes hat sie aber doch recht behalten: Ich bin unehrenvoll entlassen worden. Während eines Urlaubs hatte ich mich mit ein paar Freunden aus der Army in einer Kneipe betrunken. Wir gerieten mit anderen Gästen in Streit, und das Ganze ist in eine Schlägerei ausgeartet. Ich hatte schon einige Verwarnungen wegen Ungehorsams bekommen, und nach dieser einen Prügelei hat man beschlossen, mich zu entlassen. Okay, jetzt bin ich nicht ganz ehrlich. Bei der Army wollten sie, dass ich eine Therapie mache, um zu lernen, mit meinen Wutausbrüchen umzugehen, aber ich war nicht der Ansicht, dass ich ein Problem habe, deswegen habe ich mich geweigert. Man könnte also sagen, dass ich wieder ein Zuhause verloren habe, aber diesmal war es meine eigene Schuld. Ich war so dumm.

Es ist mir nicht gelungen, einen Job zu finden, und ich hatte nur noch mein Auto und ein ganz kleines bisschen Geld auf dem Konto. Also war ich eine Zeit lang obdachlos. Ich habe noch eine Obdachlose adoptiert, meine Hündin Misty. Ich liebe Misty heiß und innig. Ich wüsste nicht, was ich ohne sie machen würde. Für sie stehe ich morgens auf, so voller Energie und so anhänglich ist sie. Und sie bringt mich immer schrecklich zum Lachen, denn sie ist ganz schön frech. Aber auch auf eine andere Weise hat sie mich gerettet. Eines Tages habe ich in dem Diner einen Hamburger gegessen und mit Taylor ein Gespräch über Misty angefangen. Sie hat mir vom *Dog Rescue Prison Program* erzählt, und ich habe gesagt, ich würde gern mithelfen. Als ich ihr auch noch erzählte, dass ich auf Jobsuche war, meinte sie, ihrem Mann Joe gehöre das Restaurant, und er brauche eine Kellnerin.

Jetzt verdiene ich wieder genug Geld, um mir ein Dach über dem Kopf leisten zu können. Na ja, Taylor hilft mir, was das betrifft. Das Haus steht auf ihrem Grundstück, und sie verlangt nur eine niedrige Miete. Als Gegenleistung renoviere ich das Haus und helfe ihr mit bei dem Hundeprogramm.

Ansonsten ist mein Leben nicht so ereignisreich. Ich arbeite und gehe dann nach Hause, da erledige ich Handwerkliches oder helfe Taylor mit den Hunden. Ich bin es nicht so gewohnt, von mir selbst zu erzählen. Jetzt sind Sie dran.

Mackenzie

Liebe Mackenzie,

was Sie da schreiben, kommt mir sehr bekannt vor – meine Eltern waren auch nie für mich da. Ich will wirklich nicht meine Erziehung für die ganze Scheiße verantwortlich machen, die ich gebaut habe, aber von den Gefangenen hier hat keiner eine besonders idyllische Kindheit gehabt. Das gibt einem zu denken, finden Sie nicht? Meine Mutter hat jeden Mann gevögelt, den sie kriegen konnte (die Psychologen und Psychiater meinen, dass ich deswegen alle Frauen hasse – was für Idioten), und mein Vater hat einfach tatenlos zugeschaut. Hin und wieder wurde es ihm dann zu viel, und er hat sie geschlagen. Oder uns, je nachdem, wer gerade das Pech hatte, in der Nähe zu sein. Ab und zu wurden wir von zu Hause weggeholt und mussten in einer Pflegefamilie leben, aber wir durften immer wieder zurück, und dann fing die ganze Scheiße wieder von vorne an.

Immer wieder bin ich abgehauen, aber das hat niemanden interessiert. Trotzdem bin ich immer zurückgegangen, wegen meiner jüngsten Schwester. Sie ist behindert und lebt in einem Heim. Manchmal denke ich, sie ist am glücklichsten von uns allen. Als sie geboren wurde, ist meine Mutter fast verblutet; man hat ihr damals die Gebärmutter herausgenommen. Zum Glück, sonst hätten meine Eltern noch mehr Kinder bekommen.

Wenn wir uns besonders gestritten haben, hat mein Vater mir ab und zu gesagt, ich wäre nicht sein Kind. Meine Mutter behauptet, er lügt, aber möglich ist es schon, wissen Sie. Meine älteste Schwester ist verschwunden, als sie sechzehn war. Ich glaube, sie ist einfach weggelaufen, aber jetzt denkt natürlich jeder, dass ihr etwas Schreckliches zugestoßen ist und ich dafür verantwortlich bin. Absoluter Bullshit. Meine Schwester war so stark, dass sie mir einfach eine geknallt hat, wenn ich etwas tat, was ihr nicht passte. Weil mein Vater immer wieder sehr lange arbeitslos war, wohnten wir in einem Drecksloch. Mit fünfzehn hatte ich keine Lust mehr auf die Schule, und weil ich Geld brauchte, habe ich Dinge gestohlen. Vor allem Autos. Es hat nicht lange gedauert, und ich wurde verhaftet und ins Jugendgefängnis gesteckt. Da konnte ich eine Ausbildung zum Automechaniker machen, und

nach meiner Entlassung habe ich auch in diesem Beruf gearbeitet.
In der Werkstatt lief es wirklich gut, wissen Sie. Manche Leute schauen auf meinen Beruf herab, das ist mir schon klar, aber ich nahm meine Arbeit sehr ernst. Ich habe dafür gesorgt, dass die Autos der Kunden tadellos in Schuss waren, dass es keine Unfälle wegen verschlissener Reifen oder kaputter Bremsen gab. Ich fühlte mich verantwortlich dafür. Die Verkäufer bekamen immer viel mehr Geld als wir, die Mechaniker – das begreife ich bis heute nicht. Ich habe auch eine Zeit lang als Verkäufer gearbeitet, aber das liegt mir nicht. Ich kann die Leute nicht anlügen.
Trotzdem denke ich nicht so viel über die Vergangenheit nach – das war mein Leben vor der Todeszelle. Mein Anwalt versucht zu erreichen, dass mein Prozess wieder aufgenommen wird, aber manchmal habe ich Angst. Was, wenn ihm das gelingt? Es wird immer Menschen geben, die von meiner Schuld überzeugt sind. Die Sache wird mich für den Rest meines Lebens verfolgen. Und wo soll ich denn hin? Was soll ich tun? Wird mich jemals wieder jemand beschäftigen wollen? Werde ich jemals eine Frau finden, die mich liebt, die mir vertraut? Darüber grüble ich in meinen schlaflosen Nächten oft nach.
Matt

PS: Das Foto, das Sie mir geschickt haben, ist wunderschön. Sie sehen sehr hübsch aus. Glücklich sehen Sie aus. Strahlend wie die Sonne. Ich würde Sie gerne mal ans Meer mitnehmen.

Lieber Matt,
entschuldigen Sie, dass mein Brief diesmal so kurz ausfällt, aber ich muss Doppelschichten schieben und bin schrecklich müde. Sobald ich nach Hause komme, will ich nur noch ins Bett. Das nächste Mal schreibe ich Ihnen wieder länger, versprochen! Oder soll ich Sie mal im Gefängnis besuchen? Ich würde mich freuen, Sie zu treffen.
Mackenzie

Liebe Mackenzie,
ich war schrecklich enttäuscht, als ich so einen kurzen Brief bekam, das will ich ganz offen bekennen. Aber bitte seien Sie deswegen nicht böse auf mich. Ich freue mich immer sehr auf Ihre Briefe, weil sie mich fröhlich machen. Ich würde es fantastisch finden, Sie zu sehen! Ich bekomme nie Besuch, außer von meinem Anwalt.
Matt

3

Ich unterzog mein Brautkleid einer letzten Inspektion. Im Kopf hörte ich die Stimme meiner Mutter: *Frauen tun der Liebe wegen dumme Dinge.* Wie oft hatte ich sie das nicht seufzen hören? Ich hatte dann angenommen, dass sie damit die Dinge meinte, die sie für meinen Vater getan hatte. Sie hat immer behauptet, er sei der einzige Mann gewesen, den sie jemals geliebt habe. Er hatte ihr das Herz gebrochen.

Die warme Luft hüllte meinen ganzen Körper ein. Der Ventilator an der Decke war nur dazu gedacht, Eindruck zu schinden; er funktionierte nicht. Es gelang mir einfach nicht, mich an die Hitze zu gewöhnen, die Alabama jeden Sommer in einem klebrigen Würgegriff hielt.

Nur in BH und Slip, stellte ich mich vor den Spiegel und betrachtete mich kritisch. Misty, die am Fußende des Bettes auf dem Boden lag, hob kurz den Kopf und legte ihn dann seufzend wieder auf den Vorderpfoten ab, als frage sie sich, was ich da trieb. Das fragte ich mich auch. Ich ließ beide Hände über die Unterwäsche gleiten, die wenig der Fantasie überließ. Ich stylte mich nicht gerne so auf, aber ich tat es für Matt. Ob ich ihm so gefallen würde? Wahrscheinlich machte ich mir ganz grundlos Sorgen. Matt hatte seit Ewigkeiten keine Frau mehr angefasst, er würde mich wohl so schnell wie möglich aus den Klamotten schälen wollen. Wieder überkamen mich Zweifel. War das nicht eine unnötige, zu teure Ausgabe gewesen? Das ganze Geld, das ich verdiente, brauchten wir unbedingt. Ich übernahm sehr oft doppelte Schichten in *Joe's Diner* – reich wurde ich davon trotzdem nicht.

Ärgerlich wandte ich mich von meinem Spiegelbild ab und nahm mein Hochzeitskleid vom Haken. Ich hatte es gebraucht gekauft, aber es sah aus, als hätten es schon zehn Bräute vor mir getragen. In Anbetracht des Preises hätte mich das nicht einmal überrascht. Ich hatte das Kleid bei meinem Pfandleiher gefunden und fünfzig Dollar dafür bezahlt. Ein kurzes, ärmelloses Kleid aus weißem Satin, das mir gerade bis über die Knie ging. Ich hätte gern gewusst, warum seine Vorbesitzerin es verkauft hatte.

Die Schuhe hatte ich umsonst dazubekommen. Einer der Absätze war schon mal geleimt worden, und das nicht einmal sorgfältig. Aber solange er nicht während der Zeremonie nachgab, war mir das herzlich egal.

Vorsichtig zog ich mir das Kleid über den Kopf. Noch immer ging ein leicht seltsamer Geruch davon aus. Am liebsten hätte ich das Kleid in die Reinigung gegeben, aber die zusätzliche Ausgabe wäre dann wirklich schade ums Geld gewesen. Stattdessen hatte ich es eine Nacht lang in der Badewanne eingeweicht und dann draußen aufgehängt – in der Hoffnung, die frische Luft würde Wunder wirken.

Um den Reißverschluss zuzubekommen, musste ich die wildesten Verrenkungen machen. Ich schaute noch einmal in den Spiegel. Das musste so gehen. Sollte ich mir eine Hochsteckfrisur machen? Nein, Matt würde die Haarnadeln doch sofort wieder herausziehen. Beim Gedanken daran kroch mir ein kalter Schauer über den Rücken.

Misty folgte mir ins Wohnzimmer. Auf dem Küchentisch lag der Brief, den ich heute Morgen von Matt bekommen hatte.

Meine allerliebste Mackenzie,
ich kann dir gar nicht sagen, wie sehr ich mich darüber freue, dass du meine Frau werden willst. Deine Liebe zu mir macht mich stark. Jedes Mal, wenn ich es nicht mehr aushalte, schaue ich mir dein Foto an, lese deinen Brief noch einmal, versuche mich an den Klang deiner Stimme zu erinnern, an dein Lächeln. Du bist mein Licht in diesen dunklen Tagen. Ohne dich hätte ich schon längst aufgegeben. Ich weiß nicht, womit ich dich verdient habe, aber ich bin unsäglich dankbar dafür. Ich weiß, was du meinetwegen alles durchstehen musst, was du aufs Spiel setzt. Du bist die schönste, liebste und mutigste Frau, die ich kenne. Ich will nichts anderes, als dich für den Rest deines Lebens glücklich machen.
Für immer der deine, Matt

Ich stopfte den Brief in meine Tasche und ging zur Tür. Misty lief mir nach, aber ich schickte sie in ihren Korb.

»Nein, tut mir leid, du kannst nicht mit. In ein paar Stunden bin ich wieder da.« Wie immer gehorchte sie sofort. Ich dachte an all die Male, die meine Schwester und ich meine Mutter vergeblich um einen Hund angebettelt hatten. Ich hatte Misty bei einer Tankstelle gefunden, wo man sie ausgesetzt hatte. Ich fragte mich immer noch, wie ihre ehemaligen Besitzer so etwas übers Herz gebracht hatten. Dem Tierarzt zufolge war sie eine Retriever-Cockerspaniel-Mischung und ungefähr vier Jahre alt.

Draußen herrschte eine noch größere Hitze als drinnen. Einfach unerträglich. Die Sonne brannte unbarmherzig vom Himmel herab. Das Thermometer zeigte beinahe vierzig Grad.

Nicht einmal die hohen Bäume hinter dem Haus – einer umgebauten Scheune – konnten mir die gewünschte Abkühlung bieten. Vor langer Zeit hatte es hier eine Baumwollplantage gegeben, hatte Taylor mir erzählt. Ein paar Hundert Yards entfernt stand die Farm von Taylor und Joe. Weil das *Dog Rescue Prison Program* viel Geld verschlang, hatte Taylor beschlossen, dieses Haus zu vermieten. Aber erst musste es renoviert werden. In einer fernen Vergangenheit hatte es einen babyblauen Anstrich gehabt. An der Vorderseite hatte man eine Veranda angebaut, die größtenteils in sich zusammengesackt war und schief stand. Aus dem Haus ließ sich aber durchaus etwas machen, denn die kleinen Fenster und das Holz verliehen ihm etwas Malerisches. Und die Hollywoodschaukel, die auf der Veranda stand, strahlte etwas sehr Einladendes aus, vor allem an schwülen Abenden.

Vielleicht hätte ich lieber in einer kurzen Hose und einem T-Shirt losfahren und mich auf dem Parkplatz der *Kilby Correctional Facility* umziehen sollen, überlegte ich. Jetzt würde ich bestimmt verschwitzt dort ankommen. Mein altes Auto war zwar mit einer Klimaanlage ausgestattet, aber die war schon Ewigkeiten kaputt. Doch jetzt blieb mir keine Zeit mehr, noch einmal die Kleidung zu wechseln. Das Auto schaffte nicht mehr als etwas über sechzig Meilen pro Stunde. Außerdem würde ich ohne Hilfe nicht mehr aus diesem Kleid herauskommen.

Auf der Veranda wartete ich auf Taylor. Von hier aus konnte ich die Farm gut sehen. Taylor war ganz entschieden gegen unsere Heirat, hatte aber trotzdem zugesagt, meine Trauzeugin zu werden. Sie arbeitete in einem Supermarkt und hatte sich heute extra freigenommen. Nach einigen Minuten des Wartens wurde ich ungeduldig und auch ein wenig misstrauisch. Sie hatte ihre Meinung doch wohl nicht geändert?

4

Ich war gerade im Begriff, zur Farm zu laufen, als sich dort die Haustür öffnete und Taylor erschien. Sie stieg in ihren Pick-up und fuhr auf mich zu. Erleichtert holte ich Luft.

Taylor war eine kleine, zarte Frau mit kurzen grauen Haaren. Die vielen Falten in ihrem Gesicht hatte sie all dem Mist zu verdanken, den sie im Leben hatte durchmachen müssen. Ihr erster Ehemann hatte sie misshandelt, und als er eines Tages seinen Hund auf sie hetzte, war für sie das Maß voll gewesen. Weil sie sich weigerte, sich den Rest ihres Lebens vor Hunden (oder vor ihrem Ex, fügte sie oft hinzu) zu fürchten, hatte sie sich intensiv mit dem Verhalten von Hunden auseinandergesetzt. Sie sagte, diese aggressiven Hunde und ihr Exmann ähnelten sich auf frappierende Weise. Sie war zu dem Schluss gekommen, dass es an ihr selbst gelegen hatte. Weil sie nicht genug Selbstvertrauen besaß, hatte sie zugelassen, dass andere sie unterdrückten. Sie schaffte sich einen Hund an und absolvierte einen Kurs mit ihm. Als sie Poppy eines Tages ausführte, rannte eine aggressive Töle auf sie zu. Taylor wich allerdings nicht zurück, und der Hund gehorchte ihren Anweisungen. Ein wenig später lernte sie den Besitzer des Hundes kennen. Er schlug das Tier, und sie begriff, warum es sich so verhalten hatte. Als sie eines Tages einen Neffen besuchte, der in Kilby einsaß und ihr erzählte, dass ihm sein Hund so fehlte, entstand die Idee für das

Dog Rescue Prison Program. Seither steckte sie ihre ganze Zeit, ihre gesamte Energie und all ihr Geld in das Projekt. Taylor rettete vernachlässigte, gefährliche und misshandelte Hunde aus dem Tierheim und bewahrte sie so vor der Einschläferung, weil niemand sie haben wollte. Oft waren es ausgesetzte Hunde, man fand sie auf der Straße oder holte sie von Leuten weg, die die Tiere misshandelten; oder sie wurden hier abgegeben, weil sie ihren Besitzern zufolge nicht zu erziehen und aggressiv waren. Taylor vertrat die Überzeugung, dass die Schuld niemals bei den Hunden, sondern immer bei ihren Besitzern lag und dass die Möglichkeit bestand, die Hunde erneut zu sozialisieren. Und um dieses Ziel zu erreichen, kamen die Insassen der *Kilby Correctional Facility* ins Spiel. Etwa fünfzig Gefangenen wurde jeweils ein Hund zugeteilt, den sie ganz von vorn erziehen mussten. Wenn das gelang, kehrten die Hunde zurück in Taylors privates Tierheim und konnten dann adoptiert werden.

Alle hatten Taylor für verrückt erklärt, aber sie konnte Erfolge vorweisen. Die Sträflinge, die sich an dem Programm beteiligten, legten im Gefängnis ein positiveres Verhalten an den Tag, waren motivierter, wenn es darum ging, an Erziehungsprogrammen teilzunehmen, landeten weniger häufig in der Isolierzelle, gerieten seltener in Schlägereien, und nach ihrer Entlassung bestand eine geringere Wahrscheinlichkeit, dass sie in alte Muster zurückfielen.

Ich war die einzige ehrenamtliche Mitarbeiterin beim *Dog Rescue Prison Program*, denn in den Augen vieler anderer verdienten die Insassen keine einzige Erleichterung ihrer harten Existenz.

Ich hob die Hand zum Gruß, als Taylor vor meinem Haus anhielt.

»Ich dachte schon, du hättest es dir anders überlegt.«

»Bring mich bloß nicht auf dumme Gedanken«, erwiderte Taylor, aber sie lächelte dabei.

Ich setzte mich in meinen eigenen Wagen und verbrannte mir beinahe die Kniekehlen an dem Lederüberzug der Sitze. Die erdrückende Hitze ließ mich nach Luft ringen, und ich kurbelte schnell das Fenster herunter. Ausnahmsweise startete der Motor, ohne zu murren, und ich bog hinter Taylor auf die Straße ein. Zum Glück brauchte man von meinem Haus bis zum Gefängnis nur zwanzig Minuten.

Heute würde ich *ihn* zum ersten Mal berühren. Heute würde *er* mich zum ersten Mal berühren. Bei diesem Gedanken zog sich mir der Magen zusammen. Um meine Nervosität zu unterdrücken, stellte ich das Radio an. »Stand by your man«, sang Tammy Wynette voller Überzeugung. Es war, als schicke mir das Universum eine Nachricht, und bei diesem Gedanken musste ich lächeln.

Unterwegs dachte ich an meine allererste Begegnung mit Matt. Taylor hatte sehr viel zu tun gehabt, weil ein Gefangener Probleme mit seinem Hund hatte, und mich daher gebeten, in den Todestrakt zu gehen, zu Mitchell. Seine Zelle befand sich neben der von Matt.

Ich hatte ein bisschen Angst davor gehabt, allein den Todestrakt zu betreten, auch wenn mir Taylor sehr überzeugend versicherte, dass ich mir überhaupt keine Sorgen zu machen brauchte. Nicht dass mir diese beruhigenden Worte viel bedeutet hätten, denn Taylor hatte mittlerweile vor nichts und niemandem mehr Angst. Sie besaß ein großes Vertrauen in das Gute im Menschen. Und ein noch größeres in das Gute im Hund. Es gelang ihr, selbst die aggressivsten Tiere zu beruhigen. Sie konnten so viel bellen und beißen, wie sie nur wollten, letzten Endes trug immer Taylor den Sieg davon.

Der Todestrakt erwies sich als ein spezieller Zellenblock auf dem Gefängnisgelände; er bestand aus unterschiedlich langen Fluren, die untereinander und mit dem Hauptgebäude verbunden waren. Zu beiden Seiten dieser Flure gingen die Zellen ab. Ein Wärter – genau wie die anderen groß und breit gebaut, mit millimeterkurzen Haaren und einem durch nichts zu beeindruckenden Blick in den Augen – begleitete mich. Mitchell saß in seiner Zelle und streichelte dem Hund gedankenverloren über den Kopf, während er in der Bibel las.

Sobald er mich sah, setzte er sich ordentlich hin. »Guten Tag.«

Taylor hatte mir nicht gesagt, wegen welchen Verbrechens Mitchell hier einsaß, weil sie das nicht wusste. Sie wollte es von keinem einzigen der Gefangenen wissen. »Wenn ich weiß, dass sie ein Mädchen vergewaltigt und ermordet haben, kann ich ihnen nicht helfen«, hatte sie mir einmal erklärt.

Mitchell sah jung aus, ein bisschen lausbubenhaft; er hatte blonde Locken und einen mickrigen Schnurrbart. Seine Arme und Finger waren mit Tätowierungen übersät.

»Wie geht es Ihnen und …?«

»Wilson.« Ein breites Grinsen breitete sich auf Mitchells Gesicht aus. Ihm fehlten ein paar Zähne. Ich verspürte ein nervöses Prickeln im Nacken – drohte mir Gefahr, waren alle Gefangenen auch wirklich in ihren Zellen eingeschlossen? Ich unterdrückte den Zwang, mich umzusehen, ob der Wärter noch an derselben Stelle stand wie zuvor. Wilson erfasste meine Stimmung sofort und legte die Ohren an. Mitchell dagegen schien nichts zu bemerken. Er erzählte enthusiastisch weiter, und ich zwang mich zur Konzentration.

»Wir sind die allerbesten Freunde geworden, was, Wilson?«

Wir unterhielten uns eine Weile über den Hund und über den Resozialisierungsprozess. Ich beantwortete Mitchells Fragen, so gut ich konnte, außerdem lobte ich ihn für sein Engagement, genau wie ich es Taylor bei anderen Gefangenen hatte tun sehen. »Es ist wichtig, dass sie merken, dass wir mitbekommen, was sie alles erreichen. Sie sollen sich nützlich fühlen«, hatte sie gesagt.

Ich schaute auf die Uhr. Es war an der Zeit zu gehen. »Haben Sie noch Fragen?«

»Ich habe gehört, es gibt Pläne für öffentliche Zusammenkünfte im Rahmen des Hundeprogramms im Gefängnis?«

Ich nickte. »Das Interesse an den Hunden ist sehr groß, und es kostet sehr viel Zeit, bei jedem von Ihnen einzeln vorbeizuschauen. Auf diese Weise können wir mehr Leuten gleichzeitig helfen.«

»Dürfen wir auch dabei sein?«

»Sie und Wilson, meinen Sie?«

»Wir aus dem Todestrakt.«

»Oh. Ich habe keine Ahnung.«

»Könnten Sie vielleicht ein gutes Wort für Wilson und mich einlegen? Ich wäre sehr gern dabei. Ich möchte Wilson so gut wie möglich helfen«, erklärte er.

»Ich kann Ihnen nichts versprechen.«

Mitchell lachte und zeigte dabei ein paar seiner Zähne. »Auch wenn Sie es mir versprechen würden, würde ich Ihnen deswegen noch nicht glauben. Versprechen sind hier drin nichts wert. Und draußen übrigens auch nicht.«

Ich wusste nicht, was ich darauf antworten sollte. »Dann vielleicht bis demnächst«, verabschiedete ich mich stattdessen.

Hinter den Gittern der Nachbarzelle stand ein Mann. Matt. Mit zusammengekniffenen Augen und vor der Brust verschränkten Armen schaute er mich an.

Er hatte eine blasse Haut, lockiges Haar, volle Lippen und grüne Augen. Er war ganz unbestreitbar ein attraktiver Mann.

»Er hat Sie angelogen«, sagte er leise.

»Sorry?«

»Mitchell. Er will nur an den öffentlichen Zusammenkünften teilnehmen, weil sein Freund dabei ist. Der hat auch einen Hund.«

»Oh.«

»Schauen Sie doch nicht so schockiert.«

»Ich schaue gar nicht schockiert. Ich bin nicht schockiert«, korrigierte ich mich selbst. Aber stimmte das auch? Die Frage, ob Männer hier ganz offen ihre Homosexualität zeigen konnten, hatte ich mir schon kurz gestellt, und darüber, dass es wohl auch wirklich passierte, war ich ziemlich erstaunt.

»Mitchell hat seine Eltern umgebracht – sie haben ihn nicht akzeptiert, weil er schwul ist. Mitchells Freund weiß, dass er in Sicherheit ist, solange er zu Mitchell gehört. Hier gibt es einige Männer, die auf diese Art und Weise Schutz suchen.«

»Sie auch?« Es war mir herausgerutscht, bevor ich überhaupt nachdenken konnte.

»Was sollte mir das bringen? Ich sterbe hier sowieso«, meinte er abfällig. »Außerdem finde ich nur Frauen anziehend.«

»Ja, und die entführst und vergewaltigst du dann«, ertönte die barsche Stimme des Wärters.

»Ich bin unschuldig«, gab Matt zurück. Aber er richtete es nicht an den Wärter, sondern an mich.

Ich weiß nicht mehr warum, aber ich fragte: »Wollen Sie keinen Hund betreuen?«

»Warum sollte ich? Ich bin kein Monster wie er. Ich kenne den Unterschied zwischen Gut und Böse. Ich …«

»Ja, ja, du bist unschuldig«, vervollständigte der Wärter den Satz. Er postierte sich zwischen Matt und mir und berührte mich kurz, damit ich mich in Bewegung setzte. Ohne mich umzuschauen, ging ich mit ihm zusammen weiter. Erst als die Zwischentür wieder ins Schloss fiel, spürte ich, wie angespannt ich gewesen war. Mit einem zischenden Geräusch ließ ich meinen Atem entweichen.

»Alles in Ordnung?«, erkundigte sich der Wärter.

»Alles klar«, sagte ich, weil ich mir um keinen Preis etwas anmerken lassen wollte.

»Wenn man nicht aufpasst, kommen sie einem ganz schön nahe.«

Der Mann hatte offensichtlich das Bedürfnis, sich ein wenig zu unterhalten. Oder er war der Ansicht, ich könnte einen guten Rat gebrauchen.

»Diese Typen sitzen nicht umsonst in Einzelhaft«, fuhr er fort, als ich keine Antwort gab.

Nun war meine Neugierde geweckt. »Wie meinen Sie das?«

»Es ist nicht nur, weil sie ein so schweres Verbrechen begangen haben, dass sie härter bestraft werden müssen und darum hier sind. Was das angeht, ist es egal, ob wir sie hier einsperren oder in einer anderen Abteilung. Leicht hat man es hier nirgendwo. Es geht darum, dass sie Probleme machen. Sie sind schlau, sie schleichen sich einem ins Gehirn. Sie können andere wahnsinnig machen. Darum werden sie von den anderen getrennt.« Er schüttelte den Kopf. »Und Typen wie die haben eine große Anziehungskraft auf seltsame Leute. Sie glauben ja gar nicht, was die von hier aus erreichen können. Und von der Post, die sie bekommen, will ich gar nicht erst anfangen. Matt, der Kerl, der Sie da gerade angesprochen hat, bekommt jede Woche Post von Frauen. Ich kapier's nicht.«

Auf dem anschließenden Rückweg hatte Taylor mich gefragt, was mit mir los sei. »Du sagst gar nichts.«

»Es ist bloß … Ich weiß nicht. Du hattest mir ja gesagt, wo die Hunde landen würden, ich meine, bei wem, aber jetzt, wo ich sie zum ersten Mal wirklich gesehen habe …«

»Ich weiß schon, Mädchen. Ich weiß«, sagte Taylor und klopfte mir tröstend aufs Knie. »Mir geht es jedes Mal wieder so. Ich stehe da und unterhalte mich mit einem Gefangenen, als wären wir einfach zwei Hundebesitzer, und dann wird mir plötzlich bewusst, dass er nicht nur ein Hundebesitzer ist, sondern auch ein Verbrecher. Ich habe mich zwar dafür entschieden, nichts über sie wissen zu wollen, aber ich frage mich wirklich jedes Mal, wenn ich mit ihnen spreche, was genau der Grund dafür ist, dass sie im Gefängnis sitzen. Spreche ich gerade mit einem Mörder, einem Vergewaltiger, einem Dieb? Und macht das überhaupt etwas aus?«

»Und?«

»Für mich zählen die Hunde, sonst nichts. Wenn die Kerle nur gut zu den Hunden sind. Mehr verlange ich nicht von ihnen. Alles andere ist eine Zugabe.«

»Aber irgendwann nehmen wir ihnen den Hund wieder weg. Ist das nicht … grausam?«

»Auf lange Sicht kann sich in einem Gefängnis kein Hund wohlfühlen. Hunde brauchen Auslauf, müssen draußen spielen und so weiter. Wenn die Leute ein Tier wollen, sollen sie sich eine Katze oder ein Meerschweinchen holen.«

Während der restlichen Rückfahrt hatte ich die Begegnung mit Matt noch einmal Revue passieren lassen. Sein Aussehen, was er gesagt hatte. Immer wieder.

Eine Woche später schrieb ich ihm einen Brief.

5

Der Wind, der durch das offene Fenster nach drinnen wirbelte, war warm und feucht und schenkte deshalb kaum Abkühlung. Der Asphalt schien zu brennen. Ein Schweißtropfen glitt quälend langsam zwischen meinen Brüsten nach unten. Wenn ich nur keine Schweißflecke unter den Achseln bekam.

Zehn Minuten bevor die Zeremonie beginnen sollte, parkte ich mein Auto vor dem Gefängnis. Der Gebäudekomplex erinnerte mich an farblose Bauklötze, die in horizontaler Anordnung auf den Boden gefallen waren. Er bestand aus einigen niedrigen weißen Gebäuden mit kleinen Fenstern. Umgeben war er von kahlen, trockenen Flächen und markiert durch einen hohen Stacheldrahtzaun. Am Eingang stand ein hoher Aussichtsturm. Das spärliche gelbe Gras wirkte verdorrt.

Das Gefängnis bot Platz für maximal neunhundertachtundneunzig Gefangene: Es gab sechshundertdreißig gewöhnliche Zellen, zweihundert Einzelzellen und hundertachtundsechzig Zellen im Todestrakt. Sämtliche Hinrichtungen im Staat Alabama wurden hier durchgeführt.

Ich löste meinen Gurt und betrachtete mich im Rückspiegel. Kniff mir in die Wangen, um etwas Farbe ins Gesicht zu bekommen. Trotz der Hitze war ich leichenblass. Ich hatte einen trockenen Mund und trank mit zitternden

Händen ein paar Schluck Wasser aus der Flasche in meiner Tasche.

Taylor kam und stellte sich neben mich. Wegen des grellen Sonnenlichts kniff sie die Augen zusammen. »Es tut mir leid, Mackenzie, aber ich muss dich einfach fragen: Bist du dir auch ganz sicher?«

Ich konnte mir ein Lachen nicht verkneifen. »Ist es dafür nicht ein bisschen spät?«

»Zu spät ist es nie«, antwortete Taylor. »Bei meinem ersten Mann hatte ich Zweifel. Ich wünschte, mich hätte damals jemand gefragt, mir hätte jemand angeboten, heimlich durch die Hintertür zu verschwinden.«

»Ich habe keine Zweifel.«

»Das Ganze geht so schnell.« Sie zögerte kurz. »Wie oft habt ihr euch denn gesehen? Insgesamt vielleicht dreißigmal? Und dann jeweils für eine Stunde?«

»Vergiss die vielen Briefe nicht, die wir uns geschrieben haben«, versuchte ich ihre Bedenken mit einem Witz abzutun.

»Er sitzt der Todeszelle, Mackenzie, und zwar nicht, weil er ein paar junge Katzen ertränkt hat.«

»Taylor, ich weiß deine Besorgnis wirklich zu schätzen, aber ich kann ganz ausgezeichnet auf mich selbst aufpassen.«

Ich wurde von einem großen, verstaubten Pick-up abgelenkt, der auf den Parkplatz fuhr und neben meinem Wagen hielt. Ein Mann in einem dunkelblauen Anzug stieg aus. Er war hochgewachsen, und trotzdem schlotterte ihm der Anzug erkennbar um den Körper.

»Sie müssen Mackenzie Walker sein. Ich bin Russell Newton, Matts Anwalt und sein Trauzeuge.«

Ich schüttelte seine ausgestreckte Hand und stellte ihm

Taylor vor. Russell wirkte auf mich wie eine ältere, etwas dickere und kahlere Version von Matthew McConaughey. Das lag sicher daran, dass er in dem Film *A Time to Kill* einen Rechtsanwalt gespielt hatte, der immer mit diesem schleppenden Südstaatenakzent redete. Den hatte hier jeder, Russell also auch.

Von Matt wusste ich das eine oder andere über Russell. Nach seinem Uniabschluss als Jahrgangsbester hatte sich eine große Anwaltskanzlei seine Dienste gesichert, und vor ihm lag eine erfolgreiche Karriere als Strafverteidiger. Und tatsächlich, mit Erfolgen in ein paar umstrittenen Fällen hatte er sich rasch einen Namen gemacht und war schnell berühmt geworden. Alles änderte sich, als sein Sohn Everett beinahe am plötzlichen Kindstod starb. Seiner Frau war es gelungen, den Kleinen wiederzubeleben, aber durch den Sauerstoffmangel hatte er einen Hirnschaden davongetragen. Nach diesem Drama waren sie nach Alabama gezogen, wo ihre Wurzeln lagen.

Jetzt kümmerte sich Russell um all die Anliegen, für die man in einem Städtchen wie Atmore einen Anwalt benötigte, von Scheidungen und Erbschaftsfragen bis hin zu Schadensersatzforderungen. Es waren kleine Fälle, und er verdiente lange nicht mehr so viel wie früher. Weil er außerdem der einzige Rechtsanwalt in ganz Atmore war, landete auch Matts Fall auf seinem Schreibtisch.

»Was für eine Hitze.« Russell fächelte sich Luft zu. »Lassen Sie uns schnell reingehen. Sind Sie bereit?«

»Endlich ist es so weit«, erklärte ich.

»Sie sehen wunderbar aus«, bemerkte er.

»Vielen Dank.« Ich wusste, dass das nicht stimmte, aber es war nett von ihm.

Schweigend setzten wir uns in Bewegung. Taylors Blick

entging mir nicht, aber ich kümmerte mich nicht weiter darum. Das Tor öffnete sich automatisch, und die neugierigen Blicke der Gefangenen, die sich draußen herumtrieben, bohrten sich mir in die Haut. Einige Männer pfiffen durch die Zähne, andere jubelten laut.

»Wer ist denn der Glückliche?«, rief einer, während er eindeutige Hüftbewegungen machte.

Ich richtete den Blick starr nach vorn und ging weiter, aber ich bemerkte trotzdem, dass mich die Wärter missbilligend anschauten. Ich schämte mich für nichts, fühlte mich jedoch wegen dieser Reaktion trotzdem unbehaglich. Schnell durchliefen wir die üblichen Sicherheitsvorkehrungen und wurden in den Innenraum gebracht, in dem Gefängnisdirektor Springs die Trauung vollziehen würde.

Mit jedem Schritt, den ich machte, wurde mein Herzschlag heftiger. Ein Teil meiner Nervosität schien sich auf Russell zu übertragen, denn er ballte immer wieder die Fäuste, um sie dann kurz zu entspannen und erneut zu ballen.

Hier drinnen war es noch heißer als bei mir zu Hause. Matt hatte mir erzählt, dass das Geld für eine Klimaanlage fehlte. Der Gebäudekomplex wurde mehr schlecht als recht gekühlt, indem man große Industrieventilatoren einsetzte, die aber einen unerträglichen Lärm verursachten.

Der Direktor erwartete uns bereits in dem kahlen grauen Raum, in dem nur ein Bett stand, das mit großen Metallschrauben an Wänden und Boden befestigt war. Die Schamröte stieg mir ins Gesicht, und ich wandte den Blick ab. Der Raum maß keine zehn mal zehn Fuß in der Fläche, und die Anwesenheit des Direktors schien ihn sogar noch kleiner werden zu lassen. Springs war ein hochgewachsener, dünner Mann, und ich musste fast den Kopf in den Nacken legen, um ihn anschauen zu können.

»Sind Sie bereit?«, erkundigte er sich, nachdem er mir eine überraschend kühle Hand gereicht hatte.

Vor einigen Jahren kämpfte das Gefängnis noch mit der höchsten Totenstatistik aller Gefängnisse in den Vereinigten Staaten, was zum größten Teil an der chaotischen Leitung lag. Seit Springs seine Stelle angetreten hatte, gehörten diese Schwierigkeiten der Vergangenheit an. Er regierte mit eiserner Hand, und unter seinem Regiment wurden korrupte Mitglieder des Personals entlassen. Die Gefangenen verfügten über ein hohes Maß an kreativer Energie, und Gewalt lauerte immer und überall, aber man konnte die Einrichtung inzwischen als ziemlich sicher bezeichnen (obwohl sie noch immer den Ruf hatte, dass es hier ziemlich gewalttätig zuging). Nicht umsonst lauteten Kilbys blutrünstige Spitznamen »Das Schlachthaus«, »Schlacht- und Zuchthaus des Südens« oder »Haus des Schmerzes«.

»Gut, dann wollen wir anfangen. Ich habe heute noch anderes zu tun«, erklärte der Direktor, und damit war offensichtlich, welche Atmosphäre er der Zeremonie verleihen wollte. Er hatte ganz eindeutig nicht vor, einen positiven Beitrag zu dem zu leisten, was der schönste Tag meines Lebens hätte werden sollen.

In diesem Moment schlurfte Matt herein. Wegen des besonderen Anlasses hatte man die Hand- und Fußfesseln entfernt, die normalerweise an einer Kette um seine Taille befestigt waren.

Ich war ihm noch nie so nahe gekommen, dass ich ihn hätte berühren können. Außer beim ersten Mal trennte uns während der allgemeinen Besuchszeiten eine Glasscheibe. Er schenkte mir ein breites Lächeln, das ich erwiderte, so gut ich konnte. Er trug seine übliche Gefängniskluft und hatte versucht, mit viel Gel seine Locken im Zaum zu halten. Genau über dem Kragen seines Hemdes war ein Schlangentattoo erkennbar: Das Tier wand sich ihm um den Hals. Die Tätowierungen auf seinen Unterarmen versteckte er nicht, und man konnte einen Drachen, einen Adler, einen Steinbock und eine nackte Frau erkennen.

»Ich lasse mir auch eins mit deinen Initialen machen«, hatte er mir einmal versprochen. Was mich betraf, war das nicht nötig. Ich mochte keine Tattoos. Und solche schon gar nicht. Sie gehörten zum Gefängnisleben und zeigten mir, was für ein Mann er geworden war. Mir ging es um den Mann aus der Zeit davor.

Ich betrachtete Matt. Er war mein Ein und Alles, meine Zukunft. Ich wusste, hätte ich noch Familie und Freunde gehabt, hätten sie mich für verrückt erklärt, weil ich so jemanden wie Matt heiratete, aber das hier war ganz allein meine Entscheidung, und ich traf sie im vollen Besitz meiner geistigen Kräfte.

Mit einer ungeduldigen Geste bedeutete uns der Direktor, vor ihn hinzutreten und uns nebeneinanderzustellen. Das lief nicht gerade so, wie ich mir meinen Hochzeitstag vorgestellt hatte. Nicht dass ich jemals genauer darüber nachgedacht hätte. Meine eigene Mutter ließ nach zwei gescheiterten Ehen keine Gelegenheit ungenutzt, mich davon überzeugen zu wollen, dass ich nie im Leben heiraten dürfe.

Matt nahm mich bei der Hand, kniff kurz hinein und zwinkerte mir zu. Ich lächelte zurück und tat mein Möglichstes, um mich auf die Worte des Direktors zu konzentrieren.

Die Zeremonie war ernüchternd kurz. Springs sagte ein paar Sätze über den Bund, den wir vor Gott eingingen. Danach gaben wir uns das Jawort, und Matt schob mir einen Ring auf den Finger. Er hatte mir gesagt, ich dürfe keine Ringe kaufen, und ich fragte mich, wie er wohl an dieses Exemplar gekommen war. Es war ein einfacher, dünner Goldring.

Mit dem traditionellen Kuss wurde unsere Ehe besiegelt. Matts Lippen waren weich und warm und schmeckten schwach nach Kaffee. Glückwünsche erhielten wir von Russell und Taylor, nicht jedoch vom Direktor, der sofort nach der Zeremonie den Raum verließ.

»Dann lassen wir euch mal allein«, erklärte Russell, und er und Taylor machten sich davon. Hinter ihnen schloss sich unter großem Lärm die Tür, und das Schloss rastete ein.

6

Voller Unbehagen schauten wir einander an.

»Mrs. Ayers«, sagte Matt und nahm meine beiden Hände in seine. Sie waren warm und klebrig, genau wie meine.

»Mr. Ayers«, sagte ich. Meine Wangen glühten wie im Fieber. Matt zog mich neben sich aufs Bett, schien jedoch keine Anstalten zu machen, mich berühren zu wollen. Darum beugte ich mich zu ihm hin, um ihn zu küssen, doch er hielt mich zurück.

»So gern ich auch möchte … Nicht hier.«

Verblüfft lehnte ich mich wieder zurück. »Ich dachte …« Prompt wurde mir noch wärmer. Hatte ich etwas falsch gemacht?

»Du verdienst etwas Besseres als das hier, Mackenzie. Falls ich hier rauskomme …«

»Wenn«, verbesserte ich ihn.

»Wenn ich wieder frei bin, fangen wir ganz von vorne an. Und wir machen es besser. Wir heiraten mit allem Drum und Dran. Mit deiner Familie und deinen Freunden und mit meinen. Wir machen eine Hochzeitsreise. Und dann bekommst du einen schöneren Ring von mir. Okay?«

Er machte es sich einfach, denn er verdrängte, dass seine Familie und Freunde sich von ihm abgewandt hatten. Auch ich hatte keine Verwandten, und meine wenigen Freunde hatte ich zurückgelassen, als ich nach Atmore gezogen war. »Aber warum haben wir dann geheiratet?«, fragte ich.

»Weil ich Angst hatte, dass dich mir sonst jemand anders wegschnappen würde«, erklärte Matt augenzwinkernd.

Ich lachte. Das war lieb gemeint, aber wir wussten beide, dass es nicht stimmte. Als Mann und Frau hatten wir mehr Rechte. Wir konnten einander sehen, ohne dass dieses dicke Stück fleckiges Glas zwischen uns stand. Und man ließ uns Privatsphäre, ohne Wärter, die alles mit ansahen und anhörten.

Da fiel mir ein, dass ich Matt ja nun endlich erzählen konnte, womit ich mich in den letzten Wochen ohne sein Wissen beschäftigt hatte. Ich holte tief Luft. »Ich habe eine Überraschung für dich, eine Art Hochzeitsgeschenk …«

Fragend schaute mich Matt an.

Es gab überhaupt keinen Grund dafür, aber ganz kurz durchfuhr mich der Gedanke, dass man uns hier vielleicht abhörte. »Ich werde dir helfen, von hier zu entkommen«, sagte ich deswegen leise. Ich wusste auch schon wie.

Matt fiel die Kinnlade herunter, und er riss die Augen weit auf. »Mackenzie, wovon redest du?«, fragte er, halb lachend.

Ich konnte an seinem Gesichtsausdruck ablesen, dass er nicht sicher war, ob er mich ernst nehmen sollte oder nicht.

»Du sagst doch immer, du weißt nicht, wie lange du es hier noch aushältst, dass du hier noch zugrunde gehst, weil es so schlimm ist, und …«

Die Tür wurde ohne Vorwarnung aufgerissen. Ein Wärter erschien, es war ein anderer als zuvor bei der Zeremonie. Mich durchfuhr ein Schock, als ich sah, wer da vor mir stand. Voller Panik fragte ich mich, ob das Wiedererkennen auf Gegenseitigkeit beruhte, aber sein Gesichtsausdruck blieb neutral. Verhalte dich jetzt ganz normal, Mackenzie, befahl mir eine Stimme in meinem Kopf. Er war in dieser Nacht sturzbesoffen, er kann sich bestimmt nicht mehr an dich erinnern. BB, so hieß er, das wusste ich noch.

»Die Zeit ist um.« BB baute sich breitbeinig vor uns auf und hatte die Daumen im Uniformkoppel eingehakt.

»Stimmt nicht«, gab Matt zurück. »Das waren doch noch nicht mal zehn Minuten. Uns steht eine Stunde zu.«

»Willst du etwa behaupten, ich kann die Uhr nicht lesen?«

»Wenn du Analphabet wärst, würde mich das nicht im Geringsten wundern«, erklärte Matt. »Du und der ganze Rest deiner Kollegen.«

»Und wenn ich du wäre, würde ich das Maul lieber nicht ganz so weit aufreißen. Außer deine Frau kann da draußen gut genug auf sich selbst aufpassen, während du hier drinnen schmorst.«

Matt stand auf. Er war mindestens zehn Zentimeter kleiner als BB, aber das schien ihm nichts auszumachen. »Was hast du da gerade gesagt?«

»Mach dir mal keine Sorgen. Wir werden schon gut auf sie aufpassen.« Er grinste mich lüstern an.

Mich durchfuhr ein Schauer des Abscheus. Bevor ich Matt zurückhalten konnte, holte er mit einem wütenden Grollen zum Schlag aus. Seine Faust traf BB voll auf die Nase. Blut spritzte in alle Richtungen, und ein Teil davon landete auf meinem Kleid. Als Allererstes dachte ich, dass ich die Flecken wohl nie herausbekommen und deshalb auf dem Kleid sitzen bleiben würde. Wie in Zeitlupe sah ich, dass Matt noch einmal ausholte. BB schwankte, fuhr mit beiden Armen durch die Luft und fiel dann gegen die Wand. Matt sprang auf ihn.

Ich schrie, er solle aufhören, aber die dumpfen, widerwärtig klingenden Schläge von Fleisch auf Fleisch hörten nicht auf. Fieberhaft dachte ich nach. Was sollte ich tun? Ich hatte genug Erfahrung mit Gewaltsituationen, auch wenn die schon einige Zeit zurücklagen. Aber ich ging davon aus, dass man so etwas nie verlernte, genau wie das Autofahren. Ich musste Matt ausschalten. Ja, das war das Sinnvollste. Ich musste ihn zurückhalten, zu seinem eigenen Besten.

Vom Flur her erklang Geschrei und das Geräusch von schweren, hallenden Schritten. Genau in dem Augenblick, als ich meinen neuen Ehemann am Arm packte, füllte sich der Raum mit uniformierten Männern. Der Lärm hatte die Kollegen von BB auf den Plan gerufen. Genau wie ich versuchten sie, Matt zu stoppen, doch den schien eine blinde Raserei befallen zu haben. Niemand achtete auf mich oder passte auf, was er tat, und in dem Gewirr aus Armen und Beinen stieß mir irgendjemand brutal mit dem Ellbogen ins Gesicht. Ein heftiger, brennender Schmerz schoss mir durch den Schädel. Ich taumelte und fiel aufs Bett. Als ich Blut schmeckte, fasste ich mir an die Stirn. An meinen Händen klebte ebenfalls etwas Blut.

Gegen Schwindel und Luftnot ankämpfend, saß ich da und schaute machtlos zu, wie Matt von den herbeigeeilten Wärtern auf grobe, brutale Weise zu Boden gedrückt wurde. Er schrie aus Leibeskräften, als BB ihm in den Bauch trat, um sich zu revanchieren.

Lieber Gott, sie brachten ihn um. Es wäre nicht das erste Mal, dass ein Gefangener während eines solchen Kampfes ums Leben kam. Voller Sorge schnellte ich hoch und versetzte BB einen harten Schlag gegen die Brust. »Was fällt Ihnen ein, er liegt doch hilflos auf dem Boden?«

BB lachte mir unbeeindruckt direkt ins Gesicht. »Dann weiß er auch mal, wie sich das anfühlt«, gab er kalt zurück. Sein eines Auge war zugeschwollen, und auf der Uniform und im Gesicht hatte er dunkelrote Streifen.

»Ich werde eine Beschwerde einreichen«, rief ich wütend, auch wenn ich keine Ahnung hatte, ob das möglich war.

»Nur zu, aber das ist so gut wie aussichtslos. Er hat angefangen.«

»Sie haben ihm gedroht, das habe ich selbst gehört.«

»Dann steht Ihr Wort gegen unseres, nicht wahr, Jungs?«

Seine Kollegen nickten einträchtig. Matt sagte etwas, aber ich konnte ihn nicht verstehen, weil er mit dem Gesicht zum Boden dalag und der Schuh eines Wärters in seinem Genick jede Bewegung verhinderte. Sie packten ihn an Armen und Beinen und schleppten ihn weg wie einen Kartoffelsack.

Entsetzt und verwirrt lehnte ich an der Wand. Ich wollte hier raus, aber BB blockierte den Ausgang.

»Wohin wird er jetzt gebracht?«

»Isolierzelle«, gab BB zurück.

»Aber er ist verletzt, er …«

»Mach du dir mal keine Sorgen um deinen frischgebackenen Ehemann. Du musst dich um ganz andere Dinge kümmern.«

Bei mir schrillten sämtliche Alarmglocken, und ich schaute ihn erschrocken an.

»Hast du deinem Mann denn schon von deinem kleinen Abenteuer mit Dave erzählt?«, fuhr er fort.

Fuck, er hatte mich also nicht vergessen. »Soll das eine Drohung sein?«

»Es braucht keine zu sein.«

Voller Misstrauen schaute ich ihn an.

Er trat ein paar Schritte auf mich zu. Kam mir zu nahe. »Eine Frau wie du ist doch sicher einsam. Du hast auch so deine Bedürfnisse, aber mit einem Mann im Gefängnis …« Er schnappte sich eine meiner Locken und wickelte sie sich um die Finger.

Ich wollte ihn wegstoßen, hielt mich aber noch zurück. Erst musste ich herausfinden, was er mir zu sagen hatte.

»Willst du, dass ich deinem Mann erzähle, was ich so alles über dich weiß? Ich habe gerade mal ein bisschen zurückgerechnet: Du hast Matt betrogen. Und das ausgerechnet mit dem Mann, der ihn verhaftet hat.«

»Das ist nicht wahr!«, rief ich wütend. Ich wollte ihm sagen, dass er keine Ahnung von dem hatte, was da vorgefallen war. Dass ich niemals irgendetwas beabsichtigt hatte, mich aber an diesem Abend so schrecklich allein fühlte. Ich hatte mich zwar selbst für eine Beziehung mit Matt entschieden, aber das bedeutete noch lange nicht, dass es einfach war, dass ich keine entsetzliche Einsamkeit empfand, nicht ab und zu von Zweifeln zerrissen wurde. »Damals hatte ich ihn erst ein paarmal im Gefängnis besucht, und …« Ich schwieg. Ich war diesem Mann keine Rechenschaft schuldig.

BB drückte mich gegen die kalte, unebene Mauer und klemmte mich so mit seinem massigen Körper fest, während er sein Gesicht viel zu dicht vor meines schob. Ich konnte seine Nasenhaare sehen – die mussten wirklich ganz dringend geschnitten werden. Voller Ekel wandte ich das Gesicht ab. Ich versuchte, mich loszuwinden, aber er war stark, und außerdem bemerkte ich, wie ich ihn mit meinem Verhalten erregte.

Er ließ seine Hand zwischen meine Beine gleiten und fing an mich zu streicheln. Den Schrei des Abscheus, den ich nicht zurückhalten konnte, interpretierte er absichtlich falsch. »Das gefällt dir, was? Das kriegst du viel zu selten. Du bist gar nicht so kühl, wie du immer tust. Du brauchst nur jemanden, der dir gewachsen ist.«

»Da überschätzt du dich aber«, brachte ich heraus.

Er lachte leise. »Ich kenne noch viel mehr Frauen wie dich.« Er streichelte mich immer weiter, der Druck seiner Finger wurde stärker, und ich spürte seinen heißen Atem in meinem Ohr. Er rückte mit dem Kopf noch dichter an mich heran, küsste mich jedoch nicht. Stattdessen steckte er mir die Zunge ins Ohr.

In meinem Mund schmeckte es nach Galle. Mit aller Macht versuchte ich, mich an die Techniken zu erinnern, die ich in der Kampfausbildung gelernt hatte, aber der Schlag auf den Kopf musste mich benommen gemacht haben. Es gelang mir nicht, richtig nachzudenken.

Okay, konzentrier dich, befahl ich mir selbst.

BB begann immer lauter zu stöhnen und hielt kurz im Streicheln inne, weil er sich meine Hand – seine war schweißnass – zwischen die Beine legen wollte.

Plötzlich fiel es mir wieder ein. Ich riss das Knie hoch und stieß es ihm kräftig zwischen die Beine. Vor Schmerzen wich er etwas zurück, und den Platz nutzte ich aus, indem ich ihm mit voller Wucht den Ellbogen unter das Kinn rammte. Er schwankte und fiel nach hinten. Ich glitt an ihm vorbei und rannte auf den schrecklich wackeligen Absätzen weg.

»Das war sehr, sehr dumm von dir, Mädchen. Ich kann dir das Leben ganz schön zur Hölle machen!«, hörte ich hinter mir.

Ich rannte weiter, ohne mich umzuschauen. Als ich in einiger Entfernung eine Gruppe einfacher Gefangener stehen sah, schoss mir durch den Kopf, dass das Ganze vielleicht alles andere als eine kluge Aktion von mir war. Aber die Insassen waren so überrascht, dass sie mir wie von selbst auswichen. Ich hörte erst auf zu rennen, als ich einen Wärter entdeckte.

7

Rosie

Zwei Jahre. Ich bin jetzt zwei Jahre hier. Das glaube ich zumindest. Die Tage sind alle gleich, ich habe mein Zeitgefühl fast ganz verloren. Es fehlt jegliche Orientierung, es gibt keine Geburtstage mehr, kein Weihnachten, kein Halloween, kein Thanksgiving, kein Neujahr.

Mit jedem Tag, der vergeht, nehme ich Abschied von meinem alten Ich, meinem alten Leben. Fühlen war ein Luxus in meinem vorigen Leben, das ist mir inzwischen klar. Ich habe mein Leben genossen. Ich war glücklich mit meinem Freund, hatte eine gute Stelle als Lehrerin, unternahm schöne Dinge mit meinen Freunden und fühlte mich bei meiner Familie wohl, deren Liebe ich als selbstverständlich ansah. Hier drinnen ist Fühlen eine Form der Selbstquälerei. Jeden Tag spüre ich weniger, wie bei einem Körperteil, den ich nicht mehr benutze und der langsam abstirbt. Manchmal ist es, als würde ich aus mir heraustreten und mir den Körper anschauen, der einmal mir gehört hat. Er isst, schläft, bewegt sich. Er wird vergewaltigt. Er wird entleert. Er wird geschändet, hat Hunger, Durst. Er hat Schmerzen.

Ich vermute, dass wir unter der Erde sind, denn es gibt kein Tageslicht und riecht immer muffig nach Erde. Der

Betonboden und die Betonwände halten den Geruch nicht draußen. Und es ist immer kalt und feucht.

Wir wissen nicht, ob es Tag oder Nacht ist. Es gibt nur einen ganz kleinen Schlitz in der Decke. Das Licht ist tagsüber an und geht abends aus, sodass wir wissen, wann es Zeit zum Schlafengehen ist. Das Bett besteht nur aus einem Metallrahmen, der mit Dübeln an der Wand und am Boden befestigt ist. Ich habe eine dünne, durchgelegene Matratze, die vor Schmutz starrt, sowie Kissen und Decken. Ich trage eine Unterhose, ein Hemd und einen Trainingsanzug. Keine Schuhe, keine Socken. Ich habe ein Handtuch, das nur sehr selten gegen ein frisches ausgetauscht wird. Meine Notdurft verrichte ich in einen Eimer. Zum Glück gibt es dafür einen Deckel. Und ich habe noch einen Eimer, in dem Wasser ist. Damit kann ich mich waschen oder davon trinken.

Das ist alles. Mein kleiner Palast.

Wir glauben, dass es sechs Zimmer gibt, drei auf jeder Seite. Auf Augenhöhe ist ein Schlitz in der Tür, aber man kann ihn nur von außen öffnen.

Ich habe mich immer für jemanden gehalten, dem Gegenstände nicht viel bedeuten, aber jetzt fehlen mir meine eigenen Sachen. Das Plüschkaninchen, das ich von meiner Schwester bekommen habe, meine Lieblingsbücher, meine Lieblingsjeans, meine Fotos, mein Glücksarmband (das ich natürlich nicht getragen habe, als ich entführt wurde).

Der Schlaf ist mein bester Freund. In meinen Träumen bin ich frei. Dann sehe ich den blauen Himmel, spüre die Wärme der Sonne und die Kälte von Schneeflocken auf dem Gesicht, höre die Stimmen meiner Eltern, schmecke Schokolade und das Currygericht meiner Oma. In meinen Träumen bin ich glücklich.

Viel mehr kann man hier nicht tun. Das Dunkelgrau um

mich herum steht mir bis obenhin, und die anderen Frauen haben nicht immer Lust, sich zu unterhalten. Als ich hier gerade angekommen war, habe ich das oft getan. Ich wollte alles wissen.

Jetzt ist dieses Bedürfnis nicht mehr so stark. Man muss laut sprechen, damit man durch die dicken Holztüren gehört wird. Das hält man nicht lange aus, und die Stimme wird heiser.

Und außerdem, was haben wir einander schon zu erzählen? Sollen wir berichten, was er mit uns macht? Dass das Essen, das wir bekommen, längst nicht genug ist, um unseren Hunger zu stillen? Dass es eklig ist, weil es manchmal angebrannt und dann wieder fast roh ist? Dass wir ihn hassen? Dass wir jede Hoffnung verloren haben? Dass wir nicht einmal mehr weinen können? Dass wir uns schmutzig fühlen? Dass wir es verlernt haben, ihn anzuflehen, er soll uns freilassen, weil er uns dann halb totschlägt? Dass wir unsere geliebten Menschen so vermissen, dass wir lieber nicht an sie denken, weil es dann so schrecklich wehtut?

Sollen wir einander Mut zusprechen, einander versichern, dass wir eines Tages vielleicht entkommen können? Daran glauben wir nicht mehr. Dass er uns irgendwann freilassen wird? Das wird er nicht tun. Dass wir es überleben werden? Das wird nicht passieren. Wir werden hier sterben, die Frage ist nur, wann und wie. Nicht weil er uns umbringen will. Wenn er das nur täte. Nein, wir werden sterben, weil wir der Sache selbst ein Ende machen oder weil wir krank werden.

Die Realität sieht so aus, dass wir über viele Dinge nicht sprechen können. Nicht über die Vergangenheit, nicht über die Gegenwart und über die Zukunft auch nicht.

Und trotzdem – wenn die Stille und die Einsamkeit unerträglich werden, fange ich an zu reden. Ich bin meist diejenige, die damit beginnt. Oder ich stelle eine Frage. Dann antworten sie, und für einen kurzen Augenblick gibt es nichts anderes als ihre Stimmen. Lori ist am Valentinstag entführt worden. Sie stand an der Schnellstraße, um per Anhalter zu fahren, als ein Wagen anhielt. Der Fahrer stellte sich als John vor und nahm sie mit. Nach einer halben Stunde geriet das Auto plötzlich ins Schlingern, und er stoppte am Straßenrand, weil er nachsehen wollte, was da los war. Ein platter Reifen, sagte er. Lori stieg aus, um zu helfen, und wurde niedergeschlagen. Als sie wieder zu sich kam, war sie hier.

Lori war damals dreiundzwanzig, hatte gerade ihr Studium abgeschlossen und wollte auf Reisen gehen, bevor sie endgültig in ein bürgerliches Leben mit Arbeit, Haus, Ehemann und Kindern eintrat. Mann, wie ihr das jetzt leidtut. Sie hat Buchhaltung studiert, denn sie dachte, sie würde damit sicher eine Stelle finden. Und jetzt kann sie sich mit ihrem Diplom den Arsch abwischen. Das sind ihre eigenen Worte, muss ich dazusagen.

Danach kam Nathalie und dann ich. Sie ist ihrem Mann davongelaufen, er hat sie geschlagen. Aber trotz allem – wenn man sie manchmal reden hört, kann man sich gut vorstellen, dass ihr Mann zu so etwas fähig war. Sie ist eine falsche Schlange. Sie verrät uns, um eine saubere Hose, eine zusätzliche Decke, Schokolade und solche Sachen zu bekommen, und erzählt ihm, was wir sagen.

Sie hatte zu tanken vergessen. Sie stand auf dem Seitenstreifen, als er anhielt. Er sagte, er hätte noch Benzin in seinem Wagen. Sie ging mit, und dann lief alles genauso ab wie bei Lori. Niedergeschlagen und in den Kofferraum verfrachtet. Wir Frauen sind aber auch so schwach. Na ja, Nathalie war es gewohnt, geschlagen zu werden, und sah die Sache kommen, darum hat er sie zuerst am Arm erwischt.

So erzählt sie es zumindest immer, so voller Stolz. Lächerlich, schließlich sitzt sie jetzt auch hier. Wie auch immer, sie hat sich gewehrt, und sie behauptet, in diesem Augenblick sei ein Auto vorbeigekommen, dessen Fahrer sie gesehen haben muss. In der ersten Zeit klammerte sie sich an den Gedanken, dass dieser Autofahrer sich bei der Polizei melden und sie gefunden würde. Wir hätten unsere Befreiung dann ihr zu verdanken.

Wir sind immer noch hier.

Manchmal höre ich sie weinen, und dann habe ich Mitleid mit ihr. Sie vermisst ihre Kinder. Ich kapiere nicht, warum sie sie dann bei ihrem Typen zurückgelassen hat, und wenn ich Nathalie danach frage, fängt sie an zu schreien, dass ich verdammt noch mal mein Maul halten soll.

Dann gibt es da noch eine Frau. Wir wissen nicht, wer sie ist. Wir nennen sie Jane. Sie ist nicht ganz richtig im Kopf. Wir bekommen kein vernünftiges Wort aus ihr heraus. Sie sagt, sie war an einem schlechten Ort und ist jetzt an einem guten. Wenn ich ihr Gebrabbel richtig verstehe, glaubt sie, dass sie in einem Krankenhaus ist und dort ein Einzelzimmer hat. Dass er ihr Pfleger ist.

Ich hab's ja gesagt, sie ist völlig durchgeknallt.

Aber gut, das erwartet uns alle.

Früher oder später.

8

Mackenzie

Als ich die Zäune des Gefängnisses hinter mir gelassen hatte, wärmte ich mich erst einmal einige Augenblicke in der Sonne auf. Mir war kalt, und eine Gänsehaut überzog meine bloßen Arme. Während ich die Straße entlanglief, die zum Parkplatz führte, verfluchte ich Matt. Wie hatte er nur so dumm sein können? Was war denn in ihn gefahren? Diese ganze Sache bedeutete wahrscheinlich, dass ich ihn ziemlich lange nicht würde sehen können.

Auf dem Parkplatz stand ein Auto, das mir nur allzu bekannt vorkam. So ein Mist! Gerade als ich dachte, es könnte nicht mehr schlimmer kommen.

Ich schlurfte auf den Mann in Uniform zu, der sich gegen den Kotflügel lehnte. »Gratulation«, verkündete Dave Thomson.

Er war der Sheriff von Escambia County. Alabama hat sechsundsiebzig Counties. Auf Escambia County entfallen etwa vierzigtausend Einwohner, die sich auf die Kleinstädte Escambia, Atmore, East Brewton, Flomaton und die größte von ihnen, Brewton, verteilen. In Atmore wohnten knapp zweitausendfünfhundert Leute, und zu ihnen gehörte Dave.

Wäre ich ihm nur nie begegnet. Nur nicht so dumm gewesen, mit ihm ins Bett zu gehen. Auch wenn ich das nie getan hätte, wenn ich gewusst hätte, wer er war. Ich hätte nicht trinken dürfen, auch wenn das nicht als Entschuldigung galt. Ich musste an BB denken. Ganz offensichtlich wurde mir nun die Rechnung für mein Verhalten präsentiert.

Nach der bewussten Nacht hatte Dave mich aufgespürt. Ich hatte mich gefragt, wie ihm das gelungen war, aber das begriff ich nur zu schnell, als er mir mitteilte, er sei der Sheriff. Ich gestand ihm, dass ich es bei dieser einen Nacht belassen wollte. Als ich ihm den Grund dafür erklärte, war Dave wütend geworden. Oder besser gesagt: Als er erfuhr, *wer* der Grund dafür war. Ich wiederum war sprachlos gewesen, als er mir berichtete, welche Rolle er bei Matts Verurteilung gespielt hatte.

»Du hast mich angelogen«, hatte er zu mir gesagt.

»Ich habe dir nicht alles erzählt. Und du hast mich auch angelogen.«

»Hast du auch nur irgendeine Ahnung, wie die Leute reagieren, wenn ich ihnen erzähle, dass ich der Sheriff bin? Okay, es war nicht richtig von mir, aber ich hatte in diesem Augenblick einfach keine Lust dazu. Ich wollte dich nicht abschrecken.«

Ich hatte mir selbst nicht erlaubt, mich zu lange mit diesen Worten aufzuhalten und mich damit zu befassen, was sie wohl genau bedeuteten. Danach hatte ich Dave nicht mehr wiedergesehen.

Bis heute.

»Was ist passiert?« Er deutete auf die Blutflecken an meinem Kleid.

Als wüsste er nicht längst, was sich da drinnen abgespielt hatte. »Ich bin da drinnen deinem Freund BB begegnet. Er war ganz eindeutig auf Streit aus und hat Matt verprügelt, bevor er ihn halb nackt in die Isolierzelle geworfen hat. Hat er dich angerufen? Bist du für ein wenig kostenlose Schadenfreude hier?«, erkundigte ich mich mit belegter Stimme. In dem Augenblick, als ich das sagte, wurde mir klar, dass Dave auch in diesem Fall von seinem Büro aus niemals so schnell hätte vor Ort erscheinen können. Außer er hätte sich gerade in der Gegend befunden, aber das wäre ein bisschen viel des Zufalls gewesen.

»BB hat mich nicht angerufen. Ich bin hier, weil ich wissen wollte, wie es dir geht.«

»Mir geht es ganz ausgezeichnet«, schnauzte ich ihn an und machte Anstalten, zu meinem Wagen zu gehen.

»Du blutest. Du hast eine Schnittwunde an der Schläfe.«

Jetzt, wo das Adrenalin aus meinem Körper wich, fühlte ich mich plötzlich schlaff. Dave bot mir ein Taschentuch an, das ich annahm und auf die Schläfe presste.

»Komm, ich bringe dich ins Krankenhaus. Das muss genäht werden.«

»Nein, vielen Dank. Ich komme schon allein zurecht.«

»Jetzt stell dich nicht so an.«

»Ich stelle mich nicht an.« Nach einigem Zögern fügte ich hinzu: »Ich bin nicht versichert.« Wütend blitzte ich ihn an. Er sollte es nur wagen, jetzt einen Kommentar abzugeben.

Dave seufzte tief. »Steig ein«, bat er mit einer Gebärde in Richtung seines Polizeiautos.

»Ich kann ganz wunderbar selbst fahren.«

»Glaub mir, ich habe nicht den geringsten Zweifel daran, dass du sehr gut allein zurechtkommst. Steig ein, ich bringe dich zu einer Tante von mir. Sie ist Krankenschwester und kann deine Wunde nähen.«

Ich gab mich geschlagen. Ich konnte natürlich weiterhin die unabhängige, starke Frau markieren, aber die Wunde musste nun einmal versorgt werden. Außerdem fehlte mir die Energie, mich weiter gegen Dave zu behaupten.

Im Polizeiwagen war es dank der Klimaanlage herrlich kühl. Dave schaute kurz zu mir herüber, sagte aber nichts.

»Warum tust du das? Du kannst mich doch nicht ausstehen«, sagte ich, als ich die Stille nicht mehr ertrug.

»Das stimmt nicht.«

»Doch«, beharrte ich.

Dave trommelte auf dem Steuer herum. »Ich begreife ganz einfach nicht, warum du einen Mörder heiraten willst.«

Vor gut anderthalb Jahren war Vicky Moore, eine Krankenschwester aus Atmore, spurlos verschwunden. Ein paar Wochen später wurde sie in den Wäldern auf der Höhe der Old Stage Road von Autofahrern entdeckt, die kurz angehalten hatten, um ihren Hund aus dem Auto zu lassen.

Sie berichtete, dass sie in einer Zelle gefangen gehalten worden war, unter der Erde. Aber nicht allein: Sie hatte sich einen Raum mit Rosie Allen geteilt, die schwanger war, und sei aus diesem Grund entführt worden: um Rosie bei der Geburt zu helfen. Es befanden sich noch drei weitere Frauen dort. Lori Upton, Nathalie Westbrook und eine Frau, deren Identität sie nicht kannte und die alle nur Jane nannten. In der Nacht, als bei Rosie die Wehen einsetzten, war Vicky in einem günstigen Moment die Flucht gelungen.

Sie identifizierte Matt als ihren Entführer, und er wurde sofort verhaftet. Als man sein Haus durchsuchte, fand man eine Kette von Vicky.

Beim Versuch, Janes Identität zu ermitteln, vertiefte sich die Polizei in alte Vermisstenfälle. Wie sich herausstellte, waren in einem Zeitraum von dreißig Jahren mehrere Frauen spurlos verschwunden, ihr Alter reichte von fünfzehn bis siebzig Jahre. Weil sie aus verschiedenen Counties stammten, hatte nie jemand eine Verbindung zwischen den einzelnen Vermisstenfällen hergestellt. Die Polizei hatte gesucht, Fotos und Berichte erschienen in Zeitungen, die örtlichen Nachrichtensender hatten den Ereignissen ebenfalls ihre Aufmerksamkeit gewidmet, aber mehr als eine Handvoll Hinweise, die keine neuen Erkenntnisse brachten, war dabei nicht herausgekommen. Nach einer gewissen Zeit hatte man die betreffenden Akten geschlossen.

Eine dieser vermissten Frauen war Kate Underwood, von der man vermutete, es könne sich um Jane handeln, weil bestimmte Aspekte ihrer Geschichte mit der von Rosie und Vicky übereinstimmten. Kates Auto stand mit einem platten Reifen am Rand der Schnellstraße. Kate war von einem Zeugen gesehen worden, der aussagte, sie hätte auf dem Standstreifen mit jemandem gesprochen, auf den Matts Beschreibung passte.

Das Problem lag darin, dass Vicky nicht wusste, wo sie gefangen gehalten worden war. Die Polizei hatte immer wieder versucht, aus Matt herauszubekommen, wo er die Frauen gefangen hielt, aber er bestand darauf, von nichts zu wissen.

Ein paar Wochen nachdem Vicky die Flucht gelungen war, verschwand sie erneut. Dieses Ereignis war wochenlang das Nachrichtenthema Nummer eins. Sie hatte die Pistole ihres Vaters mitgenommen, und alle gingen davon aus, dass sie Selbstmord begangen hatte. Ärzte erklärten, sie habe wahrscheinlich nicht verarbeiten können, was ihr zugestoßen war. In den Zeitungen stand, sie habe nicht länger mit dem Schuldgefühl leben können, das sie verfolgte. Der Gedanke, dass sie Rosie und das Baby, um die sie sich hätte kümmern müssen, im Stich gelassen hatte und dass die Frauen und das Baby an Hunger und Durst zugrunde gegangen sein mussten, war mehr, als sie hätte ertragen können.

Vickys Aussage und die Tatsache, dass man ihre Kette bei Matt zu Hause gefunden hatte, reichten der Grand Jury aus, um Matt zum Tode zu verurteilen.

Mir stand nicht der Sinn nach einer Diskussion mit Dave. Stattdessen inspizierte ich den Schaden in meinem Gesicht im Spiegel der Sonnenblende. In ein paar Stunden musste ich wieder im *Joe's* arbeiten – wie sollte ich dann die blauen Flecken erklären?

Nervös drehte ich an dem Ring an meinem Finger, der sich fremd anfühlte. Ich sah, dass Dave einen verstohlenen Seitenblick darauf warf, aber er sagte nichts.

Wir fuhren jetzt durch eine Wohngegend. Die Häuser ähnelten den Bauten, in denen ich aufgewachsen war. Die meisten waren unbewohnt, und die Häuser, bei denen das nicht der Fall war, befanden sich in einem schlechten Zustand: abblätternde Farbe, verrottende Fensterrahmen und verwilderte, vertrocknete Gärten. Das Gebäude, vor dem wir anhielten, stellte eine willkommene Ausnahme dar.

Die Holzfassade war in einem so hellen Weiß gestrichen, dass sie einen zu blenden schien. Den Rasen hatte man ordentlich gemäht, und der Chinaflor in der Pergola an der Veranda stand in voller Blüte. Sobald Dave aus dem Wagen stieg, ging die Haustür auf. Eine Frau mittleren Alters erschien im Türrahmen.

»Hast du dich verfahren?«, fragte sie lachend. Sie hatte das graue Haar zu einem lockeren Pferdeschwanz gebunden und trug eine Latzhose mit einem weißen T-Shirt darunter. Sie war barfuß.

Bevor ich ihn zurückhalten konnte, war Dave um den Wagen herumgelaufen, um die Tür für mich zu öffnen. Schon nach der kurzen Fahrt fühlten sich meine Glieder steif an, und ich stieg mühsam aus. Seine ausgestreckte Hand ignorierte ich und fühlte mich sofort schuldig, weil ich mich so kindisch benahm.

Das Lächeln der Frau verschwand, als sie mich sah, und auf ihrem Gesicht zeichnete sich Verwirrung ab. Dave schien zu begreifen, woran das lag, und er erklärte ihr: »Mach dir keine Sorgen, Tante Norma. Wenn ich geheiratet hätte, hätte ich dir das ganz sicher erzählt. Ich brauche deine Hilfe.«

9

Norma setzte die Brille auf, die ihr an einer Schnur um den Hals hing, bevor sie fragte: »Was ist denn passiert?« Sie trat ein paar Schritte zurück, um uns ins Haus zu lassen. Im Wohnzimmer war es angenehm kühl, weil sich an der Decke ein Ventilator drehte. Norma wies mich an, ich solle mich auf einen Stuhl am Esstisch setzen, und nahm mein Gesicht in beide Hände, damit sie sich die Verletzung genauer ansehen konnte.

»Welches Schwein hat dir das angetan? Ich hoffe für dich, dass es nicht dein Mann war.«

Bevor ich zu einer Antwort ansetzen konnte, ging Dave dazwischen. »Kannst du ihr helfen?«

Norma schnaufte empört. »Natürlich kann ich ihr helfen, und das weißt du auch sehr gut, sonst hättest du sie nicht zu mir gebracht.«

Sie warf ihm einen prüfenden Blick zu, beschloss jedoch, ihre Fragen vorerst für sich zu behalten, und verschwand durch eine Schwingtür in die Küche.

Dadurch blieb mir die Zeit, mir die Einrichtung genauer anzusehen. Ich wurde sofort auf eine Wand aufmerksam, die von oben bis unten mit Fotos zugehängt war. Als mich das lachende Gesicht eines jüngeren Dave ansah, erschrak ich. Norma kam mit einem Erste-Hilfe-Koffer zurück und bemerkte meinen Blick. »Dave war mein Nachbarsjunge, hat er dir das nicht erzählt?«

Dave warf Norma einen warnenden Blick zu, den sie geflissentlich ignorierte. Sie stellte den Koffer auf den Tisch und klappte ihn auf. Routiniert holte sie heraus, was sie brauchte: Verbandszeug, Desinfektionsmittel, Nadel und Faden.

Beim Anblick dieser Utensilien wurde mir plötzlich übel. »So gut kennen der Sheriff und ich uns nicht«, murmelte ich.

»Nicht? Soweit ich mich erinnere, hat er noch nie jemanden zu mir gebracht.«

»Sie ist nicht versichert«, erklärte Dave.

»Hmmm«, brummte Norma, während sie die Wunde säuberte. Das tat weh, und aus Reflex wollte ich den Kopf wegziehen, aber der saß fest wie in einem Schraubstock. Sie lächelte entschuldigend. »Bleib still sitzen, meine Liebe. Ich habe nichts zum Betäuben hier, deswegen wirst du kurz die Zähne zusammenbeißen müssen«, erklärte sie. »Es ist gleich vorbei, und es wird nicht schmerzhafter als die Schläge, die du abbekommen hast«, fügte sie hinzu.

Ich nickte brav. Mir blieb auch nicht viel anderes übrig.

Schnell und fachgerecht nähte Norma die Wunde. Ich presste die Kiefer aufeinander, aber Norma behielt recht. Es war gar nicht mal so schlimm.

»So.« Mit zusammengekniffenen Lippen betrachtete sie ihr Werk. »Du bist kreideweiß. Ich werde eine Tasse Tee für dich aufsetzen. Mit viel Honig. Dann geht es dir sehr schnell besser. Wenn du zu Hause bist, musst du dich gleich hinlegen. Ich gehe davon aus, dass du ziemlich starke Kopfschmerzen bekommst, falls du die nicht schon hast. Mir wäre es lieber, ein Arzt würde sich das anschauen, denn es kann auch sein, dass du eine leichte Gehirnerschütterung hast. Gibt es jemanden, der dich alle paar Stunden aufwecken kann?«

Damit sie keine weiteren Fragen stellte, nickte ich. »Vielen Dank«, sagte ich mit krächzender Stimme. Ich wollte noch etwas hinzufügen, denn ich stand nicht gerne bei anderen in der Schuld.

»Ich bin gleich wieder da«, sagte Norma. Sie räumte die verwendeten Utensilien zusammen und verschwand wieder durch die Schwingtür.

Dave musterte mich schweigend.

»Kannst du mich gleich wieder zu meinem Auto bringen?«

»So lasse ich dich nicht hinters Steuer. Ich fahre dich nach Hause.«

Ich schüttelte den Kopf und bereute das sofort, denn es bescherte mir einen stechenden Schmerz. »Ich brauche den Wagen. Ich muss bald wieder arbeiten.«

»In diesem Zustand kommt das gar nicht infrage.«

»Ich fühle mich ganz wunderbar«, log ich. Am liebsten hätte ich ein Bad genommen und mich danach sofort hingelegt, aber ich musste zur Arbeit. Ruckzuck war man entlassen, denn es gab zehn andere, die sich nach meinem Job die Finger leckten. Und ich brauchte ihn sehr nötig.

Dave zog die Augenbrauen hoch, enthielt sich doch jedes weiteren Kommentars. »Das musst du selbst wissen. Ich fahre dich nach Hause und lasse deinen Wagen dorthin bringen.«

»Hat man als Sheriff nichts Besseres zu tun?«, erkundigte ich mich. Das war gemein von mir, das wusste ich, aber ich konnte mir die Bemerkung nicht verkneifen. Als wäre eine Kraft in mich gefahren, die stärker war als ich und die mich dazu zwang, unfreundlich zu ihm zu sein, obwohl er freundlich zu mir war. Mit Sympathie konnte ich nicht umgehen. Hass, Wut, Zurückweisung – ja, mit diesen Gefühlen konnte ich etwas anfangen. Wie ich auf eine freundliche Geste reagieren sollte, wusste ich einfach nicht. Und schon gar nicht, wie ich Hilfe annehmen sollte. Seit ich mich erinnern konnte, kümmerte ich mich selbst um meine eigenen Belange. Ich, ich ganz allein.

Ehe Dave auf meine patzige Frage reagieren konnte, erschien Norma wieder, mit drei Tassen auf einem Tablett, das sie vorsichtig abstellte. Der starke Duft nach Honig ließ erneut Übelkeit in mir aufsteigen.

»So«, sagte sie, während sie sich hinsetzte. »Erzählt ihr mir dann jetzt endlich, was überhaupt los ist?«

Es wurde still. Dave sah mich an, und die unausgesprochene Bedeutung seines Schweigens begriff ich nur allzu deutlich. Das Mindeste, was sich Norma nach ihrem selbstlosen Akt der Hilfe verdient hatte, war die Wahrheit. Ich straffte die Schultern und bereitete mich auf das vor, was jetzt unvermeidlich kommen musste.

»Mein Mann ist in eine Prügelei mit einigen Männern des Wachpersonals geraten. Ich habe versucht dazwischenzugehen, aber das war wahrscheinlich keine besonders gute Idee.« Bevor Norma dazu kam, die offensichtliche Frage zu stellen, fügte ich hinzu: »Mein Mann Matt sitzt im Gefängnis. In der Todeszelle.«

Lügen konnte diese Frau sicher nicht, schoss es mir durch den Kopf, als ich viele unterschiedliche Gefühlsregungen über Normas Gesicht gleiten sah. Verzweifelt schaute Norma Dave an, der bestätigend nickte.

»Bist du mit Matt Ayers hier aus Atmore verheiratet? Mit dem Kerl, der wer weiß wie viele Frauen entführt und sie dann ihrem Schicksal überlassen hat?«

Ich nickte.

»Hast du jetzt ganz und gar den Verstand verloren?«, wandte sich Norma an Dave.

»Ich erwarte nicht von Ihnen, dass Sie das begreifen. Dass es überhaupt irgendjemand begreift …«, beeilte ich mich zu sagen.

»Das hast du ganz richtig erfasst, junge Dame«, gab Norma zurück und erhob sich. Von der freundlichen Krankenschwester von eben war nichts mehr zu sehen. »Raus aus meinem Haus, und zwar sofort.«

Ich hatte nicht vor, sie davon abzubringen, stand schnell auf und ging zu Tür, wobei mir ziemlich schwindlig wurde.

»Mir wäre es lieber gewesen, du wärst nie …«

»Norma, sag jetzt nichts, was dir später leidtut«, warnte sie Dave.

Die Frau hob einen Finger. »Mit dir bin ich noch nicht fertig, mein Junge. Wie kannst du es wagen, eine solche Frau in mein Haus zu bringen? Du weißt doch, was mit Vicky …« Ihr brach die Stimme.

»Wir unterhalten uns später.«

»Worauf du dich verlassen kannst.«

Wie ein geprügelter Hund ging ich zu Daves Auto. Als wir wegfuhren, sah ich im Rückspiegel, wie uns Norma kopfschüttelnd nachschaute, die Arme vor der Brust verschränkt und mit einem verbissenen Zug um den Mund.

»Es tut mir leid«, begann Dave, sobald wir um die Ecke gebogen waren.

»Nein, das macht nichts. Ich bin diejenige, die sich entschuldigen muss.«

»Sie und Vicky waren Kolleginnen im Krankenhaus. Sie kannten einander nicht besonders gut, aber Norma hat sich noch eine ganze Weile um Vicky gekümmert, nachdem …«

»Ich kapiere schon«, schnitt ich ihm das Wort ab. Es gab keine Notwendigkeit, weiter über die Sache zu sprechen. Wir wussten beide nur zu gut, was mit Vicky passiert war.

Ich lehnte meinen Kopf an, schloss die Augen und gönnte mir selbst eine ordentliche Portion Selbstmitleid. Was hatte ich denn erwartet? Dass ich als Ehefrau von Matt Ayers, der als gewissenloser Mörder bekannt war und den guten Ruf von Normas Stadt ruiniert hatte, mit offenen Armen empfangen werden würde?

10

Rosie

Der Zufall kann einem zum Verhängnis werden. Um das zu wissen, braucht man nur die Zeitung zu lesen. Zum Beispiel dieser Mann: Er bekam einen Blumentopf auf den Kopf, der aus dem fünften Stock herunterfiel. Wäre er eine Minute später aus dem Haus gegangen, wäre ihm nichts passiert.

Wenn ich an diesem bewussten Tag mit meinem Freund heimgefahren wäre, würde ich jetzt nicht hier sitzen. Dann wäre ich nicht mit meinem Wagen liegen geblieben. Ich hätte auf meinen Vater hören sollen und nie die alte Corvette meiner Oma übernehmen dürfen. Er hatte recht, die Karre fiel sowieso schon fast auseinander.

Ich frage mich, wer jetzt an meiner Stelle mit meinem Freund verheiratet ist und seine Kinder bekommen hat. Ich wüsste auch sehr gern, wer mich in der Schule ersetzt hat.

Ich begreife es immer noch nicht. Ich kann doch nicht einfach so vom Erdboden verschwinden? Es muss doch Hinweise geben? Was tut die Polizei? Tut sie überhaupt etwas?

Ich klammere mich an die Hoffnung, dass man ihn eines Tages erwischt. Das passiert doch früher oder später allen Tätern, oder? Der Gedanke daran, dass vielleicht sehr viele von seiner Sorte herumlaufen, die der gerechten Strafe entgehen, ist einfach nur beängstigend und nicht mit dem Verstand zu erfassen.

Ich habe einmal versucht, Widerstand zu leisten, aber das kam mich teuer zu stehen. Ich dachte wirklich, er hätte mir den Kiefer gebrochen. Eine Woche lang konnte ich kaum essen.

Aber ich habe es nicht so schwer wie Lori. Ich sage immer zu ihr, dass sie ihn nicht so provozieren darf, aber sie will nicht auf mich hören. Welchen Sinn hat das? Manchmal meine ich, sie tut es, weil sie hofft, er wird sie totschlagen. Ich bin egoistisch, ich weiß, aber ich will nicht, dass sie stirbt. Was soll ich denn ohne sie machen? Wir geben einander Halt. Manchmal können wir sogar lachen, so verrückt das auch klingen mag.

Im richtigen Leben wären wir nie Freundinnen geworden. Sie hat zwar wie ich studiert, aber ihre Eltern haben Geld. Wir kommen aus völlig unterschiedlichen Kreisen. Ich hätte sie wahrscheinlich für arrogant gehalten, und sie mich für einen Niemand. Aber sie ist schlau. Und sie hat ein großes Mundwerk, deswegen bekommt sie auch immer wieder Probleme. Ich weiß, wie Lori aussieht. Das hat sie mir erzählt, als ich eines Tages ein bisschen durchgedreht bin. Ich konnte das ganze Grau nicht mehr ertragen (Grau ist die Farbe der Verzweiflung) und nicht aufhören zu schreien. Lori sagte zu mir, ich solle beide Augen zukneifen und an zu Hause denken, aber das machte mich nur noch wütender und verzweifelter. Es erinnerte mich an das, was ich nie wieder würde sehen dürfen, nie wieder schmecken, anfassen, hören, erleben.

Da beschrieb mir Lori, wie sie aussah. Langes blondes Haar. Das kann einen Schnitt inzwischen gut gebrauchen, aber daraus wird vorerst nichts, meinte sie. Sie hat brau-

ne Augen und perfekte Augenbrauen. Ein paar Sommersprossen auf den Wangen. Meistens bekommt sie mehr davon, wenn sie viel in die Sonne geht, also hat sie jetzt wahrscheinlich weniger im Gesicht. Aber an dem Tag, als sie entführt wurde, trug sie Linsen, und die musste sie ja nach einiger Zeit herausnehmen. Nach langem Betteln hat er ihr zwar eine Brille besorgt, aber damit sieht sie nicht gut. Sie bekommt Kopfschmerzen davon. Darum lebt Lori in einer verschwommenen Welt. Aber hier braucht sie sowieso nicht weiter zu schauen als bis an die Wände ihres Zimmers.

Der Klang ihrer Stimme beruhigte mich, und ich konnte wieder Luft holen.

Reden und mich beruhigen, das tat sie auch an meinem ersten Tag hier, als ich hysterisch wurde und nicht mit dem Weinen und Schreien aufhören konnte. Wer bist du, wie heißt du, was ist mit dir passiert? Jedes Mal, wenn ich etwas erzählte, stellte sie mir eine neue Frage. Wo kommst du her? Was arbeitest du?

Später hat sie manchmal zu mir gesagt, dass sie sich gefreut habe, dass ich gekommen war. Gleichzeitig schämt Lori sich dafür, weil sie niemandem wünscht, was wir durchmachen müssen.

Er wird dich nicht töten, beruhigte sie mich. Es ist nur gut, dass sie damals noch nicht verraten hat, wie lange sie schon hier war und was mir noch bevorstand.

11

Mackenzie

Dave hielt vor meinem Haus. Ich gab ihm meine Wagenschlüssel.

»Ich hoffe, zwischen dir und deiner Tante kommt wieder alles in Ordnung«, meinte ich.

»Norma geht schnell in die Luft, aber sie hat ein Herz aus Gold«, erklärte Dave.

Es schien, als wolle er noch etwas sagen, aber ich stieg aus dem Auto. Als ich endlich sicher vor der Haustür stand, wurde ich von Misty freudig begrüßt. Ich kniete mich neben sie und drückte mein Gesicht in ihr Fell. Ich gönnte mir eine Minute, um wieder zu Atem zu kommen. Mehr Zeit blieb mir nicht, um noch mal alle Ereignisse dieses Morgens zu überdenken. Wenn ich mich nicht beeilte, würde ich zu spät zur Arbeit kommen.

Im Spiegel begutachtete ich meine Verletzungen. Mein Gesicht hatte ganz schön etwas abbekommen. Meine Augenbraue war blutig und dick. Unter meinem rechten Auge und auf meinen Wangenknochen zeichneten sich blaue Flecken ab. Mir war immer noch übel, also beugte ich mich über die Toilettenschüssel, um mich zu übergeben, aber da kam nichts.

Rasch duschte ich und zog meine Uniform an. Danach sah ich ein wenig besser aus, weil ich keine Blutspuren mehr an Gesicht und Körper hatte.

Ich war schon zu spät dran, wollte aber trotzdem erst im Gefängnis anrufen, um mich nach Matt zu erkundigen. Misty umkreiste mich nervös, als spüre sie, dass alles Mögliche nicht in Ordnung war. Doch wie sollte sie begreifen, worum es genau ging?

Der Mann am anderen Ende der Leitung war mir offensichtlich alles andere als wohlgesinnt. »Und wie heißt Ihr Ehemann?«, erkundigte er sich in gelangweiltem Ton.

»Matt Ayers. Wir haben erst heute Morgen geheiratet, und … Es kam zu einer Auseinandersetzung mit einem der Wärter, und mein Mann wurde zusammengeschlagen. Ist er im Gefängniskrankenhaus? Oder hat man ihn in die Isolierzelle gebracht? Sie haben gesagt, er würde dort …«

»Wer?«

»Was, wer?«

»Wer hat das gesagt?«

»Ihre Kollegen.«

»Dann wird dem wohl auch so sein.«

»Aber ich will es mit Sicherheit wissen. Er ist verletzt, und ein Arzt muss sich das anschauen …«

»Ich kann Ihnen darüber keine Auskunft geben.«

»Und wer kann das dann?«

Der Mann seufzte. »Das weiß ich auch nicht. Wir haben hier durchaus Wichtigeres zu tun, als besorgte Ehefrauen oder Familienangehörige zu beruhigen. Weglaufen wird er Ihnen ja schon nicht.« Amüsiert lachte er über seinen eigenen Witz.

»Aber …«

»Rufen Sie später noch einmal an.« Ehe ich noch etwas sagen konnte, hatte er aufgelegt. Völlig verblüfft, schaute ich auf das Mobiltelefon in meiner Hand und beschloss, Russell einzuschalten. Vielleicht konnte er mehr erreichen als ich. Ich suchte seine Telefonnummer heraus, und glücklicherweise nahm er schon nach dem zweiten Klingeln ab. Bei meinem Bericht über das Geschehene stolperte ich geradezu über meine eigenen Worte.

»Kannst du bitte herausfinden, wie es ihm geht? Wie funktioniert denn so etwas? Haben Familienangehörige nicht das Recht, informiert zu werden?«

»Ich kümmere mich darum. Sobald ich etwas weiß, erfährst du es von mir.«

Frustriert beendete ich das Gespräch.

Dave hatte Wort gehalten: Vor der Tür stand mein Auto. Während ich zum *Joe's* raste, um noch pünktlich zu erscheinen, nahm meine Übelkeit zu, und ich war froh, als ich endlich auf den Parkplatz fuhr. Der Diner lag an der Nashville Avenue, einer der vielen breiten Straßen, die durch Atmore führten. Das Gebäude sah aus, als könnte der erstbeste Windstoß es umreißen, und war von einer Asphaltfläche umgeben. Die Gäste hatten ihre Autos in völligem Chaos abgestellt, weil es keine markierten Parkplätze gab. An der Vorderseite hatte jemand, wahrscheinlich Joe, aus Holzpfählen und Wellblech einen Vorbau errichtet. Sobald sich auch nur jemand dagegenlehnte, würde die ganze Konstruktion in sich zusammenkrachen.

Drinnen sah es nicht viel besser aus. Es gab einen langen Tresen mit wackeligen Hockern, die ihre besten Zeiten lange hinter sich hatten. Groß war der Raum nicht, aber Joe hatte so viele Sitzgelegenheiten wie möglich eingerichtet: Tische und Bänke aus Kunststoff, wobei von

Letzteren der Überzug an einigen Stellen verschlissen und ausgebleicht war.

Drinnen empfing mich der Geruch nach gebratenem Speck und Eiern und kaltem Kaffee. Mir drehte sich der Magen um. Wie üblich war es im *Joe's* gerammelt voll. Größtenteils Männer: Trucker und Arbeiter. Mit gesenktem Kopf ging ich in die Küche, wo Joe an der großen Herdplatte stand. Wenn die Gäste ahnen würden, wie schmutzig es hier drinnen zuging, würden sie in diesem Etablissement nie wieder etwas zu sich nehmen.

Ich band mir meine Schürze um und band mein Haar zu einem hohen Dutt zusammen. Mit prüfendem Blick musterte mich Joe, und das ließ wenig Gutes erahnen. Meistens ignorierte er mich völlig, außer wenn er mir Befehle zubellte.

Joe sah aus, als äße er den ganzen Tag nur Hamburger. Eine mit Flecken übersäte Schürze umspannte seinen riesigen Bauch, und auf seinem kahlen Schädel glänzten die Schweißtropfen. An den Wänden des Restaurants hingen Fotos, auf denen der junge Joe mit seinen Gästen abgelichtet war: lokalen Berühmtheiten, schätzte ich – aber ich konnte mir fast nicht vorstellen, dass der Mann auf den Bildern und derjenige vor mir ein und dieselbe Person sein sollten.

»Du siehst ja ganz entzückend aus«, kommentierte Joe trocken.

»Eine lange Geschichte«, gab ich zurück.

»Dann brauchst du sie mir nicht zu erzählen. Und jetzt los, du bist schon zu spät dran. Eins noch: Ich werde dir nicht gratulieren, denn ich bin der Ansicht, dass du gerade den größten Fehler deines Lebens begangen hast«, fuhr Joe fort. »Taylor hat mich angefleht, dich nicht zu entlassen. Sie hatte schon immer eine Schwäche für Leute wie dich, für *Underdogs*. Dein Privatleben geht mich nichts an, aber sobald ich feststelle, dass es sich in irgendeiner Weise nachteilig auf das Geschäft auswirkt, kannst du dich nach einem anderen Job umsehen. Nicht dass dich dann überhaupt noch jemand nehmen würde, aber das ist nicht mein Problem. Kapiert?«

Ich nickte dankbar.

»Und jetzt hol Becca rein. Sie steht draußen und raucht. Schon wieder.«

Raucherpausen hatte Joe verboten – »Der Zigarettengestank kann die Kunden abschrecken« –, aber das war Becca herzlich egal.

Ich ging in den Hinterhof des *Joe's*. Becca war nicht allein. Sie unterhielt sich mit einem Mann in Polizeiuniform und lachte über etwas, was er gerade zu ihr sagte. Sie war ein wenig jünger als ich. Hatte dunkles, schulterlanges Haar, volle Lippen und eine schmale Nase. Attraktiv war sie, auf eine erfrischende Weise, und mit der Eigenschaft gesegnet, laut auszusprechen, was sie dachte. So hielten es alle hier im Süden, ob sie einen damit beleidigten oder nicht.

»Becca, kommst du wieder rein?«

Normalerweise hätte Becca es sich nicht gefallen lassen, so von mir herumkommandiert zu werden – so und nicht anders empfand sie meine Bitte. Aber diesmal drückte sie ohne Murren ihre Zigarette mit dem Absatz aus.

»Auf Wiedersehen, Deputy Jenkins«, sagte sie gedehnt. »Wie Sie hören, muss ich wieder an die Arbeit.«

Der Angesprochene nickte. »Vielleicht können wir uns ja bald ein wenig länger unterhalten«, gab er zurück, »bei einem Drink.«

»Vielleicht«, erwiderte Becca und verschwand schnell nach drinnen.

»Magst du ihn nicht?«, wollte ich wissen. Der Deputy war etwas älter als Becca und sah gar nicht schlecht aus.

»Doch, doch, vorausgesetzt, man mag gewisse Machotypen. Solche, die denken, dass jedes Mädchen hier im Süden so schnell wie möglich heiraten, ihrem Gatten fünf Kinder schenken und sich dann zu Hause einsperren lassen will, während sein eigenes Leben einfach weiterläuft wie immer. Nein, herzlichen Dank auch. Sobald ich genug gespart habe, mache ich eine Weltreise und komme nie wieder zurück.« Sie schwieg kurz. »Das hättest du auch tun sollen.«

»Wie bitte?«

»Tony und ich haben gerade über dich gesprochen«, sagte sie. »Ich hoffe, er ist die Sache wert«, meinte sie mit einer Gebärde in Richtung meines Gesichts.

Befremdet schaute ich sie an. Ich hatte Becca nie etwas über Matt erzählt. Wir waren Kolleginnen, keine Freundinnen.

Ich ging ihr nach. »Ihr habt über mich gesprochen?«, hakte ich in eisigem Ton nach.

»Er hat mir erzählt, dass er dein Auto am Gefängnis abholen musste. Ganz schön kleine Welt hier, findest du nicht auch?«

»Ja, offensichtlich.«

»Es geht mich ja alles nichts an, leben und leben lassen, sage ich immer, aber ich finde nicht, dass du es dir selbst besonders leicht machst.«

Ich brachte ein verkrampftes Lächeln zustande. »Darauf bin ich mittlerweile auch gekommen, ja«, erwiderte ich.

»Alle hier hassen ihn. Was sage ich da? Die ganze Welt hasst ihn. Bist du nicht ganz richtig im Kopf oder so?«

»Ich kann mich nicht erinnern, dich nach deiner Meinung gefragt zu haben«, antwortete ich und drückte mir dabei die Fingernägel in den Handteller.

»Haltet ihr da draußen ein Kaffeekränzchen ab oder so?«, rief Joe.

»Stellst du dich heute an die Kasse?«, fragte Becca mit einem breiten Grinsen, als wäre nichts passiert. »Dann übernehme ich die Tische. Damit hatte ich sowieso schon angefangen.«

Ich schlurfte hinter die schmale Theke, an der die Gäste mechanisch ihr Essen in sich hineinstopften, als handele es sich dabei nur um eine weitere der vielen mühsamen Aufgaben, die während eines langen Arbeitstages zu erledigen waren. Die Männer – es waren vor allem Männer – schlangen innerhalb einer Viertelstunde ihr Essen herunter und verzogen sich dann, um für neue Männer Platz zu machen, die ihren Vorgängern aufs Haar glichen.

Ich quetschte mich hinter den Tresen und konnte mich nicht konzentrieren. Ich vergaß Bestellungen, sobald ich sie durchgegeben hatte, und musste zum großen Ärger einiger Gäste noch einmal fragen, was sie haben wollten; ich verwechselte Bestellungen oder vergaß, den Leuten Besteck und Servietten zu geben. Es schien, als könnten die Gäste meine Stimmung spüren, denn sie hatten heute allerhand zu meckern. Die Pfannkuchen waren zu dünn, die Hamburger zu salzig, der Kaffee konnte einen ja umhauen. An Tagen wie diesen begriff ich nur zu gut, warum sich Joe lieber in der Küche verschanzte. Glücklicherweise gab niemand einen Kommentar zum Zustand meines Gesichts ab, obwohl mir nicht entging, dass manche Leute es mit einem Stirnrunzeln registrierten.

Ich war froh, als meine Schicht zu Ende war, und lief nach draußen. In meinem Kopf hämmerte es so stark, dass ich glaubte, jeder könnte es hören. Bei jedem Schritt schien mein Magen auf und ab zu hüpfen. Auf dem Parkplatz stellte ich fest, dass jemand, an ein Auto gelehnt, auf mich wartete. Ein älterer Mann. Er stieß sich von der Motorhaube ab und machte ein paar Schritte auf mich zu, was auf mich irgendwie bedrohlich wirkte. Er kam mir vage bekannt vor und trug verschlissene Jeans, ein weißes T-Shirt und eine Baseballkappe. Seine Arme waren von Tätowierungen übersät.

»Mackenzie?«

»Das bin ich«, sagte ich. Ich war auf der Hut.

»Ich bin Tim Ayers, Matts Vater.«

Matt sah ihm ähnlich, stellte ich fest. Die gleichen Augen, das gleiche Grübchen im Kinn, die breite Nase. Automatisch streckte ich ihm die Hand entgegen, aber er schaute mich an, als wäre ich nicht ganz bei Trost.

»Ist es wahr?«, erkundigte er sich. »Haben Sie heute Morgen meinen Sohn geheiratet?«

»Ja.« Ich räusperte mich. »Ja, wir sind Mann und Frau.«

Er zeigte mit einem Finger auf mich. »Sie sollten sich schämen.«

»Ich …« Weiter kam ich nicht. Er gab mir keine Gelegenheit dazu.

»Mein Sohn, Ihr Mann, das ist ein Mörder. Er hat Frauen wie Sie krepieren lassen. Finden Sie das vielleicht auch noch aufregend? Er verdient kein Glück, keine Liebe. Wegen dem verdammten Dreckskerl schaut mich niemand mehr auch nur an. Wegen ihm finde ich keine Arbeit mehr.«

»Mr. Ayers, ich …«

»Er ist ein schlechter Mensch, durch und durch verdorben. Der Teufel ist er! Dafür wirst du noch büßen, du blödes Weib.«

Er spuckte vor mir auf den Boden und machte sich davon.

12

In dieser Nacht träumte ich, dass Norma neben meinem Bett stand und mich immer wieder weckte. Als der Zeiger der Uhr die Fünf erreichte, fühlte es sich an, als hätte ich fast gar nicht geschlafen. Mit einem Stöhnen setzte ich mich auf. In meinen Kopf bollerte es wie in einer alten Heizung. Unter meiner Schlafzimmertür kam ein Lichtstreifen durch. Hatte ich die Wohnzimmerlampe angelassen, als ich ins Bett ging? Ich konnte mich nicht erinnern.

Vorsichtig öffnete ich die Schlafzimmertür. Norma saß auf einem Stuhl und sah fern, den Ton hatte sie abgestellt. Misty schlief neben ihr, als wäre es die größte Selbstverständlichkeit. Erst jetzt fiel mir ein, dass sie nicht neben mir gelegen hatte, als ich aufgewacht war.

»Ah, du bist aufgestanden«, begrüßte mich Norma, als sie mich bemerkte. »Wie fühlst du dich?«

»Was tust du hier?« Ich war zu erstaunt, als dass ich wegen ihres ungebetenen Besuchs böse hätte sein können.

»Ich habe geklopft, aber du hast mich nicht gehört. Taylor hat einen Reserveschlüssel und hat mich reingelassen«, erklärte sie.

»Du bist wirklich ein ganz ausgezeichneter Wachhund, Misty.« Der Hund schaute mich kurz an und wandte den Blick dann wieder Norma zu. »Was tust du hier?«, wiederholte ich.

»Dave hat mich gebeten, ein bisschen auf dich zu achten.«

»Dave?«

»Wir haben befürchtet, du hättest vielleicht eine Gehirnerschütterung. Also, wie fühlst du dich?«

»Ich habe Kopfschmerzen.«

»Das will ich dir glauben, ja. Ich werde dir Tabletten geben, und dann legst du dich gleich wieder ins Bett.«

Vorsichtig schüttelte ich meinen schmerzenden Kopf. »Meine Schicht fängt bald an«, gab ich zurück.

»Hältst du das für eine so gute Idee?«

Du liebe Güte. Norma war schon genauso schlimm wie Dave. Ich flüchtete in mein Schlafzimmer. Während ich mir rasch Jeans und ein T-Shirt anzog, hörte ich, wie Küchenschränke geöffnet und wieder geschlossen wurden und wie Norma am Herd mit Pfannen hantierte. Ich schaute auf mein Handy. Russell hatte mich immer noch nicht angerufen. Schnell ging ich in die Küche, wo Norma gerade dabei war, Teig für Pfannkuchen zu rühren. Die Kaffeemaschine gluckerte vor sich hin.

»Was machst du da?«

»Setz du dich nur hin. Wenn ich dich richtig einschätze, bist du so eigensinnig, dass du sowieso arbeiten gehst, da kann ich dir wenigstens ein ordentliches Frühstück vorsetzen. Ich wette, du hast seit der Schlägerei nichts mehr gegessen.« Sie schnalzte mit der Zunge. »Der Inhalt deines Kühlschranks ist im Übrigen ziemlich dürftig. Wenn ich das gewusst hätte, hätte ich ein paar Einkäufe mitgebracht.«

Gestern hatte mich diese Frau quasi aus ihrem Haus geworfen, und heute schlug sie in meiner Küche den Teig, als hätte sie nie etwas anderes getan. Als wäre es das Natürlichste von der Welt.

Norma schien meine Gedanken lesen zu können. »Es tut mir leid, dass ich gestern so reagiert habe, das war völlig unangemessen.«

Ich hatte keine Lust, ihr die Sache schwer zu machen, nicht nach dem, was sie gestern für mich getan hatte. »Das ist nicht schlimm.«

»Ist es doch. Es steht mir nicht zu, über dich zu urteilen. Außerdem bin ich als Krankenschwester dazu verpflichtet, anderen zu helfen. Im Krankenhaus begegne ich auch Patienten, die nicht unbedingt das reinste Gewissen haben. Dieben, Vergewaltigern, Männern, die ihre Frauen und Kinder schlagen, Süchtigen ... Ich kümmere mich um meine Patienten, so gut ich kann«, sagte sie mit unbewegtem Gesicht.

Mir entging nicht, mit wem sie mich da verglich. »Ich bin aber keiner von deinen Patienten.«

Norma zog die Schultern hoch und goss den Teig in die Pfanne, und sofort war ein Zischen zu hören.

Ich nahm die Szene in mich auf. Ich musste ihr dankbar sein, weil sie heute Nacht Wache gehalten hatte, auch wenn ich ziemlich sicher keine Gehirnerschütterung hatte, doch sie war und blieb eine Fremde. Und ich wollte auch, dass sich daran nichts änderte. Allerdings fehlte mir die Kraft, Norma vor die Tür zu setzen. Eine innere Stimme sagte mir, es wäre besser, sie einfach machen zu lassen. Also nahm ich am Tisch Platz, und Norma stellte Kaffee sowie einen Teller mit einem Pfannkuchen vor mich hin.

»In welchem Krankenhaus arbeitest du denn?«, erkundigte ich mich, während ich mich meinem Frühstück widmete. Sie lag richtig; ich hatte lange nichts mehr gegessen und jetzt riesigen Hunger.

»Im Mobile Infirmary Medical Center«, antwortete

Norma. »Wie Vicky Moore«, fügte sie beinahe provozierend hinzu.

»Wart ihr Kolleginnen?«, wollte ich wissen.

»Nein, wir gehörten zu verschiedenen Stationen. Aber ich habe sie versorgt, als sie bei mir gelandet ist. Du siehst ihr übrigens ein bisschen ähnlich.«

Mir wurde es eiskalt. »Was meinst du damit?«

»Dass Matt ganz offensichtlich ein bestimmtes Beuteschema hat«, erklärte Norma. Sie nahm die Pfanne vom Herd. »Willst du noch einen?«

Ich war zu schockiert, um etwas sagen zu können, und schüttelte den Kopf. Norma nahm sich meinen Teller und stellte ihn in der Spüle ab. »Viele Sachen hast du ja nicht«, kommentierte sie, während sie sich umschaute.

Diese Frau glich einem Wirbelsturm, schoss es mir durch den Kopf; sie war kaum aufzuhalten und nicht gerade zimperlich. »Ich brauche auch nicht viel.«

»Man bekommt fast den Eindruck, du wärst nur auf der Durchreise.«

Eine leichte Panik ließ mein Herz kurz aussetzen. Das war genau der Grund, aus dem ich die Leute nicht zu nah an mich heranließ. Sie interessierten sich plötzlich für einen, stellten Fragen, wollten Dinge von einem wissen. Das konnte ich überhaupt nicht gebrauchen.

Lass dir nichts anmerken. Bleib ruhig. In meinem Kopf herrschte eine beunruhigende Stille. Ich wollte meinem Gehirn einen Schubs geben. Was sollte ich antworten? »Dem war auch so. Ich hatte ursprünglich nicht vor, lange hierzubleiben. Aber dann habe ich Taylor kennengelernt.«

»Auf der Durchreise?«

Ich nickte.

»Wohin wolltest du denn?«

»Ich hatte keine besonders konkreten Pläne. Ich wollte einfach weg«, erklärte ich vage.

»Warum?«

Mir wurde heiß. Wie konnte ich diese Qual nur beenden? »Da, wo ich herkam, hat es mir nicht mehr gefallen.«

Norma kniff die Augen zusammen. »Und wo kommst du her?«

»Aus Denver, Colorado.«

»Bist du dort aufgewachsen?«

Ich nickte wieder. Das stimmte zwar nur so halb, aber das brauchte sie nicht zu wissen.

»Das könnte ich ja nicht, einfach alles so zurücklassen.«

»Ich wollte die Welt sehen«, gab ich schulterzuckend zurück.

Norma musste lachen. »Und dabei bist du in diesem Nest gelandet.«

»Du doch aber auch?«

»Bei mir ist das anders. Ich habe hier meine Wurzeln. Familie, Freunde, Arbeit …«

»Wurzeln habe ich jetzt auch.«

»Matt, ja«, sagte Norma mit einem bedeutungsvollen Nicken. Sie ließ sich auf einen der Küchenstühle sinken. »Fehlt dir denn deine Familie nicht?«

»Ich habe nur wenige Angehörige. Eigentlich nur meine Mutter, und die ist gestorben.« Dass ich noch eine Schwester hatte, verschwieg ich Norma. Sonst würde sie nur noch mehr Fragen stellen.

»Und deine Freunde?«

»Genau wie die meisten Leute hier haben auch sie nur wenig Verständnis für meine Entscheidung.«

Diese Antwort schreckte Norma nicht ab. »Ist das die ganze Sache wert?«

Ich nickte.

»Aber er wird sterben.«

»Sterben werden wir alle.«

»Aber er viel früher. Du weißt, dass du Abschied von ihm wirst nehmen müssen. Schon in ein paar Jahren.«

»Und genau darum haben wir geheiratet. Unsere Zeit ist kostbar.«

»Aber willst du denn keine Kinder? Jetzt bist du noch jung. Bald ist er nicht mehr da, und dann bist du zu alt, um noch Kinder zu bekommen …«

Jetzt ging sie wirklich zu weit. »Ich weiß deine Anteilnahme durchaus zu schätzen«, unterbrach ich sie in eisigem Ton.

»Jetzt sag bitte nicht, du willst auch noch Kinder von ihm«, reagierte Norma erschrocken. »Das kannst du einem Kind nicht antun! Es würde für alle Zeit als Kind eines Mörders herumlaufen müssen … Und das auf dem Schulhof? Kinder können sehr grausam sein, weißt du.«

Rasch schob ich meinen Stuhl zurück, um das Gespräch zu beenden.

Aber Norma gab nicht auf, auch wenn sie sich einem anderen Thema zuwandte. »Du hast doch nicht einmal Fotos von Matt.«

»Was denn auch für Fotos? In seiner Sträflingskleidung?«, fragte ich scharf.

»Es gibt sicher noch andere Bilder von ihm. Irgendwo. Bei der Familie zum Beispiel?«

»Schon möglich. Zu seiner Familie habe ich keinen Kontakt.«

»Warum nicht?«

Ich unterdrückte einen Seufzer. »Seine Angehörigen hatten nie viel mit Matt zu tun, und nach seiner Verhaftung haben sie ganz mit ihm gebrochen. Ich gehe nicht davon aus, dass sie mich mit offenen Armen empfangen werden.« Kurz tanzte mir das Bild von seinem drohenden und schimpfenden Vater vor dem inneren Auge herum.

»Glauben sie denn nicht an seine … Unschuld?« Mir fiel auf, dass Norma vor dem letzten Wort eine kleine Pause machte.

»Es sieht nicht gerade danach aus.«

Wir schwiegen beide.

Ich schaute demonstrativ auf meine Armbanduhr. »Ich muss los.«

»Dave hat gesagt, du machst Doppelschichten.«

»Das muss ich.«

»Bezahlt dich Taylors Mann denn so schlecht?«

»Das nicht, aber Matt verdient nichts. Er braucht im Gefängnis natürlich auch Dinge.« Matt durfte R-Gespräche führen, und das hatte er auch ein paarmal in Anspruch genommen, nachdem wir einander kennengelernt hatten, aber der Sache hatte ich ziemlich schnell ein Ende bereitet. Ich hatte ihm erklärt, es wäre zu teuer und ich bräuchte das Geld für andere Dinge. Das stimmte auch, weil ich ihm zur Flucht verhelfen wollte, aber das wusste Matt damals noch nicht.

»Vielen Dank. Für alles«, sagte ich mit einem steifen Lächeln. Der Gedanke, anderen Menschen etwas schuldig zu sein, gefiel mir nicht. Früher oder später erwarteten alle eine Gegenleistung.

»Wenn ich etwas für dich tun kann … Mir scheint, du könntest eine Freundin gut gebrauchen.«

»Danke. Ich werde es mir merken.«

Nie im Leben, dachte ich.

13

Rosie

Mit meiner Kondition geht es hier schnell bergab. Ich bin es gewohnt, mich viel zu bewegen. Früher lief ich mindestens dreimal die Woche, und als Lehrerin rannte ich sowieso den ganzen Tag herum. Das eine Kind brauchte Hilfe beim Anziehen der Jacke, der Junge da war hingefallen, dem Mädchen dort musste ich zeigen, wie sie etwas ausmalen sollte. Alle wollten sie etwas, alle erhoben sie Anspruch auf mich. Ich kam oft nicht einmal zu einer Pause, und am Abend fühlten sich meine Füße an, als wäre ich einen Marathon gelaufen. Manchmal sehnte ich mich nach Ruhe, nur fünf Minuten Hinsetzen. Und wenn es nicht die Kinder waren, die etwas von mir verlangten, dann waren es meine Kollegen. Kannst du mal kurz hier oder noch ganz kurz da, kümmerst du dich darum, dass … Und jetzt … Ich sehne mich nach den fordernden Kindern und Kollegen. Nach dem Pipigeruch in den Kindertoiletten. Ich würde leidenschaftlich gern den ganzen Tag mit getrocknetem Rotz auf der Bluse herumlaufen.

Lori hat mir geraten, Übungen zu machen, damit ich in Form bleibe. Ich fragte sie, warum ich das tun sollte, welchen Nutzen das hätte? Dann hast etwas zu tun, meinte sie.

Na ja, ich habe ja tatsächlich nichts Besseres zu tun, darum hat sie recht.

Ich jogge jetzt einfach auf der Stelle. Ich mache Liegestütze und Bauchmuskelübungen. Als ich entführt wurde, hatte ich gerade ein paar Yogastunden genommen, und jetzt unterrichte ich Lori. Manchmal macht Nathalie auch mit.

Aber auch dann bleibt noch sehr viel Zeit ungenutzt. Manchmal spielen wir etwas: Weißt du noch, wie es war, als du zum ersten Mal …? Und dann setzen wir etwas ein. Es ist schmerzlich, die Erinnerungen hochzuholen, aber es ist auch die einzige Möglichkeit des Entkommens, die einzige Möglichkeit, die Situation erträglich zu halten.

Weißt du noch, wie es war, als du zum ersten Mal einen Jungen geküsst hast? Tyler. Ich fragte mich die ganze Zeit, wie ich bloß Luft holen sollte. Es dauerte vielleicht fünf Minuten. Als er mit den Händen unter meinen Pullover fuhr und meinen Busen anfassen wollte, wehrte ich ihn ab. Zur Belohnung durfte ich dann alleine nach Hause gehen. Arschloch.

Oder wir sprechen über ein bestimmtes Thema, auch wenn wir das immer seltener tun, weil uns keine neuen mehr einfallen. Die Augenblicke, auf die wir am stolzesten sind (die Preise, die ich im Turnen gewonnen habe, den Tag, an dem ich meine Unterrichtserlaubnis bekam, oder den anderen, an dem ich einem Nachbarn mit Mund-zu-Mund-Beatmung das Leben gerettet habe), die Augenblicke, für die wir uns am meisten schämen (nach dem ersten Mal mit meinem ersten Freund musste ich im Bett furzen, einmal habe ich meiner Schwester ein Shirt geklaut und wurde dabei erwischt, einmal habe ich in der Schule gesagt, die Hauptstadt von England wäre Paris, und in meiner allerersten Fahrstunde habe ich einen Poller gerammt), was wir essen wer-

den, wenn wir jemals freikommen (alles!), auf welche Weise wir ihm Schaden zufügen können (ihm die Eier abschneiden und ihn dann zwingen, sie aufzuessen; ihm einen Dildo in den Hintern rammen; ihn von wilden Hunden zerfleischen lassen; ihn mit dem Kopf nach unten aufhängen, aufschneiden und krepieren lassen), was wir noch in unserem Leben tun wollen (heiraten, Kinder kriegen, unseren Eltern für das danken, was sie alles für uns getan haben, Paris sehen) und was wir in unserem alten Leben einfach so selbstverständlich hingenommen haben. Vor allem mit dem letzten Thema beschäftigen wir uns gern. Es ist zu viel, um alles aufzuzählen. Sogar abwaschen, staubsaugen, Betten machen, einkaufen und kochen, all die Haushaltsarbeiten, die mich damals so genervt haben … Wenn ich hier jemals wieder herauskomme, würde ich mich nie wieder darüber beschweren.

Ich bin mir darüber im Klaren, dass mein Leben nie wieder so sein wird wie früher. Wer wird mich denn noch haben wollen? Ich bin beschädigt. Werde ich jemals wieder glücklich sein können? Ich denke nicht oft darüber nach. Ich will mich nicht selbst zum Narren halten. Ich habe noch nie von einer Frau gelesen, die entführt wurde und lebend davongekommen ist – nicht, nachdem sie jahrelang festsaß. Ich erinnere mich nur an Geschichten über tote Frauen.

14

Mackenzie

Als mein Dienst zur Hälfte vorbei war, tauchte Russell im *Joe's* auf. Er hatte eine Zeitung in der Hand, und der Ausdruck auf seinem Gesicht verhieß nur wenig Gutes. »Hast du einen Augenblick Zeit?«, wollte er wissen.

Es war nicht viel los, deshalb sagte ich zu Becca, ich würde fünf Minuten Pause machen. Russell setzte sich an einen Tisch, und ich schenkte uns beiden eine Tasse Kaffee ein.

»Wie geht es dir?« Er deutete auf meinen Kopf.

Ich fasste mir an die Schläfe. »Wie viel man mit seiner Augenbraue so macht, merkt man erst, wenn sie einem wehtut«, erklärte ich mit einem Lächeln. »Aber das ist gar nichts, verglichen mit dem, was sie Matt angetan haben. Bist du deswegen hier? Hast du etwas in Erfahrung bringen können?«

»Heute Morgen haben sie mich angerufen. Endlich. Er sitzt in der Isolierzelle.«

»Shit. Für wie lange?«

»Das haben sie nicht gesagt.«

»Shit«, wiederholte ich.

»Aber darum bin ich nicht hier«, fuhr Russell fort. »Früher oder später wäre es doch an die Öffentlichkeit gekommen«, sagte er und schob mir die Zeitung hin. Die Schlagzeile schrie mir entgegen: *Serienmörder Matt Ayers verheiratet.* Und das auf Seite 1. Schockiert riss ich ihm die Zeitung aus der Hand und überflog den Artikel. Auf der zweiten Seite ging er weiter. Der Journalist wusste sogar meinen Namen und berichtete darüber, wie wir einander kennengelernt hatten. Auch die Prügelei nach der Trauzeremonie wurde erwähnt.

Gott sei Dank hatte der Journalist nicht allzu tief in meiner Vergangenheit gewühlt. Es war nur ein Foto von Matt abgedruckt, eines aus der Zeit vor seiner Verurteilung, und von mir gab es keines.

Trotzdem war ich alles andere als erleichtert. Wer hatte da gequatscht? Der Gefängnisdirektor?

»Woher wissen die davon?«

»Keine Ahnung. Die haben im Gefängnis sicher ihre Quellen.«

Ich schaute ihm ins Gesicht, in dem immer noch Besorgnis zu lesen war. »Da ist doch noch etwas, was du mir nicht sagst?«

Russell holte tief Luft. »Da gibt es tatsächlich noch etwas …«

Ich setzte mich aufrecht hin.

»Sie haben ein Datum festgelegt: den 10. Oktober.«

Ich erschrak. Das war in drei Monaten. »So bald? Er sitzt doch gerade erst anderthalb Jahre in der Todeszelle.«

»Der Fall ist damals groß durch die Medien gegangen, nicht nur hier in Alabama, und das Interesse daran ist immer noch riesig. Laut darf ich es nicht sagen, aber hier geht es um etwas, mit dem sich Politiker beliebt machen können, jetzt, wo bald Wahlen sind. So können sie zeigen, dass sie Hardliner sind, dass sie ihren Worten Taten folgen lassen, wenn es darum geht, die Kriminalitätsrate zu drücken.«

»So ein Shit.«

»Damit gehen ihnen genug Wähler in die Falle.«

Er machte mir Angst. »Gibt es denn gar nichts, was du tun kannst?«

»Natürlich werde ich Beschwerde einlegen, und ich gehe nicht davon aus, dass wir uns schon jetzt sehr große Sorgen machen müssen. Im Durchschnitt dauert es zehn Jahre, bevor ein Todeskandidat hingerichtet wird, und in diesen zehn Jahren wird drei- oder viermal ein Termin festgelegt. Aber das ist ein Durchschnittswert, es gibt natürlich Leute, bei denen das häufiger oder seltener passiert.«

Ich beschloss, mich auf den positiven Teil seiner Worte zu konzentrieren. »Zehn Jahre«, murmelte ich.

»Eine so lange Zeit ist wirklich unmenschlich. Während dieser ganzen Jahre sind sie von den anderen Gefangenen isoliert. Sie dürfen kaum nach draußen, dürfen nicht arbeiten und sich nicht weiterbilden. Und sie bekommen fast keinen Besuch oder Gelegenheit zum Sporttreiben. Alles in allem sitzen sie etwa dreiundzwanzig Stunden am Tag allein in ihrer Zelle«, berichtete Russell voller Empörung.

»Aber beim Hundeprogramm dürfen sie mitmachen«, wandte ich schwach ein.

»Reine Augenwischerei. Dumm ist der Direktor nicht. Er hat zugestimmt, um den Menschenrechtsaktivisten etwas entgegensetzen zu können. Im Todestrakt werden die Exekutionskandidaten sozusagen doppelt bestraft: Sie bekommen die Todesstrafe und landen in Einzelhaft. Und dann die Unsicherheit. Jeden Tag kann die Nachricht kommen, dass der Exekutionstermin feststeht. Hast du auch nur eine Vorstellung davon, wie grausam das ist?« Russell schien keine Antwort von mir zu erwarten. »Findest du es da erstaunlich, dass viele Gefangene die mentale Belastung nicht ertragen? Die reine Folter.«

»Es gibt Menschen, die der Ansicht sind, dass die Täter das verdienen«, konnte ich nicht umhin, den Advocatus Diaboli zu spielen.

»Das verdient niemand, und ganz bestimmt keiner, der unschuldig ist, so wie Matt. Ich mache mir Sorgen um ihn, Mackenzie.«

»Was meinst du damit? Weil er in der Isolierzelle sitzt?«

»Nicht nur deswegen. Er fürchtet um sein Leben. Seine Mitgefangenen, die Wärter … Alle haben es auf ihn abgesehen.«

»Auf ihn abgesehen?«

»Im Gefängnis kann man die Achtung der anderen gewinnen, wenn man jemanden ausschaltet, der gefährlicher ist als man selbst. Es dreht sich alles um Macht. Wenn du Macht hast, steigen deine Überlebenschancen da drinnen um einiges.«

Darüber brauchte mir Russell gar nichts zu erzählen. Ich war Soldatin gewesen, ich hatte Erzählungen von Kollegen gehört, die ein Gefängnis hatten bewachen müssen. Darum bedrückten mich seine Worte so sehr. Matt musste dort so schnell wie möglich raus.

Joe steckte den Kopf aus der Küche. Mit hochgezogenen Augenbrauen schaute er mich an. Ich hatte jetzt keine Zeit, über Russells Worte nachzudenken.

»Ich muss wieder an die Arbeit«, sagte ich entschuldigend.

»Was? Ja, okay, natürlich«, gab Russell zurück. »Da ist noch eine Sache, die ich mit dir besprechen wollte.«

Wieder setzte ich mich aufrecht hin.

Russell bemerkte meine Reaktion. »Nicht noch etwas Schlimmes, das verspreche ich«, beschwichtigte er mich. »Es ist nur … Matt hat seine Sachen einlagern lassen, nachdem man ihn verhaftet hat, und da sind sie immer noch. Ich habe die Schlüssel, aber die würde ich gern dir geben. Wenn du das willst, zumindest.« Er wurde ein wenig rot, und erst als er fortfuhr, begriff ich den Grund: »Außerdem wollte ich dich bitten, auch die Mietkosten zu übernehmen.« Er räusperte sich. »Besonders hoch sind sie nicht, aber doch jeden Monat ein gewisser Betrag, und den bezahle ich jetzt schon eine ganze Weile …«

»Ich verstehe schon«, sagte ich schnell. »Klar, kein Problem. Wie viel ist es denn?«

»Fünfzig Dollar im Monat.«

»Was?«, rutschte es mir heraus. So viel konnte ich nicht entbehren.

»Vielleicht lässt sich ja …«

»Nein, nein, mir fällt schon was ein.«

»Dann komm doch einfach heute Abend vorbei und hol die Schlüssel ab. Wir grillen, und meine Frau will dich gern kennenlernen.«

Das passte mir natürlich nicht in den Kram, ganz und gar nicht, aber mir fiel auf die Schnelle keine Ausrede ein, deswegen antwortete ich, ich würde natürlich kommen, sehr gern sogar.

15

Es war Zeit, die Hunde zu füttern. Zwischen meinem Haus und der Farm lag nur etwa eine Viertelmeile, und ich ging zu Fuß, begleitet von Misty, die schon bald etwas Interessantes erschnüffelte und davonrannte. Ich wusste, dass sie von selbst zurückkommen würde, und ließ sie gewähren. Sie verbrachte sowieso zu viel Zeit allein im Haus.

Von der öffentlichen Straße zweigte ein breiter Sandpfad ab, der von Bäumen umsäumt war und bis an den Hof führte. Der Pfad teilte sich zu einem Kreis und schloss sich direkt vor dem Haus. Auf der rechten Seite standen die Gebäude mit den Zwingern. Das Haus selbst war nicht sehr groß, es bestand nur aus einem Stockwerk aus rotem Backstein, mit einem mintgrünen Dach darauf. Links befand sich ein Carport.

Taylor kam gerade nach draußen. Sie hatte sich das Haar in allen möglichen Schattierungen gefärbt und trug eine kurze Hose und grüne Gummistiefel. Abrupt hielt sie inne. Ihr Blick verhieß wenig Gutes.

»Ich habe es schon von Joe gehört«, erklärte sie mit einer Handbewegung in Richtung meines Gesichts. »Aber er hat mir nicht erzählt, wie das passiert ist.«

Ganz kurz erwog ich, sie anzulügen, aber Taylor hatte etwas Besseres verdient. Außerdem würde sie es sofort merken. Darum erzählte ich ihr ehrlich, was passiert war.

»Starr mich nicht an, als hättest du Angst vor dem, was ich sagen werde. Ich bin nicht deine Mutter, es ist dein Leben«, erklärte Taylor, als könnte sie meine Gedanken lesen. »Ich hoffe nur, dass du deine Heirat nicht bereuen wirst.«

Und das war wahrscheinlich schlimmer als die schlimmste Predigt, die sie mir hätte halten können.

»Komm mit, ich will ein paar Zwinger neu machen und kann deine Hilfe gut gebrauchen.«

Die Hunde, die schon ein wenig länger bei Taylor waren, begrüßten uns voller Begeisterung. Die Neuankömmlinge waren feindselig und ängstlich. Einige sprangen am Zaun hoch, bellten wie von Sinnen und fletschten die Zähne, andere verkrochen sich in einer Ecke und hoben nur vorsichtig den Kopf.

»Sind schöne Tiere dabei«, sagte Taylor.

Ich zog Arbeitshandschuhe an und nahm mir einen Hammer. Ich hatte ihr schon öfter hierbei geholfen und wusste, wie es ablief. Erst mussten wir den Hund herausholen, dann die morschen Balken ersetzen und als Letztes neue Gaze anbringen. Es war gar nicht zu glauben, wie viel die Hunde in ihrer Wut und Frustration mit den Zähnen kaputt bekamen.

Zu zweit holten wir einen aggressiven Rottweiler aus seinem Verschlag. Dafür hatte Taylor einen speziellen Stock angefertigt: einen langen Eisenstab, der sich am anderen Ende zu einem Halbkreis formte. Damit presste ich gegen den Hals des Hundes, und dann drückte ich das arme Tier gegen die Wand, bis es keine Ausweichmöglichkeit mehr hatte. Auf diese Weise brauchte ich dem Hund nicht nahe zu kommen, und er konnte mich nicht beißen. Taylor zog ihm dann Maulkorb und

Leine über und schloss das Tier in einem anderen Verschlag ein.

Nach zwei Stunden Arbeit legten wir eine Pause ein. Mein T-Shirt war durchgeschwitzt und klebte mir am Oberkörper. Wir suchten uns ein Plätzchen im Schatten, unter einem der vielen Bäume auf der Weide, und tranken Eistee. Ich lehnte mich mit dem Rücken an den Baumstamm und spürte die krustige Oberfläche der Rinde auf der Haut.

»Danke, dass du mit Joe gesprochen hast«, sagte ich. »Ich schulde dir etwas.« Ich fragte mich, warum sie es getan hatte, wagte aber nicht, diese Frage auch ihr zu stellen. Ich entschied mich, mit der Fantasie statt mit der Wahrheit vorliebzunehmen. Ganz selten kam das aufs Gleiche hinaus, in den meisten Fällen jedoch nicht.

Aber wie sie es schon häufiger unter Beweis gestellt hatte, konnte Taylor meine Stimmung genau erspüren. »Ich weiß, wie es sich anfühlt.«

»Wie sich was anfühlt?«

»Für etwas bestraft zu werden, was ein Mann getan hat. Niemand hat mir jemals auch nur mit dem kleinsten Handschlag geholfen. Sie dachten wahrscheinlich, ich hätte es verdient, weil ich so dumm gewesen war, ihn zu heiraten.« Taylor erzählte nur selten etwas aus ihrer Vergangenheit oder von ihrem Exmann, und ich hoffte, sie würde weitersprechen, aber ihre Offenherzigkeit war nur von kurzer Dauer. »Joe ist ein guter Kerl«, fuhr sie fort. »Auch wenn er sein Bestes tut, wie ein Grobian zu erscheinen.«

»Bestraft werde ich schon, glaube ich.«

»Wegen deinem Gesicht, meinst du?«

»Nicht nur deswegen.« Ich erzählte ihr, dass Matts Vater mich bedroht hatte.

»Ich mache mir Sorgen um dich.«

»Das brauchst du nicht.«

»Soll das ein Witz sein? Du bist in eine Schlägerei verwickelt worden, man hat dich bedroht … Und all das, weil du Matt geheiratet hast. Hast du überhaupt irgendeine Ahnung, was du dir da aufgehalst hast?«

Nachdem ich Matts Antrag angenommen hatte, hatte ich begriffen, dass der Hass, den die Leute für ihn empfanden, sich auch gegen mich richten würde. Aber ich wollte mich davon nicht abhalten lassen. »Man kann es nicht allen Leuten recht machen.«

»Das sage ich auch gar nicht. Warum machst du es dir selbst unnötig schwer?«

»Wer sagt denn, dass ich das tue?«

»Du hättest ihn nicht heiraten dürfen.«

»Ich folge nur der Stimme meines Herzens.«

»Des Herzens, das er dir brechen wird, meinst du«, gab Taylor zurück. Unmittelbar darauf hob sie in einer entschuldigenden Geste die Hand. »Das hätte ich nicht sagen dürfen. Du weißt, ich mache mir Sorgen um dich, das ist alles.« Sie zögerte kurz. »Ich verstehe einfach nicht, warum eine Frau wie du, in der Blüte ihres Lebens, einen Mörder heiratet. Du kannst doch so viele andere Männer haben.«

»Im Namen der Liebe tun die Leute seltsame Dinge, das hat meine Mutter immer gesagt«, antwortete ich.

»Was hat er denn, was andere Männer nicht haben? Du kannst nicht mit ihm zusammenwohnen, und ich hoffe, dass du ans Kinderkriegen nicht einmal denkst …«

Hatte sie vielleicht mit Norma gesprochen? »Diese Dinge sind mir nicht wichtig.«

Taylor lachte verächtlich. »Mit dieser Einstellung wärst

du aber ziemlich allein auf diesem Planeten. Das macht uns aus, liebe Mackenzie, das ist Teil unserer DNA.«

»Manchmal läuft es eben anders im Leben.«

»Manchmal wünschte ich mir, ich hätte dich nie kennengelernt. Wenn du mir nie begegnet wärst, wärst du auch ihm nie begegnet ...«

»Es ist gekommen, wie es kommen sollte«, meinte ich lapidar.

Taylor schnaubte nur. »Gut, ich sage nichts mehr. Jetzt etwas ganz anderes. Wie lange musst du nächsten Dienstag arbeiten?«

»Ich habe erst Spätdienst.«

»Dann kannst du mich morgens begleiten. Wilson, der Hund von Mitchell, hat ein Hüftproblem. Wir holen ihn ab und bringen ihn dann zum Tierarzt. Vielleicht muss er operiert werden.«

Ein Schock durchfuhr mich, als mir klar wurde, was ihre Worte bedeuteten. Das war sie. Das hier war meine Chance. Unsere Chance. Wilson war ein großer Hütehund, und um ihn mitnehmen zu können, würde ich einen großen Käfig brauchen – einen so großen, dass Matt hineinpasste.

»Sollte das nicht lieber so bald wie möglich passieren?«, fragte ich unschuldig nach.

»Dienstag war der früheste Termin, zu dem ich freibekommen konnte.«

Sie stand auf, und ich tat es ihr nach. Während wir zurück zu den Zwingern gingen, konnte ich nur an eines denken. Taylor würde nächste Woche nicht fahren, ich schon. Ich konnte nur hoffen, dass Matt dann nicht mehr in der Isolierzelle saß. Und ich musste mir etwas ausdenken, das Taylor davon abhielt, mich zu begleiten.

Noch eine Woche, dann wäre es so weit. Mir zog sich der Magen zusammen. War ich bereit dafür?

Indem ich Matt zur Flucht verhalf, setzte ich alles aufs Spiel. Mein Plan durfte nicht misslingen. Ich hatte nur eine einzige Chance.

16

Rosie

Es ist grässlich, wenn er kommt, aber noch grässlicher, wenn er nicht kommt. Ich wünsche ihm die schlimmsten, schrecklichsten, schmerzhaftesten nur vorstellbaren Qualen, aber sein Tod würde auch meinen bedeuten. Er hat uns schon einmal ein paar Tage lang einfach so sitzenlassen. Ich dachte, ich wäre inzwischen widerstandsfähig, käme damit zurecht, wäre mental stärker geworden, aber da hatte ich mich getäuscht. Ich hatte so entsetzlichen Hunger. Obwohl ich mir alles gut einteilte, war das Wasser nach zwei Tagen aufgebraucht, und ich litt unvorstellbaren Durst. Ich konnte nur noch zusammengerollt im Bett liegen. Nach drei Tagen tauchte er wieder auf. Ohne jede Erklärung.

Das ist die Hölle.

Aber er ist schlimmer als der Teufel. Dem Teufel kann man seine Seele verkaufen, dann bekommt man alles, was man will, aber bei ihm ist das nicht so. Ich habe ihm alles Mögliche versprochen, aber es war ihm egal. Warum sollte das auch helfen? Er hat ja sowieso schon, was er will.

Wenn ich jetzt daran zurückdenke, möchte ich am liebsten weinen – aber ich habe keine Tränen mehr. Damals hatte ich noch Erwartungen. Wenn ich freundlich zu dir bin, bist du freundlich zu mir. Diese Erwartungen habe ich aufgegeben. Das passiert, wenn man vergewaltigt und misshandelt wird, wenn man Entbehrungen und Erniedrigungen ertragen muss. Bevor ich hierherkam, waren das abstrakte Begriffe für mich. Jetzt sind sie meine tägliche Lebenswirklichkeit. Entbehrungen sind da, immer. Vergewaltigung und Erniedrigung gehören zusammen. Misshandlung und Erniedrigung auch.

Lori besucht er am häufigsten. Es ist so seltsam … Man hört, dass er kommt, und man hofft, dass er am eigenen Zimmer vorbeigeht, dass er sich eine andere nimmt. Aber wenn er es dann wirklich tut, muss man alles mit anhören. Es ist so schrecklich, man wünscht sich fast, er hätte einen selbst ausgesucht, weil man meint, das wäre besser zu ertragen gewesen. Dieses Gerede und Gestöhne von ihm, seine widerliche Zunge im Ohr, seine Hände überall, das Gestreichel übers Haar, seine dicken Finger im Mund, das lange Aufstöhnen, wenn er zum Orgasmus kommt. Es ist widerlich. Aber am widerlichsten ist, dass er will, dass wir ihn anflehen, uns zu vergewaltigen.

17

Mackenzie

Ich tauschte meine schmutzige, verschwitzte Kleidung gegen eine saubere Jeans und ein T-Shirt. War das ein angemessenes Outfit für einen Grillabend? Nicht zum ersten Mal sehnte ich mich in meine Zeit bei der Army zurück, in der jeder eine Uniform trug.

Nach Taylors Neuigkeiten wollte ich plötzlich so schnell wie möglich die Schlüssel zu Matts angemietetem Storage Platz haben. Ich war früh dran, aber ich hatte nicht vor, besonders lange auf dem Grillabend zu bleiben. Ich musste noch viel erledigen, und mir blieb nur wenig Zeit. Einen Teil seiner Besitztümer – Kleidung und Gebrauchsgegenstände wie Besteck, Töpfe, Teller, Gläser und Handtücher – konnte ich vielleicht für unser Versteck gebrauchen. Ich hatte nicht genug Geld, um alles ganz neu zu besorgen, und wenn wir erst einmal untertauchten, war Einkaufen nicht ohne Weiteres möglich.

Ich entschied mich dafür, Misty mitzunehmen. Insgeheim hoffte ich, sie würde sich bei dem ganzen Fleischgeruch um sie herum danebenbenehmen, dann hätte ich eine Ausrede, um mich bald wieder davonzumachen. Im Auto steckte sie sofort den Kopf aus dem Fenster, und ihre Ohren flatterten im Wind. Sie schien die Fahrt zu genießen.

Ein gutes Versteck zu finden war gar nicht so leicht gewesen. Es musste natürlich weit genug von Atmore entfernt sein, aber auch wieder nicht zu weit. Je länger wir zu fahren hatten, desto größer wurde das Risiko, dass man uns sah. Außerdem musste der Ort über verschiedene Wege erreichbar sein. Wenn Matts Flucht zum Beispiel sehr schnell entdeckt wurde und die Polizei alle Straßen sperrte, brauchten wir genug Alternativen. Und natürlich musste das Versteck abgelegen sein, ohne unmittelbare Nachbarn, die womöglich misstrauisch wurden.

Aber am wichtigsten war, dass ich ein Haus mieten konnte, ohne dass jemand meine wahre Identität kannte. Ich wollte keine Spuren hinterlassen. Und das hatte sich als die größte Schwierigkeit herausgestellt. Ich konnte ja wohl kaum mit einem Makler auf Hausbesichtigung gehen.

Darum hatte ich nur nach Häusern gesucht, die von Privatpersonen angeboten wurden. Nach einigen Wochen hatte ich Erfolg. In der Nähe von Moundville, etwa drei Stunden Autofahrt nördlich von hier, fand ich eine geeignete Stelle. Das Haus hatte einem alten Mann gehört, der gestorben war. Sein Sohn lebte im Ausland und wollte vielleicht einmal dort einziehen, aber vorläufig war das wegen seiner beruflichen Tätigkeit nicht möglich.

Über eine falsche E-Mail-Adresse hatte ich Kontakt zu ihm aufgenommen, das Geld schickte ich jeden Monat in bar. Ihm kam es wegen der Steuer entgegen, wenn niemand wusste, dass das Haus vermietet war. Dieses Abkommen war für mich ideal. Alles lief weiterhin über seinen Namen: die Hypothek, Gas, Wasser und Strom.

Seit ich das Haus angemietet hatte, war ich zweimal dort gewesen. Einmal, bevor ich mich auf die Sache einließ, um zu sehen, ob das Haus meine wichtigste Bedingung erfüllte: War es abgelegen und stand einsam genug? Das stellte sich tatsächlich als wahr heraus. Man konnte es von der großen Straße aus nicht sehen, es gab nicht einmal einen Briefkasten am Wegesrand, und lediglich ein Pfad führte zum Haus. Ein Zaun trennte es vom Weg, und dessen Tor war mit einer dicken, starken Kette verschlossen. Weil schon so lange niemand mehr dort nach dem Rechten gesehen hatte, war der Pfad völlig überwuchert. Nach ein paar Hundert Metern machte er eine sanfte Biegung nach rechts, verschwand dann zwischen den Bäumen und führte schließlich zum Haus.

Zu Fuß hatte ich die Umgebung erkundet. Dem Eigentümer zufolge wohnten die nächsten Nachbarn mehrere Kilometer weit weg, aber ich hatte das selbst überprüfen wollen. Er hatte nicht gelogen. Ich musste eine ganze Weile laufen, durch brachliegende Weiden und Waldstücke, hatte währenddessen kein einziges Haus gesehen und war auch niemandem begegnet. Nichts deutete darauf hin, dass hier in der Gegend Menschen wohnten. Es gab keine Häuser, keinen Baugrund und kein Gelände für Weidevieh.

Das Haus selbst hatte seine beste Zeit ganz eindeutig hinter sich. Es war ein einfaches Holzgebäude mit zwei Stockwerken und einem flachen Dach. Die weiße Farbe war abgeblättert, und die meisten Fensterrahmen faulten vor sich hin. Die kleinen, hohen Fenster hatten verschmierte Scheiben und waren von Spinnweben überzogen. Ich wollte gar nicht wissen, wie es drinnen aussah, aber ich riskierte trotzdem einen Blick durch die Fenster. Einige Möbel standen da, durch weiße Laken geschützt.

Das war gut, dann brauchte ich mich darum jedenfalls nicht zu kümmern. In dem Teil, der einmal der Garten gewesen war, reichte mir das Unkraut bis an die Knie. Der Schuppen, der sich neben dem Haus befand, war im Einstürzen begriffen. Auf dem Hof lagen alte Autoreifen, geborstene Blumentöpfe, ein zusammengefalteter Picknicktisch und einiges Gerümpel mehr.

An einem Baum hing eine Holzschaukel. Es war totenstill, nur der Wind rauschte in den Bäumen, und Vögel durchzogen zwitschernd den Himmel.

Zurück bei meinem Wagen, hatte ich eine Weile einfach dagestanden und gewartet. Kein einziges Auto kam in dieser Zeit vorbei, und das stimmte mich hoffnungsvoll. Je weniger Autos, desto weniger Topfgucker, und desto kleiner war die Chance, dass wir entdeckt wurden. Ich hatte eine lange Liste mit allen Dingen gemacht, die ich brauchte. Einen ordentlichen Nahrungsmittelvorrat; alles musste lang haltbar sein, also Reis, Dosengemüse und Fleisch. Milch. Benzin. Bargeld. Im Fernsehen hatte ich mir mit besonderem Interesse eine Sendung über Leute angeschaut, die sich vor einem dritten Weltkrieg fürchteten und deshalb ihre Häuser zu richtiggehenden Forts umbauten, in denen sie Essen und andere Dinge einlagerten, um im Fall der Fälle überleben zu können.

Ich wusste noch genau, wann die Idee in mir gereift war, Matt zur Flucht zu verhelfen. Während eines Besuchs hatte er erzählt, dass ein Gefangener zu fliehen versucht hatte. Zu Hause, im Bett, ließ mich der Gedanke daran nicht mehr los. Eines Abends fiel mir plötzlich ein, wie ich es anstellen musste.

War das der Plan einer Verrückten? Oder war ich verrückt?

Darin bestand die einzige Frage, die ich nicht zu beantworten vermochte.

Ich setzte alles aufs Spiel. Mein Leben, meine Freiheit. War ich wirklich bereit, für mein Ziel so weit zu gehen? Dann wurde mir klar, dass der Weg zurück versperrt war. Ich war meinem Herzen schon in dem Moment gefolgt, als ich beschloss, Matt einen Brief zu schreiben.

Ich bog in die 7th Avenue ein. Das Haus der Familie Newton befand sich nicht in einer der teureren Gegenden von Atmore, wie man es bei einem Rechtsanwalt hätte vermuten können, sondern in einer völlig gewöhnlichen Gegend, die ganz eindeutig zur Mittelklasse zählte.

Überall standen Autos auf den Auffahrten und am Bürgersteig, aber erst nachdem ich geklingelt hatte und Stimmen aus dem Garten hörte, wurde mir klar, dass all die Eigentümer dieser Autos ebenfalls Gäste waren. Ich war nicht die Einzige, die man eingeladen hatte. Genau in dem Augenblick, als ich mich wieder davonmachen wollte, öffnete sich die Haustür.

Russell stand vor mir, mit seiner Tochter auf dem Arm. Sie sah ihm ähnlich, hatte blonde Locken, und zwischen ihren Augenbrauen leuchtete ein Muttermal, das mich an ein Bindi erinnerte, wie es sich Hindufrauen auf die Stirn malten. Ich versuchte, mir ins Gedächtnis zu rufen, wie die Kleine hieß und wie alt sie war. Matt hatte mir das irgendwann mal erzählt.

»Wie schön, dass du hier bist. Komm doch rein«, begrüßte er mich.

»Ich wusste gar nicht, dass ihr noch mehr Leute eingeladen habt«, meinte ich. Das Lächeln auf meinem Gesicht fühlte sich alles andere als natürlich an.

»Everett hat heute Geburtstag.«

Seine Tochter fing an zu weinen. »Ich muss nur gerade Millie wickeln. Geh einfach hier durch, dann kommst du in die Küche, und da stehen die Türen zum Garten schon offen.«

»Ich habe Misty mitgebracht, meinen Hund. Ist das okay?«

»Natürlich.«

Ich ging zurück, um Misty aus dem Auto zu holen. Ich tat, was mir Russell erklärt hatte, ging aber natürlich nicht in den Garten. Ich wollte den Schlüssel haben und dann so schnell wie möglich wieder los. Auf der Anrichte standen viele Schalen voller Leckereien. Kartoffelsalat, Hamburger, Hühnerfüße, Mais, Baguettebrote und viele verschiedene Dips und Soßen. Das Wasser lief mir im Mund zusammen. Wann hatte ich zum letzten Mal etwas gegessen?

Ich spähte in den Garten hinaus. Dort standen überall Leute in Gruppen zusammen, lachten und unterhielten sich, alle mit einem Getränk in der Hand. Die Männer trugen kurze Hosen und Polohemden, ihre Füße stecken in Loafers. Die Frauen hatten sich in Sommerkleider und hochhackige Schuhe geworfen, deren Absätze sich in den Rasen bohrten.

Misty jaulte leise. Sie verstand nicht, warum ich drinnen blieb, sie wollte nach draußen, wo ich gerade Everett entdeckte. Er lag in einem niedrigen Bettchen auf Rädern unter einem Sonnenschirm. Seine Gliedmaßen waren verkrampft, und ein bisschen Speichel lief ihm aus den Mundwinkeln. Mit dem Lätzchen, das Everett um den Hals trug, wischte seine Mutter die Spucke weg. Danach fragte sie ihren Sohn etwas und streckte einen Daumen hoch. Ganz kurz fühlte ich mich wie ein Voyeur. Der Stich in meinem Herzen überfiel mich unerwartet und setzte mir zu. Ich würde nie Kinder bekommen. Diese Möglichkeit hatte ich mir versagt, als ich mich dafür entschieden hatte, Matt zu heiraten. Es war eine wohlüberlegte Entscheidung gewesen, aber trotzdem schmerzte mich die Gewissheit, nie zu erfahren, wie es war, jemanden bedingungslos zu lieben, nie die kleine Hand meines Sohnes oder meiner Tochter in der meinen zu spüren. Es würde niemals jemanden geben, der mich Mama nennen würde. Einsam und allein, so und nicht anders würde ich sterben.

Durch den Garten lief Russells Tochter auf ihren Bruder zu. Sie küsste ihn auf die Wange. Die Locken standen ihr in allen Richtungen vom Kopf ab. Der Anblick erfüllte mich mit Zärtlichkeit, und ich musste daran denken, wie meine Schwester immer Zeter und Mordio schrie, wenn ich ihre Locken zu zähmen versuchte.

Ich schaute in die andere Richtung, auf eine Wand voller Fotos, die den Kontrast zwischen meinem Leben und dem von Russell und seiner Frau weiter zu unterstreichen schienen. Es waren Zeugnisse der Höhepunkte im Leben dieser Familie. Diese Leute waren so ... normal. Gewöhnlich. Mit ihren Festen, ihren Grillabenden, den Sonntagen, die sie zusammen verbrachten. All das war so weit weg von mir. Ich hatte es nie gekannt und würde es auch nie kennenlernen.

Russel und seine Frau, viel jünger als jetzt, in inniger Umarmung, mit strahlendem Lächeln. Russell in seiner Anwaltsrobe. Seine Frau in der Schwangerschaft, den dicken Bauch stolz vor sich herschiebend. Russell mit Baby Everett in den Armen.

Ein Familienfoto, aufgenommen in einem Studio. Eines von den dreien bei einem Urlaub am Meer. Sie sahen so widerwärtig glücklich aus, dass ich Lust bekam, das

Bild von der Wand zu reißen und den Rahmen kaputt zu schlagen.

Dachten sie überhaupt jemals darüber nach, wie das Leben anderer Menschen aussah, die es nicht so gut getroffen hatten wie sie? Ich schüttelte den Kopf. Nein, damit musste jetzt Schluss sein. Es war nicht fair. Russell setzte sich freiwillig für Matts Freilassung ein. Er bekam keinen einzigen Cent dafür, weil es einfach kein Geld zu holen gab. Und sie hatten Everett, sie wussten, was Schmerz bedeutete.

All das erinnerte mich zu sehr daran, wie es auch sein konnte, wie es auch für mich hätte sein können, wenn ich andere Entscheidungen getroffen hätte. Ich hatte gewusst, dass es ein Opfer darstellen würde. Jede Liebe hatte ihren Preis. Das hier war der für meine, schärfte ich mir selbst ein.

»Mackenzie?«

Ich blinzelte. Russell stand vor mir. »Du warst in Gedanken gerade ganz weit weg«, bemerkte er.

In diesem Augenblick erschien eine Frau hinter ihm. Ich ging davon aus, es wäre seine, und streckte ihr die Hand hin.

»Mackenzie Walker?«, fragte sie.

Russell machte den Eindruck, als hätte man ihn bei etwas ertappt, auch wenn ich keine Ahnung hatte, wobei. »Mackenzie, das hier ist Susan Shriver, eine Journalistin.«

Susan hielt mir mit einem Lächeln die Hand hin. Ich hatte das Gefühl, dass hier etwas vor sich ging, aber worum es sich dabei genau handelte, war mir nicht klar.

18

Ich bog in die Cross Road ein. In der Ferne zeichnete sich das Gelände der Selfstorage-Anlage ab, umgeben von Scheinwerfern, die mich an die Beleuchtung in einem Fußballstadion erinnerten. Ich fuhr an Gebäuden vorbei, wie man sie in jedem Industriegebiet vorfand. Hässlichen, aber funktionalen Billigbauten. Die Umgebung ähnelte noch am ehesten einer Mondlandschaft. Die Gebäude, die zusammen den Komplex von *B&G Storage* bildeten, waren weiß. Die Einheiten hatten auffallende blaue Rolltore mit einer Zugangstür daneben.

Das Gelände war eingezäunt. Ich fuhr auf die Auffahrt und hielt vor dem Eingang im Zaun. Hier war bis neun Uhr abends geöffnet, sodass mir noch anderthalb Stunden blieben. Es wehte ein warmer Wind, der aber gleichzeitig ein wenig Abkühlung brachte. Ich entschied mich dafür, das Auto stehenzulassen, und ging zu Fuß weiter, während ich nach Matts Einheit suchte.

Es fühlte sich seltsam an, hier herumzulaufen. Hinter jeder Tür befand sich eine Geschichte. Wer seine Miete nicht rechtzeitig aufbrachte, konnte seine oder ihre Besitztümer abschreiben. Die wurden in Auftragsauktionen angeboten, und dann verkauften die Käufer die Sachen ihrerseits weiter.

Ich war neugierig darauf, was ich bei Matt vorfinden würde. Mir war klar, dass ich ihn nur aus seinen Briefen und von unseren Treffen kannte. Das stellte nur einen Teil von ihm dar, einen Teil, den er darüber hinaus sorgfältig selbst konstruierte. Er bestimmte, was er von sich preisgab, genau wie ich. Größtenteils war ich während meiner Besuche sehr nervös gewesen. In diesen Augenblicken hatte ich mich vor allem auf mich selbst konzentriert, weil ich gern erreichen wollte, dass er mich mochte.

Der Inhalt seiner Storage Unit würde mir ein breiteres, ausführlicheres Bild von ihm liefern, hoffte ich. Seine Kleidungsstücke, seine Möbel, aller möglicher Kram, Bücher, Jugenderinnerungen, Fotos, Briefe – sie würden enthüllen, wer er wirklich war. Darum zitterten mir die Hände, als ich die Tür öffnete und über die hohe Schwelle stieg. Mit den Fingern tastete ich nach dem Lichtschalter, und die Neonröhre über meinem Kopf erwachte flackernd zum Leben.

Es war ein sehr kleiner Raum, höchstens vier mal vier Meter, schätzte ich, aber hoch. Ganz hinten hatte man bis an die Decke Möbel gestapelt: ein Zweisitzersofa, einen großen Schrank aus Eichenholz, Stühle. Davor befanden sich Müllsäcke und Kartons. Es roch muffig, und ich musste husten, als ich die abgestandene Luft einatmete.

Ich fragte mich, wer wohl Matts Haus ausgeräumt, seine Sachen eingepackt und hierher gebracht hatte. Nach seiner Verhaftung war er nie wieder zu Hause gewesen. Ich stellte mir vor, dass das schmutzige Geschirr noch in der Spüle gestanden, seine getragene Kleidung noch im Wäschekorb gelegen hatte. Vielleicht gab es Haare im Duschabfluss. Krümel auf der Anrichte. Ich dachte daran, wie ich mein eigenes Haus zurückgelassen hatte. Wenn jetzt jemand, ein Fremder, meine Sachen durchsuchen würde? Daran durfte ich gar nicht denken.

Ich zog den nächstbesten Karton zu mir heran und klappte den Deckel auf. Darin waren nur CDs. Johnny Cash, Elvis Presley, aber auch kleinere Bands, die ich nicht kannte, weil ich nicht hier aufgewachsen war.

Es fühlte sich seltsam an. Mir war nur allzu deutlich bewusst, dass ich gerade herumschnüffelte, auch wenn ich mir noch so sehr einredete, dass ich als Matts Ehefrau jedes Recht darauf hatte, hier zu sein.

Ich inspizierte den nächsten Karton, in dem sich lauter Küchengeräte befanden: eine kleine Kaffeemaschine, ein Mixer, Geschirrtücher, Schwämme und Spülmittel. Den Inhalt dieses Kartons konnte ich sehr gut gebrauchen.

Ich arbeitete mich systematisch weiter vor, bis ich auf ein Jahrbuch stieß. Neugierig schlug ich es auf. Ich hoffte, es würde mir ein paar Informationen darüber vermitteln, wer Matt war, aber mir wurde sehr schnell klar, dass wir einander ähnelten, was das betraf: Genau wie ich hatte Matt sich nicht gerade hervorgetan, wenn es um soziale Fertigkeiten ging. Die Namen anderer Jungen und Mädchen und ihre Gesichter erschienen in zahlreichen Texten: bei Sportwettkämpfen, Debatten, Gesangswettbewerben – bei Matt war das jedoch nicht der Fall. In meinem letzten Jahrbuch wurde mein Name ein einziges Mal erwähnt, unter meinem eigenen Foto. Zweimal, wenn man die Geschichte von der Abschlussfeier mitzählte, aber da wurde mein Name nicht genannt. Das war auch nicht notwendig, denn jeder wusste, dass der Text von mir handelte. Meine Mutter war mitten in die Feier geplatzt. Ohne Rock. Nur mit einer Bluse am Körper. Gott sei Dank hatte sie eine Unterhose getragen. Wir hatten vereinbart, sie solle mich *nach* der Party abholen, nur war sie so betrunken gewesen, dass sie die Uhr nicht mehr hatte lesen können.

Die Schamröte stieg mir immer noch ins Gesicht, wenn ich daran dachte. Wie lange war das inzwischen her? Ich konnte mich an das Gefühl erinnern, als wäre es gestern gewesen. An die Blicke. Das Gelächter. Die Finger, die auf meine Mutter zeigten. Das Geflüster.

Ich blätterte weiter. Man hatte auf einem Fest Fotos gemacht, und ich sah Matt, der aus trüben Augen in die Kamera schaute. Rechts von ihm stand ein Junge im gleichen Alter, der Matt einen Arm um die Schulter gelegt hatte und breit grinste. Irgendwie kam er mir bekannt vor. Ich schloss die Augen, dachte nach, aber mir wollte einfach nicht einfallen, wo ich ihn schon einmal gesehen hatte.

Ich schaute wieder auf Matt. Sein junges Gesicht verriet nichts von den Umständen, in denen er aufgewachsen war. »Ich hole dich da raus«, sagte ich zu seiner jüngeren Ausgabe. »Ich muss einfach versuchen, dich da herauszuholen. Um jeden Preis.«

Hinten im Jahrbuch gab es noch einige lose Fotos. Es waren nicht viele, und sie sagten mir wenig bis nichts, weil ich die Leute auf den Bildern nicht kannte. Müde vom ständigen Bücken, setzte ich mich auf den Boden und breitete die Fotos auf dem angenehm kühlen Beton aus. Es gab ein ausgebleichtes Farbfoto von einer dunkelhaarigen Frau, die beunruhigend jung aussah. Sie hatte wegen der Sonne die Augen zusammengekniffen, trug ein rotes Kleid mit kurzen Ärmeln. Aber rechts und links von ihr standen ein Mädchen und ein Junge, und in den Armen hatte sie noch ein Kind, wahrscheinlich ein Mädchen. War das Matts Mutter, und war Matt der Junge links? Dann musste das Mädchen die Schwester sein, die verschwunden war.

Ich sah mir das Foto genau an. Matts Mutter lächelte

vorsichtig, als traue sie sich nicht richtig. Hatte ihr Mann das Foto aufgenommen?

Auf dem nächsten Bild war ein Junge zu sehen, ein Teenager. Er lehnte an einem Auto und schaute stolz in die Kamera. Ich erkannte Matt sofort. War das sein erstes Auto gewesen?

Ich gähnte. Zeit zu gehen. Die Fotos und das Jahrbuch wollte ich mitnehmen, um sie mir zu Hause noch ein wenig gründlicher anzuschauen. Den Rest der eingelagerten Dinge würde ich mir für ein anderes Mal aufheben, auch wenn ich nicht davon ausging, noch viel Brauchbares zu finden, geschweige denn persönliche Gegenstände.

Auch ich besaß nur wenig Wertvolles, zumindest in emotionaler Hinsicht. Fotos gab es kaum, auch keine Briefe oder anderen Erinnerungen, aus denen hervorgegangen wäre, dass man mich liebte, mich wollte, dass ich eine normale Jugend oder ein normales Familienleben gekannt hatte. Auch meine Mutter interessierte sich nicht für mein selbst gebasteltes Schmuckkästchen zum Muttertag oder meine Zeichnungen. Es gab keine Kinderbücher, die man mir vorgelesen hatte, kein Döschen mit meinem ersten Milchzahn oder einer Haarlocke. Wir hatten nur wenig – nicht nur weil meine Mutter kein Geld besaß, mit dem sie etwas hätte kaufen können, sondern auch weil es leichter war, nur wenig mitzunehmen, wenn wir wieder einmal aus einem Haus flogen, weil meine Mutter das Geld versoffen hatte und die Miete nicht bezahlen konnte.

Ich hatte ein Haus, kein Zuhause. Ich hatte nie gelernt, wie ich aus einem Haus ein Zuhause machen sollte. Kleidungsstücke, Möbel, Gebrauchsgegenstände: Daraus bestand die traurige Bilanz meines Lebens. Ich straffte die Schultern. Das würde sich bald ändern. Nur noch kurze Zeit, dann würde mein Leben beginnen. Ich würde nicht mehr länger wie ein Außenseiter am Rand des Geschehens stehen, sondern endlich alles selbst in die Hand nehmen.

Ein Geräusch von draußen ließ mich aus meinen Grübeleien hochfahren. Ich hielt den Atem an und lauschte. Ja, da war es wieder. Ich wollte die Tür öffnen und nachsehen, aber die Klinke ließ sich nicht nach unten drücken. Ich versuchte es noch einmal. Nichts.

»Hallo?«, rief ich. »Wer ist denn da?«

Hatte mich jemand eingeschlossen?

Wütend hämmerte ich gegen die Tür. »Aufmachen!«

»Jetzt siehst du mal, wie sich das anfühlt, du dreckige Hure!«, erklang eine gedämpfte Stimme. »Hoffentlich verreckst du da drinnen langsam.« Dann hörte ich, wie sich Schritte schnell entfernten.

Ich schaute mich um und suchte nach einem Schlüsselloch für die Holztür. Aber es gab keines. Shit, sie war nur von außen aufzuschließen.

Ich wusste, dass es überhaupt keinen Sinn hatte, schlug jedoch trotzdem mit den Fäusten gegen die Tür und rief um Hilfe. Ich schrie, so laut ich nur konnte, bis sich mein Hals ganz rau anfühlte. Trommelte gegen die Tür. Fluchte. Versuchte, nicht in Panik zu geraten.

Was nun? Ich hatte kein Handy bei mir. Hätte ich mich nur nicht entschieden, erst Misty nach Hause zu bringen, bevor ich hierher gefahren war. Dann hätte ich wenigstens sie noch bei mir gehabt.

Irgendwann würde mich schon jemand hören, beruhigte ich mich selbst. Hier kamen regelmäßig Leute vorbei. Auch wenn das wahrscheinlich bis morgen früh dauern würde. Beim Gedanken daran, die Nacht hier verbringen zu müssen, fluchte ich wieder. Ich würde zu spät zur Arbeit kommen. Joe würde mich entlassen. Der Job stellte meine einzige Einnahmequelle dar. Verzweifelt stöhnte ich auf und schlug mit der Stirn gegen die Tür.

Plötzlich hörte ich auf der anderen Seite eine Stimme. In Panik schrie ich auf. »Hilfe! Ich bin hier, man hat mich eingesperrt.«

Etwas schabte über den Fußboden. Die Tür öffnete sich, und ich flog darauf zu, geradewegs in die Arme von Tony Jenkins.

»Alles in Ordnung?« Der Deputy hielt einen Baseballschläger in der Hand, und ich wich instinktiv zurück. »Mit dem hat jemand die Tür blockiert«, erklärte er, als er meine Reaktion bemerkte. »Was tun Sie hier so spät?«

Ich wurde argwöhnisch. »Das könnte ich Sie genauso gut fragen.«

»Ich kam von einem Einsatz zurück und habe Ihr Auto hier stehen sehen.«

Natürlich kannte er meinen Wagen, er hatte ihn ja vor meinem Haus abgestellt.

»Gehört diese Unit Ihnen?«, wollte der Deputy wissen.

»Meinem Mann«, erklärte ich. Ich berichtete ihm, was sich hier abgespielt hatte.

»Warum sollte jemand so etwas tun?«, meinte der Deputy.

»Was weiß denn ich?«, fuhr ich ihn an. »Ich habe den Schläger jedenfalls nicht selbst unter die Tür geklemmt.«

»Soll ich Sie zu Ihrem Wagen begleiten?«

»Ist das alles? Irgendein Idiot hat mich eingesperrt!«

»Da kann ich nur wenig tun, Mrs. Ayers.« Die Anrede sprach er mit Nachdruck aus. »Ich habe niemanden gesehen, und Sie auch nicht.«

Natürlich, er hatte völlig recht, aber trotzdem fühlte ich mich von ihm zurechtgewiesen.

Der Deputy zeigte auf die Kartons. »Ich helfe Ihnen.« Ehe ich protestieren konnte, stapelte er die beiden Schachteln übereinander. Schnell holte ich eine dritte aus dem Verschlag und schloss ihn ab.

Der Deputy stellte alles in meinen Kofferraum. »Seien Sie vorsichtig. Beim nächsten Mal haben Sie vielleicht weniger Glück«, sagte er. Zum Abschied tippte er sich an die Hutkrempe.

19

Rosie

Ich denke viel an meine Eltern. Manchmal träume ich von ihnen. Dann sind sie böse auf mich, weil ich so lange weggewesen bin. Oder ich bin zu Hause, aber sie sehen mich nicht. Dann sitzen sie am Tisch, lachen, essen und unterhalten sich, und ich versuche verzweifelt, ihre Aufmerksamkeit auf mich zu lenken.

An meine Schwester denke ich auch viel. Wie ihr Leben jetzt wohl aussieht? Welche wichtigen Ereignisse in ihrer persönlichen Geschichte verpasse ich jetzt?

Was ist wohl mit meinem Haus passiert? Wohnt inzwischen jemand anders darin? Hat man meine Sachen verkauft? Was ist mit Omas Corvette? Ach, kann Oma nicht vom Himmel aus etwas für mich arrangieren? Sie sieht doch alles, sie ist doch mein Schutzengel. Wie konnte sie das hier nur alles zulassen? Warum sorgt sie nicht dafür, dass er aufhört?

Meine Mutter ist bestimmt ganz krank vor Sorge. Als Kind hatte sie mich einmal verloren. Ich kann mich nicht daran erinnern, aber sie hat mir oft davon erzählt. Ich habe mit einer Freundin gespielt. Wir fuhren vor dem Haus Fahrrad, aber irgendwann radelten wir einfach weiter. Meiner

Mutter, die drinnen bügelte, erschien es plötzlich verdächtig ruhig draußen. Sie ging nachschauen, konnte uns aber nirgends entdecken. Voller Sorge rannte sie die Straße hoch und fragte alle Passanten, ob sie zwei Mädchen gesehen hätten. Sie sagte immer, sie wäre davon überzeugt gewesen, man hätte uns entführt. In Panik rannte sie zurück und rief meinen Vater an, der sofort von der Arbeit kam und sich auch auf die Suche machte. Er sagte, sie müsse zu Hause bleiben, falls wir wiederauftauchen würden. Nach einer halben Stunde hatte er uns gefunden, wir waren nur ein paar Straßen weiter hin und her gefahren. Meine Mutter war sehr böse. Bald danach baute mein Vater einen hohen Zaun um das ganze Haus. Ich erinnere mich daran, dass meine Mutter im Supermarkt auch immer sehr streng war. Ich musste stets in ihrer Nähe bleiben. Sie wollte mich im Auge behalten können.

Ich bin froh, dass sie mich jetzt nicht sehen kann. Ich habe keine Ahnung, wie ich wohl aussehe, aber besonders gut wird es nicht sein. Gestern erzählte Lori, dass ihr ein Zahn ausgefallen ist, der zweite. Einer ihrer Vorderzähne. Ich hörte sie weinen. Mir selbst fehlen auch schon zwei.

Kurz darauf wurde Nathalie hysterisch. Es ist so schlimm, wenn das passiert. Weil wir machtlos sind, sie nicht trösten können. Aber auch, weil es uns bewusst macht, wie nahe wir selbst einem Nervenzusammenbruch sind. In regelmäßigen Abständen ist es so weit. Dann drehe ich durch. Dann ist es, als würden alle Gefühle, die ich auf Abstand zu halten versuche, wie ein tollwütiger Hund über mich herfallen und mich beißen, wo sie nur können. Dann kann ich nur noch weinen und schreien, und irgendwann rolle ich mich zu einem Ball zusammen und lasse alles über mich hereinbrechen. Bilder von einer Zukunft, die ich nie kennenlernen werde, dass mir meine Familie so fehlt, der Schmerz, die Vergewaltigungen, die Hilflosigkeit, die Erniedrigung. Ich trauere um mich selbst, obwohl ich ja noch hier bin. Danach bin ich müde, erschöpft. Betäubt. Und dann schleppe ich mich wieder durch den Tag. Bis es Zeit ist für den nächsten Zusammenbruch.

20

Mackenzie

»Kannst du eine kurze Pause machen?«, hörte ich eine Stimme hinter mir.

Ich blickte von dem Tisch auf, den ich gerade sauberwischte.

Es war Russell. Er hatte eine Zeitung in der Hand. Ich erstarrte in der Bewegung.

»Nicht noch mehr schlechte Neuigkeiten, hoffe ich?«, fragte ich und deutete dabei auf die Zeitung.

»Nein, ganz im Gegenteil. Ich bin sofort hergefahren, um dir den Artikel zu zeigen.« Er strahlte förmlich.

Jetzt wurde ich neugierig und deutete auf einen leeren Sitzplatz. In ein paar Minuten wäre meine Schicht sowieso zu Ende. Während mein Herz wild klopfte, schlug ich die Zeitung auf.

Ist dieser Mann unschuldig?, lautete die Schlagzeile. Darunter prangte ein Foto von Matt – aufgenommen bei seiner Verhaftung.

Bevor ich weiterlesen konnte, fragte Russell: »Weißt du noch, dass vor zwei Wochen eine Frauenleiche gefunden wurde?«

Ich nickte. Und ob ich mich daran erinnern konnte. Die

Medien hatten sofort angedeutet, dass die junge Frau ein Opfer von Matt war.

»Wie sich herausgestellt hat, handelte es sich dabei um Kate Underwood. Kate, von der man angenommen hatte, sie wäre Jane. Bei der Todesursache lässt sich nicht feststellen, ob sie ermordet wurde, aber wegen der verdächtigen Umstände rund um ihr Verschwinden und der Tatsache, dass man ihre Leiche einfach so zurückgelassen hat, hat die Polizei das Ganze wie einen Mord behandelt. Und jetzt kommt's: Man hat DNA an ihrem Körper gefunden, DNA, die nicht von Matt stammt.« Triumphierend sah er mich an.

Vor Schreck bedeckte ich den Mund mit einer Hand. »Oh, aber das ist ja …«

»Genau«, betätigte Russell und nickte aufgeregt. »Das ist endlich der Durchbruch, auf den wir schon so lange warten. Jetzt steht fest, dass Matt nicht für ihren Tod verantwortlich ist, und das können wir verwenden, damit der Prozess wiederaufgenommen wird.« Er trommelte erfreut auf der Tischplatte herum. »Ich habe ganz große Hoffnung, Mackenzie. Die Beweislage war so verdammt dürftig. Wirklich, ich begreife einfach nicht, wie man Matt überhaupt verurteilen konnte, und schon gar nicht zum Tode. Sie haben damals einen großen Fehler begangen, indem sie Kate auch zum Teil der Anklage gemacht haben. Ihr Name war der einzige, bei dem man sich nicht sicher sein konnte. Ich habe gehört, dass der Staatsanwalt es auch nicht wollte, dass aber ihre Familie Druck auf ihn ausgeübt hatte. Sie wollten einen Täter, jemanden, den sie bestrafen konnten … Aber sorry, lies erst mal weiter. Ich bin jedenfalls so verdammt froh. Endlich läuft die Sache gut für uns!«

Neugierig fing ich an zu lesen.

Wie sich herausgestellt hat, handelt es sich bei der Toten, die Einwohner des Poarch-Creek-Reservats in der Nähe des Big Spring Creek gefunden haben, um Kate Underwood. Die einundzwanzigjährige Supermarktverkäuferin verschwand vor sechs Jahren auf dem Heimweg von einer Nachtschicht. Am nächsten Tag wurde ihr Auto mit einem platten Reifen an der Schnellstraße gefunden. Ein Zeuge teilte später mit, dass sie sich in der Gesellschaft eines Mannes befunden hatte. Jahrelang suchte man vergeblich nach ihrer Leiche und nach ihrem Mörder. Bis Vicky Moore vor anderthalb Jahren mehr tot als lebendig von ein paar Autofahrern gefunden wurde, die auf der Höhe der Old Stage Road ihren Hund aus dem Auto ließen. Diese Straße ist nicht weit von demselben Reservat entfernt, in dem man Kate Underwood gefunden hat. Vicky Moore wurde lange unter der Erde festgehalten, zusammen mit Rosie Allen, Nathalie Westbrook, Lori Upton und einer unbekannten Frau. Vicky identifizierte Matt Ayers als ihren Entführer. Weil die Umstände von Kate Underwoods Verschwinden denen bei Vicky und den anderen Frauen sehr glichen, legte man auch dieses Verbrechen Matt Ayers zur Last. Man vermutete, Kate Underwood wäre die unbekannte Frau.
Ayers hat stets jede Beteiligung an den Entführungen abgestritten. Könnte es sein, dass er die Wahrheit sagt? Auf Kate Underwoods Leiche hat man DNA gefunden, die nicht von Matt Ayers stammt. Ayers' Anwalt Russell Newton setzt sich schon seit der Verurteilung seines Mandanten für eine Wiederaufnahme des Falls ein, der damals viel Staub aufgewirbelt hat. In einer Reaktion teilte er mit: »Hier handelt es sich um einen wichtigen

Durchbruch, die Unschuld von Matt zweifelsfrei zu beweisen. Jetzt haben wir konkrete Hinweise darauf, dass er die Wahrheit sagt.« Weiter auf Seite 2.

Schnell blätterte ich um.

Vicky Moores Verschwinden traf die kleine Stadt Atmore mitten ins Herz. Ihre Rückkehr – und damit die schockierende Enthüllung, dass man sie wochenlang gefangen gehalten hatte und sie in ihrem Verlies nicht allein war – löste große Angst aus. Nicht nur bei Angehörigen und Freunden der vermissten Frauen, sondern auch bei den Einwohnern des County, in dem die Frauen gelebt hatten. Waren Frauen überhaupt noch sicher? Die rasche Verhaftung von Matt Ayers machte dieser Angst bald ein Ende.

Aber war der Druck auf die Polizei damals vielleicht zu groß, sind Sheriff Dave Thomson und seinem Team Fehler unterlaufen, weil sie versuchten, die Gemüter so schnell wie möglich zu beruhigen? Der Sheriff weist jede Andeutung in diese Richtung resolut von sich. Ihm zufolge gab es mehr als genug Beweise, nicht zuletzt die Zeugenaussage von Vicky Moore, in der sie Matt Ayers als ihren Entführer identifizierte.

»Äußerst dürftig«, so umschreibt Russell Newton hingegen ihre Aussage. »Bei allem Respekt dafür, was Vicky Moore hat durchstehen müssen – ihre Aussage besitzt nur einen geringen Wert. Das Einzige, was sie gesehen hat, ist ein Mann mit einer Baseballkappe. An dem Ort, an dem man sie gefangen hielt, hat sie ihren Entführer nie zu Gesicht bekommen, nur durch eine geschlossene Tür mit ihm gesprochen.« Laut Newton beweisen viele Freisprüche in der letzten Zeit die Unzuverlässigkeit von Zeugen und Opfern. »Erst letzten Monat wurde Ronald Mayham freigesprochen. 1984 beschuldigte man ihn, eine Frau entführt und vergewaltigt zu haben. Der Täter trug eine Maske, aber es gelang dem Opfer, sie ihm von Gesicht zu reißen, und in einer Gegenüberstellung mit Fotos identifizierte sie Mayham als ihren Peiniger. Der landete hinter Schloss und Riegel, und niemand interessierte sich mehr für ihn. Bis das *Southern Center for Human Rights* sich des Falls annahm.«

Das Southern Center for Human Rights ist eine Nonprofit-Organisation, die sich für die Belange von Gefangenen in der Todeszelle einsetzt. Die Organisation, die ihre Existenz Spenden verdankt, kann bereits mehrere Erfolge beim Überprüfen von Urteilen verzeichnen. Laut Newton, der ihr ebenfalls angehört, fällt auf, dass die meisten Insassen arm sind und nur über wenig Bildung verfügen. »Wenn sie erst einmal hinter Gittern sitzen, interessiert sich niemand mehr für sie. Wir haben die Resultate der ärztlichen Untersuchung nach dem Verbrechen angefordert und sie mit Ronald Mayhams DNA verglichen: keine Übereinstimmung.«

Der Fall von Charles Cantu ist damit vergleichbar. Er wurde zum Tode verurteilt, weil er bei einem Überfall einen Ladenbesitzer erstochen hatte. Ein Kunde identifizierte Cantu als den Täter. Ein Jahr nach dessen Hinrichtung trat der Kronzeuge von damals an die Öffentlichkeit und bekannte, die Polizei habe ihn damals unter Druck gesetzt, Cantus Namen zu nennen. Sie behaupteten, sicher zu wissen, dass er der Täter sei, und der Zeuge hatte das Gefühl, man zwinge ihn zu der Aussage.

Aber Vickys Aussage war damals nicht der einzige Beweis im Prozess gegen Matt Ayers. Man hat ihre Kette in seinem Haus sichergestellt. »Matt hatte sie in der Werkstatt gefunden und mit nach Hause genommen, weil er nicht wusste, von wem sie stammte. Ganz einfach ein riesengroßes Pech«, kommentiert Newton diesen Umstand. Angenommen, Matt Ayers ist tatsächlich unschuldig, wie er die ganze Zeit behauptet? Dann läuft der echte Mörder immer noch frei herum. »Was mich so wütend macht, ist der Umstand, dass diese Frauen vielleicht noch am Leben sind. Niemand sucht nach ihnen, weil alle glauben, sie wären tot«, beendet Newton seinen Kommentar.

Der letzte Satz hallte in meinem Kopf nach und sorgte dafür, dass sich mir der Magen schmerzhaft zusammenzog. »Glaubst du das wirklich?«, fragte ich und deutete auf den gedruckten Text.

»Ja«, antwortete Russell. »Der wahre Täter läuft immer noch frei herum. Nicht nur Matt ist das Opfer dieser schrecklichen Angelegenheit, sondern vor allem die Frauen. Wir lassen sie erneut im Stich. Und die Polizei unternimmt nichts, weil man sich dort seiner Sache zu sicher ist, um eingestehen zu können, dass man sich getäuscht hat.« Er schlug mit der flachen Hand auf den Tisch. »Sorry, aber mich macht das so schrecklich wütend.«

Schockiert sah ich ihn an. Ich musste ein Geräusch von mir gegeben haben, denn er fragte mich: »Alles in Ordnung mit dir?«

»Es ist nur …«

»Sorry, ich wollte dir keine Angst machen. Ich presche da manchmal zu sehr vor, das passiert mir ab und an. Eine meiner weniger attraktiven Eigenschaften, sagt meine Frau.«

Aus dem Augenwinkel sah ich, dass Becca zu mir herüberschaute. Ihrem Gesichtsausdruck nach zu urteilen war sie nicht damit einverstanden, dass ich gerade eine Pause machte, aber ich ignorierte sie einfach.

Russell zog die Zeitung wieder zu sich heran. »Das ist dasselbe Blatt, das ihn damals schon verurteilt hatte, bevor die Jury nachzog; er wurde von Anfang an an den Pranger gestellt. Das ist doch einfach nur idiotisch!«

»Sie wollen ganz einfach die höchstmögliche Auflage verkaufen«, kommentierte ich.

»Aber jetzt ist es an uns, die Medien für unsere Zwecke zu nutzen.«

»Wie meinst du das?«

»Die Medien können entscheiden, was mit einem Fall passiert«, erklärte Russell. Er schien seinen ganzen Mut zusammenzunehmen. »Ich darf dich das eigentlich nicht fragen, und wenn Matt davon erfährt, bringt er mich um, aber ich könnte deine Hilfe jetzt sehr gut gebrauchen.«

»Ich verstehe nicht, worauf du hinauswillst.«

»Die öffentliche Meinung«, fügte er hinzu.

»Was?«

»Die öffentliche Meinung ist eine der mächtigsten Waffen.« Als er sah, dass ich ihm ins Wort fallen wollte, hob er eine Hand. »Niemand wird das offen zugeben, die Polizei und die Richter selbst schon gar nicht, aber sobald Unmut in der Öffentlichkeit laut wird, beginnen sich die Räder zu drehen. Du kannst das anstoßen.«

»Wie denn?«, wollte ich wissen.

Russell beugte sich vertraulich zu mir hin. »Eine Frau, die an der Seite ihres zum Tode verurteilten Mannes kämpft: Wenn eine junge, schöne Frau wie du von Matts Unschuld überzeugt ist und sich für ihn einsetzt, kann das die öffentliche Meinung positiv beeinflussen. Ich schreie schon so lange in die Welt hinaus, dass er unschuldig ist, aber niemand hört mehr auf mich. Du kannst seiner Position wieder eine Stimme verleihen.«

Ich lehnte mich abwehrend zurück. »Ich glaube nicht, dass ich das kann.«

Nachdrücklich schüttelte er den Kopf. »Du hast ja keine Ahnung, Mackenzie. Ich habe es in den vergangenen Jahren häufiger beobachtet. Sobald die Öffentlichkeit sich für eine Sache interessiert, ist plötzlich alles möglich.« Er verschränkte die Finger ineinander, wie in einem Bittgebet. »Ich …« Er holte tief Luft. »Ich gebe das nur sehr ungern zu, aber ich weiß nicht mehr, was ich tun soll. Ich habe alle Möglichkeiten ausgeschöpft. Ich muss es mit der Brechstange versuchen.«

Plötzlich fiel bei mir der Groschen. »Warte mal, darum war Susan neulich bei dir. Du weißt schon … Hatte mich da wirklich deine Frau eingeladen, oder wolltest du nur, dass ich Susan begegne?«

Russell besaß zumindest den Anstand, beschämt dreinzuschauen.

»Ich will keine Aufmerksamkeit«, protestierte ich.

»Du willst doch, dass er freikommt?« Russell begann von einem vergleichbaren Fall zu erzählen: Lorraine Withaker. Bei ihr war die Sache erst ins Rollen gekommen, als sich die Medien dafür interessiert hatten. »Ihre Anwälte haben sich jahrelang darum bemüht, dass der Fall wieder aufgenommen wird. Erst nachdem ein Journalist über Lorraine geschrieben hatte, ging es wieder voran.«

Ich kannte den Fall. Lorraine hatte wegen des Mordes

an einer Frau zwanzig Jahre lang unschuldig im Gefängnis gesessen, auf der Basis einer Aussage, in der es geheißen hatte, eine Zeugin hätte sie am Tatort gesehen. Später stellte sich heraus, dass diese Zeugin sich häufiger bei der Polizei meldete und eine pathologische Lügnerin war. Trotzdem hatte es Jahre gedauert, bis man die verurteilte Frau freigesprochen hatte, weil die Zeugin inzwischen verstorben war.

Sofort wurde ich nervös. »Was, wenn ich das Ganze verbocke?«

»Das kannst du gar nicht verbocken. Du brauchst nur von dir selbst und Matt und eurer Liebe zu erzählen, davon zu sprechen, dass man Fehler gemacht hat und dass man den Fall wieder aufnehmen muss, vor allem jetzt, wo es den DNA-Beweis gibt«, erklärte Russell voller Selbstvertrauen. »Sue hat auch Kontakte zu größeren Zeitungen, also wer weiß, vielleicht interessieren die sich dann für die Geschichte. Und wenn wir besonderes Glück haben, interessieren sich sogar Radio und Fernsehen dafür. Das wäre einfach großartig.«

Russell zwinkerte mir ermutigend zu, und ich reagierte mit einem unsicheren Lächeln. Ich wünschte mir, sein Vertrauen in diese Taktik teilen zu können.

Er schien zu spüren, dass ich immer noch zweifelte. »Du musst das Ganze wieder in Gang bringen, Mackenzie. Ich bin nur ein langweiliger Rechtsanwalt. Du bist eine Frau in der Blüte deines Lebens, und du kämpfst um das Leben deines Mannes«, sagte er noch einmal nachdrücklich.

Ich öffnete den Mund und schloss ihn dann wieder. Ich wollte mein Gesicht in keine Fernsehkamera halten, und auch nicht vor die Linse eines Zeitungsschreibers. Aus diesem Grund hatte ich Matt nicht geheiratet. »Ich will nicht, dass die Leute wissen, wer ich bin, Russell. Alle hier und außerhalb von Atmore hassen Matt. Sein Vater hat mich bedroht, er hat mich vor der Tür abgefangen.«

»Was hat er denn gesagt?«, erkundigte sich Russell erschrocken.

»Dass ich dafür büßen würde.« Ich schaute mich um. »Ich habe einen Job … Ich kann mir nicht erlauben, meine Arbeitsstelle zu verlieren.«

»Alle wissen sowieso schon, wer du bist, Mackenzie. Die Zeitung hat über deine Heirat berichtet.«

Es klang wie die höfliche Version von »Selber schuld«. Ich fühlte mich hoffnungslos in die Enge getrieben. »Kann ich bitte noch drüber nachdenken?«

An seinem Gesichtsausdruck konnte ich erkennen, dass er enttäuscht war. Wahrscheinlich hatte er mit größerem Enthusiasmus gerechnet. »Es ist nicht schlimm«, sagte Russell. »Ich verstehe dich.« Aber es war nur zu offensichtlich, dass er mich nicht verstand. Und ich konnte es ihm nicht erklären.

Dann stand er auf und ging.

In Gedanken versunken, blieb ich sitzen. Welche Folgen würde das Ergebnis der DNA-Untersuchung für meinen Plan haben, Matt zur Flucht zu verhelfen? Sollte ich damit weitermachen und ihn befreien oder abwarten, bis es zu einem neuen Prozess kam? Aber das dauerte vielleicht noch Jahre. Wenn es überhaupt gelang. Und bis dahin war Matt vielleicht von einem seiner Mitgefangenen ermordet worden. In der einen Stunde, die er seine Zelle verlassen durfte, konnte viel passieren. Dann war da noch der näher rückende Hinrichtungstermin. Russell vertraute darauf, dass man ihn verschieben würde, aber es gab immer die Möglichkeit, dass man die Exekution trotzdem durchführte.

Was sollte ich tun?

Ich war so mit meinen Grübeleien beschäftigt, dass ich zu spät merkte, wer da gerade das *Joe's* betrat.

21

Ich wandte mich ab, aber BB hatte mich schon gesehen. Er setzte sich mir gegenüber.

»Wie schön, dich wiederzusehen«, sagte er übermäßig freundlich. »Übrigens wirkst du nicht gerade frisch. Es tut mir leid, was meine Kollegen mit deinem Gesicht angestellt haben. Hast du große Schmerzen?«

Matt hatte ihm auch eine ordentliche Abreibung verpasst. Die Haut auf seiner Nase und darum herum sowie unter seinen Augen leuchtete in verschiedenen Farben.

»Ich werd's schon überleben«, zischte ich ihm zu.

Er tat so, als studiere er die Speisekarte. »Hast du noch mal über meinen Vorschlag nachgedacht?«

»Das war also ein Vorschlag?«

»Ein äußerst gut gemeinter Vorschlag, ja.«

»Lieber lasse ich mich noch mal verprügeln.«

BB beugte sich zu mir hin. Seine Augen strahlten eine kalte Wut aus. »Mich hat noch nie eine Frau geschlagen.«

»Das kann ich mir gar nicht vorstellen.«

»Ich gebe dir die Gelegenheit, das Ganze wiedergutzumachen.«

»Dann hast du dir dafür eine etwas außergewöhnliche Methode ausgesucht. Die meisten Leute würden sich in einem solchen Fall entschuldigen.«

»Aber meine Variante ist viel schöner als eine Entschuldigung.«

»Für dich vielleicht, ja. Aber nicht für mich, und für deine Frau auch nicht.« Falls ich gehofft hatte, er würde seinen Fehler einsehen, wenn ich seine Frau erwähnte, so wurde diese Hoffnung im Keim erstickt.

»Sie braucht ja nichts davon zu wissen.«

»Kein Interesse.«

»Wirklich nicht? Denk lieber noch mal gut darüber nach. Gleich fängt nämlich mein Dienst im Gefängnis an. Vielleicht gehe ich dann mal bei Matt in der Isolierzelle vorbei. Er ist bestimmt einsam. Vielleicht wird ihm eine kleine Geschichte guttun. Vielleicht eine über meinen Junggesellenabschied.«

Ich schluckte den Köder nicht. »Wann darf er wieder raus?« Vor Dienstag musste er wieder draußen sein. Er musste einfach.

»Wenn ich das sage. Es hilft, wenn ich bessere Laune habe.« BB ließ seinen Blick über meinen Körper gleiten und blieb bei meinen Brüsten hängen. Er leckte sich die Lippen.

Bei dem Gedanken daran, dass er mich mit seinen kurzen, dicken Fingern anfassen würde, wurde mir speiübel. Ich wollte keine Minute länger hierbleiben und stürmte aus dem *Joe's*, wobei ich mit jemandem zusammenstieß. Ich verlor meine Tasche, und alle möglichen Gegenstände fielen heraus.

»Sorry«, murmelte ich, während ich schnell alles wieder in die Tasche steckte.

»Alles in Ordnung?«, wollte der Mann wissen. Er hob meine Schlüssel auf, und ich riss sie ihm aus der Hand. Meiner Einschätzung nach war er etwa Mitte dreißig. Er hatte dunkles Haar, war mittelgroß und weder dick noch dünn, trug eine Jeans und ein dunkelblaues Hemd, die ihm am Körper hingen. Arbeiter wie ihn beneidete ich nicht. Wahrscheinlich war ihm in diesem Outfit schrecklich heiß. Er hatte eingefallene Wangen und sah bleich aus.

Ich dankte ihm und lief schnell weiter. Die Luft draußen war noch immer warm und klebrig, aber es kam mir vor, als könnte ich zum ersten Mal nach langer Zeit wieder richtig einatmen, als hätte ich eine stinkende, schmierige und erstickende Atmosphäre hinter mir gelassen.

Erst als ich im Auto saß, kam ich wieder einigermaßen zu mir. Warum, warum nur hatte ich mich überhaupt jemals mit Dave eingelassen? Würde BB seine Drohungen wirklich wahrmachen? Und wie würde Matt dann reagieren? Was, wenn er mich nicht mehr sehen wollte? Das wäre entsetzlich.

Mit quietschenden Reifen fuhr ich vom Parkplatz. Während der Heimfahrt dachte ich an diese eine Nacht mit Dave, die mich nun teuer zu stehen kommen konnte. Weil mich die Erinnerungen ganz verrückt gemacht hatten, mich verfolgten, war ich ins Auto gestiegen, ins Stadtzentrum gefahren und hatte mir dort die erstbeste Bar gesucht. Das Gemurmel der Gäste und die laute blecherne Musik übertönten meine deprimierenden Gedanken.

Ich hatte mir einen Whisky bestellt. Jahrelang hatte ich meiner Mutter verübelt, dass sie im Alkohol Zuflucht gesucht hatte. Aber langsam hatte ich begriffen, dass der Schmerz manchmal einfach zu stark war und man ihn dann nur mit Alkohol lindern konnte.

In meinem Kapuzenshirt und meinen Jeans fiel ich unter den anderen anwesenden Frauen sehr auf. Ich trug kein Make-up, das tat ich nur selten, und hatte mein noch nasses Haar zu einem unordentlichen Dutt gewunden.

Ich trank den letzten Schluck und stellte das Glas mit

einem Knall auf den Tresen. Der Barkeeper fasste das als Zeichen dafür auf, dass er mir mehr einschenken sollte, und als er mit der Whiskyflasche in der Hand auf mich zukam, schüttelte ich den Kopf und lächelte entschuldigend. *Na also*, dachte ich, *ich existiere. Er nimmt mich wahr. Ich bin nicht unsichtbar*. Dieses Gefühl verfolgte mich – als würde ich mich langsam in nichts auflösen, ohne dass es irgendjemandem auffiel. Ohne dass irgendjemand sich dafür interessierte. Hin und wieder las man in der Zeitung von Leuten, die jahrelang tot in ihren Häusern gelegen hatten. Wie kann so etwas nur passieren?, fragten die Leute dann, die Medien. Ich verstand es. Aus mir konnte leicht eine solche Zeitungsmeldung werden.

Ich straffte die Schultern, um das Selbstmitleid von mir abgleiten zu lassen. Selbstmitleid widerte mich an.

Eine Gruppe Männer betrat die Bar. Sie unterhielten sich laut und ausgelassen, setzten sich an einen Tisch. Der Barkeeper wusste nicht so recht, ob er sich über diese zusätzliche Kundschaft so spät am Abend freuen sollte oder nicht, denn die Typen hatten ganz eindeutig schon einiges intus, aber er nickte kurz und schickte eine Kellnerin an den Tisch. Ihr Erscheinen wurde mit Gejohle quittiert.

Die Männer gaben ihre Bestellungen auf, und einer von ihnen kniff die junge Frau in den Hintern. Sie kommentierte es nicht, schrieb einfach weiter alles auf, wandte sich jedoch von ihm ab, um so seinen Grapschfingern zu entkommen. Einer der anderen Männer, der noch stand, beobachtete das Geschehen. Die Kellnerin ging zum Tresen. Der Mann lief ihr hinterher.

»Was mein Freund da gerade gemacht hat, tut mir leid.« Er überreichte ihr einen Fünfdollarschein. »Gib mir gleich kurz ein Handzeichen, wenn die Bestellung fertig ist, dann hole ich alles, und du brauchst nicht wieder an den Tisch zurückzukommen«, meinte er.

Er blieb am Tresen stehen und fing meinen Blick auf. Er wirkte weniger betrunken als seine Freunde, eigentlich völlig nüchtern. Er trug eine Jeans und ein schwarzes T-Shirt. Er war nicht besonders groß, hatte kurzes, fast millimeterkurzes Haar und strahlte Ruhe aus.

»Eigentlich müsste er sich entschuldigen, nicht Sie«, rutschte es mir heraus.

»Ich weiß.«

»Warum tun Sie es dann?« Ich wusste nicht, was in mich gefahren war. Ich begann nie Unterhaltungen mit Fremden, schon gar nicht mit Männern. Und erst recht nicht mit Männern in meinem Alter.

»Ich habe keine Lust auf Scherereien. Heute Abend ist mir endgültig klar geworden, dass ich eigentlich lieber nicht mit dieser Gruppe unterwegs wäre.«

Überrascht zog ich die Augenbrauen hoch. »Sind das denn nicht Ihre Freunde?«

»Der Mann, der das Mädchen begrapscht hat – wir nennen ihn BB –, ist ein ehemaliger Klassenkamerad von mir. Er feiert seinen Junggesellenabschied, und aus irgendwelchen unerfindlichen Gründen hat er mich auch eingeladen.«

»Sie hätten ja auch Nein sagen können.«

»Ich wollte mir nichts anmerken lassen, aber jetzt wäre ich froh, wenn ich das wirklich getan hätte.«

Kurz schwiegen wir beide, und er musterte mich.

»Ich habe Sie hier noch nie gesehen«, sagte er.

Ich musste lachen. »Das ist aber ein ziemlich mieser Anmachspruch.«

»Stimmt, wenn ich Sie hätte anmachen wollen, schon.«

Ganz kurz war ich beleidigt, aber dann fiel mir wieder ein, dass ich ihn angesprochen hatte und nicht er mich. »Das klingt, als würden Sie jeden kennen, der hierherkommt.«

»Das nicht, aber hier in dieser Stadt kenne ich jeden.«

»Ich bin erst vor Kurzem hierher gezogen.«

»Und, gefällt es Ihnen?«

»Ich gewöhne mich langsam ein. Und was ist mit Ihnen? Hier geboren und aufgewachsen?«

Die Bestellung kam, und er brachte sie zu der Gruppe. Wie sich dann herausstellte, hatte er tatsächlich schon sein ganzes Leben hier verbracht. Das erzählte er mir nach seiner Rückkehr. Wir stellten uns einander vor. Dave hieß er. Es war angenehm, mit ihm zu sprechen. Er hatte ein gewinnendes Lachen und wirkte aufrichtig interessiert. Normalerweise machten solche Männer mich nervös, weil ich wusste, dass ich keine Chance bei ihnen hatte, aber an diesem Abend war das nicht so. Das lag bestimmt am Alkohol. Der leichte Rausch sorgte dafür, dass ich mich ein wenig entspannen konnte. Von Natur aus war ich sehr zurückhaltend, aber jetzt lief das Gespräch wie von selbst. In meinem tiefsten Inneren schien etwas wachgerüttelt worden zu sein.

Das war es also, wie die Leute einen Samstagabend verbrachten. Sich nett unterhalten, quatschen, trinken.

Das war es, wurde mir in diesem Augenblick klar. Ganz kurz fühlte ich mich so, wie sich das gehörte, tat ich, was andere in meinem Alter auch taten. War ich unbeschwert, sorglos.

Davon mehr zu wollen war gefährlich. Besser, ich machte mich aus dem Staub. Ich wollte gerade aufstehen, aber Dave fragte: »Sie wollen doch nicht etwa schon los?«

»Ich muss gehen.«

»Aber Sie können mich doch nicht mit denen da allein lassen?«, meinte er mit einer Handbewegung in Richtung der Gruppe und schaute mich mit einem Blick an, von dem ich annahm, dass er Verzweiflung widerspiegeln sollte.

Ich musste lachen. »Sie kommen schon klar.«

»Einen einzigen Drink noch?« Er winkte den Barkeeper zu uns. Bevor ich protestieren konnte, hatte ich ein frisches Glas vor der Nase. Hinterher hatte ich mich wieder und wieder gefragt, was mich zum Bleiben bewegte. War es der Anschein eines normalen Lebens, an dem ich mich so lange wie möglich erfreuen wollte?

Er brachte mich zum Lachen, und das fühlte sich so schrecklich gut an. Nach dem nächsten Drink fragte er, ob ich mit ihm tanzen wollte, und das tat ich. Nicht auf Abstand, nein, er nahm mich in die Arme. Ich schwebte förmlich. Seine warme, kräftige Hand legte er mir auf den Rücken. Mit der anderen hielt er meine ganz fest. Ich schmiegte meine Wange an seine Schulter. Er roch gut. Leise summte ich mit der Musik mit, und ich spürte, wie seine Brust bebte. Er drehte mich im Kreis. Als das Lied vorbei war, schaute ich mit einem dankbaren Lächeln zu ihm auf, und seine warmen Lippen berührten meine. Ich wehrte mich nicht, schubste ihn nicht weg, sondern presste mich noch enger an ihn und erwiderte seinen Kuss. Alles schien in seinen Armen leichter und sanfter.

Ich fühlte mich geborgen. Beschützt. Das Alleinsein hatte mich so müde gemacht. Heute Nacht wollte ich nicht allein sein, und darum protestierte ich auch nicht, als er mir anbot, mich nach Hause zu bringen. Nur diese eine Nacht, sagte ich zu mir selbst. Darum wollte ich nicht, dass er wusste, wo ich wohnte, auch wenn ich ihm den Grund nicht nennen konnte.

»Lass uns zu dir fahren«, schlug ich vor.

Dave hatte nichts dagegen. Er verabschiedete sich von der Gruppe, mit der er in die Bar gekommen war, und es wurde verhalten gelacht. Einige hielten den Daumen hoch. Etwas verlegen wandte ich den Kopf ab.

Die Fahrt zu seinem Haus dauerte nur ein paar Minuten, und ich konzentrierte mich auf seine Hände, die da auf dem Lenkrad lagen. Schöne Hände mit langen, schlanken Fingern. Ich versuchte, das schwebende Gefühl nicht zu verlieren. Ich wollte nicht nachdenken, nur fühlen. Ich wollte Wärme, und dieser Mann stand mir zur Verfügung.

Schon an der Tür hob er mich hoch, als wäre ich federleicht, und trug mich ins Schlafzimmer. Mit der allergrößten Ruhe zog er mich aus, und als ich nackt auf seinem Bett lag, schaute er mit einem sanften Blick auf mich herunter, als wollte er mir die Gelegenheit geben, meine Meinung noch zu ändern.

Das hatte ich nicht vor. Ich richtete mich halb auf, packte ihn am Gürtel und zog ihn zu mir herunter.

Einige Stunden später wachte ich auf. Ich verspürte ein Kribbeln am ganzen Körper. Es war lange her, dass ich so tief und so viele Stunden am Stück geschlafen hatte. Ohne die üblichen Albträume.

Dave hielt mich fest im Arm, als ahnte er, dass ich mich heimlich davonstehlen wollte. So vorsichtig wie möglich wand ich mich aus seinem Griff und zog mich an.

Mit einem leisen Gefühl des Bedauerns schaute ich auf ihn herunter. Es überraschte mich, welche Gefühle er jetzt, da ich längst wieder nüchtern war, noch immer in mir auslöste. Am liebsten wäre ich wieder zu ihm ins Bett gekrochen.

Für einen ganz kurzen Augenblick wünschte ich mir, ich wäre ihm früher begegnet. Wie anders hätte mein Leben dann ausgesehen. Mein Herz zog sich vor Bedauern zusammen. Ich brauchte mit meinem Plan nicht weiterzumachen, ich konnte einfach nur bleiben und abwarten, was passieren würde. Ein Mann, ein Haus. Kinder. Alles, was für andere so selbstverständlich war, schien plötzlich in Reichweite.

Mir liefen die Tränen über die Wangen. Das ernüchterte mich. Was sollte dieses sentimentale Getue? Das passte nicht zu mir. Wahrscheinlich war ich noch immer betrunken. Warum würde ich solche Tagträume sonst ernst nehmen? Es konnte doch sehr gut sein, dass er uns als ganz normalen One-Night-Stand betrachtete. Auf so einer Basis konnte ich keine Entscheidungen treffen. Ich wusste, was ich wollte, auch wenn das fast unerreichbar war, weil Matt im Gefängnis saß.

Schließlich hatte ich die Schultern gestrafft und mir brüsk die Tränen abgewischt. Auf Zehenspitzen war ich zur Tür hinausgelaufen und hatte das Haus verlassen.

Ich seufzte. Die Erinnerungen schmerzten immer noch. Ich war so in Gedanken versunken, dass ich fast die Abfahrt zur Farm und meinem Haus verpasste. Ich wollte nur noch schlafen, ein paar Stunden an gar nichts denken. Aber als ich über den Hof rollte und sah, dass ein Polizeiauto vor meinem Haus stand, wurde mir klar, dass mir das nicht vergönnt sein würde.

22

Dave wartete auf der Veranda, neben Taylor. Da sah ich das Wort, das jemand mit schwarzer Farbe auf die Fensterscheiben geschmiert hatte. *HURE.*

Eine kalte Wut trieb mich aus dem Auto. Die Farbe war noch nicht einmal ganz getrocknet, und hässliche, unregelmäßige Streifen entstanden auf dem Holz. Es würde ziemlich mühsam werden, alles wieder sauberzubekommen.

»Arschlöcher sind das«, sagte ich, obwohl ich keine Ahnung hatte, ob da eine oder mehrere Personen am Werk gewesen waren.

»Ich habe die Polizei gerufen«, erklärte Taylor mit einem Nicken in Daves Richtung.

»Es tut mir leid …«

Taylor wischte meine Entschuldigung weg. »Ach was, du hast das doch nicht selbst da hingeschmiert, oder etwa doch?«

»Ich …« Niedergeschlagen ließ ich den Blick über den Hof schweifen. »Ich mache das weg.« Ich öffnete die Haustür und wollte nach drinnen gehen, doch Dave hielt mich zurück. Auf der anderen Seite der Tür hörte ich Mistys Krallen über den Boden klappern.

»Ich gehe zuerst rein und schaue nach, ob alles in Ordnung ist.«

»Warum das denn? Das Schloss ist nicht aufgebrochen, und …«

Aber Dave war schon auf dem Weg nach drinnen. Die Vorstellung, dass er mein Haus betreten würde, gefiel mir überhaupt nicht, aber ich wusste keinen einzigen Grund, mit dem ich ihn daran hätte hindern können. Allerdings folgte ich ihm auf dem Fuß. Misty lief sofort auf Dave zu, aber er ging nicht darauf ein, sondern schaute sich aufmerksam um.

Ich betrachtete das Haus mit Daves Augen. Die Wände des Wohnzimmers waren senfgelb gestrichen, und die Farbe tat mir in den Augen weh. Durch die weißen Fußleisten wirkte die grelle Farbe noch greller. In der Decke befanden sich Risse.

»Das ist privat«, sagte ich, als Dave Anstalten machte, die Tür zu dem Raum zu öffnen, den ich als Schlafzimmer bezeichnete.

Aber daraus machte er sich nichts. Innerlich fluchte ich. Genau das hatte ich verhindern wollen.

»Was ist denn das?«, wollte er wissen.

»Mein Archiv«, erwiderte ich. Am liebsten hätte ich die Tür wieder geschlossen, aber das hatte ohnehin keinen Zweck mehr. Die Wände waren voller Zeitungsartikel, topografischer Karten und Fotos. Material, das mit Matts Fall zu tun hatte. Ich war froh, den Rest nicht aufgehängt zu haben. Dave studierte alles. Ich kannte ihn nicht gut genug, um den Blick in seinen Augen deuten zu können. »Das ist doch Wahnsinn, Mackenzie.«

»Willst du etwa behaupten, dass dein Archiv damals weniger umfangreich aussah?«

»Ich werde dafür bezahlt.«

Ich griff an ihm vorbei und schloss die Tür.

»Gibt es hier im Haus eine Alarmanlage?«, erkundigte er sich.

Ich musste lachen. Die hätte ich mir niemals leisten können. Ich schüttelte den Kopf.

»Hol dir einen Wachhund. Das meine ich ernst. Kein Kuscheltier wie den hier, sondern einen richtigen Wachhund. Hat Taylor keinen für dich?« Er nickte in Richtung der Veranda, wo Taylor immer noch wartete.

Das war keine schlechte Idee, auch wenn mir die Zeit fehlte, einen Hund entsprechend zu erziehen. Aber das sagte ich natürlich nicht. »Ich werde sie fragen.«

Die Antwort schien ihm nicht zu reichen. »Du darfst das hier nicht auf die leichte Schulter nehmen, Mackenzie. Es gibt eine ganze Menge Leute, die Matt Ayers hassen. Und dich jetzt auch.«

23

Rosie

Ich bin schwanger. Ich kann es gar nicht glauben. Schon seit ein paar Tagen muss ich mich morgens übergeben. Lori hat mich gefragt, ob ich krank sei. Nein, bin ich nicht. »Also ist dir nur am Morgen übel?«, wollte sie wissen. Da fiel bei mir der Groschen. Ich begreife es nicht. Ich bekomme meine Periode schon seit einer Ewigkeit nicht mehr. Neulich habe ich zwar geblutet, aber ich dachte, daran wäre er schuld.

Ich beschloss abzuwarten – was blieb mir auch anderes übrig? Lori und ich sprachen nicht mehr darüber, als wäre das Ganze damit aus der Welt.

Aber heute Morgen habe ich gespürt, wie sich etwas bewegte, und erzählte Lori davon.

»Was soll ich denn jetzt machen?«, fragte ich sie.

»Machen kannst du gar nichts, du Dummerchen. Hast du vergessen, dass wir hier eingesperrt sind?«

»Gibt es denn keine Methoden, um …«

»Was denn für Methoden?«, fragte Nathalie zurück.

»Ich weiß nicht.«

»Ich auch nicht. Ich kenne nur welche, für die man Gegenstände braucht. Und die gibt es hier nicht. Außer du hast sie in deiner Zelle.«

»In deinem Zimmer«, verbesserten Lori und ich sie gleichzeitig. Wir hatten vor langer Zeit beschlossen, die Räume, in denen wir eingesperrt waren, nicht als »Zellen«, sondern als »Zimmer« zu bezeichnen. Das fühlte sich besser an.

»Shit, Mädchen, du sitzt ganz gewaltig in der Tinte.« Über Nathalie erschrak ich immer am meisten, wenn sie die Maske sinken ließ und wir sehen konnten, wie sie wirklich war.

Ich fing an zu weinen. »Was soll ich denn jetzt machen?«

»Es ist ein Teufelskind.« Das kam von Jane.

»Halt die Fresse. Nie sagst du was, und jetzt machst du plötzlich den Mund auf?«, schrie Nathalie. Meistens fand ich es unerträglich, wenn Nat so wütend wurde, aber jetzt war es mir egal. Ich hatte wirklich ein großes Problem. Was würde er tun, wenn er erfuhr, dass ich schwanger war? Das hier war kein Ort, an dem man ein Kind großziehen konnte.

Ich war davon überzeugt, dass wir in den folgenden Minuten alle dasselbe dachten.

»Mach dir keine Sorgen, Rosie. Er hängt an dir; du bist doch schon so lange hier.«

»Es ist mir egal, wirklich. Ich bin einfach nur so schrecklich müde. Wenn er mich umbringen will, soll er das eben tun.« Meinte ich das ernst? Oder wollte ich die anderen nur trösten?

»Sag doch so was nicht.«

»Dann kann ich als Gespenst bei ihm spuken.«

»Ja, jag ihm bloß ordentlich Angst ein«, meinte Nathalie.

»Wirst du es ihm sagen?«, wollte Lori wissen.

Etwas anderes blieb mir wohl kaum übrig, dachte ich.

24

Mackenzie

Ich schaute auf die Uhr. In fünf Minuten war ich mit Susan verabredet. Der Tag hatte gerade erst angefangen, und ich fühlte mich schon wieder todmüde. Ich hatte fast kein Auge zugetan. Weil ich mir wegen dieses Interviews Sorgen machte, aber auch weil mich die ganze Nacht hindurch derselbe Albtraum plagte. Jedes Mal, wenn ich die Augen schloss, fing er wieder von vorne an, wie ein Film in der Endlosschleife. Natürlich wusste ich, was diesen Albtraum verursachte. Es lag an den Neuigkeiten über Kate Underwood und daran, was Russell in der Zeitung über die vermissten Frauen gesagt hatte.

Genau in dem Moment, als ich ernsthaft in Erwägung zog, mich davonzumachen und so zu tun, als hätte ich die Verabredung vergessen, hielt ein Auto vor meinem Haus.

Als Erstes fiel mir Susans riesige Sonnenbrille auf. Danach, als sie sie abgesetzt hatte und stirnrunzelnd mein Haus inspizierte, bemerkte ich ihr tadellos aufgetragenes Make-up, ihr glänzendes Haar und ihren schwarzen Hosenanzug. Sie sah eher aus, als gehöre sie in eine Metropole wie New York, nicht in den heißen Süden.

Ich holte ein paarmal tief Luft und öffnete die Tür. Genau wie vorgestern fühlte ich mich sofort wieder eingeschüchtert, als ich ihr die kühle Hand schüttelte. Sobald sie Misty entdeckte, erklärte sie, sie sei allergisch gegen Hunde, und fragte, ob der nach draußen könne. Ich wollte erklären, dass es zwecklos sei, weil die Haare schon überall im Haus verteilt waren, aber um die Atmosphäre nicht zu verderben, brachte ich Misty nach draußen.

Susan ließ den Blick durch das Wohnzimmer schweifen, setzte sich an den Küchentisch und erkundigte sich, ob es mir etwas ausmachte, wenn sie das Gespräch aufnahm. Als ich das verneinte, brachte sie ein Diktiergerät zum Vorschein und legte es zwischen uns auf den Tisch.

Dann faltete sie die Hände. »Also, erzählen Sie.« Sie hatte einen kleinen Mund, den sie nun zusammenzog.

»Äh …«

Susan lachte hell auf. »Das war nur ein Witz, um Sie zu ärgern. Sie brauchen nicht nervös zu sein.«

Merkte man mir das so sehr an?

»Erzählen Sie doch erst mal etwas von sich selbst. Wie alt sind Sie, wo kommen Sie her, wo arbeiten Sie?«

»Darüber spreche ich nicht so gern«, beeilte ich mich zu erklären.

»Warum nicht?«

»Hier geht es nicht um mich, sondern um Matt.«

Susan nickte verständnisvoll. »Hmmm, interessant. Hören Sie zu, ich begreife Sie voll und ganz, aber Matt ist im Moment nicht gerade beliebt, wenn Sie verstehen, was ich sagen will«, meinte sie mit einem Lächeln. »Darum scheint es mir eine gute Idee, Ihre Geschichte zu erzählen.«

»Ich …«

»Eine junge Frau verliebt sich in einen Mann in der

Todeszelle und versucht verzweifelt, ihn vor der Hinrichtung zu bewahren. Warum verliebt sich eine junge Frau wie Sie in einen Mörder? Weil sie glaubt, dass er unschuldig ist. Das ist für die Leser ein gefundenes Fressen.« Wieder dieses Lächeln. Ich konnte mir vorstellen, dass Susan damit schon eine ganze Menge Leute überzeugt hatte, sich interviewen zu lassen.

Allerdings beruhigte es mich in keiner Weise.

»Ich habe meinem Chefredakteur zwei Seiten für Ihre Geschichte abgebettelt. Aber wenn Sie nicht mitmachen wollen, kann ich auch nichts daran ändern …« Susan schickte sich an, das Diktiergerät wieder auszustellen. »Ich dachte, Sie wollten Ihrem Mann helfen.«

»Das will ich auch«, versicherte ich schnell.

»Diesen Eindruck bekomme ich aber nicht. Sie können doch jetzt seine Seite der Geschichte darstellen.«

»Aber in Ihren Fragen geht es die ganze Zeit um mich.«

»Das ist der Ansatzpunkt, ja. Wenn Sie von Matts Unschuld überzeugt sind, können Sie die Leser vielleicht auch überzeugen, zumindest darüber nachzudenken. Warum wollen Sie denn nicht?«

»Ich …«

»Russell hat mir erzählt, was Ihnen passiert ist«, erklärte sie mit einer Geste in Richtung meiner blauen Flecken. »Und dass Matts Vater Sie bedroht hat. Fühlen Sie sich jetzt überhaupt noch sicher?«

Oh Gott, am Ende verwendete sie das auch noch für ihren Artikel. Ich war froh, dass ihr Russell nicht erzählt hatte, dass mich jemand in Matts Storage Unit eingeschlossen hatte. »Darüber will ich in Ihrem Artikel nichts lesen.«

»Sie wollen aber schon, dass ich einen Artikel schreibe.

Sie bieten mir allerdings nicht gerade viel Material. Zumindest nicht genug.« Sie machte Anstalten aufzustehen.

Rasend schnell überlegte ich. Was sollte ich tun?

»Warten Sie. Okay.«

In Susans Augen erschien ein selbstzufriedener Glanz, und sie ließ sich wieder auf den Stuhl sinken. »Gut, dann erzählen Sie mal: Warum haben Sie angefangen, ihm zu schreiben? Ging es da um ein Projekt, oder kannten Sie ihn aus den Nachrichten?«

»Nein, nein. Ich war wegen dem *Dog Rescue Prison Program* im Gefängnis.« Ich erklärte ihr, worum es dabei ging. »Da habe ich ihn stehen sehen, und … Er hat gesagt, er wäre unschuldig. Das hat mich neugierig gemacht, und da habe ich beschlossen, ihm einen Brief zu schreiben.«

»Haben Sie sofort eine Antwort bekommen? Was stand denn da drin?«

»Dass er gerne mit mir korrespondieren wolle.« Ich zog die Schultern hoch. »Also haben wir begonnen, uns zu schreiben.«

»Worüber haben Sie sich so geschrieben?«

»Über alles Mögliche. Unsere Kindheit, unser Leben, unsere Träume.«

»Und dann haben Sie sich verliebt?«

»Das ist doch gar nicht so viel anders als auf diesen ganzen Datingseiten. Da chattet man auch mit jemandem, den man noch nie gesehen hat, außer auf einem Foto«, hörte ich mich selbst in einem Ton sagen, der nach Rechtfertigung klang. »Es ist ja auch nicht so, als hätte ich nie mit ihm gesprochen. Ich habe ihn jede Woche im Gefängnis besucht.«

»Aber warum ausgerechnet er? Warum nicht ein Mann, der in Freiheit lebt?«

»So hat es sich einfach entwickelt.«

»Tatsächlich?«

»Ich verstehe Sie nicht.«

»Ist es nicht eher so, dass Sie sich in ihn verliebt haben, weil er Sie braucht?«

»Nein, ich … Nein. Ich bin es, die ihn braucht.« Wie sollte ich ihr erklären, was Matt mir bedeutete?

»Hätten Sie sich auch in ihn verliebt, wenn er ein freier Mann wäre?«

»Natürlich.« Ich rutschte unbehaglich auf meinem Stuhl hin und her. Ihre Fragen machten mich nervös.

»Wie liefen Ihre vorherigen Beziehungen?«

»Na ja, mit diesen Männern bin ich nicht mehr zusammen, das sagt genug, denke ich«, kommentierte ich mit einigem Sarkasmus.

»Warum nicht?«

»Ist das wichtig?«

»Ich finde schon, ja. Man erfährt dadurch etwas über Sie. Eine Beziehung zu einem Strafgefangenen ist eine sichere Sache. Man hat nur brieflich Kontakt, hin und wieder sieht man sich. Dann ist es einfach, jemanden zu lieben.«

»Einfach? Diese Ehe ist alles andere als einfach für mich.« Ich hatte die Stimme erhoben.

Susan lehnte sich zurück und zeigte auf ihr Auge. Damit meinte sie natürlich meine blauen Flecken. »Genau davon rede ich. Warum entscheidet sich jemand für eine solche Ehe? Sie konnten doch wissen, dass Sie dadurch jede Menge Ärger zu erwarten haben.«

»Ich …«

Aber Susan war noch nicht fertig: »Warum haben Sie sich für ein solches Leben entschieden?«

»Gefühle lassen sich nicht steuern.«

Sie schaute mich an, als wüsste ich nicht einmal, was Gefühle waren. »Ich habe einiges über Frauen wie Sie gelesen und mit Leuten gesprochen, die sich auf diesem Gebiet auskennen.«

Ein beunruhigendes Gefühl beschlich mich. »Frauen wie mich?«

»Frauen, die eine Beziehung mit einem Strafgefangenen führen. Auffällig ist dabei, dass alle Frauen eine schlimme Kindheit hinter sich haben. Oft ist der Vater abwesend oder hat seine Frau misshandelt oder die Kinder gleich mit. Und als ob das noch nicht genug wäre, kämpfen die Frauen danach mit schlechten Ehen, mit gewalttätigen Männern, mit Suchtverhalten … Zum ersten Mal im Leben haben diese Frauen das Gefühl, dass jemand sie liebt. Dass sie jemanden lieben können. Jemanden, der sie nicht schlagen kann oder zu etwas zwingen …«

»Ich bin doch aber nicht verrückt!«

»Es tut mir leid, ich wollte nicht, dass Sie sich unwohl fühlen«, erklärte Susan mit einem beschwichtigenden Lächeln. »Wie ich schon sagte, ich möchte mir nur ein Bild von Ihnen machen können. Wenn ich Sie begreife, begreift der Leser Sie auch.«

»Aber nicht, wenn Sie Lügen über mich erzählen.«

»Ich erzähle doch keine Lügen über Sie?«

»Das, was Sie da gerade gesagt haben, stimmt jedenfalls nicht.«

»Es war nur eine Frage, mehr nicht.«

»So klang es aber nicht.«

»Sie reagieren gerade ziemlich heftig.«

»Weil es nicht stimmt. Ich mag keine Lügen. Und schon gar nicht, wenn man sie schwarz auf weiß in der Zeitung lesen kann.« Eine innere Stimme sagte mir, dass ich weiterhin nett zu dieser Frau sein musste, dass sie alles schreiben konnte, was sie nur wollte, und dass ich mir gerade meine eigenen Chancen kaputtmachte. Na also, es war keine gute Idee gewesen. Ich hätte meiner Intuition vertrauen sollen. »Sind wir fertig?«, fragte ich deshalb. Ich wollte einfach nur noch, dass sie ging und aus meinem Leben verschwand mit ihrem falschen Lächeln. Wollte diesen prüfenden Blick nicht mehr auf mir spüren, den Blick einer Frau, die mich ergründen wollte und mich verurteilte. Und mit ihr würden das ihre Leser tun. Das Ganze lief völlig falsch.

»Fast. Ich wollte noch einmal darauf zurückkommen, was Matt zu Ihnen gesagt hat: dass er unschuldig ist. Sie glauben ihm? Trotz all der Beweise, die gegen ihn vorliegen?«

»In Ihrer eigenen Zeitung war gestern ein Artikel über Kate Underwood zu lesen. Die DNA …«

»Dann hat er sie eben nicht entführt, aber das bedeutet noch nicht, dass er die anderen Frauen …«

»So stand es nicht in dem Artikel.«

»Diesen Text hat ein Kollege geschrieben.«

»Okay, aber der hat anklingen lassen, dass …«

Susan machte eine wegwerfende Handbewegung. »Heute arbeitet er an einem Artikel, in dem er die Theorie behandelt, dass sie von jemand anderem ermordet wurde.«

»Noch ein Mörder? Wie soll denn das möglich sein?«

»Wir entfernen uns ein wenig von unserem ursprünglichen Thema, glaube ich. Erzählen Sie doch mal etwas von Ihrer Kindheit, von Ihren Eltern. Wo sind Sie aufgewachsen? Haben Sie Geschwister?«

Ich erzählte ihr, was sie wissen wollte: über meine Mutter und unser schwieriges Verhältnis, über meinen abwesenden Vater, meine prekäre Jugend, das Band mit meiner Schwester. Ich wollte lieber nicht über sie sprechen, denn sie fehlte mir zu sehr. Meine Zeit bei der Army verschwieg ich. Ich log, mein letzter Freund hätte mich aus dem Haus geworfen, und dann wäre ich einfach so herumgezogen.

Das alles erzählte ich so kurz wie möglich, aber trotzdem gelang es Susan, über ihre Fragen immer weiter kleine Informationen aus mir herauszubekommen. Und während ich ihr gab, was sie wollte, wurde mir klar, dass ich den Frauen, die sie beschrieben hatte, stärker ähnelte, als ich zugeben wollte. Eine Erkenntnis, die in mir brannte wie Säure im Magen.

25

Im *Joe's* war so viel los, dass mir die Frau erst gar nicht auffiel, die an einem Fenstertisch saß und gar nichts bestellt hatte. Sie war schon etwas älter, und jedes Mal, wenn ich zu ihr hinüberschaute, erwischte ich sie dabei, wie sie mich ansah. Sie saß in dem Teil, für den Becca verantwortlich war, darum sprach ich sie darauf an.

»Stimmt«, lautete die Antwort. »Sie hat nach dir gefragt.«

Ich hätte ahnen müssen, dass es nichts Gutes verhieß.

Die Frau hatte kurzes graues Haar – es war so dünn, dass ihre Schädelhaut hindurchschimmerte. Trotz des warmen Wetters trug sie eine Strickjacke. Als ich näher kam, setzte sich ein Mann ihr gegenüber hin. Er trug ein ärmelloses weißes Shirt mit einem geöffneten karierten Oberhemd und eine Jeans, die aussah, als könnte sie ihm jeden Augenblick von den Hüften rutschen. Er hatte ein eingefallenes Gesicht. Wirkte nervös.

»Was darf ich Ihnen bringen?«

»Ich weiß, wer Sie sind«, erklärte die Frau. »Norma hat mir erzählt, dass Sie hier arbeiten.«

»Entschuldigung?«

»Sie sind dieses Mörderliebchen.«

Rasch schaute ich mich um, weil ich Angst hatte, die anderen Anwesenden könnten unser Gespräch verfolgen, aber genau darum schien es dieser Frau zu gehen, denn sie hob die Stimme sogar. »Mrs. Matt Ayers. Haben Sie auch einen Ring, und tragen Sie ihn mit Stolz?«

Der Mann schaute in die andere Richtung, das Ganze war ihm sichtlich peinlich. Aber er machte keine Anstalten, sich in die Auseinandersetzung einzumischen.

Ich zwang mich zu einer Reaktion. »Was möchten Sie bestellen? Haben Sie schon gewählt?« Meine Stimme klang unnatürlich hoch.

»Ach, dann spielen wir das Spiel so? Einen Kaffee und einen Hamburger«, gab die Frau zurück und wandte sich von mir ab. So schnell mich meine wackeligen Beine tragen konnten, lief ich in die Küche und gab die Bestellung durch. Erst dort merkte ich, dass ich den Mann nicht gefragt hatte, was er wollte. Mein Herz hämmerte wie wild. Joe sah mich mit hochgezogenen Augenbrauen an, als ich einfach so stehen blieb. »Mach ein bisschen voran, sonst wird der Hamburger kalt.«

Mit zitternden Händen goss ich Kaffee in eine Tasse, nahm sie zusammen mit dem Hamburger mit nach draußen und stellte alles vor der Frau ab. Sie schaute auf, warf dann einen Blick auf den Hamburger und spuckte darauf. »Von einem Mörderliebchen nehme ich nichts«, erklärte sie.

Die Tische um uns herum waren alle besetzt, und mehrere Gäste blickten auf. Ich klemmte mir den Block gegen die Brust, als ob er als Panzer gegen die Wut und die Verachtung der Frau dienen könnte. Mir brannten die Wangen. Ich wollte etwas sagen, wusste aber nicht, was. Inzwischen hatten alle um uns herum aufgehört zu reden. Sie schauten mich an. Dann sie. Ich wollte hier weg, war jedoch wie am Boden festgenagelt.

»Guten Appetit«, brachte ich schließlich heraus. Guten Appetit? Sie hatte gerade auf ihr Essen gespuckt.

»Weiß Ihr Chef, wer Sie sind? Oder sollte ich lieber fragen, ob Ihr Chef weiß, *was* Sie sind?«, erkundigte sich die Frau. Ich wollte mich davonmachen, trat einen Schritt nach hinten und stieß an den Tisch hinter mir. Automatisch streckte ich beide Hände aus und spürte die kühle Tischplatte unter meinen heißen Handflächen. Der Block fiel auf den Boden. Verzweifelt schaute ich mich um. Niemand kam mir zu Hilfe. Mit offenen Mund starrten sie mich an.

»Du bist eine Hure. Eine Schlampe. Wie kannst du nur? Weißt du nicht, was er getan hat? Oder findest du das vielleicht sogar aufregend?« Die Brust der Frau hob und senkte sich.

»Hör bitte auf, Schatz«, flehte der Mann.

»Es tut mir leid, ich …«, flüsterte ich, während es mir die Kehle zuschnürte.

»Liegst du nachts wach? Ich schon, und zwar jede Nacht.«

Verwirrt schaute ich sie an. Wer war diese Frau?

»Er hat sie einfach krepieren lassen, dieses Arschloch. Meine Tochter … Sie hat … leiden müssen. Ich kann nicht mehr schlafen. Jedes Mal, wenn ich die Augen zumache, sehe ich Vicky vor mir. Sie ruft nach mir, sie fleht mich an, ihr doch zu helfen, aber ich weiß nicht, wo sie ist. An dem Tag, als sie geboren wurde, habe ich ihr versprochen, sie immer zu beschützen. Ich bin eine wertlose Mutter.« Ihre Stimme brach.

»Schatz, komm, wir gehen jetzt nach Hause«, bat der Mann und versuchte, seine Frau bei der Hand zu nehmen, aber die entzog sie ihm ärgerlich.

Sie schaute mich an, als hätte sie mich am liebsten sofort angefallen. »Sie sollten sich schämen, Mrs. Matt Ayers!«

Neben ihr ertönte eine andere Frauenstimme. »Hat sie ihn wirklich geheiratet?«

Ich wagte einen Blick in die Runde. Eine Frau in meinem Alter, das blonde Haar zu einem Pferdeschwanz gebunden. Ich hatte ihr gerade noch Pommes frites gebracht, nun sprach sie mit ihrem Begleiter. Gedrungene Gestalt, kurzes Haar und ebensolche Finger.

»Misch dich da nicht ein«, sagte er zu ihr, während er weiter auf seinen Teller starrte.

»Du traust dich ganz schön was, weißt du«, ignorierte sie ihn. »Wie kannst du es wagen, dich hier sehen zu lassen? Hast du überhaupt irgendeine Vorstellung davon, was Matt in dieser Stadt alles angerichtet hat? Er hat nicht nur diese armen Frauen ermordet, sondern auch dafür gesorgt, dass keine einzige Frau sich mehr sicher fühlt. Und dann stolzierst du hier rum und tust, als wäre nichts passiert?«

Ich rang nach Luft. Es war noch keine fünfzehn Minuten her, dass diese Frau mich freundlich angelächelt hatte, als ich sie bediente.

Ihr Mann oder Freund versuchte vergeblich, sie zum Schweigen zu bringen, indem er sie am Arm zog, aber sie wehrte ihn ab. »Du solltest dich totschämen. Wir wollen dich hier nicht haben.«

Ein Mann an der Bar pflichtete ihr bei. »Du bist ja nicht mal von hier. Warum haust du nicht wieder dahin ab, wo du herkommst?«

Jetzt mischten sich weitere Gäste ein. Der Klang ihrer Stimmen schwoll zu einem alles übertönenden Grollen an, und ich hätte mich am liebsten in einer Ecke verkrochen, aber dieser Luxus war mir nicht vergönnt. Sie umringten mich von allen Seiten. Ich konnte nirgends hin.

»Lasst sie, sie hat doch nichts getan.«

»Sie ist schlimmer als er.«

»Wenn sie nicht macht, dass sie wegkommt, sorgen wir schon dafür, dass sie sich vom Acker macht. Wir können auch anders.«

»Wer ohne Sünde ist, der werfe den ersten Stein.«

»Dann gebt mir mal ’nen Stein.«

»Die Leute haben schon genug durchmachen müssen, sollen sie die da jetzt auch noch jeden Tag vor der Nase haben?«

»Abschaum, sonst nichts.«

»Wir sollten sie umbringen, dann sieht er mal, wie sich das anfühlt.«

Bei diesen letzten Worten durchfuhr es mich wie ein Schock, und ich sah mich um, weil ich wissen wollte, wer das gesagt hatte, aber alle schrien durcheinander. Ich wollte weglaufen, spürte jedoch, wie mir jemand eine schwere, große Hand auf die Schulter legte. Jemand gab mir einen Schubs. Ich geriet ins Stolpern. Als ich Halt suchte, streckte ich automatisch eine Hand aus und stieß aus Versehen eine Kaffeetasse um, die zu Boden fiel.

Jetzt standen mehrere Leute auf, kamen drohend auf mich zu und fingen an, aneinander zu ziehen und sich zu schubsen. Stühle fielen um, Teller landeten klirrend auf den Boden, das Geschrei schwoll an. Plötzlich war eine alles übertönende Donnerstimme zu hören, worauf alle verstummten, als hätte jemand einen unsichtbaren Knopf gedrückt.

Da stand Joe mit einem Bratenwender in der Hand, den er drohend in die Luft reckte. »Was verdammt noch mal ist hier los?«

Wieder brach Chaos aus. Alle fielen über Joe her, der völlig verblüfft wirkte. Plötzlich stand Becca neben mir.

Ihre Hand umfasste mein Handgelenk und zog mich mit sich, raus aus dem Chaos hinein in die Küche. Während Joe sein Bestes tat, um die Gemüter zu beruhigen, führte sie mich durch die Hintertür nach draußen. Erst als ich die Luft auf meinen erhitzten Wangen spürte, wagte ich wieder zu atmen.

»Ich danke dir«, sagte ich aus tiefstem Herzen zu Becca.

»Das war …«

»Abscheulich«, brachte ich heraus.

»Ich dachte, die würden dich lynchen.«

»Viel hat da nicht mehr gefehlt«, gab ich mit zitternder Stimme zurück.

»Mackenzie!« Joes drohender Tonfall ließ mich zusammenfahren.

»Joe, es tut mir so leid. Ich werde das ganze Durcheinander aufräumen … Und den Schaden ersetze ich dir …« Konnte ich das überhaupt? Ich hatte doch gar kein Geld.

»Du tust gar nichts mehr. Du bist entlassen.« Speichel sprühte durch seine aufeinandergepressten Lippen hindurch. Mit dem Bratenwender, den er für die Hamburger benutzte, fuchtelte er in meine Richtung. Sein Gesicht war so rot, dass ich Angst bekam, ihm würde gleich Blut aus Ohren und Nase schießen.

Ich sagte nichts mehr und nickte nur niedergeschlagen. Die Hochzeit mit Matt hätte der Wendepunkt in meinem Leben sein sollen. Von diesem Augenblick an sollte alles besser werden. Aber es wurde nur immer schlimmer. Ich machte es immer schlimmer.

26

Rosie

Er war hier. Er weiß es. Ich habe ihn erst machen lassen; ich hoffte, er wäre danach vielleicht in einer besseren Stimmung. Ich wehre mich schon lange nicht mehr und schaue ihn nie an. Er kommt herein, ich drehe mich zur Wand und positioniere mich dann auf Händen und Knien auf dem Bett, mit dem Gesicht zur Wand. Ich sage, was er hören will. Dann das Geräusch eines Gürtels, der geöffnet, und eines Reißverschlusses, der nach unten gezogen wird, dann das Gefummel. Das schmutzige Gerede, die Beschimpfungen, sein Schwanz in mir, und dann werde ich genommen. Er tut das immer im Stehen. Und ich schließe immer die Augen und zähle die Sekunden, auch wenn ich hinterher nie weiß, wie weit ich gekommen bin.

»Ich glaube, ich bin schwanger«, sagte ich.

Stille. Dann ein tiefer Seufzer. Und als Nächstes: »Das sind keine guten Neuigkeiten.«

»Bitte töte mich nicht«, rutschte es mir heraus. Es fühlte sich idiotisch an, dass ich immer noch nicht sterben wollte. Wie viel Leid konnte ich denn noch ertragen?

»Machst du dir deswegen Sorgen?«

»Natürlich«, antwortete ich vorsichtig. Ich hatte noch nie so lange mit ihm gesprochen.

»Warum denn? Du wirst doch wohl nicht behaupten, dass ich mich nicht um euch kümmere, oder? Ich gebe euch ein Dach über dem Kopf, bringe euch Essen und leiste euch Gesellschaft. Was willst du denn noch mehr?«

Deinen Kopf auf einem Pfahl, dachte ich.

Er machte Anstalten, den Raum zu verlassen.

»Was wirst du jetzt tun?«, fragte ich.

»Nachdenken«, sagte er und ging weg. Danach hörte ich die andere Tür, die schwere, keine Zimmertür; ich wusste, dass er gegangen war. Sofort rief ich nach Lori und erzählte ihr, was ich getan hatte. Zum ersten Mal seit langer Zeit hatte ich eine Sache wieder selbst in die Hand genommen. Na ja, in gewissem Sinne jedenfalls.

Jetzt heißt es abwarten.

Wenn er uns hätte umbringen wollen, hätte er das schon längst getan. Er will uns behalten, das ist wenigstens eine logische Theorie. Ich weigere mich, über seine Motive, seine Persönlichkeit, seine Bedürfnisse oder was auch immer überhaupt nachzudenken, aber trotzdem entkomme ich den Fragen nicht, die wir uns alle stellen: Warum entführt er Frauen? Warum mich? Warum hält er uns fest? Wie lange noch?

Loris Theorie zufolge ist er ein Sammler. Auf seine eigene Art kümmert er sich um uns. Solange wir tun, was er sagt, ist alles in Ordnung. Er wendet keine Gewalt an, obwohl er uns am Anfang geschlagen hat, um seinen Willen zu bekommen, wenn man ihm etwas verweigerte. Aber das macht ihm keinen Spaß, sonst würde er ja öfter Gewalt gebrauchen. Lori sagt, es geht ihm um Macht. Auf diese Weise hat er uns, uns Frauen, in seiner Macht. Er beherrscht uns.

Aus diesem Grund fordert Lori ihn heraus. Sie kann nirgendwohin, aber er kann nicht über ihren Geist herrschen. Über ihren Körper, ja, über ihren Geist nicht. Das ist das

Einzige, was sie aufrechthält. Sie quält ihn auf jede erdenkliche Art und Weise, und er hätte sie längst umbringen können, aber das tut er nicht. Und darum ist er kein Mörder, Morden verschafft ihm weder Freude noch Erfüllung (oder aus welchen Gründen die Leute das tun, was auch immer sie tun).

Ich kann sie deswegen nicht verurteilen. Manchmal macht es mich wahnsinnig, ja, aber jede von uns hat ihre eigene Methode gefunden, mit dieser Hölle umzugehen. Jane hat sich in eine Fantasiewelt zurückgezogen, Lori richtet ihren ganzen Hass auf ihn und Nathalie ihren ganzen Hass auf uns. Und ich … Ich versuche, nichts zu fühlen.

27

Mackenzie

Außer mir vor Wut, fuhr ich zu Norma. Warum hatte sie mir Vickys Mutter auf den Hals gehetzt? Ich hämmerte wild an die Tür, aber es kam keine Reaktion, und ich befürchtete schon, sie wäre auf der Arbeit, als ich ein Fluchen hörte, das aus dem Garten hinter dem Haus zu kommen schien. Ich lief dorthin. Norma beschnitt ein paar Rosensträucher oder zumindest deren Überbleibsel.

»Ich kann kochen wie keine andere, ich kann Autos und tropfende Wasserhähne reparieren, ich kann ein Loch in die Wand bohren, Dinge aufhängen, alles Mögliche kann ich, aber diese verdammten Rosen weigern sich einfach zu blühen. Und das ist schon so, seit mein Mann auf und davon ist«, begrüßte mich Norma.

»Reiß die Sträucher doch einfach raus«, gab ich zurück.

Norma sah mich an. »Nein. Ich sehe sie als Symbol unserer Ehe: Dürr, trocken, voller Dornen, und egal wie viel Liebe ich investiere, es wird doch nie besser. Wenn ich auch nur ein kleines bisschen Selbstmitleid verspüre, weil er mich im Stich gelassen hat, schaue ich nach draußen, sehe die Rosen, und dann verschwindet dieses Gefühl sofort.« Sie stellte die Gießkanne ab. »Wollen wir nach drinnen gehen?«

»Ich bin nicht gekommen, um mich gemütlich mit dir zu unterhalten«, fuhr ich sie an und spürte, wie mich wieder die Wut überkam. »Die Mutter von Vicky war im *Joe's*. Sie sagte, du hättest ihr erzählt, wo ich arbeite. Was fällt dir ein, sie auf mich loszulassen? Sie hat mir alle möglichen schrecklichen Verwünschungen an den Kopf geschleudert, und alle haben es gehört. Verstehst du das unter einer guten Freundin?«

Meine Tirade schien Norma kaum zu beeindrucken. Mir wurde klar, dass sie als Krankenschwester bestimmt so einiges gewohnt war. Vielleicht fand sie auch, dass ich nur bekam, was ich verdiente. Vicky war ihre Kollegin gewesen. Das ganze schöne Dahergerede, als sie neulich nachts bei mir gewesen war, war nicht ehrlich gemeint. Und das traf mich. Was mich wiederum erstaunte.

»Es tut mir leid, ich hatte keine Ahnung, dass sie …«

»Du musst doch gewusst haben, dass sie zu mir kommen würde«, warf ich ihr vor.

Norma stritt es nicht ab.

»Warum? Warum tust du mir das an?« Ich unterdrückte die verräterischen Tränen, die mir in die Augen stiegen.

»Wenn du dich kurz beruhigst, erkläre ich es dir.«

Ich sollte mich beruhigen? Ich hatte überhaupt keine Lust, mich zu beruhigen, weil ich mich dann in irgendeiner Ecke verkrochen und laut zu weinen angefangen hätte, wegen allem, was im *Joe's* vorgefallen war. Ich fühlte mich blamiert bis auf die Knochen, erniedrigt. Das Einzige, was mich auf den Beinen hielt, war die Wut.

»Antworte einfach auf meine Frage«, zischte ich sie an.

»Ich hatte gehofft … Ich hatte gehofft, du würdest zur Besinnung kommen, wenn du siehst, was Matt auf dem Gewissen hat.«

»Was? Das ist ja wohl das Dümmste …«

»Du glaubst an ein Märchen. Du glaubst das, was er dir erzählt. Aber du hast keine Ahnung von der Realität. Eileen Moore hat ihre Tochter Vicky verloren, und dein Mann ist daran schuld, das ist die Realität.«

»Ich muss dir also dankbar sein?«, erkundigte ich mich spöttisch. »Woher nimmst du nur diese unglaubliche Arroganz?«

»Du kannst gern böse auf mich sein, aber ich habe es getan, weil ich mir wirklich Sorgen um dich mache.«

»Ich bin eine erwachsene Frau, kein Kind. Und warum solltest du dir Sorgen um mich machen? Wir kennen uns doch kaum.« Ich war noch immer ärgerlich, auch wenn ich nach dem, was sie gerade gesagt hatte, nicht mehr so schrecklich wütend war. Stattdessen hatte ich einen Kloß im Hals.

»Ich weiß, wie einsam man sein kann, wenn einen keiner mehr auch nur mit dem Hintern anschaut«, erklärte sie leise. »Das wünsche ich niemandem.«

»Ich …« Ich schluckte herunter, was ich hatte sagen wollen. Darauf konnte ich nichts erwidern. Ich war es gewohnt, dass die Leute eine verbale Schlammschlacht begannen, wenn es Streit gab, aber nicht, dass sie mich mit Worten entwaffneten.

»Komm einfach mit rein, dann erzähle ich dir alles. Dann kann ich auch gleich nachschauen, ob die Fäden schon gezogen werden müssen.«

Ich gab mich geschlagen.

Nachdem wir das Haus betreten hatten, verschwand Norma in die Küche. Wie von selbst zog es mich wieder zur Fotowand. Gebannt starrte ich auf ein Bild vom kleinen Dave, der mit einem breiten Lächeln einen Fisch in die Kamera hielt. Neben ihm stand ein Junge, der ebenfalls stolz einen Fisch präsentierte. Sie sahen glücklich aus. Sorglos, wie es nur Kinder sein können. Plötzlich musste ich an eines der Fotos aus Matts Jahrbuch denken. Der Junge, der da neben ihm gestanden hatte, war derselbe wie der da vor mir. Darum kam er mir so bekannt vor: Ich hatte ihn hier auf dem Bild gesehen, als Norma meine Wunde nähte.

Norma betrat das Zimmer wieder.

»Wer ist das da?«, fragte ich mit einer Handbewegung.

»Seth Fielding, der Sohn meiner besten Freundin«, erklärte Norma. »Er ist vor ungefähr anderthalb Jahren aus Atmore weggezogen, aber ich habe gehört, dass er zum Begräbnis seiner Mutter wieder hergekommen ist. Sie ist vor ein paar Wochen gestorben. Wie es aussieht, wohnt er fürs Erste in ihrem Haus, bis es verkauft wird.«

»Und du hast keinen Kontakt zu ihm?«

»Nein, meine beste Freundin selbst hatte auch keinen. Und ich keinen mehr zu ihr.«

»Warum nicht?«

Norma wirkte peinlich berührt. »Ich war nicht ganz ehrlich zu dir. Mein Mann hat mich tatsächlich verlassen, aber erst, nachdem er entdeckt hatte, dass ich eine Affäre mit dem Mann meiner besten Freundin hatte. Sie … Sie wohnte mit ihrer Familie auf dem Hof ihres Mannes, Mitch Fielding. Was für Probleme sie mit dem Jungen hatte … In gewisser Weise bin ich froh, dass sie nicht mehr erleben muss, wie es ihm jetzt geht.«

»Wie es ihm jetzt *geht*?«

»Er ist drogenabhängig. Die ganze Sache lief schief, als sein Vater Selbstmord beging. Mein Mann hatte meine beste Freundin eingeweiht, und sie drohte ihrem Mann, sie würde ihn verlassen. Wir wissen immer noch nicht, ob es ein Unglück war oder … Selbstmord. Na ja, jeder war von Letzterem überzeugt und gab mir die Schuld daran. Weißt du, er ist in die Jauchegrube gefallen. Seth wollte seinen Vater noch retten, aber seine Mutter hat ihn zurückgehalten, denn sie wusste, wie gefährlich es war. Als die Rettungskräfte eintrafen, war es schon zu spät. Seth hat es meiner Freundin nie verziehen. Danach ging es nur noch bergab mit ihm. Er geriet in schlechte Gesellschaft, stahl, log, nahm Drogen, flog von der Schule, fing sogar an zu dealen … Eine Zeit lang schien es ihm besser zu gehen, und er fand eine Stelle als Reinigungskraft in dem Krankenhaus, in dem ich auch arbeite, aber das war nur von kurzer Dauer. Es ist einfach so schade. Vor dem Unglück war es so eine nette Familie. Jeder in der Umgebung mochte sie sehr gern, sie waren wirklich das, was man wohl als Stützen der Gesellschaft bezeichnen würde: In der Kirche engagiert, sie organisierten Ferienlager für Kinder, deren Eltern nur wenig Geld hatten, kümmerten sich um die, die aus ähnlichen Gründen eine Zeit lang nicht daheim wohnen konnten. Nach dem Tod ihres Mannes hat meine Freundin damit weitergemacht, auch wenn wir damals natürlich keinen Kontakt mehr hatten. Ein paar Jahre nach dem Unglück hat sie die Farm verkauft.« Sie seufzte tief, hielt dann die Gläser hoch und stellte sie auf dem Küchentisch ab. »Darum behalte ich diese Rosen. Man erntet, was man gesät hat«, kommentierte sie unglücklich.

Irgendetwas sagte mir, dass sie inzwischen nicht mehr von sich selbst sprach.

»Es tut mir leid«, meinte sie.

»Wirklich?«

»Ich kann einfach nicht begreifen, warum du dein Leben wegwirfst. Ich würde dir ein Leben mit einem lieben Mann gönnen, so einem wie …« Sie hielt inne und wurde rot.

»Was hast du denn als Nächstes vor? Noch mehr …«

»Okay, okay, das war dumm von mir, das begreife ich inzwischen auch. Ich weiß nicht, was da in mich gefahren ist. Vicky gibt es nicht mehr, und du kannst nicht mehr mit ihr sprechen, aber mit ihrer Mutter schon. Sie weiß, dass ihre Tochter sich nicht umgebracht hat.«

Ich seufzte. »Lass uns nicht weiter darüber reden.«

»Es tut mir leid«, wiederholte sie. »Ich hatte keine Ahnung, dass sie …«

»Es war einfach schrecklich«, sagte ich. »Die Leute im *Joe's* haben sich fast geprügelt.« Ich massierte mir die Schläfen. »Joe hat mich rausgeworfen. Endgültig.« Ich wusste noch immer nicht, was ich tun sollte. Sollte ich meinen Plan in die Tat umsetzen und Matt helfen? Das Hinrichtungsdatum kam immer näher. Oder sollte ich einfach abwarten, was weiter passierte? Dann würde ich mich nach einer anderen Stelle umsehen müssen. Ich konnte nur hoffen, dass mich überhaupt noch jemand nehmen würde.

28

Mit einem immer größeren Gefühl des Entsetzens las ich den Artikel, den Susan über mich geschrieben hatte. Das konnte ja wohl nicht wahr sein. Wie sie angekündigt hatte, nahm der Text zwei volle Seiten im Mittelteil der Zeitung ein. Vor fünf Minuten war Taylor an meiner Haustür erschienen. Wortlos hatte sie mir die Zeitung überreicht. Oder sollte ich ihre hochgezogenen Augenbrauen als schweigendes »Habe ich's dir nicht gleich gesagt?« auffassen?

»Diese Ehe ist alles andere als einfach für mich«
Von Susan Shriver
Matt Ayers, der in der Todeszelle sitzt, weil man ihm zur Last legt, fünf Frauen entführt und vier von ihnen ermordet zu haben, ist seit Kurzem mit Mackenzie Walker verheiratet, die seit einigen Monaten in Atmore wohnt. Unsere Zeitung konnte ein Exklusivinterview mit ihr führen. Wer ist diese Frau? Warum hat sie sich in einen Mörder verliebt?
Atmore ist eine dieser kleinen Städte, in denen nie etwas passiert. Bis Anfang des vorigen Jahres die Verhaftung von Matt Ayers für Aufregung sorgte. Plötzlich fand sich Atmore in den internationalen Nachrichten wieder. Wie sich herausstellte, lebte ein gewissenloser Verbrecher in unserer Mitte, der jahrelang ungestört Frauen entführen

und gefangen halten konnte. Einer dieser Frauen, Vicky Moore, gelang die Flucht, und sie enttarnte ihn.
Bis heute bestreitet Matt Ayers, in irgendeiner Form an den Verbrechen beteiligt zu sein. Dieses Leugnen kam ihm vor der Jury teuer zu stehen: Er hat nie preisgeben wollen, wo er die Frauen gefangen hielt, und als Folge davon sind die Frauen einen entsetzlichen Tod gestorben. Nicht nur das, auch sein neugeborenes Kind, dass er mit einem der Opfer gezeugt hatte, überließ Ayers seinem Schicksal. Wenn man einen beliebigen Einwohner von Atmore, ob Mann oder Frau, nach seiner Meinung über Matt Ayers fragt, fliegen einem die Schimpfwörter und Kraftausdrücke nur so um die Ohren. Abschaum. Das fleischgewordene Böse. Ein Sadist. Er verdient den Tod. Und trotzdem gibt es da eine Frau, die ihn unendlich liebt. So sehr sogar, dass sie ihn vor einiger Zeit geheiratet hat: Mackenzie Walker, geboren und aufgewachsen in Denver, Colorado. Sie arbeitet als Kellnerin in einem Restaurant in dieser Stadt. Matt hat Mackenzie im Rahmen des *Dog Rescue Prison Program* kennengelernt (siehe Kasten) und sich entschieden, ihm einen Brief zu schreiben. Daraus entwickelte sich eine Romanze, die bereits nach einem halben Jahr von einer Hochzeit gekrönt wurde. Die größte Frage besteht in Folgendem: Wie kann sie ihn lieben, wo sie doch weiß, was er getan hat? In dem Gespräch, das unsere Zeitung mit ihr führte, gab Mackenzie darüber nur wenig preis. Sie glaubt an die Unschuld ihres Mannes und setzt sich leidenschaftlich für seine Freilassung ein.
Bei dem Versuch, eine Antwort auf diese eine drängende Frage zu finden, sprach ich mit Dr. Lionel Atkins. Diesem angesehenen Psychiater zufolge haben

Frauen, die Verbrecher lieben, eine Gemeinsamkeit: Sie lieben ihn überhaupt nicht. »Hier geht es nicht um Liebe, sondern um eine Besessenheit. Eine Beziehung ist das Allerwichtigste in ihrem Leben.« Atkins zufolge gibt es viele verschiedene Sorten von Frauen, die einen Verbrecher lieben, zum Beispiel diejenigen, die auf Nervenkitzel aus sind und es exotisch und reizvoll finden, eine Beziehung zu einem Gefangenen zu haben. »Andere Frauen wiederum sind unglücklich, frustriert und unzufrieden. Sie haben wenig Selbstbewusstsein und wollen sich mit jemandem zusammentun, bei dem sie davon ausgehen, dass er Macht besitzt. Dadurch fühlen sie sich wichtig. Sie stehen im Mittelpunkt des Lebens ihres Verbrechers.«

Es fällt auf, dass Frauen, die Verbrecher lieben, häufig eine schlimme Kindheit gehabt haben, mit einem abwesenden oder drogenabhängigen Vater, der nicht selten streng war, und mit einer gehorsamen Mutter. In ihrer Kindheit oder ihrer Ehe waren die Frauen oft auch selbst das Opfer von Vergewaltigungen und Misshandlungen. »Weil er sicher hinter Gittern sitzt, wird er sie anders als seine Vorgänger nie körperlich verletzen können«, führt Dr. Atkins aus.

Was für eine Sorte Frau ist Mackenzie Walker? Genau wie die anderen Frauen, die eine Beziehung mit einem Gefangenen führen, hat Mackenzie Walker keine einfache Kindheit gehabt. Ihre Mutter war Alkoholikerin, ihr Vater ließ seine junge Familie bald im Stich. Über ihre Exfreunde wollte Mackenzie nicht reden, und ihr Schweigen sagt wahrscheinlich genug. Nachdem ihr letzter Freund sie vor die Tür gesetzt hatte, zog sie einfach so durch das Land. In *Joe's Diner* begegnete sie Taylor Marr, der Frau hinter dem Dog Rescue Prison Program. Taylor beschaffte ihr eine Arbeitsstelle im Restaurant ihres Mannes, und als Gegenleistung unterstützte Mackenzie sie beim Programm für die gebeutelten Kreaturen. »Ohne Taylor wäre ich Matt nie begegnet«, sagt Mackenzie und strahlt, wenn es um Matt geht.

Was auch immer der Strafgefangene getan hat, seine Frau wird mit demselben Stigma versehen wie er. »Die Gesellschaft geht davon aus, dass eine Frau, die einen Verbrecher liebt, auch selbst eine Verbrecherin sein muss. Sie ist in mittelbarer Täterschaft schuldig und hat unter den Folgen zu leiden. Die Frau wird aus der Gesellschaft ausgeschlossen, und als Folge davon identifiziert sie sich immer stärker mit ihrem Mann. Sie beide gegen den Rest der Welt, der bösen Welt.« Dass Mackenzie es sich nicht leicht gemacht hat, geht aus der Tatsache hervor, dass sogar Matts Vater sie bedroht hat. Unsere Zeitung hat ihn um eine Stellungnahme gebeten, aber das hat er abgelehnt. Und kurz nach dem Vollzug der Hochzeit kam es zu einer Prügelei zwischen Matt und den Wärtern, in deren Verlauf auch Mackenzie verwundet wurde.

Psychoanalytiker glauben, dass man sich mit der Tat identifizieren können muss, wenn man einen Mörder liebt, und mit der Motivation für diese Tat. Gilt das auch für Mackenzie? Hat sie Verständnis für die Taten ihres Mannes? Dr. Atkins zufolge ist es sehr gut möglich, dass Mackenzie davon ausgeht, ihr Mann sei unschuldig. »Sie identifiziert sich zu hundert Prozent mit ihm und folgt ihm in seiner Verleugnung. Sie darf nicht zugeben, dass er ein Mörder ist, denn dann müsste sie zugeben, dass sie verrückt ist, weil sie ihn liebt.« Dasselbe gilt für all diese Frauen. »Doch tief drinnen weiß jede, die einen Sträfling liebt, dass er schuldig ist«, sagt Dr. Atkins. »Sie hat jedes Wort der Gerichtsprotokolle, jeden Zeitungsartikel gelesen. Sie weiß, er ist schuldig.«

Glücklicherweise war kein Foto dabei. Was das betraf, hatte ich mich entschieden geweigert und als Grund angegeben, nicht erkannt werden zu wollen. Susan hatte das nicht gefallen. Erst als ich sie an die Scherereien erinnerte, die ich bereits gehabt hatte, konnte sie ein wenig Verständnis für meine ablehnende Haltung aufbringen.

Neben dem Artikel befanden sich grafisch abgesetzte Texte mit Zusatzinformationen, darunter einer über eine gewisse Veronica Lynn Compton, eine Frau, die man zu lebenslanger Haft verurteilt hatte, weil sie Kenneth Bianchi liebte, einen der beiden *Hillside Stranglers.* Bianchi und sein Neffe Angelo Buono waren verurteilt worden, weil sie zehn Mädchen und Frauen zwischen zwölf und achtundzwanzig Jahren entführt, vergewaltigt, gefoltert und ermordet hatten, und zwar innerhalb von nur vier Monaten in der Gegend von Los Angeles.

Veronica schickte Bianchi Briefe, während er in Los Angeles im Gefängnis saß. Sie war ein attraktives Mannequin, das gerade einen Modelvertrag unterschrieben hatte. Bianchi und sie verliebten sich ineinander. Für einen Versuch, ihn freizubekommen, dachten sich die beiden einen Plan aus: Veronica sollte eine Frau ermorden und dabei genauso vorgehen wie die Hillside Stranglers. Wenn man das Opfer finden würde, obwohl Bianchi noch hinter Gittern saß, wäre bewiesen, dass er keiner der Hillside Stranglers sein konnte. Weil die Täter die Frauen immer sexuell missbraucht hatten, besorgte sie sich sogar Sperma aus einer Samenbank. Sie nahm sich ein Hotelzimmer, lud an der Bar eine Frau ein, sie dorthin zu begleiten, und versuchte sie zu erwürgen. Doch der Frau gelang die Flucht, und sie verständigte die Polizei.

Wütend zerknüllte ich die Zeitung. Dann gab ich mit zitternden Fingern Russells Nummer ein.

»Hast du die Zeitung schon gelesen?«, fiel ich mit der Tür ins Haus.

»Ja, gerade eben. Mackenzie, es tut mir leid, ich hatte keine Ahnung …«

»Es tut dir leid? Das will ich aber auch hoffen. Ich werde hier verdammt noch mal dargestellt, als hätte ich sie nicht alle!«, tobte ich. »Ich habe doch gleich gesagt, dass das überhaupt keine gute Idee ist.« Ich schrie jetzt beinahe.

Am anderen Ende der Leitung hörte ich Russell beruhigende Geräusche von sich geben. Meine ganze Wut staute sich in meiner Kehle, und ich konnte nichts mehr sagen. Ich beendete das Gespräch. Die geballte Wut explodierte plötzlich in meinem Kopf in einem roten Nebel, der mir die Sicht nahm und alle guten Vorsätze, die ich in mir trug, in nichts auflöste wie beißende Säure. Genauso hatte ich mich während der Prügelei gefühlt, der ich meine Entlassung aus der Army verdankte. Ich wollte einfach nur noch zuschlagen, auf die Wut eindreschen, bis sie mir in tausend Scherben vor den Füßen lag und ich sie endgültig zertreten konnte.

In diesem Augenblick klopfte es an der Tür. Ärgerlich riss ich sie auf.

29

Ein älterer Mann schaute mich alarmiert an und hob beschwichtigend beide Hände.

»Bitte entschuldigen Sie. Ich wollte Sie nicht erschrecken.«

»Das hat ja dann ganz wunderbar geklappt«, herrschte ich ihn an. Dann erschrak ich wieder, weil mir klar wurde, wer er war. Vicky Moores Vater. Was wollte der denn hier? Eine plötzliche kalte Angst beschlich mich und schluckte die Wut, die ich gerade eben noch verspürt hatte, sodass nichts mehr davon übrig blieb. Wollte er vielleicht zu Ende bringen, was seine Frau gestern begonnen hatte? Hier in der Nähe gab es niemanden, der mir zu Hilfe kommen würde. Schnell versuchte ich, ihn einzuschätzen. Er war größer als ich, aber auch älter und deswegen schwächer. Wenn es sein musste, würde ich es mit ihm aufnehmen können.

»Ich bin Robert Moore. Gestern …«

»Ich weiß, wer Sie sind«, erklärte ich barsch und stemmte die Hände in die Seiten, um breiter zu wirken. Gestern hatte seine Frau mich überfallen, ein zweites Mal würde ich das nicht zulassen. Misty kam neugierig angelaufen, doch ich versperrte ihr mit einem Bein den Weg. Sie schlich davon.

Robert Moore schien zu zweifeln und schaute sich um, als habe er Angst, jemand könnte uns zusammen sehen.

»Ich bin gekommen, weil ich mich für das Benehmen meiner Frau entschuldigen wollte.«

Das war nicht gerade das, womit ich gerechnet hatte.

»Ich hatte keine Ahnung, was sie vorhatte, sonst hätte ich sie sicher zurückgehalten.«

Erstaunt sah ich ihn an. Warum machte er sich die Mühe, hier für eine persönliche Entschuldigung zu erscheinen? Das gestern war eine grässliche Erfahrung gewesen, aber irgendwo konnte ich auch Verständnis für das Verhalten von Vickys Mutter aufbringen. Sie hatte ihre Tochter verloren. Wenn man trauerte, tat man manchmal verrückte Dinge, das wusste ich besser als irgendjemand sonst.

»Ich habe gehört, dass Sie entlassen wurden, das tut mir leid. Ich werde ein gutes Wort bei Joe für Sie einlegen und ihm anbieten, für den gesamten Schaden aufzukommen …«

»Warum?«, rutschte es mir heraus.

Er blinzelte kurz und schaute mich verständnislos an.

»Verstehen Sie mich nicht falsch. Ich weiß zu schätzen, dass Sie hergekommen sind, aber warum machen Sie sich die ganze Mühe?«

Er lächelte ein wenig schief. »Wenn meine Frau herausfindet, dass ich hier gewesen bin, wird sie sehr wütend auf mich sein.«

Jetzt begriff ich ihn noch viel weniger, und das sagte ich ihm auch.

»Vicky hat keinen Selbstmord begangen«, sagte er geradeheraus. Er sah verblüfft aus, als könnte er fast selbst nicht glauben, was er da gerade von sich gegeben hatte. »Ich weiß einfach nicht mit Sicherheit …« Er biss sich auf die Unterlippe und fasste sich dann wieder. »Meine Frau ist davon überzeugt, man hätte den Täter gefunden …«

»Aber Sie nicht?«, ermutigte ich ihn weiterzusprechen. Mir schoss alles Mögliche durch den Kopf, und ich musste mich zusammenreißen, um ihn nicht bei den Schultern zu packen, so dringend wollte ich hören, was er zu sagen hatte.

Er schüttelte langsam den Kopf. Dann kniff er die Augen fest zu und schlug beide Hände vor das Gesicht. Ein Stöhnen entwich seinen Lippen.

»Mr. Moore?«

Er nahm die Hände herunter und sah mich an. Leichenblass war er. »Ich hatte mich schon damit abgefunden, dass ich mich täusche, aber jetzt, mit der DNA bei Kate Underwood … Was bedeutet das? Haben sie wirklich den Falschen verhaftet? Geht jetzt alles wieder von vorne los? Was, wenn sie ihn nie fassen? Dann läuft er schon seit Jahren ungestraft in der Gegend herum … Was soll ich denn zu meiner Frau sagen?«

Ich empfand riesiges Mitgefühl für ihn. Ich begriff, wie entsetzlich schwierig es für ihn sein musste, zu mir zu kommen und mir zu erzählen, was ihn so quälte.

Sein Mund verzog sich zu einem Strich, und plötzlich zitterte seine Stimme vor Wut. »Ich habe schon immer gewusst, dass da irgendetwas nicht stimmt, aber niemand wollte mir zuhören.« Mühsam versuchte er, Luft zu holen. »Ich habe nie geglaubt, dass meine Tochter Selbstmord begangen hat. Nie. Nicht nach allem, was sie überlebt hat«, erklärte er entschieden. Er stieß einen Finger in meine Richtung. »An dem Tag, an dem sie sich angeblich das Leben genommen hat, habe ich sie gesehen. Ich habe im Garten gearbeitet, die Blätter zusammengeharkt. Sie saß da und hat Zeitung gelesen. Als ich wieder hinschaute, war sie weg. Sie hat meine Pistole mitgenommen und sich nicht verabschiedet«, berichtete er mit erstickter Stimme. »Darum weiß ich ganz bestimmt, dass es kein Selbstmord war. Sie hatte geplant, wieder zurückzukommen. Wenn sie vorgehabt hätte, sich das Leben zu nehmen, hätte sie sich von uns verabschiedet. Das habe ich auch zum Sheriff gesagt, aber er wollte nichts davon wissen.«

»Was glauben Sie dann, was passiert ist?«, erkundigte ich mich behutsam.

»Ich glaube, dass der Entführer sie ermordet hat.«

Mir stockte der Atem. »Aber sie hat doch Ihre Pistole mitgenommen, sagen Sie.«

»Ich gehe davon aus, dass sie mit ihm verabredet war.«

»Ohne der Polizei Bescheid zu geben?«, fragte ich ungläubig. »Allein? Warum hätte sie das tun sollen?« Ich konnte mir einfach nicht vorstellen, dass sich Vicky allein mit ihrem Entführer verabredet hätte. Mit ihrem Quälgeist, ihrem Dämon.

»Genau aus diesem Grund hat Dave … das ist der Sheriff, also, hat mir Dave nicht geglaubt. Aber ich denke, sie hat deswegen die Pistole mitgenommen. Um ihn zu zwingen, ihr zu sagen, wo er die Frauen gefangen hielt.« Robert schaute mich aus zusammengekniffenen Augen an. Der Schweiß glänzte ihm auf der Stirn. Trotz der frühen Stunde brannte die Sonne bereits unbarmherzig vom Himmel herab.

Kopfschüttelnd sah ich ihn an. »Ich verstehe das nicht. Ihre Tochter hat Matt als Täter identifiziert. Sie war davon überzeugt, dass er es war.«

Mit einem gequälten Gesichtsausdruck schaute er mich an. »Nein, später nicht mehr.«

»Was?« Das war neu für mich.

»Darum hatte ich auch diese Pistole gekauft. Sie fühlte sich nicht mehr sicher.«

»Machen Sie langsam, bitte.« Robert berichtete das Ganze in viel zu raschem Tempo.

Er schaute auf seine Armbanduhr. »Ich muss zurück. Meine Frau wird sich fragen, wo ich denn stecke. Ich habe gesagt, ich würde nur schnell Milch holen. Sie ist ziemlich lange böse auf mich gewesen. Sie ist der festen Überzeugung, Vicky wäre nichts passiert, wenn sie einfach im Krankenhaus geblieben wäre. Das hatte meine Frau so gewollt. Aber ich habe mich vom Flehen meiner Tochter erweichen lassen und sie mit nach Hause genommen.« Er zog die schmalen Schultern hoch. »Vielleicht hat meine Frau ja recht.«

Ich wollte ihn noch so viel fragen, aber Robert hatte sich bereits umgewandt.

Während ich zusah, wie er wegfuhr, hämmerten in meinem Kopf viele Fragen. Warum hatte er mir das alles berichtet? Hatte sich Vicky später an weitere Details erinnert? Aber warum hatte sie dann niemandem davon erzählt? Hatte sie vorgehabt, ihren tatsächlichen Entführer zu entlarven? Was war mit ihr passiert?

30

Rosie

Heute war er hier. Ich weiß nicht genau, was das bedeutet, aber er wollte wissen, was ich brauche.

»Wie meinst du das, was ich brauche?«

»Für die Geburt.«

»Ein Krankenhaus, medizinisches Personal, Schmerzmittel …«, wagte ich zu sagen.

Er schüttelte den Kopf. »Du bleibst hier, das weißt du.«

»Dann lass Lori zu mir kommen.«

»Ich werde darüber nachdenken.«

»Ich brauche Sachen. Warmes Wasser, Handtücher, eine Schere für die Nabelschnur, Damenbinden. Das Baby braucht auch Sachen. Kleidung, Windeln, Milch …«

»Da hast du Papier, mach eine Liste mit den Sachen, die du brauchst, und ich besorge sie.«

Ich habe Angst. Ich kenne mich mit Babys nicht aus, aber ich weiß genug, um sagen zu können, dass man in dieser Umgebung keines bekommen sollte. Ich bin allein. Niemand kann mir helfen. Was, wenn die Wehen einsetzen, und er ist nicht da? Die Wahrscheinlichkeit ist hoch, schließlich ist er ziemlich oft nicht hier. Ich kann die Geburt nicht allein durchstehen, das ist gefährlich. Was soll ich nur machen?

Und das Essen, das wir bekommen, ist auch nicht gerade gesund. Woher soll ich wissen, ob mein Baby auch gut wächst? Was, wenn etwas mit ihm nicht in Ordnung ist? Mit Lori sprach ich über meine Befürchtungen.

»Frauen bringen schon seit Jahrhunderten Kinder zur Welt, Rosie. Es wird schon gut gehen. Frauen in Afrika bekommen ihre Kinder auch ohne medizinische Unterstützung, du schaffst das also auch.«

»Da haben sie aber Hebammen«, erinnerte ich sie.

»Ich wünsche dir ganz viel Kraft, Mädchen. Meine Schwangerschaften waren die reine Hölle. Und die Geburten noch schlimmer«, verkündete Nathalie.

»Das hilft mir ganz wunderbar weiter«, schnauzte ich sie an.

»Besser, du weißt gleich, worauf du dich einstellen musst.«

»Dass du beschwerliche Schwangerschaften erlebt hast, bedeutet noch lange nicht, dass ihr das auch passieren muss. Jede Schwangerschaft verläuft anders«, meinte Lori.

»Wie soll sie denn hier ein Kind zur Welt bringen, Lori? Wir haben doch nichts.«

»Ich werde ihn bitten, ihr ein paar Sachen zu bringen. Ich werde ihn bitten, ob ich zu ihr ins Zimmer darf. Dann kann ich ihr helfen …«

»Sie soll sich lieber gut vorbereiten. Einfach wird das Ganze nicht.«

Lori platzte der Kragen. »Dann frag du ihn doch, du dumme Kuh. Du schleimst doch immer rum und gibst alles an ihn weiter, was hier vor sich geht, und dafür bekommst du … Ach, was weiß ich, was du dafür bekommst. Ich höre euch aber reden, das sollte dir klar sein. Sei doch ein einziges Mal nicht so egoistisch und bitte ihn, dass er ihr ein paar Vitamine gibt, zusätzliches Essen, das ganze Zeug, das schwan-

gere Frauen brauchen, damit sie ein gesundes Kind zur Welt bringen können.«

Wie zu erwarten war, sperrte sich Nathalie gegen alles. »Vielleicht will sie das Kind ja nicht einmal, Lori. Hast du da schon mal drüber nachgedacht? Es ist auch sein Kind.«

»Das Baby kann doch nichts dafür!«, schrie ich jetzt dazwischen.

Das stimmte. Der Gedanke stand mir klar und deutlich vor Augen: Das hier war mein Kind, und ich würde alles dafür tun, es zu behalten und zur Welt zu bringen.

Warum werden wir aufeinander böse und nicht auf ihn? Ich hasse ihn dafür, was er uns antut. Ich weiß bestimmt, dass jede von uns versucht, sie selbst zu bleiben, was auch immer das heißen mag, aber wir haben uns hier verändert. Egal wie sehr wir uns selbst sagen, dass wir ihm keinen Zutritt zu unserem Geist gewähren.

Ich werde eigentlich nie laut. Nur Familienmitglieder schreie ich an. Und da habe ich begriffen, dass die Mädchen hier jetzt meine Familie sind. Alles, was ich noch habe. Wir haben nur noch einander.

31

Mackenzie

»Vicky Moores Vater war heute bei mir«, sagte ich zu Norma, die mit der einen Hand meinen Kopf fixierte und in der anderen eine kleine Zange hielt. Heute würde sie meine Fäden ziehen, so hatten wir das gestern vereinbart.

Kurz unterbrach Norma ihre Tätigkeit. »Robert? Was wollte er denn?«, fragte sie und klang dabei, als wäre sie auf der Hut.

»Er glaubt nicht, dass Vicky Selbstmord begangen hat.«

Norma seufzte tief.

»Du wusstest es«, kommentierte ich.

Norma zog den Faden aus meiner Augenbraue, und das tat ein bisschen weh. »Das hat sie aber doch. Wir hatten alle so großes Mitleid mit ihr. Körperlich ging es ihr gar nicht einmal so schlecht, aber die Wunden hier«, sie machte eine Geste in Richtung Kopf, »die waren viel größer, als man zuerst annahm. Ich kann mir immer noch nicht verzeihen, dass wir uns am Anfang so sehr auf ihr körperliches Wohlbefinden konzentriert haben. Wenn wir gleich erkannt hätten, wie es ihr wirklich ging, hätten wir sie sofort in die Psychiatrie gebracht ... So, du hast es geschafft.«

Ich setzte mich aufrecht hin und massierte mir die Schläfe. »Ist sie denn nicht psychologisch untersucht worden?«

Norma nickte und setzte sich mir gegenüber auf einen Stuhl. »Doch, schon, und ich sage auch nicht, dass es seine Schuld war, aber sie befand sich in einem so geschwächten Zustand … Es hat lange gedauert, bis sie stark genug war, um erzählen zu können, was ihr zugestoßen war. Außerdem schien es uns zu diesem Zeitpunkt keine besonders gute Idee, sie bei den labilen Leuten auf der Geschlossenen unterzubringen. Ich meine, diese Patienten sind sehr krank, und was mit ihr passiert war, war natürlich etwas ganz anderes; man hatte sie entführt und …« Norma schüttelte den Kopf, als wollte sie die schrecklichen Gedanken verscheuchen. »Was ich meine: Als es ihr körperlich endlich wieder ein bisschen besser ging, bekam sie Halluzinationen. Sie war davon überzeugt, dass Matt nachts zu ihr ins Zimmer kam, wenn sie schlief. Es fing an, nachdem Dave eine Konfrontation vorgeschlagen hatte, weil Matt einfach nichts über das Versteck oder das Schicksal der anderen Frauen preisgeben wollte.«

Mir lief es kalt den Rücken herunter. »Warum sollte es denn nicht wahr sein können?«

»Weil Matt gar nicht plötzlich an ihrem Bett hätte stehen können. Er saß ja hinter Gittern.«

»Außer, Matt ist unschuldig, wie er immer wieder behauptet.«

Norma holte tief Luft und schüttelte den Kopf. »Mackenzie …« Sie trank einen großen Schluck von ihrem Eistee. Ich tat dasselbe. Mir zitterten die Hände. »Sie hat ihn erkannt. Sie hat ihn identifiziert«, fuhr Norma fort.

»Hast du das Interview mit seinem Anwalt in der Zeitung gelesen? Es gibt genug Beispiele, bei denen unzuverlässige Zeugen …«

»Sein Anwalt sollte sich was schämen! Wie kann er es nur wagen, den armen Familien wieder Hoffnung zu machen? Sie haben endlich Frieden gefunden, weil sie wissen, was mit ihren Töchtern passiert ist, und dann sagt er, dass sie vielleicht nicht tot sind und …« Norma geriet fast außer sich.

»Meinst du nicht, es wäre ihnen lieber, wenn er recht hätte? Dass sie eines Tages ihre geliebten Menschen wieder in die Arme schließen können?« Mir brach die Stimme.

»Aber er hat nicht recht!«

»Und wieso nicht? Vicky waren zumindest Zweifel gekommen«, sagte ich. »Sie war davon überzeugt, dass ihr Entführer …«

»Matt.«

»… ihr Entführer«, fuhr ich unerschütterlich fort, »bei ihr gewesen ist.«

»Unmöglich«, widersprach Norma kopfschüttelnd.

»Warum unmöglich?«

»Sie sagte, er komme immer nachts. Und nachts stand immer ein Beamter vor ihrer Tür. Den hatte Dave dort postiert, damit sie sich sicher fühlen sollte.«

»Und dieser Beamte musste nie zur Toilette? Hat sich nie etwas zu essen oder einen Kaffee geholt? Nie Pause gemacht?«

»Da wirst du Tony fragen müssen, der hat sie bewacht.« Energisch stellte Norma ihr Glas ab. »Nur mal angenommen«, fuhr sie fort, und dabei klang sie ganz eindeutig verärgert, »nur mal angenommen, ihr Entführer hätte sie tatsächlich besucht, warum hätte er das um Himmels willen tun sollen? Warum hat er sie nicht einfach umgebracht?«

»Ich glaube nicht, dass es ihm darum geht, Frauen umzubringen. Sondern um Macht. Er hat die Frauen gefangen gehalten. Er hätte sie die ganze Zeit töten können, aber das hat er nicht getan«, argumentierte ich.

Norma nickte. »Okay, aber warum hätte er das Risiko eingehen sollen, Vicky aufzusuchen? Man hätte ihn doch dann ganz einfach erwischen können, oder nicht? Alle glaubten, dass Matt der Täter war, warum sollte er dann alles aufs Spiel setzen, indem er die Aufmerksamkeit auf sich lenkt? Er war fein raus, dann wäre es doch dumm, Vicky zu besuchen?« Das sagte sie in beinahe triumphierendem Ton.

Darauf hatte ich keine Antwort mehr.

Jede Frage zog eine weitere nach sich, eine noch verwirrendere. Das alles verursachte mir entsetzliche Kopfschmerzen. Es war, als würde ich von einer tückischen Strömung mitgerissen, immer weiter von der Wahrheit weg, und als wäre ich nicht in der Lage, aus eigener Kraft an die Oberfläche zu schwimmen, ans Ufer, wo alle Antworten auf mich warteten.

»Aber sie hat sich die ganze Zeit nicht sicher gefühlt, obwohl ein Beamter vor ihrer Tür stand. Sie wollte heim. Ihr Vater hat sich zu ihrem Schutz sogar eine Pistole zugelegt.«

Norma zog die Schultern hoch.

»Warum hat das Krankenhaus sie gehen lassen, wenn es ihr doch ganz eindeutig so schlecht ging, mental zumindest?«

»Was hätten wir denn tun sollen? Eine Frau gegen ihren Willen festhalten, die schon jemand anders wochenlang gegen ihren Willen festgehalten hatte? Das wäre unmenschlich und grausam gewesen, findest du nicht?«

»Dann wäre sie aber jetzt noch am Leben«, gab ich zurück.

»Das scheint mir gar nicht so sicher. Aus Erfahrung weiß ich, dass Menschen, die Selbstmord begehen wollen, früher oder später immer einen Weg finden.«

32

Mein Auto schien wirklich jeden Tag etwas langsamer zu werden, wie ein alter Hund, der abbaute und nicht mal mehr seinen üblichen Spaziergang absolvieren konnte. Ich gab Gas, aber auf dem Tachometer zeigte die Nadel stur weiter 55 Meilen pro Stunde. Ich wollte nach Hause. Schlafen. Ich hatte Matts Sachen zum Versteck gebracht, und das hatte mehr Zeit in Anspruch genommen, als ich dafür eingeplant hatte.

»Du lässt mich doch wohl jetzt nicht im Stich, liebes kleines Autochen«, sagte ich laut. Ich hatte kein Geld, das Ding in die Werkstatt zu bringen oder mir gebraucht ein anderes zu kaufen.

Im Rückspiegel sah ich, wie sich schnell ein Auto näherte. Als es nur noch etwa zwei Wagenlängen von mir entfernt war, knipste der Fahrer das Fernlicht an.

Ich kniff die Augen zusammen. Idiot. Ich machte das Warnblinklicht an, aber das schien er nicht wahrzunehmen, oder er ignorierte es. Dann überlegte ich, dass er mir vielleicht signalisieren wollte, mit meinem Auto sei etwas nicht in Ordnung. Ich inspizierte das Armaturenbrett, wo jedoch kein Lämpchen blinkte. Vielleicht funktionierte ja eines der Rücklichter nicht, das war möglich. Aber dann konnte er es mit dem Fernlicht jetzt bleiben lassen.

Ich riskierte einen weiteren Blick in den Rückspiegel, konnte aber nicht erkennen, wer da hinter dem Steuer saß,

Mann oder Frau. Ich hob eine Hand und deutete an, dass mich das Fernlicht störte, aber nichts passierte. Im Gegenteil, der Wagen kam immer näher.

Was wollte er denn, fuhr ich vielleicht nicht schnell genug? Die Straße vor mir war leer, der Fahrer hätte mich ganz einfach überholen können, wenn ihm mein Tempo nicht zusagte. Es war lange nach Mitternacht, also nicht so, als zöge ich eine lange Autoschlange hinter mir her, obwohl die Leute schnell zum Essen nach Hause mussten. »Schneller kann ich nicht fahren«, murmelte ich und trat vergeblich weiter aufs Gaspedal.

Wieder kam der andere Wagen näher, und mir zog sich der Magen zusammen. Wer war das, warum tat er das? Ein beängstigender Gedanke stieg in mir auf. War das vielleicht dieselbe Person, die mein Haus beschmiert und mich eingesperrt hatte?

Plötzlich berührte seine vordere Stoßstange meine hintere, und ich schrie laut auf. Das blendende Licht schmerzte mich in den Augen und störte die Sicht. Mit verkrampften Händen hielt ich das Lenkrad fest. Ich spähte voller Angst in den Rückspiegel, konnte aber nicht einmal erkennen, welche Farbe das andere Auto hatte oder welche Marke es war. Und das Kennzeichen konnte ich schon gar nicht entziffern.

Ich versuchte, mich daran zu erinnern, ob in nächster Zeit eine Weggabelung oder eine Parkbucht auf meiner Strecke lag. In meiner alten Karosse fühlte ich mich verletzlich und schwach. Das Metall, das mich umhüllte, schien mir plötzlich nicht viel robuster als Pappe.

Wieder näherten sich die Scheinwerfer. Wieder ein Stoß. Noch kräftiger diesmal. Meine Geschwindigkeit war inzwischen auf knapp vierzig Meilen pro Stunde abgesackt.

Panik schnürte mir die Kehle zu, und ich zwang mich, weiterhin ruhig zu atmen. Ich musste einen kühlen Kopf bewahren, mich voll konzentrieren, ich durfte mich nicht verrückt machen lassen. Ich wischte mir die verschwitzten Hände an der Hose ab und trat wieder aufs Gas. Zu meiner großen Erleichterung erschien rechts von mir ein Schild, dem ich entnehmen konnte, dass gleich eine Straße abgehen würde. Ohne zu blinken oder langsamer zu werden, riss ich das Steuer herum und bog in die unbeleuchtete Nebenstraße ein. Hier war ich noch nie gewesen. Doch zu meinem großen Entsetzen tat der Fahrer hinter mir dasselbe.

Beide Seiten der Straße säumten große Bäume mit einem dichten Astwerk, das das bleiche Mondlicht nicht durchscheinen ließ. Ich fuhr, so schnell ich mich unter diesen Umständen traute. Wohin führte diese Straße? Ich hatte das Schild nicht gelesen, ich war besessen gewesen von dem Gedanken, meinen Verfolger abschütteln zu müssen. Meinem Gefühl nach fuhr ich viel zu schnell über den kurvenreichen und unebenen Boden, aber ich wagte es nicht, den Fuß vom Gaspedal zu nehmen.

Wieder näherten sich mir die Scheinwerfer, und ich bereitete mich auf einen erneuten Rammstoß vor. Er war kräftiger, als ich befürchtet hatte. Das Auto schoss nach vorn, und ganz kurz ließ ich vor Schreck das Lenkrad los. Der rechte Vorderreifen geriet in den Graben, und voller Panik riss ich das Steuer nach links und geriet dadurch ins Schlingern. Um Haaresbreite verpasste ich einen Baum. Ich versuchte, die Richtung zu korrigieren, aber damit machte ich alles nur noch schlimmer. Mein Instinkt sagte mir, ich solle so fest wie möglich auf die Bremse treten, aber eine andere Stimme befahl mir, das nicht zu tun. Ich ließ den Wagen ausrollen und kam kurze Zeit später schräg zur Richtung des Weges zum Stehen.

Ich bekam nur sehr schlecht Luft. Ich befreite mich aus dem Gurt und stieg aus. Atmete die frische Luft tief ein. Verwirrt schaute ich mich um. Der andere Wagen war nirgends mehr zu sehen. Ich konnte mich nicht erinnern, überholt worden zu sein, aber alles war so schnell gegangen. Er musste an mir vorbeigeschossen sein, als ich halb im Graben gelandet war.

Ein unkontrolliertes Zittern überfiel mich. Ganz kurz fragte ich mich, ob ich nicht alles nur geträumt hatte. Ich überlegte, zur Wache zu fahren und Anzeige zu erstatten, aber was hätte die Polizei denn unternehmen sollen?

Ich hatte nichts gesehen. Ich konnte das Fahrzeug oder den Fahrer nicht einmal beschreiben.

Ich setzte mich wieder hinters Steuer, verriegelte die Tür und gönnte mir selbst einige Sekunden, um mich wieder zu beruhigen. Als jemand ans Fenster klopfte, bekam ich einen Riesenschrecken. Ich schrie auf, als auf der anderen Seite des Autofensters ein Gesicht erschien. Während ich den Angreifer im Auge behielt, versuchte ich den Motor zu starten. Sein Gesicht leuchtete auf, und ich schrie noch lauter, bis ich erkannte, dass er in einer Uniform steckte. Es war ein Polizeibeamter.

Er hielt sich eine Taschenlampe unters Kinn, damit ich ihn besser sehen konnte. Es war der Deputy. Wo kam der denn auf einmal her? Was tat er hier, mitten in der Nacht?

Er machte eine Handbewegung, und ich kurbelte das Fenster ein Stück herunter. Er wirkte ebenso überrascht, mich zu sehen, wie ich es war.

»Mrs. Ayers. Was ist denn diesmal passiert?«

»Ich …« Shit, was sollte ich jetzt sagen? »Ich konnte

nicht schlafen und wollte ein bisschen durch die Gegend fahren.« Tolle Ausrede, Mackenzie, die würde er bestimmt akzeptieren.

»Und warum haben Sie hier angehalten?«

»Habe ich nicht. Jemand hat versucht, mich von der Straße abzudrängen, und ...«

»Jemand?«

»Ich konnte nicht erkennen, wer es war. Er hat mich von hinten gerammt, und dann habe ich die Kontrolle über meinen Wagen verloren, und ...«

Bevor ich weiterreden konnte, hielt der Beamte die Taschenlampe an eine andere Stelle. Im Rückspiegel verfolgte ich, wie er die Rückseite meines Wagens inspizierte und wieder zu mir kam.

»Ich kann nichts erkennen, Mrs. Ayers. Keine Kratzer, keine Beulen, keine sonstigen Beschädigungen.«

»Er hat mich aber wirklich gerammt«, brachte ich schwach heraus.

»Haben Sie Alkohol getrunken?«

»Nein, natürlich nicht!«, rief ich empört.

»Wären Sie so freundlich und würden aus dem Wagen steigen?«

»Was? Warum denn?«

Der Deputy versuchte vergeblich, die Autotür zu öffnen, die ich aus Vorsicht verriegelt hatte, und bedeutete mir mit einer Handbewegung, ich solle herauskommen. Weil ich wusste, dass mir sowieso nichts anderes übrig blieb, gehorchte ich seiner Aufforderung.

Er bat mich, ein Stück auf einer geraden Linie zu laufen, und das tat ich auch folgsam. »Sehen Sie, ich habe keinen einzigen Tropfen getrunken.«

»Ihren Führerschein, bitte.«

Ich unterdrückte den Drang, ihm die Karte ins Gesicht zu werfen. Mit ernstem Gesichtsausdruck schaute er sich gründlich meinen Führerschein an und reichte ihn mir dann wieder.

»Darf ich jetzt weiterfahren? Ich will gern nach Hause.« Ich fühlte mich wirklich fix und fertig. Es war ein langer Tag gewesen, und morgen würde ich wieder früh aufstehen müssen.

»Einen kurzen Moment noch, ich muss den Sheriff anrufen.«

»Aber ich habe doch gar nichts getan, ich stand einfach nur hier …«

»Anweisungen, Mrs. Ayers.«

»Anweisungen?«, wiederholte ich verständnislos.

»Der Sheriff hat die Anweisung gegeben, alle verdächtigen Ereignisse zu melden.«

»Verdächtige Ereignisse?« Was meinte er denn damit? »Ich fahre hier ganz einfach eine öffentliche Straße entlang, ist das jetzt verboten?«

»Aus welcher Richtung kamen Sie, haben Sie gesagt?«

Das hatte ich gar nicht erwähnt, und ich machte eine Andeutung mit der Hand.

»Über die 165N?«

»Richtig.« Das stimmte nicht; ich war aus der anderen Richtung gekommen, über die US84 W, aber das wollte ich ihm nicht sagen.

»Sind Sie ganz sicher?«, hakte der Deputy nach.

»Bitte?«

»Dort haben wir eine Straßensperre errichtet.«

Shit. »Warum das denn?«

»Wissen Sie es denn noch gar nicht?«

»Was soll ich noch nicht wissen?«

»Becca Fisher wird vermisst.«

»Becca?« Meine Kollegin Becca? »Aber ... Was ist denn passiert?« Wir waren nicht eng befreundet, aber sie war trotzdem meine Kollegin. Erschrecken und Besorgnis nahmen mir den Atem.

»Dazu kann ich im Moment keine Auskunft geben.«

»Aber ...«

Der Deputy schnitt mir das Wort ab. »Einen Moment, ich muss kurz den Sheriff anrufen.«

Den Sheriff anrufen? Nein, er musste mir verdammt noch mal mitteilen, was hier los war. Was bedeutete »vermisst«? War Becca entführt worden, genau wie die anderen Frauen? Ich spürte, wie mir der bittere Geschmack von Galle in den Mund stieg. Becca, die arme Becca. Gleichzeitig wurde mir schwindlig. Was hatte das alles zu bedeuten? Plötzlich kroch mir eine eisige Kälte über den ganzen Körper.

Tonys Stimme unterbrach meine Gedanken. Ich zwang mich dazu, mich auf seine Worte zu konzentrieren. In knappen Worten stellte er die Situation dar. »Sie behauptet, jemand hätte versucht, sie vom Weg abzudrängen.«

Ich bemerkte sehr gut, wie er das Ganze formulierte. Als ob er eine Lügnerin vor sich hätte. Dabei wollte ich gar nicht, dass Dave von dieser Sache erfuhr. Es wäre nicht der erste Vorfall, den er mir um die Ohren hauen konnte. *Was hast du denn anderes erwartet, jetzt, wo du einen Mörder geheiratet hast?*

»Was soll ich jetzt machen?«, fragte der Deputy seinen Vorgesetzten. »Nein, den Fahrer hat sie nicht erkannt, sagt sie.« Er senkte die Stimme. »Sie hat falsche Angaben dazu gemacht, aus welcher Richtung sie kam.«

Er beendete das Gespräch. »Der Sheriff kommt her.«

»Was? Warum das denn?«

»Er will mit Ihnen sprechen.«

Ich verdrehte die Augen und setzte mich auf den Fahrersitz, die Autotür ließ ich geöffnet. Ich stellte das Radio an, aber es kamen keine Nachrichten, aus denen ich etwas darüber erfahren hätte, was mit Becca passiert war. Viele quälend langsame Minuten später erschien Dave. Er sprach kurz mit seinem Deputy, der am Straßenrand eine Zigarette rauchte, und kam dann mit großen Schritten auf mich zu. Ich stand auf.

»Was hast du mitten in der Nacht hier verloren?« Sein Mund war zu einem blassen, schmalen Strich zusammengekniffen.

»Das habe ich deinem Kollegen bereits mitgeteilt.«

»Keine Spielchen, Mackenzie.« Ganz offensichtlich war er stinksauer.

Ich wurde auch wieder wütend. Ich hatte nichts falsch gemacht. »Ich bin einfach ein bisschen durch die Gegend gefahren, weil ich nicht schlafen konnte. Wegen der Hitze. Ist das etwa verboten?«

»Und dann hat man dich verfolgt?«

»Jemand hat mich absichtlich vom Weg abgedrängt, ja.«

»Aber du kannst nicht sagen, was für einen Wagen er fuhr oder …«

»Das war unmöglich zu erkennen, er hatte das Fernlicht an.«

»Und nachdem er dich vom Weg abgedrängt hatte, ist er sofort weitergefahren?«

Ich nickte.

Dave musterte mich vielsagend und meinte dann: »Fahr jetzt nach Hause. Wir reden später.«

»Nicht bis du mir gesagt hast, was hier überhaupt los ist. Becca …«

»Später, Mackenzie. Ich habe jetzt keine Zeit.« Er winkte Tony und bat ihn, mich nach Hause zu geleiten.

»Ich komme schon zurecht. Ich kenne den Weg ganz gut.«

»Entweder du lässt dich von ihm begleiten, oder ich setze dich auf die Rückbank des Polizeiautos«, erklärte Dave. »Es ist schon eine junge Frau verschwunden, wir wollen nicht noch eine zweite verlieren.«

33

Das Telefon riss mich aus dem Schlaf. Die halbe Nacht hatte ich mich ruhelos im Bett herumgewälzt und war deswegen noch müde und benommen, aber als ich hörte, was die Stimme am anderen Ende der Leitung zu sagen hatte, war ich sofort hellwach und fuhr auf. Ich wollte das Gespräch beenden, als mir einfiel, dass ich mit dieser Person noch eine Rechnung offen hatte.

»Dass Sie es wagen, mich anzurufen! Nach dem, was Sie über mich geschrieben haben!«, rief ich böse in den Hörer.

»Was habe ich denn über Sie geschrieben?«, fragte Susan zurück. Sie klang nicht übermäßig beeindruckt.

»Dass ich unglücklich und besessen bin.«

»Genau genommen ging es dabei nicht um Sie, sondern um andere Frauen.«

»Sie haben es aber so dargestellt, als ginge es um mich. Tun Sie doch nicht so furchtbar scheinheilig«, zischte ich.

»Es handelt sich um Fragen, für die sich unsere Leser brennend interessieren, und …«

»Ersparen Sie mir Ihre faulen Ausreden«, schnitt ich ihr das Wort ab. »Was wollen Sie?«

»Haben Sie schon von der Sache mit Becca gehört?«

Sofort beschlich mich Angst. »Man hat sie also noch nicht gefunden?«, erkundigte ich mich.

»Was sagen Sie dazu, dass jetzt wieder eine junge Frau

verschwunden ist, und das auf dieselbe Art und Weise wie die anderen? Matt hat immer seine Unschuld beteuert.«

Natürlich, darum rief sie mich an. Sie witterte eine Geschichte. Aber ich musste ehrlich sein: Ich hatte deswegen auch die halbe Nacht wach gelegen.

Sofort nachdem der Deputy mich nach Hause gebracht hatte, hatte ich mir die Wiederholung der Nachrichten angeschaut, ihnen aber nichts Neues entnehmen können. Nach ihrer Schicht im *Joe's* war Becca um 22 Uhr nach Hause gefahren, dort jedoch nie angekommen. Man hatte ihr Auto mit einem platten Reifen am Straßenrand gefunden. Tasche und Handy lagen noch im Wagen, weshalb man sofort Alarm ausgelöst und eine Suchaktion gestartet hatte. Immer wieder wurde ein Foto von einer ausgelassen lachenden Becca eingeblendet.

Sie glich den anderen Frauen so sehr. Die Art und Weise, wie man sie entführt hatte, war genau dieselbe wie bei den früheren Opfern.

Es war, als hörte ich Russells Anweisungen in meinem Ohr. Ich wusste, was er von mir wollte. »Es ist entsetzlich, dass erst wieder eine junge Frau verschwinden musste, bevor die Polizei dazu bereit ist, die Ermittlungen wieder aufzunehmen.«

»Bedeutet das, die Polizei wird die Ermittlungen wieder aufnehmen?«

»Nein, nein, nicht dass ich wüsste«, fügte ich rasch hinzu. »Aber ich hoffe es natürlich. Ich hoffe, dass sie den wahren Mörder endlich fassen können.« Ich hörte, wie ein Stift übers Papier kratzte.

»Ich danke Ihnen.« Und weg war sie.

Am liebsten wäre ich den ganzen Tag im Bett geblieben, mit dem Kopf unter der Decke. Doch dieser Luxus war mir nicht vergönnt, denn nun hämmerte jemand an die Haustür. Misty bellte. Ich verkroch mich wieder tiefer im Bett, aber das laute Klopfen hörte nicht auf. Schnell warf ich mir ein paar Kleidungsstücke über.

Es war Dave, die Augen vom Schlafmangel klein, und mit Stoppeln auf Kinn und Wangen.

Ich bat ihn nicht hinein, sondern trat auf die Veranda hinaus. »Ich habe die Nachrichten gesehen. Sie ist auf genau die gleiche Art und Weise entführt worden, Dave.«

Er wusste sofort, worauf ich hinauswollte. »Dein Mann ist der Täter, und er sitzt im Gefängnis.«

»Wie erklärst du dir dann die jüngsten Ereignisse?«, rief ich aus.

»Die brauche ich mir nicht zu erklären. Jedenfalls bedeutet das Ganze nicht, dass man Matt unschuldig verurteilt hat, sondern nur dass er Becca nicht entführt haben kann.«

Die Verzweiflung überwältigte mich. »Willst du etwa behaupten, dass das alles Zufall ist?«

»Wir stehen noch ganz am Anfang der Ermittlungen.«

Ich konnte fast hören, wie er mit den Zähnen knirschte. »Und Kates DNA?«

»Da haben wir uns geirrt. Sie wurde von jemand anderem ermordet.«

»Also gibt es zwei Mörder? Und Kates Mörder hat jetzt Becca entführt? Auf genau die gleiche Art und Weise wie die anderen Frauen?«

Dave seufzte tief. »Okay, nur mal angenommen, Matt ist unschuldig – warum sollte dann der echte Täter wieder eine Frau entführen? Dann wäre er bisher davongekommen, und jemand anders verbüßt im Gefängnis die Strafe für seine Taten.«

»Weil sich ein Mann, der für solche Entführungen verantwortlich ist, nicht zurückhalten kann. Er kann der Versuchung nicht widerstehen und muss wieder zuschlagen. Seiner Sammlung eine neue Frau hinzufügen.«

»Warum hat er das dann nicht irgendwo anders getan? Hier muss ihm doch der Boden zu heiß unter den Füßen geworden sein.«

»Vielleicht geht das nicht, vielleicht ist er in irgendeiner Weise an diese Gegend gebunden.«

»Okay, aber wenn er durch solche Triebe motiviert wird, wie du sie beschreibst, wie hat er es dann geschafft, sich anderthalb Jahre zurückzuhalten?« Dave klang fast triumphierend.

»Das weiß ich auch nicht.« Ich musste mich zusammenreißen, um ihn nicht anzufahren. »Warte mal, was hast du da gerade gesagt?« Seine Worte hatten da etwas in meinem Gehirn ausgelöst.

»Was denn? Dass er sich zurückgehalten hat?«

Ich schnappte nach Luft. »Seth Fielding!«, rief ich. »Er hat Atmore bald nach Matts Verhaftung verlassen. Das muss eine Flucht gewesen sein. Jetzt ist er wieder zurück, und …« Ich verstummte und dachte daran, was Susan in ihrem Zeitungsartikel geschrieben hatte. Über die Möglichkeit, dass die Frauen noch am Leben waren. Seitdem hatte mich das nicht mehr losgelassen und noch nervöser, noch verzweifelter gemacht. Aber das … Das würde bedeuten, dass sie nicht mehr lebten. Ich konnte fast spüren, wie mir jede Kontraktion meines Herzmuskels die Hoffnung aus der Seele presste. Ganz schwindlig wurde mir davon. Plötzlich bemerkte ich, dass mich Dave besorgt musterte. Ich durfte mir nichts anmerken lassen, musste mich zusammenreißen.

»Mackenzie …«

»Nein, nein. Hör mir zu. Oh Gott, er hat als Reinigungskraft in dem Krankenhaus gearbeitet, in dem auch Vicky angestellt war«, sagte ich rasch.

Dave schaute mich an, als wäre ich verrückt geworden. »Du kannst nicht einfach so irgendwelche Leute beschuldigen.«

»Einfach so? Hast du nicht gehört, was ich sage?« Wie zwei Kampfhähne standen wir einander gegenüber.

»Mackenzie, die Polizeiarbeit überlässt du bitte mir.«

Ich packte ihn am Arm. Er musste mir einfach zuhören. »Vickys Vater war bei mir. Er ist davon überzeugt, dass Vicky keinen Selbstmord begangen hat, sondern ermordet wurde.«

Ich sah eine Ader an seiner Schläfe pulsieren, und das sagte mir, dass er seine ganze Selbstbeherrschung aufbot, um die Geduld nicht zu verlieren. Dave machte den Eindruck, als hätte er mich am liebsten geschüttelt. Jeder andere hätte sich daraufhin zurückgehalten, aber ich nicht. Ich wollte, dass er die Kontrolle über sich verlor. Er war immer so verdammt beherrscht und überzeugt davon, dass er im Recht war. Außerdem hatte ich keine Angst vor ihm. Was ich erreichen wollte, würde Dave nie begreifen können. Und es war mir egal, wie weit ich würde gehen müssen, um mein Ziel zu erreichen. Ich war schon so weit gegangen.

»Vicky ist die Flucht gelungen, aber die Erinnerungen waren so grässlich, dass sie ihrem Leben ein Ende gemacht hat. Und daran ist dein Mann schuld.« Er schrie jetzt fast.

»Vickys Vater glaubt, dass sie Angst hatte. Sie wusste ganz bestimmt, dass ihr Entführer noch frei herumlief und nur auf einen günstigen Augenblick wartete, sie zu erwischen. Darum hat sie das Krankenhaus verlassen. Ich habe von Norma gehört, dass sie glaubte, Matt käme nachts in ihr Zimmer.«

»Du hast mit Norma über diese Sache gesprochen?« An seinem Gesichtsausdruck konnte ich erkennen, dass er sich verraten fühlte. »Vicky litt unter Verfolgungswahn«, sagte er. »Da war niemand. Ich habe einen Beamten vor ihrer Tür postiert, und niemand war bei ihr. Okay?«

»Was, wenn ihr euch getäuscht habt?«

»Bis das Gegenteil bewiesen ist …«

»Genau da liegt das Problem. Du willst das Gegenteil gar nicht beweisen«, warf ich ihm an den Kopf.

»Die Beweise von damals sprachen für sich.«

»Und die von heute?« Ich hatte große Lust, laut zu schreien. Begriff er denn gar nicht, was alles auf dem Spiel stand?

Daves Augen verengten sich zu Schlitzen. »Das ist die große Frage, meinst du nicht auch, Mackenzie? Warum wird Becca gerade jetzt plötzlich entführt?«

»Was meinst du denn damit?«

»Was hattest du letzte Nacht auf dieser Straße zu suchen?«

»Das habe ich dir schon gesagt.«

»Du hast falsche Angaben gemacht. Du kamst nicht aus der Richtung von Evergreen, sondern aus der anderen, von Moundville. Und diese Geschichte mit dem anderen Fahrer … An deinem Auto war nichts zu sehen.«

Ein unheilvolles Gefühl beschlich mich und verursachte mir eine Gänsehaut. »Worauf willst du hinaus?«

»Genau an dieser Straße hat man Beccas Auto gefunden.«

Mir fiel die Kinnlade herunter. »Du glaubst doch nicht im Ernst …«

»Ich habe Susans Artikel gelesen. Du ja ganz ohne Zweifel auch.«

Verständnislos schaute ich ihn an.

»Ich habe die halbe Nacht darüber gegrübelt … Du musst mir hier und jetzt versprechen, dass du nichts Verrücktes angestellt hast.«

»Warum sollte ich etwas Verrücktes anstellen?«

»Um Matt zu helfen.«

Plötzlich begriff ich, was er meinte. Veronica Lynn Compton.

Sprachlos starrte ich ihn an. Es fehlte nicht viel, und ich hätte ihm eine runtergehauen. Ich war wütend. Wie konnte er nur glauben, ich wäre zu so etwas im Stande? Dann dachte ich an meinen Plan, Matt zur Flucht zu verhelfen. Nicht zu vergleichen mit der Entführung einer jungen, unschuldigen Frau, aber man konnte daran sehr gut erkennen, wozu ich bereit war.

»Du bist ja verrückt«, meinte ich nur.

Dave wandte sich von mir ab. Er wirkte genauso außer sich wie ich. »Ich muss los.«

»Nur mal angenommen, meine Theorie stimmt, Dave. Dann hat er Becca in seiner Gewalt. Vielleicht lebt sie noch … Ich …« Aber Dave hörte mir nicht mehr zu. Er stürmte die Stufen hinunter und rannte zu seinem Auto.

Beunruhigt blieb ich zurück. Ich hatte das Gefühl, jeden Moment zu explodieren, so viel Energie tobte noch durch meine Adern. Ich ging ins Haus und knallte die Tür hinter mir zu. Es stand so viel auf dem Spiel. Verzweifelt schaute ich nach oben, als hoffte ich, die Antwort an der Decke lesen zu können. Was sollte ich jetzt tun? Abwarten? Meinen Plan in die Tat umsetzen? Auf Nummer sicher gehen? Aber was, wenn der richtige Täter gefasst wurde und wir als flüchtig galten? Was bedeutete das dann? Meine Gedanken drehten sich wie verrückt im Kreis. Ich sehnte mich nach einer scharfen Kante, einer geraden Linie, einem Punkt. Nach etwas, woran ich mich festklammern konnte.

34

Vicky

Ein hämmernder Schmerz im Hinterkopf weckte mich. Ich fasste mir mit einer Hand an die empfindliche Stelle und stöhnte auf. Ein seltsamer Geruch kroch mir in die Nase. Erschrocken öffnete ich die Augen. Über mir schwebte das Gesicht einer Frau, die ich noch nie im Leben gesehen hatte. Ihre Lippen bewegten sich, aber ich begriff nicht, was sie sagte.

Dann drang es zu mir durch. Gestern Abend. Mein Spätdienst im Krankenhaus war vorbei, und ich fuhr nach Hause. Plötzlich fing das Auto an zu schlingern. Ich hielt am Straßenrand, weil ich nachsehen wollte, was da los war. Ich hatte einen Plattfuß. Ein Auto bremste neben mir. Ein Mann stieg aus. Er hatte eine Baseballkappe auf, deswegen konnte ich sein Gesicht nicht besonders gut erkennen. Es war zwar nicht mitten in der Nacht, erst elf Uhr am Abend, doch ganz kurz kam Angst in mir auf, die aber sofort verschwand, als er zu reden anfing. Ich erkannte seine Stimme. Es war der Mann aus der Werkstatt.

Seine Stimme war das Letzte, woran ich mich erinnern konnte.

Ich sprang auf und sah mich um. Vier Wände ohne

Fenster, eine Tür. Ein Bett. Ich saß auf dem Boden, auf einer dünnen, kalten Matratze.

»Wer bist du?«, fragte ich die Frau. Sie war mager, sogar nur noch Haut und Knochen, und bleich.

»Rosie«, sagte sie. »Rosie Allen.« Sie lispelte ein bisschen.

Eine eisige Kälte durchfuhr mich. Ich hatte sie nicht erkannt, aber ich wusste, wer sie war. Ihr Verschwinden hatte damals die Nachrichten dominiert. Jeder meinte, sie wäre entführt worden. Die Polizei, die Presse. Im Fernsehen flehte ihre Mutter den Entführer an, er solle ihre Tochter doch freilassen. Diese Bilder hatte ich nie vergessen können. Der Schmerz dieser Frau war mir durch Mark und Bein gegangen.

Plötzlich begriff ich, was das bedeutete. Dass man mich auch entführt hatte.

Ich stöhnte. Musste würgen. Nein, nein. Ich träumte, ich brauchte nur aufzuwachen. Ich kniff die Augen fest zu. Aufwachen, aufwachen. Öffnete die Augen wieder. Alles war noch genau wie vorher. Vier Wände, keine Fenster. Sie.

»Nein«, brachte ich heraus.

»Es tut mir so leid«, sagte Rosie, die mich besorgt musterte. Ich konnte ihr nicht in die Augen sehen. Irgendetwas ließ mich gruseln, wie ein unerwünschter Blick in die Zukunft. Hektisch versuchte ich, Luft zu holen, aber mein Hals war wie zugeschnürt, als hätte mir jemand beide Hände um den Hals gelegt und würde immer kräftiger zudrücken. Sie hielt mir einen Becher mit Wasser hin, doch den schlug ich ihr böse aus der Hand.

Ich stützte mich an der Mauer ab, kam mühsam auf die Beine und rannte zur Tür.

»Lass mich raus!«, schrie ich. »Hörst du mich? Lass mich hier raus!«

Ich spürte eine Hand auf der Schulter, aber ich schüttelte sie ab.

»Jetzt antworte schon! Was soll das? Lass mich …«

»Hör auf rumzuschreien!« Eine andere Frauenstimme.

»Nathalie, lass sie in Ruhe!«, gab eine weitere Frauenstimme wütend zurück.

Ich hörte abrupt zu schreien auf. »Wer ist das?«, wandte ich mich an Rosie.

»Seine anderen Frauen«, antwortete sie leise. »Wie heißt du?«

»Vicky Moore.«

»Wie alt bist du?«

»Achtundzwanzig. Wo bin ich hier?«

»Wir haben keine Ahnung, wo wir hier sind.« Sie sprach laut. Sie sprachen alle so laut.

»Ist doch völlig egal. Wir kommen hier sowieso nicht raus«, sagte Nathalie.

»Wie lange seid ihr denn schon hier?«, rief ich.

»Drei Jahre.«

»Vier Jahre.«

»Zwei Jahre«, antwortete Rosie. »Außerdem gibt es noch Jane, die nie etwas sagt. Sie ist schon vor Lori hergekommen.«

Ich schaute mich um, schüttelte voller Unglauben den Kopf. Ich holte immer schneller Luft, und die volle Wahrheit drang zu mir durch. Ich war gefangen. Flehentlich schaute ich Rosie an, die meinen Blick fast entschuldigend erwiderte. Ich schaute noch einmal genau hin und bemerkte ihren dicken Bauch.

»Du bist schwanger«, brachte ich schockiert heraus.

Rosie nickte. »Es tut mir leid. Er sagt, er hat dich hergebracht, damit du mir hilfst.«

Von irgendwo außerhalb der Zelle waren Geräusche zu hören.

»Er kommt«, flüsterte Rosie. »Stell dich an die Wand, mit dem Rücken zur Tür.«

»Was, warum denn?«

»Sonst bekommen wir nichts zu essen. Er schaut durch den Schlitz, ob du auch an der Wand stehst, und erst dann macht er die Tür auf und schiebt das Essen rein. So kannst du nicht über ihn herfallen. Lori sagt, das ist ihm schon mal passiert.«

»Dann eben kein Essen.«

»Glaub mir, das habe ich auch ausprobiert, aber nach einer Woche bist du völlig fertig. Dann lässt er dich betteln und flehen. Und am Ende wirst du noch aus ganz anderen Gründen winseln.«

»Was meinst du damit?«

»Hängst du sehr an deinen Zähnen?«

Sie öffnete den Mund, und ich sah, dass ihr im Unterkiefer zwei Zähne fehlten.

Ich verkroch mich in einer Ecke und rollte mich so klein wie möglich zusammen. Ein Rütteln erklang. Während mein Herz mit hysterischen Schlägen eine alles lähmende Angst in meinem Körper verteilte, schaute ich mich um. Die kleine Luke war geöffnet, aber zu klein, als dass ich sein Gesicht hätte ausmachen können.

»Umdrehen!«, befahl er.

Ich gehorchte, und erst dann öffnete sich die Tür. Das Geräusch von einem Gegenstand, der über den Boden geschoben wurde, war zu hören, und danach wurde die Tür wieder geschlossen. Ich wandte mich um, es war ein

Eimer. Rosie holte Kekse, belegte Brote, Müsli und Äpfel heraus.

»Vicky.« Es war seine Stimme.

Ich bekam keine Luft, und antworten ging schon gar nicht. Konnte man selbst seine Lunge, sein Herz dazu bringen, nicht mehr zu arbeiten? Einfach aufhören zu existieren, aus purer Willenskraft?

»Vicky«, wiederholte er, diesmal lauter.

»J-ja.«

»Was brauchst du für Rosie?«

»Ich …« Ich konnte keinen klaren Gedanken fassen. Was wollte er?

»Für die Geburt«, flüsterte Rosie in drängendem Tonfall.

»Ich will nach Hause«, sagte ich.

»Das wird nicht möglich sein.«

»Lass mich bitte gehen. Ich gehöre nicht hierher.«

»Solange du tust, was ich dir sage, wird dir nichts geschehen. Frag Rosie.«

Ich schaute zur Seite, zu Rosie, die mit einem geistesabwesenden Blick vor sich hin starrte. Was auch immer ihr geschehen war, »nichts« war es nicht. »Du dreckiger Lügner!«, rief ich. »Du lässt mich hier eingehen.« Ich hämmerte mit den Fäusten an die Tür. »Ich will hier raus. Lass mich hier raus! Ich werde nicht tun, was du von mir verlangst, hast du gehört?«

»Dir wird nichts anderes übrig bleiben. Es tut mir leid.«

Ich begann hysterisch zu lachen. Er bat um Verzeihung? »Deine Scheißentschuldigungen kannst du dir sparen.« Ich wurde fast wahnsinnig. Was sollte ich nur tun? Ihm drohen, nachgeben, flehen, weinen? Es war, als würde ich von allen Seiten gleichzeitig angegriffen. Eine Möglichkeit zu entkommen gab es nicht. Ich drehte mich im Kreis, immer schneller. Nein, nicht ich drehte mich, alles um mich herum drehte sich. Dann wurde alles schwarz.

35

Mackenzie

Nervös schaute ich mich um. Nicht dass es viel zu sehen gegeben hätte. Kahle Wände, einen Betonfußboden, eine Neonröhre an der Decke. Und das schreckliche, quietschende Einzelbett, auf dem ich saß. Die Matratze hatte eine Plastikhülle, und ich war froh darüber, eine lange Hose angezogen zu haben, sodass meine bloße Haut nicht damit in Berührung kam.

Es roch muffig und feucht. Meine Armbanduhr piepste. Ich wartete nun schon eine Viertelstunde. Ich war ins Gefängnis gefahren, weil ich gehofft hatte, man hätte Matt inzwischen die Isolierhaft erlassen. Zum Glück war genau das der Fall. Vor ein paar Tagen hatte man ihn wieder in seine eigene Zelle verlegt, berichtete der Wärter, der mich hierher gebracht hatte. Hatte BB geblufft, als er mir sagte, er könne dafür sorgen, dass Matt länger in der Isolierzelle blieb?

Meine Grübeleien wurden unterbrochen, denn die Tür öffnete sich. Schnell stellte ich mich hin. Matt schlurfte herein, mit Ketten an Händen und Füßen, gefolgt von einem Wärter, dem ich noch nie zuvor begegnet war. Matts Gesicht war grün und blau. Die Handschellen wurden ihm abgenommen, und der Wärter verschwand.

Jetzt würde ich zum ersten Mal ganz mit ihm allein sein – das letzte Mal zählte ich dabei nicht mit –, und genau wie damals machte mich dieser Gedanke nervös. Ich tat mein Bestes, um es zu verbergen, glaubte jedoch nicht, dass es mir auch gut gelang, denn Matt lächelte mich beruhigend an.

Ich kannte diesen Mann so gut wie niemanden sonst, hielt ich mir selbst vor, und er mich. In unseren Briefen und Gesprächen hatten wir uns jede nur erdenkliche Blöße geben, ohne Zurückhaltung, ohne Skrupel, aber hier, unter dem grellen Licht, fühlte es sich plötzlich an, als wären wir völlig Fremde füreinander, als würden wir uns zum ersten Mal begegnen. Und in gewisser Weise war das natürlich auch so. Ich konnte mich kaum an seine Stimme erinnern. Ich hatte noch nie seine Hand in meiner gespürt, außer bei diesem einen Mal, als er mir den Ring auf den Finger geschoben hatte. Das hier war mein Mann, rief ich mir in Erinnerung.

Ich machte einen Schritt nach vorn und umarmte ihn vorsichtig. »Hast du Schmerzen?«

»Geht schon. Und du?« Mit einem Finger zeichnete er die Flecken auf meinem Gesicht nach, die nur noch sehr undeutlich zu sehen waren.

»Jetzt nicht mehr«, antwortete ich.

»Es tut mir leid.«

»Es war nicht deine Schuld.«

»Es war dumm von mir.«

»Das ist nicht mehr wichtig.« Es gab andere, dringlichere Dinge, die ich mit ihm besprechen wollte. »Hast du es schon gehört?«

»Von Becca?« Er nickte.

»Bist du nicht froh darüber?«

»Darüber, dass eine Frau verschwunden ist?«

Sofort schämte ich mich.

»Sorry«, sagte Matt, als er mein Gesicht sah.

»Hast du noch was gehört? Das muss doch reichen, sicher zusammen mit dem DNA-Resultat von Kate ... Weißt du das schon?« Ich hatte keine Ahnung, was man ihm mitgeteilt hatte und was nicht, nachdem er die Isolierzelle hatte verlassen dürfen.

»Russell hat mich angerufen. Er glaubt nicht, dass wir mit Beccas Verschwinden schon etwas anfangen können. Wer weiß, vielleicht taucht sie ja bald wieder auf, oder man findet sie ... Wir müssen Geduld haben.« Er verzog kurz das Gesicht.

»Alles okay? Willst du dich setzen?«

Er nickte, und wir ließen uns auf die Matratze sinken. Plötzlich war mir wieder in vollem Umfang bewusst, wo ich mich befand und aus welchem Grund ich hier war.

»Alles in Ordnung?«, erkundigte er sich. Besorgt musterte er mich.

»Ja ... Es tut mir leid, ich habe einfach solche Angst, dass ich dir nicht gefalle.«

»Das ist andersherum ganz genauso«, gab Matt lächelnd zurück.

»Schon ein bisschen seltsam, findest du nicht auch?« An diesen Mann hatte ich so intensiv gedacht, wenn ich im Bett lag, und daran, was ich mit ihm anstellen wollte.

»Du kannst dir überhaupt nicht vorstellen, wie sehr ich mich nach diesem Augenblick gesehnt habe. Und jetzt, wo es so weit ist, will ich einfach nur noch weg.«

Ich erschrak. Hatte BB seine Drohung wahr gemacht? »Matt, ich ...«

»Nein, so meine ich das nicht«, erklärte Matt entschuldigend. »Ich will nichts kaputtmachen, das ist alles. Ich habe nächtelang wach gelegen. In meinen Briefen konnte ich … konnte ich dich umwerben, verstehst du? So wie es sich gehört. Aber jetzt … Jetzt sind wir hier. Hier hört das Ganze auf. Jetzt kann ich nicht mehr so tun, als wäre ich nicht hier. Wir sitzen in dieser blöden Zelle fest, und das ist die Realität. Mit Romantik hat das gar nichts zu tun.«

Ich schaute mich um. »Nein, das muss man wirklich so sagen«, stimmte ich ihm zu.

Wir schauten uns an und fingen an zu lachen. Er griff nach meiner Hand, und so saßen wir eine Weile da.

Mit meiner freien Hand zeichnete ich einen Schnitt auf seiner Stirn nach. »Hast du große Schmerzen?«

»Der Arzt hier ist nicht gerade großzügig, was die Schmerzmittel betrifft. Er hat mich genäht, und danach wurde ich in die Isolierzelle gebracht.«

»Ich habe es gehört. Ich finde das so schlimm.«

»Es war meine eigene Schuld, es war dumm von mir, ich hätte mich nicht provozieren lassen dürfen. Damit habe ich unseren Hochzeitstag verdorben.«

»Den holen wir ein anderes Mal nach. Das war doch nichts als eine Formalität«, beruhigte ich ihn. »Warum kamst du denn gerade so spät?«

»Reine Schikane, muss ich leider sagen.«

»BB?«, fragte ich behutsam.

»Einer von seinen Kumpels«, sagte Matt mit einem Nicken in Richtung Tür. Sein Mund verzog sich zu einem Strich. »Angeblich war kein Wärter verfügbar, der mich herbringen konnte.«

»Versprich mir, dass du keinen Krach schlägst«, bat ich ihn.

»Ich werde mein Bestes tun.« Er schob mir eine Locke aus der Stirn. »Ich weiß ja, wofür ich durchhalte.« Langsam beugte er sich zu mir hin und küsste mich sanft. Ich öffnete den Mund und ließ zu, dass seine Zunge meine berührte. Ein paar Sekunden später zog ich den Kopf zurück. »Sorry«, erklärte ich. »Ich kann mich nur sehr schlecht entspannen, wenn ich daran denke, dass die Wärter jeden Moment hereinkommen können.«

»Wir haben alle Zeit der Welt«, gab er zurück. »Weißt du, was ich meine? Empfindest du das auch so? Das hier ist nicht das, was ich will. Nicht so, wie ich es will.« Die Situation schien ihn genauso verlegen zu machen wie mich.

Erleichterung durchströmte mich. Ja, ich hatte Matt heiraten wollen, aber nicht, damit wir in diesem dumpfen Loch landeten.

»Du hast etwas Besseres verdient«, fügte Matt hinzu.

Ich musste schlucken und wandte den Blick ab. Meine Gefühle überraschten mich. Mit aller Macht versuchte ich, sie zu verbergen.

»Hey, was ist denn los?« Er packte mich mit beiden Händen und drehte mein Gesicht zu sich hin. »Sag mir bitte, was du denkst. Was du fühlst. Hattest du Angst, dass … Ja, oder? Warum sagst du das denn nicht?«

»Ich …«

»Ich bin dein Mann. Du kannst mir alles sagen. Ich will, dass du ehrlich zu mir bist. Immer. Okay?«

Ich nickte. Du lieber Himmel, wenn er nur wüsste. Matt schlang einen Arm um mich, zog mich an sich. Ich konnte seinen Geruch wahrnehmen. »Ich komme mir so schrecklich vor, weil ich dich in diese Situation gebracht habe.«

»Das ist okay.«

»Nein, ist es nicht.« Er schien noch etwas sagen zu wollen, schwieg aber. Mühsam stand er auf und stellte sich mit dem Rücken zu mir hin.

»Jetzt bist du nicht ehrlich«, sagte ich.

Matt wandte sich mit einem Lächeln zu mir um. »Du bist viel zu schlau für mich. Du hast recht.« Er seufzte tief. »Ich hätte dich nicht in diese Sache hineinziehen dürfen. Glaub mir, ich bin mehr als dankbar, dass du hier bist, und ohne dich würde ich hier völlig verrückt werden, aber ich kann dir nichts bieten …«

»Pssst, sag das nicht. Darüber haben wir doch schon so oft gesprochen.«

»Aber …«

»Kein Aber. Lass uns die kostbare Zeit, die uns hier zusammen bleibt, nicht mit solchen Diskussionen verschwenden. Außerdem ist es zu spät. Wir sind verheiratet, und ich habe nicht vor, mich scheiden zu lassen.«

»Ich habe mich egoistisch verhalten. Ich sitze hier drinnen, aber ich habe keine Ahnung davon, wie es für dich draußen ist.«

Bei mir schrillten sämtliche Alarmglocken. »Was hast du denn gehört?«, erkundigte ich mich in scharfem Ton.

»Ich bin zwar hier eingesperrt, aber das heißt noch lange nicht, dass ich nichts davon mitbekomme, was sich draußen abspielt.«

»BB«, schloss ich aus seinen Worten. »Verdammt.« Ich hatte es gewusst, gespürt, dass mehr hinter Matts Verhalten steckte. »Lass dich von ihm nicht verunsichern, Matt. Das ist genau das, was er erreichen will.«

»Aber ist es denn wahr?«

»Was soll wahr sein?«

Matt wurde böse. »Probier nicht, mich zu beschützen, Mackenzie. Ich müsste dich beschützen. Das ist meine

Aufgabe, aber ich sitze verdammt noch mal hier fest, und …«

»Dein Selbstmitleid nutzt mir nichts, also hör damit auf. Ich wusste, worauf ich mich einlasse.« Okay, ganz stimmte das nicht, aber das brauchte er nicht zu wissen. »Ich kann schon damit umgehen, glaub mir. Es hört irgendwann von selbst auf. Die Leute müssen sich einfach an die Vorstellung gewöhnen, das ist alles.« Und sehr lange wird das Ganze sowieso nicht mehr dauern, fügte ich in Gedanken hinzu.

»Erzähl mir, was da passiert ist.«

Jetzt war die Reihe an mir zu seufzen. »Warum? Es ist passiert, und man kann es nicht mehr ändern«, gab ich barsch zurück. Dann begegnete ich seinem unerschütterlichen Blick und gab nach. »Nichts Schlimmes. Jemand hat das Haus mit Farbe beschmiert und mich in deiner Storage Unit eingesperrt. Und man hat versucht, mich von der Straße abzudrängen.« BBs Drohung und den Zwischenfall mit Vickys Mutter verschwieg ich ihm.

»Hast du Anzeige erstattet?«

Ich schüttelte den Kopf. »Was hätte das denn gebracht?«

»Der Sheriff muss dich beschützen.«

Ich brach in Gelächter aus. »Bist du etwa neuerdings ein Fan von Dave?«

Wenn Matt es seltsam fand, dass ich den Sheriff beim Vornamen nannte, ließ er sich davon nichts anmerken. »Er versteht etwas von seiner Arbeit.«

Ich erkannte die Gelegenheit, dem Gespräch eine andere Richtung zu geben, und ergriff diese Chance nur allzu eifrig. »Was dich betrifft, ist er allerdings nicht professionell genug.«

»Ich sage ja auch nicht, dass ich ihn mag, aber er ist der

Sheriff, und ich will, dass er dich beschützt, das ist seine Aufgabe.« Forschend schaute er mich an. »Ist das alles?«

»Hat BB dir sonst noch etwas erzählt?«

»Er weiß, wo du wohnst, und das gefällt mir überhaupt nicht.«

»Ich habe vor BB keine Angst.«

»Das solltest du aber. Er ist nicht gerade ein harmloser Typ.«

»Warum sollte er mir etwas antun wollen?«, fragte ich, ehrlich erstaunt.

»Weißt du das nicht? Kate Underwood war seine Cousine.«

Mir fiel die Kinnlade herunter. »Oh Shit«, sagte ich dann. Jetzt begriff ich, warum sich BB Matt gegenüber so aggressiv verhielt.

»Ich kann es ihm nicht einmal verübeln. Wenn dir jemand etwas Schreckliches antun würde, wäre ich auch zu allem in der Lage.«

»Und trotzdem darf er in deiner Abteilung arbeiten? Ist das denn einfach so erlaubt?«

»Ich werde es bei der nächsten Versammlung der Sträflingsgewerkschaft zur Sprache bringen und dafür sorgen, dass man sich der Sache annimmt«, sagte Matt sarkastisch. »Sorry, das war nicht so gemeint.« Er fuhr sich mit einer Hand durch die Locken. »Hast du das mit dem Hinrichtungsdatum gehört?«

Ich nickte. »Russell meint, wir brauchen uns keine Sorgen zu machen.«

»Vielleicht ist es ja auch besser so.«

»Was?«

»Ich kann nicht mehr, Mackenzie.«

»Du darfst jetzt nicht aufgeben.«

»Wie kannst du so was sagen?«, reagierte er überraschend heftig.

Ich fuhr erschrocken zurück.

»Entschuldige«, sagte er. »Ich bin einfach die ganze Zeit auf der Hut. Auf meinem Flur gibt es ein paar kranke Typen, und auch der Rest der Gefangenen hat es geradezu auf mich abgesehen. Ich muss ständig Augen und Ohren offen halten. Erst letzte Woche haben sie sich einen Kerl vorgenommen, der ein kleines Mädchen erwürgt hat. Der Arzt meint, sein Schließmuskel wird sich nie wieder vollständig erholen.«

Ich schauderte, aber nicht nur, weil ich das Ganze so grässlich fand. »Dann hätte er eben einfach nie …«

»Stimmt, aber genau dasselbe denken sie auch von mir. Ich fühle mich nur sicher, wenn ich in meiner Zelle bin, und selbst dann nicht immer. Die Wärter können die Zelle öffnen, wann immer sie wollen. Sie für die anderen Gefangenen offen stehen lassen. Das Personal hier ist genauso korrupt wie die Politiker da draußen. So viel verdienen sie nicht. Für ein wenig Geld tun sie alles. Und wenn sie es nicht fürs Geld tun, dann für ihre eigene Sicherheit.«

»Sicherheit?«

»Sie haben auch Familien, die sie beschützen müssen«, erklärte mir Matt. »Alle Sträflinge hier haben draußen Freunde, die sich um ihre Angelegenheiten kümmern. Angeblich war es früher, unter dem alten Direktor, noch viel schlimmer.«

Ich biss mir auf die Unterlippe, denn ich hatte keine Ahnung, wie ich ihn trösten konnte. Es stimmte schon, was wusste ich denn davon? Meine Worte konnten nur hohl und leer klingen.

Er setzte sich wieder zu mir. »Hast du ernst gemeint,

was du letztes Mal gesagt hast? Über diese … Überraschung?«

»Ja. Aber jetzt, nach dem, was alles passiert ist … Vielleicht sollten wir noch kurz abwarten.«

Stöhnend stützte er den Kopf in die Hände. »Ich weiß nicht, wie lange ich das noch aushalte. Es ist ein ziemlich hohes Kopfgeld auf mich ausgesetzt. Ich war fast froh darüber, in der Isolierzelle zu sitzen. Da war ich zumindest sicher.«

Im selben Augenblick wurde die Tür ohne Ankündigung geöffnet. BB kam herein.

»Welch rührender Anblick«, begrüßte er uns.

Matt schien etwas sagen zu wollen, aber ich zwang ihn mit meinem Blick zum Schweigen. Ein zweiter Wärter folgte auf BB und legte Matt Handfesseln an.

»Habt ihr Spaß gehabt?«, erkundigte sich BB. Er grinste breit. »Einen Abschiedskuss darfst du ihm schon noch geben, meine Liebe. Bis ihr euch wiederseht, wird es eine ganze Weile dauern.«

Schweigend schaute ich auf den Boden. Wahrscheinlich geilte ihn die Situation auf. Der Wärter zog kurz an Matts Handfesseln, und er setzte sich widerwillig in Bewegung. Es war nur allzu deutlich, dass er ihm nicht traute.

»Ich bringe deine Frau noch zu ihrem Wagen. Dann sorge ich dafür, dass sie sicher den Komplex verlassen kann«, rief BB Matt hinterher, der sich prompt umdrehte und etwas erwidern wollte. Doch ich schüttelte fast unmerklich den Kopf. Das war genau das, was BB erreichen wollte.

Widerstrebend folgte ich ihm, jedoch immer mit genügend Abstand. Die neugierigen Blicke der anderen Gefangenen, die geflüsterten Bemerkungen und die schmutzigen Zungen-, Hand- und Hüftbewegungen ignorierte ich einfach. Genauso wie das Lachen. Bei jedem Schritt erklang das Geräusch von BBs Schlüsselbund, der gegen seinen Koppel schlug.

Die Flure schienen einfach nicht enden zu wollen. Ein Gefangener mit einem Hund erkannte mich und hob die Hand zum Gruß. Ich erwiderte ihn.

An der letzten Tür riskierte ich es. »Du hast es ihm nicht erzählt.«

Auf BBs Gesicht erschien ein falsches Grinsen. »Ich wollte dir noch eine Chance geben. Heute Abend komme ich mal vorbei, und dann können wir uns ausführlich darüber unterhalten.«

Erschrocken schaute ich ihn an. »Nein«, stieß ich hervor. Ich wusste, wie ich ihn ausschalten konnte, auch wenn er groß und kräftig war, aber dann würde seine Wut Matt treffen, nicht mich. Und das durfte ich nicht zulassen.

»Nein?«

»Nein.«

»Du weißt, wozu ich in der Lage bin …«, drohte BB fast unverhohlen.

Ich schaute ihm in die Augen und hoffte dabei, dass mein Blick furchtlos wirkte. »Du meinst, du kannst mein Haus mit Farbe beschmieren? Mich einsperren oder vom Weg abdrängen?«

Unbewegt erwiderte er meinen Blick. »Ich habe nicht die leiseste Ahnung, wovon du redest, junge Dame.« Er zwinkerte mir zu. »Bis heute Abend.« Breitbeinig ging er davon.

Ich schaute ihm nach und musste den gallebitteren Geschmack herunterschlucken, den ich im Mund hatte. Sosehr ich ihn auch hasste, irgendwo lösten seine Worte Zweifel in mir aus.

Bisher hatte BB nur Drohungen geäußert, wenn ich unmittelbar dabei war und sie auch als seine erkannte. Er tat nichts heimlich, er genoss es ja gerade, meine Angst sehen zu können.

Aber wer hatte es dann auf mich abgesehen?

36

Mit trägen, schweren Schritten schleppte ich mich zur Haustür, so müde war ich. Nach BBs Drohung hatte ich beschlossen, nicht sofort heimzufahren. Ich hatte keine Angst vor ihm, aber sehr wohl davor, dass mir die Kontrolle über die Situation entgleiten würde. Dieses Risiko durfte ich jetzt nicht eingehen. Er würde seine Wut an Matt auslassen, nicht an mir.

Ich hatte lange in einer billigen Pizzeria irgendwo an der Autobahn gesessen. Erst bei Einbruch der Dunkelheit war ich zurückgefahren. Jetzt würde er doch bestimmt nicht mehr vorbeikommen? Doch als ich den Schlüssel ins Schloss steckte, stellten sich mir die Nackenhaare auf. Unvermittelt wandte ich mich um, weil ich Gefahr witterte. Aber da war nichts zu sehen. Schnell suchte ich mit dem Blick die Umgebung ab. Ich hielt den Atem an und lauschte. Doch ich konnte nichts Ungewöhnliches feststellen.

Das bildest du dir alles nur ein, sagte ich zu mir selbst. BB kommt nicht mehr.

Aber warum hatte ich dann das Gefühl, dass mich jemand beobachtete?

In ihrem Korb hob Misty den Kopf. Sie streckte sich und jaulte leise.

»Ja, ja, ich weiß schon, ich hätte früher heimkommen müssen, um dich nach draußen zu lassen.« Ich öffnete die

Tür, damit sie hinauskonnte. Wenn ich sie rief, würde sie von selbst zurückkommen. Ich knipste eine kleine Lampe an. Vorhänge gab es nicht, sonst hätte ich sie zugezogen. Mit klopfendem Herzen ging ich die Küche, um ein Glas Wasser zu trinken.

Dort, vor der Anrichte, lauschte ich wieder.

Das bildete ich mir doch alles nur ein.

Energisch stellte ich das Glas auf den Küchentisch.

Am liebsten wäre ich direkt ins Bett gekrochen, aber ich war verschwitzt und fühlte mich schmutzig, darum zwang ich mich, mich unter die Dusche zu stellen. Das warme Wasser spülte die Wachsamkeit weg, und ich spürte, wie sich mein Körper immer schwerer anfühlte.

Der Schleier, der sich über mein Bewusstsein gelegt hatte, verschwand abrupt wieder, als ich ein Geräusch zu hören meinte. Wie gelähmt blieb ich stehen. Ich drehte das Wasser ab und lauschte voller Anspannung. Wagte kaum Atem zu holen. Hatte ich die Haustür abgeschlossen? Nein, hatte ich nicht, weil Misty noch draußen war. Die Badezimmertür hatte ich auch nicht verriegelt. Als ich aus der Duschkabine stieg, um wenigstens das nachzuholen, wäre ich fast hingefallen. Mein Herz schlug wie wild. Ich nahm mir ein Handtuch und trocknete mich rasch ab.

Schützend wickelte ich mir das Handtuch um. Dann hörte ich einen Knall.

War das die Haustür, die jemand kräftig zugeschlagen hatte? Aber das würde bedeuten, dass jemand hier drinnen gewesen war.

In einem Koffer mit doppeltem Boden, ganz hinten im Schlafzimmerschrank, hatte ich einen Taser versteckt. Den hatte ich irgendwann dem Mädchen geklaut, mit dem ich für kurze Zeit ein Haus geteilt hatte, bis ich die Miete nicht mehr bezahlen konnte und eine Weile als Obdachlose gelebt hatte. Keine Ahnung, wie meine Mitbewohnerin an das Ding gekommen war, aber das konnte mir auch herzlich egal sein. Ich wollte, ich hätte den Taser mit ins Bad genommen.

Die Angst hielt meinen Kopf im Würgegriff, denn ich war nicht mehr in der Lage nachzudenken. Voller Anspannung stand ich da und lauschte, hörte jedoch nichts mehr.

Was war da draußen passiert? Plötzlich fiel mir wieder ein, dass Misty noch dort war. War ihr etwas zugestoßen? Es gab nur einen Weg, das herauszufinden. Voller Hast und mit ungeschickten Fingern zog ich Jeans und T-Shirt wieder an. Lauschte zur Sicherheit noch einmal. Nichts. Es war gar nichts passiert, versuchte ich mich selbst zu beruhigen. So leise wie möglich öffnete ich die Tür, aber meinem Gefühl nach entstand dabei ein ohrenbetäubender Lärm, von dem ganz Atmore aus seinem Schlaf hätte erwachen können.

Ich steckte den Kopf um die Ecke, und mir stockte der Atem. Die Haustür stand sperrangelweit offen. Auf der Schwelle lag jemand.

Ich kniff die Augen ganz fest zu. Öffnete sie wieder. Nein, ich hatte es mir nicht eingebildet. Da lag jemand. Jemand in einem grünen Overall. Und da drang die schreckliche Wahrheit zu mir durch. Es war Taylor. Mit ein paar Schritten hatte ich sie erreicht und kniete mich neben sie. Sie lag auf dem Bauch, als wäre sie wie ein Baum vornübergefallen, ihr Kopf war zur Seite gedreht.

»Taylor, was ist denn, bist du gestolpert … Was?« War das der Knall, den ich gehört hatte? War es das Geräusch ihres Körpers gewesen, als er auf den Boden aufgeschlagen war? Was sollte ich jetzt tun? Sie umdrehen? Nein, vielleicht war sie am Rückgrat verletzt. Ich hatte zwar irgendwann mal bei der Army einen Erste-Hilfe-Kurs absolviert, aber da hatte ich immer Arbeitsmaterial zur Verfügung gehabt. Gott sei Dank war ich dort auch niemals in eine Situation wie diese geraten, auch wenn ich viele Verwundete gesehen hatte, die man zur Basis brachte.

Erst musste ich einen Rettungswagen rufen. Jetzt!

Ich spürte etwas Feuchtes an meinem Knie. Meine Jeans färbten sich rot. Mein Blickfeld verengte sich, und das Rauschen in meinen Ohren übertönte alles andere. Dann kam langsam alles wieder zurück. Taylor tastete um sich. Instinktiv griff ich nach ihrer Hand. »Keine Angst, Taylor. Ich rufe Hilfe. Alles wird gut. Halte durch. Hast du Schmerzen?«

Taylors Mund öffnete sich, aber es kam nichts heraus. »Ich muss dich ganz kurz allein lassen. Ich bleibe aber in der Nähe. Ich rufe nur schnell an, okay?« Ich ließ ihre Hand los – einen schrecklichen Moment lang fühlte es sich an, als würde ich sie im Stich lassen –, und erst nach mehreren Versuchen gelang es mir, den Notruf zu wählen. Mein Atem kam in unregelmäßigen Stößen, während ich die Frau am anderen Ende der Leitung anflehte, so schnell wie möglich einen Rettungswagen zu schicken.

»Wie genau sehen die Verletzungen aus?«

Ich klemmte mir das Telefon zwischen Kopf und Schultern und kniete mich wieder neben Taylor. Sie hatte die Augen geschlossen. »Taylor, jetzt nicht einschlafen. Bleib wach.« Ich wollte nicht weinen, spürte jedoch, wie mir die Tränen in die Augen stiegen.

»Hallo, wie sehen die Verletzungen aus?«, klang die Stimme der Frau in der Zentrale wieder an mein Ohr.

Meine Augen suchten Taylors Körper ab. Nichts zu sehen. »Ich weiß es nicht … Sie liegt auf dem Bauch. Da ist viel Blut. Ich habe unter der Dusche gestanden und einen Knall gehört«, sagte ich unzusammenhängend.

»Wurde das Opfer angeschossen?«

»Ich weiß es nicht, ich stand ja unter der Dusche!«

»Befindet sich der Täter noch im Haus?«

»Was?« Voller Panik schaute ich mich um. »Nein. Nein, ich kann niemanden sehen …«

»Kennen Sie den Schützen?«

»Nein, ich begreife das alles nicht. Taylor … Ich begreife nicht, was sie überhaupt hier zu suchen hatte. Ich wohne hier …«

Ein Gurgeln erklang. Taylor öffnete die Augen.

»Sagen Sie mir, was ich tun soll, wie ich ihr helfen kann«, flehte ich. Taylors Augen wirkten glasig, als könnte sie mich nicht gut erkennen. »Soll ich sie auf den Rücken drehen?«

»Nein, bewegen Sie sie nicht.«

»Aber sie blutet doch. Ich muss die Blutung stillen … Die Verletzungen …«

»Der Rettungswagen ist auf dem Weg zu Ihnen.«

Taylors Lippen bewegten sich, als wollte sie etwas sagen. Ich rückte mit dem Gesicht ganz nah an ihres heran, aber sie brachte nichts heraus. Mit der freien Hand strich ich ihr über die Stirn, die sich klamm anfühlte. »Durchhalten, Taylor. Gleich kommt Hilfe. Ich bin bei dir.«

Taylor stöhnte. Eine Träne lief ihr über die Wange.

»Schschscht«, machte ich, um sie zu beruhigen. »Was ist passiert, wer hat das getan?«

Taylor versuchte zu sprechen. Kaum hörbar flüsterte sie: »Ich … nicht.«

»Sie weiß es nicht«, wiederholte ich für die Frau in der Zentrale.

»Er … Hoodie …«

»Hatte er ein Kapuzenshirt an?«

»Ich gebe es an die Polizei weiter. Vielleicht hält sich der Täter noch in der Umgebung auf.« Die Stimme der Telefonistin klang nasal, fast so, als langweile sie das Ganze, aber mir war bewusst, dass sie ihre Stimme absichtlich neutral klingen ließ. Sie wollte mir Ruhe vermitteln. Was auch geschah, so schlimm es auch war, die Stimme dieser Frau sorgte dafür, dass alles gut wurde. Jedenfalls gelang es mir kurz, es zu glauben, Kraft daraus zu schöpfen, bis ich wieder zu Taylor hinübersah. Sie hatte jetzt eine aschgraue Gesichtsfarbe, und Schweißperlen standen ihr auf der Stirn. Ich biss mir kräftig auf die Unterlippe, um nicht weinen zu müssen.

»Hast du Schmerzen?«, erkundigte ich mich.

»Nein.« Ihre Lippen wurden blau, und sie fing an, mit den Zähnen zu klappern. »Kalt. So … kalt.«

Ich traute mich nicht, Taylor für einen Augenblick allein zu lassen und eine Decke aus dem Schlafzimmer zu holen.

»Durchhalten, Taylor, du schaffst das. Joe wird sonst schrecklich böse auf dich, das weißt du. Ich höre die Sirene schon.« Das war gelogen, aber ich wusste nicht, was ich sonst hätte sagen sollen, um sie zu beruhigen.

Taylor kniff mir kraftlos in die Hand, während ein Zittern ihren Körper durchlief. Ich wollte die Telefonistin fragen, wo der Krankenwagen blieb, aber gleichzeitig wollte ich auch Taylor nicht beunruhigen.

»Du machst das ganz großartig. Nur noch ein ganz kleines bisschen durchhalten.«

»In fünf Minuten ist der Rettungswagen bei Ihnen«, hörte ich die Stimme.

Ich betete, dass das schnell genug wäre. Jede Sekunde

war jetzt eine zu viel. Ich schaute wieder auf das Blut und hatte den Eindruck, die Lache vergrößere sich rasch. Taylor verblutete langsam, aber sicher. Der Drang, sie umzudrehen und zu versuchen, die Blutung zu stillen, war schier überwältigend. Ich presste die Kiefer aufeinander, bis es wehtat.

Was war nur passiert? Was hatte sie bei mir gewollt? Warum hatte sie jemand niedergeschossen? Wer? Ich verstand überhaupt nichts mehr und spürte, wie es mir ganz leicht im Kopf wurde, als könnte ich jeden Moment in Ohnmacht fallen.

Taylors Augen schlossen sich langsam.

37

Behutsam rüttelte ich sie an der Schulter. »Wach bleiben, Taylor. Schau mich an. Ja, gut so. Sprich mit mir, geht das?«

»Nein …«

»Dann sagst du einfach nur Ja oder Nein, okay?«

»Ja …« Ganz kurz schien Taylor zu lächeln.

»Wunderbar.« Ich wollte ihr eine Frage stellen, aber in meinem Kopf herrschte eine besorgniserregende Leere. Das Ganze stimmte nicht, es passierte gar nicht wirklich, es war nicht real. Ich hatte einen Albtraum, das ging gar nicht anders. Ich war nicht duschen gegangen, sondern hatte mich direkt hingelegt und schlief jetzt. Ich träumte nur.

»Sag …«, setzte Taylor an.

»Ja?«

»Joe …«

»Das sagst du ihm schön selbst.«

Ganz in der Nähe erklang nun wirklich eine Sirene. »Gleich sind sie da, Taylor, hörst du das? Noch einen ganz kurzen Augenblick.«

Plötzlich erschien der Rettungswagen. Türen wurden geöffnet und wieder zugeschlagen, und zwei Sanitäter mit den Händen voller Material rannten auf die Veranda und schoben mich grob zur Seite. Das Telefon fiel auf den Boden. Ich landete auf dem Hintern und schob mich zurück, bis ich die Wand hinter mir spürte. So blieb ich sitzen, die

Hände schützend um meine Knie geschlungen. Die Männer drehten Taylor um. Sie sprachen miteinander, tasteten Taylor ab, berieten sich. Der Sanitäter, der mir den Rücken zugewandt hatte, war kahl und hatte einen speckigen Hals. Die Handgriffe, die er und sein Kollege ausführten, waren ruhig und methodisch, und das flößte mir neuen Mut ein. Die beiden wussten, was sie taten. Sie brachten Hoffnung.

Ich sah nichts, weil mir der eine den Blick versperrte, deshalb stand ich auf.

»Alles wird gut«, murmelte ich vor mich hin. »Alles wird gut.« Ich hatte nicht mit der Übelkeit gerechnet, die mich ganz plötzlich überfiel, und ich übergab mich ohne Vorwarnung auf den Boden. Beschämt schaute ich auf das Erbrochene und wandte dann den Blick ab. Bei der Army hatte ich oft genug verwundete Kollegen gesehen, aber das hier war etwas ganz anderes. Dort war mir bewusst gewesen, dass die Gefahr überall auf der Lauer lag, und ich hatte mich in ständiger Alarmbereitschaft befunden.

Der kahle Mann rannte zum Rettungswagen, kam wieder zurück und verteilte noch mehr Apparate rund um Taylor. Er winkte mich herbei. Auf wackeligen Beinen lief ich auf ihn zu. Er drückte mir einen Beutel in die Hand, von dem aus eine Ringerlösung über einen Zugang in Taylors Arm lief. Die Augen hatte sie noch immer geschlossen. Den Overall hatten sie aufgeschnitten, und auf der Höhe ihres Bauches war alles rot.

Eine Serie von Piepstönen erklang, dann ein langes, unheilverkündendes Signal.

»Das Herz macht nicht mehr mit«, erklärte der kahle Mann. Er begann mit der Wiederbelebung. Mir kam es vor, als würde er viel zu viel Kraft einsetzen und Taylor damit einige Knochen brechen, als würde er ihr Herz, ihre Rippen, ihre Eingeweide verletzen.

Sein Kollege zog eine Tasche zu sich heran und holte einen Defibrillator heraus.

»Zu hoher Blutverlust«, erklärte der kahlköpfige Mann kopfschüttelnd, aber er machte weiter.

»Komm schon, Taylor. Mach schon«, flüsterte ich. Ich wollte nicht hinsehen, wagte es nicht, tat es aber dennoch. Alles andere wäre Verrat gewesen.

Der andere schockte Taylor. Ihr Körper krümmte sich ein kleines Stück vom Boden und fiel wieder zurück. Das Geräusch einer weiteren Sirene drang zu mir durch, und hinter dem Krankenwagen bremste ein Polizeiauto. Es war Dave, der ausstieg, direkt gefolgt von einem seiner Beamten.

Unsere Blicke begegneten einander, und ich erkannte Unglauben, zugleich aber auch Angst und Erleichterung.

»Wir haben einen Puls«, hörte ich den kahlköpfigen Sanitäter sagen.

Der Beamte nahm mir den Beutel ab, und ich spürte, wie sich Daves warme, raue Hände um meine Oberarme schlossen, während er mich mit sich zog, von Taylor weg.

»Als die Meldung reinkam … Ich dachte, du wärst es.«

»Ich muss bei ihr bleiben«, gab ich leise zurück.

»Sie ist in den besten Händen. Du kannst jetzt nichts für sie tun. Ist mit dir alles in Ordnung?« Mit dem Blick suchte er meinen Körper ab, bemerkte das Blut auf meinen Händen, meinen Füßen und meiner Kleidung. »Bist du auch verletzt? Hat dich schon jemand untersucht?« Er wollte einen Sanitäter herbeirufen, aber ich hielt ihn zurück.

»Mir fehlt nichts. Es ist Taylors Blut. Es tut mir so leid … Ich …«

»Was ist denn passiert?«

Ich konnte den Blick nicht von der abscheulichen Szene abwenden. Wie hypnotisiert schaute ich auf Taylors Gesicht und flehte sie in Gedanken an, die Augen zu öffnen. Ich war ganz sicher, dass alles gut werden würde, wenn sie nur die Augen öffnete.

Daves Stimme drang zu mir durch. »Schau mich an, was ist passiert?«

Weil ich immer noch keine Antwort gab, zwang er mich, mich umzudrehen, sodass ich Taylor nicht mehr sehen konnte.

»Ich weiß es nicht. Ich stand unter der Dusche, habe einen Knall gehört, und als ich nachschauen ging, lag Taylor da.« Ich deutete auf die Stelle. Kraftlos fiel mir der Arm gegen die Hüfte. »Jemand …« Ich hielt inne. »Jemand hat sie niedergeschossen. Was wollte sie überhaupt hier? Ich begreife das ganz einfach nicht.«

Taylor wurde auf eine Trage gehoben und in Folie gewickelt. Die Augen hatte sie immer noch geschlossen.

Dave ließ mich los und lief den Sanitätern nach. »Kommt sie durch?«, erkundigte er sich.

Die Antwort konnte ich nicht verstehen.

Der Krankenwagen raste davon, und plötzlich herrschte eine Stille, die mir völlig fehl am Platz schien. In meinen Ohren rauschte es. Mein Blick fiel auf die Blutlache. Ich fing an zu zittern. Jemand legte mir eine Decke um die Schultern. Erschrocken schaute ich zur Seite, direkt in Daves besorgte Augen.

»Komm, ich bringe dich ins Krankenhaus«, meinte er.

»Ich bin nicht verletzt«, wiederholte ich.

»Du hast einen Schock. Du musst zu einem Arzt«, sagte er, und seinem Ton konnte ich entnehmen, dass er keinen

Widerspruch dulden würde. Nicht dass ich vorhatte, mich zu widersetzen. Alle Kraft, die das erfordert hätte, war aus mir gewichen. Widerwillig ging ich hinter ihm zum Polizeiauto und setzte mich auf den Beifahrersitz. Mit einem Ruck fuhr ich gleich wieder hoch. »Misty!« Ich quälte mich wieder aus dem Auto und wollte mich auf die Suche machen.

»Was ist denn los?«

»Mein Hund … Ich habe Misty rausgelassen und sie danach nicht mehr gesehen. Ich muss sie suchen …«

Genau in diesem Moment kam Misty angerannt, als hätte sie mich gehört. Ich kniete mich neben sie und vergrub das Gesicht in ihrem Fell. Sie fühlte sich beruhigend warm und vertraut an.

Dave winkte einen Beamten heran. »Wo steckt Tony?«

»Ich kann ihn nicht erreichen, Boss.«

»Ich muss los. Du übernimmst hier das Kommando. Sobald Tony da ist, übergibst du an ihn.«

Der Mann nickte. Weitere Polizeiautos trafen ein, und innerhalb kurzer Zeit wimmelte es nur so von Polizeibeamten, die sich Zutritt zu meinem Haus verschafften.

»Sie ist eine starke Frau«, murmelte ich, nur zu meiner eigenen Beruhigung.

»Wir fahren jetzt.«

Aber dazu kam es nicht, denn genau in diesem Augenblick bremste ein Wagen und parkte direkt vor uns. Tony stieg aus.

»Ich bin gleich wieder da«, versprach Dave.

Die beiden berieten sich. Ich sah, wie Tony ein paarmal in meine Richtung schaute.

»Das ist doch Unsinn, Tony«, hörte ich Dave sagen. Er klang wütend.

»Bei allem Respekt, aber hast du sie denn gefragt?«

Die Stille, die nun folgte, sagte genug.

Wovon sprachen die beiden? Etwas in Tonys Stimme ließ mich schaudern.

Hier stimmte etwas nicht.

38

»Machst du es, oder soll ich?«, fragte Tony drohend. Die Männer schauten einander geradewegs in die Augen. »Ich kann einfach nicht glauben, dass du so blindlings davon ausgehst, dass sie nichts damit zu tun hat«, fuhr er fort, als Dave ihm keine Antwort gab.

In einer drohenden Geste hob Dave den Finger. »Vorsicht, Tony, ich bin immer noch dein Vorgesetzter. Es gibt keinen einzigen Grund, meine Entscheidung in Zweifel zu ziehen.«

Tony machte eine hilflose Gebärde. »Ich weiß nicht, was da zwischen euch beiden vor sich geht, aber jeden anderen hättest du längst abgeführt, mit zur Wache genommen. Sie war an einer Schießerei beteiligt«, zischte Tony. »Und du lässt sie einfach so gehen.«

»Ich lasse sie nicht gehen. Sie muss ins Krankenhaus.«

»Sie ist entweder unsere wichtigste Zeugin oder die Täterin«, sprach Tony weiter. »Im Moment können wir noch nicht sagen, was von beidem. Wir müssen ihre Hände auf Schmauchspuren untersuchen, und sie muss vernommen werden. Du weißt, dass ich recht habe.«

Tony verschränkte die Arme vor der Brust und stellte sich breitbeinig hin. Weiter wurde nicht gesprochen, aber es war nur zu deutlich, dass hier ein Kompetenzgerangel vor sich ging.

»Ich habe sie gefragt, was vorgefallen ist, das wird ja

wohl für den Augenblick reichen. Jemand soll sie auf Schmauchspuren testen. Morgen früh vernehmen wir sie dann«, erklärte Dave schließlich.

Tony schien widersprechen zu wollen, besann sich dann aber. Kurz verzog er die Lippen, wie um die Worte herunterzuschlucken. Er wandte sich um und ging in mein Haus.

Ich konnte nicht so tun, als ob ich nichts gehört hätte. »Er hat recht«, sagte ich.

Bevor Dave etwas erwidern konnte, erschien neben ihm ein Mann. Er trug einen Einwegoverall und Latexhandschuhe. Den kleinen Koffer, den er bei sich hatte, stellte er auf der Motorhaube des Autos ab, dann bat er mich, ihm die Hände mit dem Handteller nach oben hinzuhalten. Ich gehorchte. Tränen der Wut und der Scham brannten mir in den Augen, und ich wandte den Blick ab, während er seine Arbeit tat.

»Fertig«, verkündete der Mann.

Ich setzte mich ins Auto und klemmte mir die Hände unter die Oberschenkel. Hinter mir öffnete sich die Tür, und Misty sprang auf die Rückbank. *Es ist ihr Beruf*, sagte ich mir. *Das darfst du dir nicht zu Herzen nehmen*. Aber dafür war es natürlich schon zu spät. Es war zu viel. Der Schock, die Anschuldigung. Ich wollte nicht weinen, doch mein Gefühl weigerte sich, meinem Kopf Folge zu leisten. Ich schluchzte laut. Ohne jede Scham ließ ich die Tränen laufen, meine Nase lief voll Rotz. Ich verbarg das Gesicht in der Decke.

Dave stieg wortlos ein. Vielleicht, weil er nicht wusste, was er hätte sagen sollen, aber vielleicht war er auch zu sehr mit sich selbst beschäftigt. Er war ein stolzer Mann, und ihm war ein Fehler unterlaufen. Das konnte sogar ich erkennen, auch wenn dieser Fehler mich selbst betraf.

Die Nadel auf dem Tachometer stand jetzt auf hundert Meilen pro Stunde, aber Dave schaltete die Sirene nicht ein. Auf der Straße herrschte kaum Verkehr, und ich fühlte mich auch nicht einen Augenblick in Gefahr. Die Uhr auf dem Armaturenbrett zeigte halb ein Uhr nachts an.

Ich war dankbar wegen der Decke, denn ich fror. Ich tat mein Bestes, um nicht mit den Zähnen zu klappern, doch Dave musste etwas bemerkt haben, denn er stellte die Heizung an. Die Wärme machte mich schläfrig, und ich kämpfte darum, die Augen offen zu halten.

Ich musste aber doch eingeschlafen sein, denn plötzlich hielt das Auto, und wir standen vor dem Krankenhaus. Ohne dass ich die Gelegenheit zum Protest bekommen hätte, hob mich Dave aus dem Wagen und trug mich ins Gebäude. Misty blieb allein zurück. Fast buchstäblich überreichte er mich einer Krankenschwester, die einen Rollstuhl brachte und ganz offensichtlich wusste, was vor sich ging.

»Sie wird gerade operiert«, wandte sie sich an Dave.

»Wie lange dauert das noch?«

Die Schwester zuckte mit den Schultern und bedeutete mir mit einer Handbewegung, mich hinzusetzen. »Wir werden Sie kurz untersuchen«, erklärte sie.

»Mir fehlt aber wirklich nichts«, gab ich zurück.

»Ich will trotzdem, dass sich das ein Arzt ansieht«, erklärte Dave und beendete damit die Diskussion.

Die Schwester fuhr mich in ein Zimmer und half mir auf die Behandlungsliege. Ich nahm die Decke von den Schultern und legte sie auf einen Stuhl. Die Schwester wollte mir beim Ausziehen meiner vom Blut steifen Kleidung zur Hand gehen, aber ich wehrte sie ab. »Das kann ich schon alleine.«

»Gut, dann schaue ich mal nach, ob gerade ein Arzt frei ist«, erklärte sie und reichte mir ein Flügelhemd.

Ich zog die Nase hoch und sog dabei unwillkürlich die Krankenhausluft ein. Der Geruch brachte schlimme Erinnerungen mit sich: an das eine Mal, als meine Mutter im Suff von der Treppe gefallen war und sich den Arm gebrochen hatte, oder das andere Mal, als sie betrunken Essen kochen wollte und einen Topf fallen ließ, wobei sie sich mit kochend heißem Wasser den Oberschenkel verbrühte. Meistens bedeuteten die Unfälle auch, dass meine Schwester und ich unsere Sachen packen und bei einer Pflegefamilie einziehen konnten.

Die Ankunft des Arztes unterbrach meine Gedanken. Er untersuchte mich und zog wieder ab. Danach konnte ich mich nicht mehr daran erinnern, was er getan oder gesagt hatte. Ich saß in dem Flügelhemdchen auf der Liege. Meine Kleidung hatte ich in einen Sack stecken müssen. Ein Beamter hatte sie mitgenommen.

Ich ging zum Waschtisch und zog einen Stapel Einmalhandtücher aus dem Halter. So gut wie möglich säuberte ich mich. Die Flüssigkeit im Waschbecken färbte sich rot, und ich musste ein paarmal schlucken, um die Übelkeit zu unterdrücken, die mir zusetzte.

Gründlich wusch ich mir Hände, Finger und Nägel, aber die rote Farbe war hartnäckig. Erst als das heiße Wasser im Boiler aufgebraucht war, hörte ich auf. Ich stolperte zurück zur Behandlungsliege und fragte mich, wie spät es wohl war. Ich musste hier weg. Gerade wollte ich eine Schwester rufen, als sich die Tür wieder öffnete und Dave hereinkam, in der Hand einen Stapel Kleidung.

»Zieh das an, dann machen wir uns auf.«

Jeans und ein Sweatshirt. Keine neuen Kleidungsstücke, aber sie rochen frisch und sauber.

»Es tut mir leid, dass ich dir Probleme bereitet habe.«

»Nicht deine Schuld. Tony hat recht. Mir ist ein Fehler unterlaufen.« Dave schien mir der Typ Mann zu sein, der lieber seine Schuhe aufgegessen hätte, als einen Fehler einzugestehen, darum wusste ich nicht, wie ich reagieren sollte.

»Darf ich nach Hause?«, fragte ich.

»Nein, vorläufig noch nicht. Wir müssen erst noch weiter ermitteln«, erklärte Dave. »Kannst du irgendwo unterkommen?«

Voller Unglauben schaute ihn an. Meinte er das ernst? Ich hatte kein Geld für ein Hotel.

»Du kannst vorläufig bei mir übernachten«, sagte er dann. »Und Misty auch.«

»Ich … Danke. Aber entstehen dadurch nicht noch mehr Probleme für dich?«

»Darüber mach dir mal keine Sorgen. Ich komme schon zurecht. Außerdem würde mir kein anderer Ort einfallen, wo ich dich hinbringen könnte. Außer in eine Zelle.«

Ich schüttelte den Kopf.

»Und es braucht niemand davon zu erfahren, okay?«, fügte er leise hinzu.

»Okay.« Ich versuchte zu lächeln, aber das gelang mir nicht.

»Dann sehen wir uns gleich.«

»Hast du wegen Taylor schon was gehört?«

Dave schüttelte den Kopf. Ohne ein weiteres Wort wandte er sich um und verließ den Raum. Ich tauschte das Krankenhaushemd gegen Daves Kleidungsstücke ein und folgte ihm auf den Flur, wo er, gegen die Wand gelehnt, auf mich wartete.

Dave schaute mich durchdringend an. »Taylor war zum falschen Zeitpunkt am falschen Ort. Jemand ist in dein Haus eingedrungen, mit einer Waffe. Das Opfer hättest du sein sollen, Mackenzie, ist dir das klar?«

Ich nickte. Diesen Gedanken hatte ich nicht zulassen wollen, weil er mir Angst einjagte. Worauf hatte ich mich da nur eingelassen? Zum ersten Mal seit meiner Heirat überfielen mich Zweifel. War ich für das hier auch stark genug? Ich hatte es geglaubt, hatte angenommen, ich hätte nichts zu verlieren, nur alles zu gewinnen. Aber nie hätte ich damit gerechnet, dass mein eigenes Leben auf dem Spiel stehen würde.

Ein unkontrollierbares Zittern ergriff Besitz von meinem Körper. Dave war mit ein paar Schritten bei mir und schlang seine kräftigen, warmen Arme um mich. Ich klammerte mich verzweifelt an ihn.

39

Vicky

»Vicky.«

Jemand rüttelte mich am Arm.

»Vicky, die Wehen haben eingesetzt.«

War ich im Dienst eingeschlafen? Nein, das konnte nicht sein. Auf meiner Abteilung gab es keine Schwangeren. Oder doch? Ich war so müde. Mühsam öffnete ich die Augen, und innerhalb weniger Sekunden drang die widerwärtige Wirklichkeit einmal mehr zu mir durch. Ich war immer noch hier. Wie lange jetzt schon? Fünfunddreißig Tage? Mir blieb keine Zeit, lange darüber nachzudenken, denn Rosies Finger gruben sich mir in den Oberarm. Der Schmerz vertrieb den letzten Rest Schlaf. So geschwächt und verzweifelt ich auch war – bei Rosies Anblick übernahm die Krankenschwester in mir die Regie. Rosie stand offensichtlich kurz vor der Geburt. Es war, als träte ich aus mir selbst heraus. Rosie brauchte mich. Das war das Einzige, was ich ihr bieten konnte.

Rosie keuchte. Sie holte ganz falsch Luft, stellte ich fest. Trotz allem, trotz dem, was ich durchmachte, empfand ich tiefes Mitleid mit dieser Frau, die schon so viel hatte erleiden müssen.

Ich tastete nach der Taschenlampe, die ich mir erbeten hatte. Abends ging das Licht aus und wurde erst am nächsten Morgen wieder angeschaltet. »Was, wenn das Baby nachts kommt?«, hatte ich zu ihm gesagt. Daraufhin hatte ich diese Taschenlampe bekommen.

Ich hatte keine Ahnung, wie lange Rosie schon schwanger war. Ich hatte eine grobe Schätzung vornehmen müssen auf der Grundlage von Rosies Schilderungen und ihrem Bauchumfang. Wahrscheinlich waren es etwa neun Monate, aber ich konnte mich genauso gut um vier Wochen täuschen. Dann war der Fötus zwar lebensfähig, aber Säuglinge, die zu früh geboren wurden, gehörten eigentlich in den Brutkasten. Das Baby lag mit dem Kopf nach unten; das war schon mal etwas.

So gut wie irgend möglich half ich ihr durch den Schmerz. Wir versuchten leise zu sein, damit die anderen nicht wach wurden, aber ab und zu jammerte Rosie laut auf. Der Lärm weckte die Frauen doch. Jedenfalls weckte er Nathalie.

»Geht es los? Gott steh uns bei!«, rief sie.

Während der nächsten Stunden kamen die Wehen immer schneller. Rosie seufzte, schnaufte und lief durch den Raum wie ein Tier im Käfig. Sie fluchte. Mir wäre es lieber gewesen, wenn sie sich hingelegt hätte, aber ich verstand, dass es zu schmerzhaft für sie war.

»Schnauf nur weiter, Rosie. Und wiege dich hin und her, das hilft.«

»Gar nichts hilft, verdammt noch mal.«

Als Krankenschwester hatte ich natürlich im Rahmen meiner Ausbildung einige Geburten erlebt, aber das war schon so lange her. Und ich war keine Ärztin. Er hätte verdammt noch mal lieber einen Arzt entführen sollen, dachte ich grimmig. Was glaubte er eigentlich, was ich hier ausrichten konnte? Ich hatte überhaupt nichts von dem, was ich brauchte. Nach meinen Anweisungen hatte er zwar einiges beschafft, aber was, wenn ich eine Saugglocke benötigte? Oder angenommen, es wurde eine Zangengeburt, oder – was Gott verhüten möge – ein Kaiserschnitt wäre nötig? Dann konnte ich nichts, aber auch gar nichts ausrichten.

Wir mussten auf Mutter Natur vertrauen.

Rosie legte sich in einer Ecke auf den Boden. Sie krümmte sich völlig zusammen wie ein Fötus. Sie war schweißnass, Pullover und Jogginghose waren durchweicht. Ich kniete mich neben sie, berührte mit einer Hand ihre Stirn und fühlte ihr den Puls. Sie schien Fieber zu haben, und ihr Herz raste. Leichenblass war sie, und sie sah mich aus ihren prächtigen blauen Augen an, aber in ihrem Blick lag so viel Schmerz. Es war, als nehme sie mich nicht einmal wahr.

»Rosie, ich will, dass du aufstehst und dich aufs Bett legst, dann kann ich dich besser untersuchen. Komm!«

Sie jammerte und schüttelte den Kopf. Ich riss sie hoch. Sie wog fast nichts. Ich zog ihr die Hose aus und fühlte nach. Erst sechs Zentimeter, schätzte ich. Und sie plagte sich schon seit Stunden. Es ging nur langsam voran, und das bereitete mir Sorgen. Es konnte eng werden für das Baby.

Zu allem Überfluss erwachte Jane durch die ganze Unruhe aus ihrer Lethargie und fing an zu singen: dumme Gospellieder, immer lauter und lauter. Oft reichte es, wenn man sie anschrie. Dann wurde sie still, aber diesmal half alles nichts.

»Hilf mir doch«, jammerte Rosie.

»Du kannst das, Rosie, du schaffst es.«

»Nein, nein, nein.«

Sie musste sich übergeben. Das war ein gutes Zeichen. Es bedeutete, dass sich ihr Muttermund mindestens sieben Zentimeter geöffnet hatte.

Rosie wimmerte vor Schmerzen, Jane sang, Nathalie schrie, Lori feuerte Rosie an, und ich tat, was ich konnte. Ich sprach ihr Mut zu, trocknete ihr die Stirn, gab ihr Wasser zu trinken.

»Rosie, alles läuft ganz ausgezeichnet. Dein Muttermund ist schon fast weit genug geöffnet, und das bedeutet, das Baby kann und will raus. Spürst du's schon, Liebes? Willst du schon pressen?«

Sie schüttelte den Kopf. Die Haare hingen ihr in nassen Strähnen um das Gesicht.

»Die Schmerzen …«, stöhnte sie. »Ich will nicht mehr.«

»Du musst noch ganz kurz durchhalten, das Baby ist schon fast da.«

Ich zog sie noch ein Stück hoch und öffnete ihr die Beine. »Wenn du magst, kannst du dich auch hinstellen«, sagte ich, aber das wollte Rosie nicht. Sie wirkte erschöpft. Und dann kam wieder eine Wehe, sie rang nach Luft. Es lief nicht gut, und ich nahm Rosies Hand in meine. »Du musst die Wehe wegatmen. Schau, so.« Ich machte es ihr vor. Es dauerte einen Augenblick, bis sie mir zuhörte und tat, was ich von ihr wollte.

»Es geht nicht.«

»Doch, es geht.« Ich sprach jetzt mit meiner autoritären Stimme, wie ich sie bei unwilligen Patienten oft einsetzte. »Rosie, jetzt stell dich mal nicht so an. Hör mir zu und mach, was dir sage. Das Baby kommt, ob du das nun willst oder nicht. Los jetzt, atmen.« Ich musste erreichen, dass sich Rosie auf etwas anderes konzentrierte als auf das Gefühl, dass sie nicht mehr konnte und aufgeben wollte. Diese Option hatte sie auch gar nicht. Das Baby würde so oder so kommen. Wenn sich Rosie auf das Hecheln konzentrierte, würde der Schmerz sie nicht überwältigen. Das hoffte ich zumindest.

Endlich tat Rosie, was ich ihr gesagt hatte. Ich wollte erleichtert Luft holen, aber dann machte ich mir bewusst, dass wir es noch lange nicht geschafft hatten.

Ich holte mir Handtücher, Wasser, Monatsbinden und sterile Handschuhe. Ich hatte auch um Schere und Desinfektionsmittel gebeten, aber ich hatte beides nicht bekommen. Ich versuchte mich daran zu erinnern, wann er zuletzt hier gewesen war. Mit irgendetwas musste ich die Nabelschnur durchschneiden. Zur Not ließ sie sich auch durchbeißen, aber das wollte ich lieber nicht tun, weil die Infektionsgefahr so groß war.

Rosie stöhnte, und ihre Fingernägel bohrten sich mir in die Haut. Eine heftige Wehe nahm ihr die Kraft zum Sprechen. Danach sank sie erschöpft aufs Bett zurück. Doch viel Ruhe wurde ihr nicht gegönnt, denn schon kam die nächste. Plötzlich veränderte sich ihr Stöhnen, und da wusste ich, dass sie jetzt pressen wollte.

»Das Baby will raus. Jetzt darfst du pressen, Rosie.«

»Ich weiß aber nicht, wie.«

»Folge einfach deinem Instinkt. Dein Körper sagt dir schon, was du tun sollst. Los jetzt«, ermutigte ich sie.

Ich hatte keine Ahnung, wie es dem Baby ging. Im Krankenhaus gab es die ganzen Apparaturen, mit denen man den Herzschlag des Babys kontrollieren konnte, mit denen sich überprüfen ließ, ob das Kind auch genug Sauerstoff bekam, aber hier gab es nichts. Was sollte ich tun, wenn das Baby festsaß? Wenn es nicht mehr atmete? Ich betete, dass das Baby voll ausgetragen, die Lunge voll ausgereift war. Mit aller Macht schob ich die negativen Gedanken weg. Die nutzten mir überhaupt nichts.

Aber je länger das Pressen dauerte, desto größer wurden meine Sorgen. Eine Frau durfte höchstens zwei Stunden pressen, dann musste man eingreifen. Aber hier gab es kein Eingreifen. Ich erkannte, dass Rosie völlig erschöpft war. Nach jeder Presswehe schien sie wieder ein Stück Kraft verloren zu haben.

»Ich kann nicht mehr.« Ihre Stimme war schwach. Sie sackte weg, verdrehte die Augen.

Ich konnte spüren, wie ich selbst in einen Zustand der Apathie geriet. Was sollte das alles auch? Wir waren hier für den Rest unseres Lebens eingesperrt. Wenn das Kind es schaffte, was für eine Zukunft hätte es dann? Was erwartete es? Was erwartete uns? Ich schien eine Ewigkeit so versunken, doch plötzlich fuhr ich hoch. Ich sprang auf und klopfte Rosie sanft auf die Wange.

»Wach auf. Noch ganz kurz, du hast es fast geschafft.«

Und das stimmte auch. Man sah schon das Köpfchen, stellte ich mit einem raschen Blick fest. Rosie musste noch ein bisschen durchhalten. Allein würde ich es nicht hinbekommen.

Aber Rosie schaute mich mit glasigem Blick an und schüttelte den Kopf. So gut ich konnte, zog ich sie vom Bett und zwang sie, sich hinzustellen. Ihr knickten die Beine weg.

»Ich bin so müde«, jammerte sie.

Ich fluchte, wurde wütend. Schimpfte sie aus. Kniff ihr in die Wangen. Zwang sie, auf und ab zu gehen, indem ich sie buchstäblich ins Schlepptau nahm.

»Da kommt wieder eine!«, rief sie weinend.

»Das wird die letzte. Die Wehe drückt das Baby raus. Du kannst es. Pressen, pressen, pressen!« Ich schrie fast.

Rosie schrie auch. Ihr Arm lag um meine Schulter, sie stützte sich schwer auf mich und gab einen Urschrei von sich. Ich schaute nach unten, zwischen Rosies Beine, ließ Rosie los und sah das Köpfchen.

»Gut so. Noch ein letztes Mal«, sprach ich ihr Mut zu.

Mit der nächsten Presswehe glitt der winzige Körper aus Rosie heraus. Das Baby – es war so klein, so klein – hatte die Augen fest zugekniffen, als wollte es überhaupt nicht sehen, wohin es hineingeraten war. Ich legte das Baby aufs Bett und überprüfte seine Atmung, die zum Glück gut war. Kurz darauf erklang ein leises Weinen. Rosie ließ sich auch aufs Bett sinken und schaute das Baby verwundert an.

Ich nahm mir ein Handtuch und wickelte das Kleine ein. Ich wollte es Rosie geben, stellte aber fest, dass ihr die Augen zugefallen waren.

»Rosie? Wach auf.«

Aber was ich auch tat, Rosies Augen blieben geschlossen. Da sah ich das Blut, das langsam, aber stetig aus ihrem Körper strömte. Fluchend packte ich die Handtücher – als wenn man damit eine Blutung zum Stillstand bringen konnte. Die Nachgeburt musste so schnell wie möglich heraus, das war mir klar.

Das Baby weinte, aber darum konnte ich mich jetzt nicht kümmern.

Hinter mir erklang plötzlich eine Stimme. »Was ist los?«

Seine Frage machte mich wütend. Ich hatte keine Zeit zum Antworten. »Vicky? Rosie? Was geht da drinnen vor sich?«

»Halt die Fresse und hilf mir!«, rief ich. Irgendwo in mir gab es den Gedanken: Wie kann ich es nur wagen, so mit ihm zu reden? Wie im Krankenhaus, wo ich es gewohnt war, anderen Befehle zu erteilen, wenn die Situation es erforderte.

Und da öffnete sich die Tür. Ein kalter Luftzug berührte meine erhitzten Wangen. Er wurde von einem alles beherrschenden Chaos willkommen geheißen. Vielleicht unterlief ihm deshalb der Fehler. Nichts war wie sonst, wenn er normalerweise den Raum betrat, und darum vergaß er wahrscheinlich seine übliche Routine.

»Ich brauche eine Schere und noch mehr Handtücher!«, rief ich, ohne mich überhaupt umzudrehen. Ich drückte Rosie mit aller Kraft auf den Bauch, um das Abstoßen der Nachgeburt anzuregen. »Sie verblutet mir.«

Seine Schritte entfernten sich. Ich versuchte zwei Dinge gleichzeitig: Rosie aufzuwecken und die Nachgeburt aus ihr herauszubekommen. Ich brauchte Rosie, aber sie wollte die Augen einfach nicht öffnen. Ich drückte wieder auf ihren schlaffen Bauch, aber da kam nur immer mehr Blut. Es klatschte mir auf Beine und Füße.

»Wo bleibt der Kerl denn?«, fragte ich laut. Bevor mir überhaupt richtig bewusst wurde, was ich da tat, lief ich zur Zellentür, und wie sich herausstellte, war sie nicht abgeschlossen. Ich schaute in den Flur. Die große Tür – die Zugangstür – war nur angelehnt. Mit einem Herzen, das so stark klopfte, dass es schmerzte, stieß ich die große Tür ein Stück auf. Dahinter lag wieder ein Gang, und der war beleuchtet. Die Wände an beiden Seiten standen eng beieinander, der Gang war niedrig und eng. Mit kalten, rauen, bröckeligen Wänden.

Der Flur erschien mir ewig lang. Ich erreichte eine

Steintreppe. Auf Händen und Füßen kletterte ich hoch. Über mir gab es eine Luke. Ich drückte von unten dagegen, und sie gab ein Stück nach. Ich schob sie weiter auf. Blinzelnd blieb ich stehen. Es war dunkel. Nacht. Dann wurde mir bewusst, dass er jeden Moment zurückkommen konnte und ich wieder zu Rosie musste. Aber plötzlich war da auch die Erkenntnis, dass ich entkommen konnte.

Entkommen musste.

40

Mackenzie

»Zeit, auf Wiedersehen zu sagen, Mrs. Walker«, verkündete die Frau.

Meine Mutter kniete sich vor mich und zog mich in ihre mageren Arme. »Wir sehen uns bald wieder, Schätzchen.« Hinter ihr stand meine Schwester. Meine kleine Schwester. Sie weinte und streckte die Arme nach mir aus.

»Nein, ich gehe nicht mit.« Ich rannte weg. Meine Mutter rief mir etwas nach, aber ich ignorierte sie. Ich hasste sie. Es war alles ihre Schuld. Ein Mann tauchte aus dem Nichts auf und versperrte mir den Weg. Ich versuchte, ihn zu schlagen, wo immer ich ihn erwischen konnte, aber er hob mich hoch, als wöge ich gar nichts, und trug mich weg. Schreiend schlug ich ihm auf den Rücken, auf den Kopf. »Lass mich los! Ich will nicht! Ich will nicht!«

Jemand anders griff mich beim Arm.

»Mackenzie, wach auf«, hörte ich eine Stimme.

Mit größter Mühe befreite ich mich aus der Umklammerung des Albtraums und öffnete die Augen. Dieser Schrank gehörte nicht in mein Schlafzimmer, und das Bettgestell erkannte ich auch nicht wieder. Wo war ich?

Und Misty? Normalerweise lag sie am Fußende. Dann fiel mir wieder ein, was letzte Nacht passiert war.

Dave stand an meinem Bett, nur in Boxershorts. Mit einem Herzklopfen, das mir fast die Brust sprengte, fuhr ich hoch. »Was ist?«, fragte ich verwirrt. »Taylor …?«

»Taylor hat die Operation gut überstanden. Sie halten sie in einem künstlichen Koma, bis sie wieder ausreichend zu Kräften gekommen ist.«

»Gott sei Dank.«

»Du hast ganz laut geschrien.«

Das Hemd klebte mir am klammen Körper. Das Bettlaken hatte sich fest um meine Unterschenkel gewickelt, und ärgerlich befreite ich mich daraus.

»Alles in Ordnung?«

»Ja, ja, ich bin wach.« Mit dem Handrücken wischte ich mir den Schweiß von der Stirn. »Wo ist Misty?«

»Rausgerannt, als ich die Tür aufgemacht habe.«

In meinem Kopf hämmerte es, und mein Mund war staubtrocken. Ohne das Licht einzuschalten, verließ ich das Bett und ging ins Badezimmer, wo ich das Wasser direkt aus dem Hahn trank. Gierig schluckte ich es herunter. Als ich zurückkam, saß Dave auf dem Bett. Fragend sah er mich an.

»Geht schon wieder«, versicherte ich ihm in der Hoffnung, er würde dann Ruhe geben.

»Magst du mir erzählen, wovon du geträumt hast?«

»Von Taylor«, log ich.

Im Zimmer war es zu dunkel, als dass ich genau hätte sehen können, ob er mir glaubte, aber mein Gefühl sagte mir, dass er das nicht tat. Plötzlich wurde mir nur zu deutlich bewusst, wie wenig ich anhatte. Und er genauso. Eine Gänsehaut überlief mich, und das aus völlig falschen

Gründen. Ich sehnte mich danach, die tröstenden Arme von irgendjemandem – irgendjemandem, nicht unbedingt Dave, sagte ich zu mir selbst – um mich zu spüren. An das letzte Mal konnte ich mich nicht einmal erinnern. Okay, das stimmte nicht ganz. Das letzte Mal zusammen mit diesem Mann hatte ich nur zu gut vor Augen.

Ich wollte, dass er ging, aber dazu machte Dave keinerlei Anstalten. Schützend schlug ich beide Arme um mich und überlegte mir, dass ich wahrscheinlich sowieso nicht mehr würde schlafen können. Ich hatte keine Ahnung, wie spät es war. »Ich ziehe mich jetzt an, bin ja sowieso schon wach«, meinte ich. »Wann kann ich wieder nach Hause, glaubst du?«

»Vorläufig nicht. Wir sind noch mit der Spurensicherung beschäftigt. Aber mach dir keine Sorgen, du kannst hierbleiben, so lange du willst.«

Genau darin lag das Problem, ich wollte alles andere als hierbleiben. »Das ist sehr nett von dir, aber du wirst Schwierigkeiten bekommen deswegen.«

»Genug davon, ich mache uns erst mal Frühstück.«

Er erhob sich und verließ das Zimmer. Ich seufzte erleichtert. Als ich nach einer raschen Dusche nach unten kam, saß Dave bereits am Küchentisch, der reichlich gedeckt war. Es gab Kaffee, Milch, Getreideflocken, und in der Küche duftete es nach Pfannkuchen. Misty umkreiste ihn und bettelte um einen Leckerbissen.

»Musst du gleich zur Arbeit?«

Ich schüttelte den Kopf. »Joe hat mich entlassen. Ich werde mir einen neuen Job suchen.«

»Das passt dann allerdings gut. Wir müssen erst auf der Dienststelle vorbei und deine Aussage aufnehmen. Da, iss!« Er legte mir einen Pfannkuchen auf den Teller.

»Ich frühstücke nie«, erklärte ich brüsk, und sofort tat es mir leid. Was war denn in mich gefahren? Wie um meine Worte Lügen zu strafen, begann mein Magen zu knurren. Dave besaß ausreichend Anstand, so zu tun, als hätte er das Geräusch nicht gehört.

»Hast du einen Anwalt?«

»Brauche ich denn einen?«, fragte ich erschrocken.

»Es kann nie schaden, gut vorbereitet zu sein.«

Der einzige Anwalt, den ich kannte, war Russell. Und als ich zuletzt mit ihm gesprochen hatte, hatte ich ihn beschimpft.

»Kann ich gleich kurz nach Hause, um mein Auto und ein paar Sachen zu holen?« Ich musste den Taser dort so schnell wie möglich verschwinden lassen, bevor ihn noch die Polizei fand. Gestern Abend war mir das wegen des Schocks völlig entfallen. Ich konnte nur hoffen, dass man das Gerät noch nicht gefunden hatte. Aber ein Gefühl sagte mir, dass das nicht der Fall war. Sonst wäre ich längst auf die Wache gebracht worden.

Er legte mir den Autoschlüssel neben den Teller. »Ich habe einen der Beamten darum gebeten, dein Auto herzubringen. Es steht vor der Tür.«

Warum tat er das nur alles für mich? »Danke«, stammelte ich.

»Und jetzt iss.«

Ich musste an das letzte Mal denken, als ich mich wie ein Dieb in der Nacht aus dem Haus geschlichen hatte. Weil ich Angst hatte, Dave könnte gerade meine Gedanken erraten, fragte ich rasch: »Habt ihr schon irgendeine Idee, wer Taylor möglicherweise angeschossen hat?«

Er schüttelte den Kopf. »Ich hoffe, man holt sie schnell aus dem Koma, dann werden wir sie fragen.«

Ich hatte die halbe Nacht darüber nachgegrübelt. »Ich denke, dass mich der echte Mörder verfolgt, Dave. Jeder, der die Zeitung liest, weiß doch, was ich erreichen will.«

»Warum sollte er das denn tun?«

»Weil er denkt, dass man ihn sonst fassen wird!«, rief ich frustriert aus. Stellte er sich mit Absicht so dumm?

Er antwortete nicht sofort. »Es gibt keinen echten Mörder, Mackenzie. Matt ist der Mörder.«

Ich seufzte verärgert. »Wie kannst du das jetzt noch behaupten? Nach allem, was heute Nacht vorgefallen ist?«

»Dein Mann hat viele Feinde.«

»Und die wollen ihm Schmerzen zufügen, in dem sie mir etwas antun?« Doch damit hatte er gar nicht so unrecht. Man hatte mich eingesperrt, vom Weg abgedrängt. Jemand hatte mein Haus mit Farbe beschmiert. Aber das war nichts im Vergleich zu dem, was Taylor zugestoßen war. Ich wusste mit Bestimmtheit, dass es sich hier um zwei verschiedene Personen handelte. Der einen ging es darum, mir Angst einzujagen – wenn sie mich hätte töten wollen, hätte sie das längst tun können: bei der Selfstorage-Anlage mit Matts Sachen oder als sie mich vom Weg abdrängte. Die andere Person wollte mich tot sehen. »Ich dachte erst, es wäre BB, der mein Haus beschmiert, mich eingesperrt und vom Weg abgedrängt hat.« Zu spät bemerkte ich, dass mir damit ein Fehler unterlaufen war.

»BB?«

Widerwillig erzählte ich ihm, wie mich BB unter Druck setzte. Ich spürte, wie ich rot wurde, als ich von der Nacht sprach, die wir miteinander verbracht hatten. »Aber das ist nicht sein Stil, er tut nichts heimlich. Ich denke, es ist Matts Vater«, sprach ich schnell weiter. Ich wollte Dave keine Chance geben, auf das Gehörte zu reagieren.

»Matts Vater?«

Ich erzählte ihm von der Drohung. »Aber was gestern Abend passiert ist, geht viel weiter als pure Angstmacherei.« Ich schwieg. »Wo war Seth zu dieser Zeit?«

»Fang nicht wieder davon an.«

»Frag ihn!«

»Auf welcher Grundlage denn? Ich habe keinen einzigen Beweis.«

»Willst du nicht, weil du keine Beweise hast oder weil du deinen Fehler nicht zugeben kannst?«, fragte ich in ziemlich scharfem Tonfall.

»Ich habe keinen Fehler gemacht.«

Ich nahm einen Bissen und kaute darauf herum, weil ich hoffte, ich würde damit meine Wut herunterschlucken können. Warum war er verdammt noch mal so störrisch?

Ich dachte an Tony und daran, was er Dave vorgeworfen hatte. Gestern hatte ich das schlimm gefunden. Auch ungerecht. Jetzt fragte ich mich, ob Tony nicht vielleicht mehr wusste als ich, ob seine Vorwürfe sich auf frühere Fehler von Dave bezogen.

Ich musste mit Tony sprechen. So schnell wie möglich.

Ärgerlich schob ich den Teller von mir; die halbe Mahlzeit lag noch darauf. »Vielen Dank für das Frühstück.« Ich stand so hastig auf, dass mein Stuhl umfiel. Dann griff ich mir die Autoschlüssel vom Tisch und stürmte aus dem Haus.

Gerade als ich die Autotür erreicht hatte, war Dave bei mir und packte mich am Arm. »Du täuschst dich, Mackenzie.«

Ich riss mich los.

41

Mein Wunsch ging in Erfüllung, aber nicht auf die Art und Weise, wie ich es mir erhofft hatte. Es war Tony, der meine Aussage aufnahm. Oder mich verhörte, so genau konnte ich das nicht sagen. Obwohl ich nichts getan hatte, durfte ich mich nicht darauf verlassen, dass man mir auch glauben würde. Sicher nicht bei Tony. Sein Blick ließ zumindest wenig Gutes erahnen. Wir saßen in einem Vernehmungszimmer, und wenn er sich das ausgesucht hatte, um mich einzuschüchtern, ließ sich seine Strategie als sehr erfolgreich bezeichnen.

Ich warf einen Seitenblick auf Russell, der mir beruhigend zulächelte. Ich hatte ihn angerufen, und er hatte sich sofort bereit erklärt, mir zur Seite zu stehen. Mir war die Sache unangenehm gewesen wegen des letzten Gesprächs, und ich hatte mich in Entschuldigungen verloren, aber die hatte er einfach weggewischt.

Ich wollte das hier so schnell wie möglich hinter mich bringen. In Gedanken sah ich vor mir, wie ein übereifriger Beamter in meinem Schlafzimmer herumschnüffelte und den Taser entdeckte.

»Haben Sie gut geschlafen?«, begann der Deputy.

Ich nickte. Wusste er, wo ich die Nacht verbracht hatte, oder war es einfach eine unschuldige Frage, die mich ein wenig beruhigen sollte?

»Taylor befindet sich noch im künstlichen Koma, weil

das den Heilungsprozess beschleunigen soll, wir können sie also leider noch nicht fragen, was genau sich gestern abgespielt hat. Deswegen sind wir auch auf Ihre Aussage angewiesen. Können Sie in Ihren eigenen Worten berichten, was gestern Abend vorgefallen ist?«

Ich nickte wieder und fing an. Schnell, und schon nach wenigen Sätzen war ich ein wenig außer Atem. Tony unterbrach mich nicht. Als ich geendet hatte, sagte er: »Sie haben den Täter also nicht gesehen?«

»Nein, ich stand ja unter der Dusche.« *Genau, wie ich es dir gerade erzählt habe*, fügte ich in Gedanken hinzu.

»Wir haben keine Einbruchsspuren finden können.«

»Ich hatte die Tür nicht abgeschlossen.«

»Warum nicht?«

»Ich wollte noch nicht ins Bett, und Misty, mein Hund, war noch draußen ...«

»Vermissen Sie irgendwelche Gegenstände?«

In all der Aufregung hatte ich darauf gar nicht geachtet. »Ich weiß es nicht, ich hatte noch keine Zeit, mir alles genau anzusehen.«

»Wie war Ihre Beziehung zu Taylor?«

»Gut.«

»Woher kennen Sie sie?«

»Ich bin ihr im *Joe's* begegnet. Wir haben uns unterhalten, und dabei kam heraus, dass wir beide Hunde sehr lieben. Sie hat mir einen Job im *Joe's* verschafft, und ich konnte ein Haus auf ihrem Grundstück mieten«, berichtete ich. Aber all das wusste er natürlich schon längst.

»Gab es zwischen Ihnen Unstimmigkeiten?«

»Nein«, erwiderte ich erstaunt.

»Sind Sie sich da ganz sicher?«

»Ja.«

»Haben Sie irgendeine Vorstellung davon, was Taylor gestern Abend bei Ihnen wollte?«

»Ich weiß es wirklich nicht.«

»Kam sie häufiger so spät am Abend noch vorbei?«

Ich schüttelte den Kopf.

»Das war also äußerst ungewöhnlich.«

»Handelt es sich hierbei um eine Frage, Deputy Jenkins?«, erkundigte sich Russell.

»Ich möchte wissen, was Taylor bei Ihnen wollte.«

»Mrs. Ayers hat diese Frage bereits beantwortet. Sie weiß es nicht.«

»Niemand hat vor Ort einen Verdächtigen gesehen, oder wie er weglief.«

»Und Ihre Frage lautet?«, wiederholte Russell seine.

Tony trommelte auf der Tischplatte herum. »Sind Sie im Besitz einer Schusswaffe?«

»Nein«, erwiderte ich rasch.

»Zwischen dem Zeitpunkt des Schusses und Ihrem Anruf in der Alarmzentrale sind einige Minuten vergangen.«

»Woher wissen Sie das, und wie lautet Ihre Frage?«, griff Russell seufzend ein.

»Die Nachbarn haben den Schuss gehört.«

Die Nachbarn wohnten fast eine halbe Meile entfernt, das erschien mir also unwahrscheinlich. Es hätte mich nicht überrascht, wenn Tony log. »Warum haben die dann nicht den Notruf gewählt?« Ich hatte meine Stimme nicht ganz unter Kontrolle.

»Warum dauerte es bei Ihnen so lange, Mrs. Ayers?«, ignorierte Tony meine Frage.

»Das habe ich doch gerade erzählt. Ich stand unter der Dusche. Ich musste mich erst abtrocknen, etwas anziehen …«

»Sie hatten einen Schuss gehört. Da erschreckt man sich doch ordentlich. Und trotzdem haben Sie sich die Zeit genommen, all das zu tun.«

»Ich wusste nicht genau, was ich da gehört hatte. Einen lauten Knall. Ich hatte Angst, es könnte ein Einbrecher sein.«

»Dieser Einbrecher hätte dann aber viel Lärm gemacht.«

Lass dich nicht drankriegen, ermahnte ich mich in Gedanken, aber am liebsten hätte ich den Deputy ins Gesicht geschlagen. Ich wusste sehr gut, worauf er hinauswollte: dass ich die Zeit genutzt hatte, um die Schusswaffe verschwinden zu lassen und mir die Hände zu waschen. »Ich bin keine Spezialistin dafür, wie Leute mit solchen Situationen umgehen«, schnauzte ich ihn an.

»Es tut mir leid, dass Sie diese Fragen als unangenehm empfinden, aber meine Aufgabe ist es herauszubekommen, was genau geschehen ist und wer die Verantwortung dafür trägt.«

»Ich habe Ihnen schon erzählt, was vorgefallen ist. Und ich weiß nicht, wer Taylor niedergeschossen hat«, sagte ich.

»Noch ein paar weitere Fragen.« Es war sicher als Beruhigung gemeint, aber der Blick in seinen Augen verriet mir, dass er mir nicht vertraute.

Wie sich herausstellte, waren diese paar weiteren Fragen vor allem dieselben wie vorher, nur etwas anders formuliert. Ich versuchte, ruhig zu bleiben, mich nicht provozieren zu lassen, weil er genau das erreichen wollte, das war mir nur zu bewusst: Er war auf irgendeine Ungereimtheit aus, wollte, dass ich etwas sagte, das mir später leidtat. Dann konnte er mich verhaften und länger festhalten.

»Ich sage die Wahrheit, mehr weiß ich nicht!«, rief ich

aus, nachdem der Deputy mich erneut gefragt hatte, was Taylor genau gesagt hatte.

»Ist das alles hier notwendig?«, erkundigte sich Russell. »Ist das Ergebnis der Schmauchspuruntersuchung schon bekannt? Dann könnten wir uns diesen ganzen Zirkus sparen.«

»Noch nicht. Und es kann auch noch eine ganze Weile dauern.«

Glücklicherweise griff Russell jetzt ein. »Haben Sie noch andere Fragen an meine Mandantin? Wenn nicht, würde ich vorschlagen, dass wir es hierbei belassen.«

An seinem Gesichtsausdruck war deutlich abzulesen, dass der Deputy mich nur mit großem Widerwillen gehen ließ. Das T-Shirt klebte mir völlig verschwitzt am Rücken. Aus dem Augenwinkel bemerkte ich, wie Dave aus seinem Büro kam, aber ich vermied es, ihn anzusehen, und richtete den Blick direkt auf den Boden. Ich konnte ihm jetzt nicht unter die Augen treten. Nicht nach heute Morgen.

»Es tut mir leid«, sagte ich zu Russell, als wir das Gebäude verlassen hatten.

»Was denn?«, fragte der und wirkte dabei ehrlich erstaunt.

»Dass ich dich in diese Sache hineingezogen habe … nur weil ich jetzt Matts Frau bin.«

»Das hier gehört zu meiner Arbeit. Mach dir keine Sorgen. Endlich mal was anderes, als immer nur Testamente aufzusetzen.« Schnell fügte er hinzu: »Entschuldige, das war unangemessen.«

»Du tust schon so viel für ihn. Für uns.«

»Ich bin dir auch etwas schuldig nach diesem dummen Artikel«, sagte er mit einem schiefen Lächeln. »Was wirst du jetzt tun?«, erkundigte er sich.

»Ein paar Sachen aus meinem Haus holen. Dave sagt, ich kann vorerst nicht dorthin zurückkehren.« Ich schauderte. »Und ich weiß auch gar nicht, ob ich das überhaupt noch will.«

»Wo bist du denn untergebracht?«

Ich zog die Schultern hoch. »Da fällt mir schon was ein.« In Wahrheit hatte ich bereits einen Plan. Nachdem ich heute Morgen aus Daves Haus gestürmt war, war mir bewusst geworden, was ich tun musste. Es war gefährlich, aber mir blieb keine andere Wahl. Ich musste es mit Bestimmtheit wissen. Und bald. Morgen hatte ich die Chance, Matt zu befreien. Und die würde sich mir nicht so bald wieder bieten.

»Du bist von Herzen bei uns willkommen, das weißt du.«

»Ich werde daran denken. Und danke dir, für …« Ich machte eine Kopfbewegung in Richtung der Polizeidienststelle.

»Du hast dich wirklich tapfer geschlagen.«

»Was wird denn jetzt passieren?«

»Mach dir keine Sorgen. Sie haben nichts gegen dich in der Hand, und das wissen sie selbst auch nur zu gut. Wir müssen einfach abwarten, bis Taylor aus dem Koma geholt wird oder das Ergebnis der Schmauchspuruntersuchung vorliegt.« Er zögerte kurz. Plötzlich überkam mich ein Unbehagen. Er glaubte mir doch wohl?

»Ich habe wirklich nichts mit der Sache zu tun«, sagte ich halb im Scherz.

Russell lächelte. »Ich muss los. Wenn etwas ist, weißt du ja, wo du mich findest.«

Ich schaute ihm nach. Hatte ich mir seine Reaktion vielleicht nur eingebildet?

42

Verstört bewegte ich mich durch mein Haus. Es fühlte sich nicht länger wie meines an. Ein Absperrband der Polizei war an der Tür befestigt, und mein Instinkt sagte mir, dass ich nie mehr hierher zurückkehren würde. Ich brauchte nur ein paar Kleidungsstücke, mein Handy, einige Toilettenartikel und den Taser.

Ein Beamter begleitete mich in mein Schlafzimmer.

»Ich finde den Weg schon alleine«, hatte ich geantwortet, als er angekündigt hatte, überall mit mir hinzugehen.

»Standardverfahren.«

Gott sei Dank lag der Koffer einfach noch da, wo er immer lag. Ich stopfte willkürlich Kleidung hinein und wendete dem Polizisten dabei den Rücken zu. Kurze und lange Hosen, zwei Kleider, T-Shirts. Ich widerstand der Versuchung, über die Schulter zu schauen, denn das wäre nur aufgefallen. Im Badezimmer beschränkte ich mich aufs Allernotwendigste: ein paar Handtücher, Zahnbürste und Zahnpasta, Shampoo. Ich konnte nur hoffen, dass der Beamte meinen Koffer nicht kontrollieren wollte. Und dass er, wenn er ihn doch durchsuchen würde, den doppelten Boden übersah. Doch der Beamte unternahm nichts, als ich nach draußen ging, wo uns Tony schon erwartete.

»Haben Sie alles?«, erkundigte er sich.

Ich konnte mich noch sehr gut an das Verhör von

heute Morgen erinnern, und am liebsten hätte ich mich so schnell wie möglich davongemacht. Doch der andere Beamte hatte sich gerade verabschiedet, jetzt waren wir allein. Eine Gelegenheit wie diese würde sich nicht mehr so schnell ergeben. Ich überlegte, wie ich anfangen sollte. Heute Morgen hatte er mir mehr als deutlich zu verstehen gegeben, dass er mir nicht traute.

Ich nahm meinen ganzen Mut zusammen. Ich hatte schon schlimmere Situationen bewältigt, rief ich mir in Erinnerung. »Darf ich Sie etwas fragen?« Noch bevor er antworten konnte, fuhr ich fort: »Letzte Nacht … Ich habe mitbekommen, wie Sie Zweifel an Daves Entscheidungen äußerten. Warum?«

Er runzelte die Stirn. »Es erscheint mir nicht …«

»Sie waren dabei, als man Vicky gefunden und Matt verhaftet hat«, gab ich nicht klein bei. »Sind … Sind Dave dabei Fehler unterlaufen?«

»Dave ist ein guter Sheriff.«

»Gestern klang das aber noch ganz anders«, ließ ich mich nicht beirren.

Ganz kurz wandte Tony den Blick ab. Was hatte das zu bedeuten? Er schien eine Entscheidung zu fällen. Ich ballte die Fäuste, entspannte sie wieder und versuchte, nicht die Geduld zu verlieren.

Tony wusste, worauf ich hinauswollte. »Vicky hat Matt identifiziert«, sagte er dann.

»Aber das muss noch nicht heißen, dass er es auch getan hat. Sie haben sie damals bewacht, weil sie Angst hatte, der Entführer würde ihr Zimmer betreten.«

»Sie war verwirrt.«

»Glauben Sie das immer noch, jetzt, wo Becca verschwunden ist?«

Sein Blick flackerte ganz kurz. »Über eine laufende Ermittlung darf ich nicht sprechen.«

»Darum habe ich Sie auch nicht gebeten. Können Sie mir erzählen, was Sie damals genau tun mussten?«

»Sie bewachen«, sagte Tony kurz. Es war nur allzu deutlich, dass ihm die ganze Sache Unbehagen bereitete, aber auch wenn ich mich auf ihn draufsetzen musste – ich würde ihn nicht vom Haken lassen, bevor ich nicht eine Antwort bekam.

Ich unterdrückte meine Verärgerung. »Das ist mir klar, aber wie lief das genau?«

»Wir lösten uns gegenseitig ab«, sagte Tony. »Ich hielt von zehn Uhr abends bis sechs Uhr morgens Wache. Dann übernahm das Pflegepersonal.«

»Was meinen Sie damit?«

»Uns standen nicht genügend Leute zur Verfügung, nicht genügend Geld, wenn man das so nennen möchte, dass wir Vicky Tag und Nacht hätten bewachen können. Wir hatten eine Risikoeinschätzung vorgenommen. Morgens und am Nachmittag ist in einem Krankenhaus viel los. Personal läuft herum, Angehörige und Freunde kommen zu Besuch … Nach der letzten Besuchszeit, die um acht Uhr endet, wird es ruhiger, aber dann sind die meisten Patienten noch auf. Das Risiko war am größten, wenn sie schlief. Deswegen wurde ich nachts vor der Tür postiert.«

»Risiko?«, fragte ich scharf. »Was denn für ein Risiko? Die Polizei hat doch immer behauptet, es gab überhaupt kein Risiko?«

Tony wirkte ertappt. »Ich meine, sie hatte das Gefühl, in Gefahr zu sein. Dave …«

»Und wie lief das mit den Pausen?«, fiel ich ihm ins Wort.

Er zog die Augenbrauen hoch. Es war nur allzu deutlich, dass er sich fragte, worauf ich hinauswollte. »Ich habe keine gemacht. Besonders viel zu tun hatte ich ja nicht.«

»Aber manchmal muss ein Mensch etwas essen.« Die Rollen hatten sich ins Gegenteil verkehrt. Jetzt war ich diejenige, die ihm zusetzte. Seinem Gesichtsausdruck nach zu urteilen, gefiel ihm das überhaupt nicht.

»Ich hatte etwas dabei, und das habe ich einfach dort zu mir genommen.«

»Und Getränke aus der Kantine?«

»Die Schwester brachte mir Kaffee. Manchmal nahm ich auch selbst eine Thermoskanne mit, die Plörre im Krankenhaus bekommt man ja kaum runter, und außerdem durfte ich mir Kaffee aus einer Kanne am Schwesterntresen nehmen. Der war nur ein paar Schritte weit weg, und wenn ich das tat, behielt ich die ganze Zeit ihre Tür im Blick«, fügte er schnell hinzu, als er sah, dass ich den Mund schon zu einer Erwiderung geöffnet hatte.

»Und wenn Sie zur Toilette mussten, was taten Sie dann?«

»Dann habe ich einer Schwester Bescheid gesagt, und sie hat für mich aufgepasst.«

»Sie können mir also garantieren, dass immer jemand Wache gestanden hat, dass niemand ungesehen Vickys Zimmer hätte betreten und wieder verlassen können?«

»Immer.«

»Das wissen Sie ganz sicher?«, hakte ich noch einmal nach.

»Warum interessiert Sie das denn?«

»Weil während Ihrer Abwesenheit jemand schnell nach drinnen hätte schlüpfen können.«

Tony lächelte herablassend. »Der wahre Mörder, meinen Sie.«

Das Wort »wahre« setzte Tony mit seinen erhobenen Händen in Anführungszeichen. Er seufzte und war verärgert, so schien es jedenfalls. »Manchmal hatte die diensthabende Schwester zu viel mit anderen Patienten zu tun ... Es kann sein, dass manchmal ganz kurz niemand vor der Tür stand, aber dann sprechen wir von einer Minute oder so. Höchstens. Nicht lange genug, als dass jemand das Zimmer hätte betreten und wieder verlassen können.«

Wortlos starrte ich ihn an. Der Täter hätte nach drinnen kommen können. Es war riskant, denn die Schwester oder Tony hätten ihn sehen können, aber unmöglich war es nicht. Die Frage bestand nur darin, warum er das hätte tun sollen. Warum hatte er sie dann nicht an Ort und Stelle ermordet? Ohne Vicky hätte es keine Zeugenaussage gegeben. Aber warum suchte er sie überhaupt auf? Man hatte Matt verhaftet. Oder beruhigte ihn diese Entwicklung nicht?

»Sie haben niemanden im Krankenhaus gesehen, der da nicht hingehörte?«

»Natürlich nicht. In diesem Fall hätte ich es sofort gemeldet.«

Um diese Zeit hätte es gereicht, sich einen weißen Kittel anzuziehen, damit man nicht auffiel, dachte ich. Oder aussah wie jemand vom Reinigungspersonal.

»Ist Ihnen dort jemals Seth begegnet?«

»Wer?«

»Seth Fielding. Das ist ...«

Ich brach abrupt ab, als ein Polizeiwagen vor meinem Haus hielt. Dave stieg aus. Ich fühlte mich ertappt, auch wenn es dafür keinen einzigen Grund gab. Dave schien die Atmosphäre sofort zu erfassen.

»Alles in Ordnung hier?«

»Ich bin fertig.« Mit einem kurzen Nicken in Tonys Richtung machte ich mich davon und hörte noch, wie Dave seinen Deputy etwas fragte, aber den genauen Wortlaut bekam ich nicht mit. Schnell ging ich zu meinem Auto. Ich wollte weg sein, bevor mich Dave ausquetschen konnte. Tony würde ihm ganz ohne Zweifel erzählen, welche Fragen ich ihm gerade gestellt hatte. Und etwas sagte mir, dass Dave darüber nicht erfreut sein würde.

Während ich an einer roten Ampel warten musste, klingelte mein Handy. Es war Dave.

»Ich warne dich, meine Geduld mit dir ist jetzt bald zu Ende …«

»Hast du denn jemals Geduld mit mir gehabt?«, fiel ich ihm ins Wort, was mir sofort leidtat. Etwas an ihm sorgte dafür, dass ich handelte, ohne vorher nachzudenken.

»Du hast mir nie die Chance gegeben, oder vielleicht doch?«, sagte er in einem leisen Ton, der gleichzeitig eine deutliche Drohung enthielt.

Touché.

»Ich dulde nicht, dass du meine Mitarbeiter belästigst. Wenn du das nächste Mal etwas wissen willst, wendest du dich an mich.«

»Sagst du mir dann das, was ich wissen will?«

»Wenn du ehrlich zu mir bist, bin ich auch ehrlich zu dir.« Damit legte er auf.

43

Vicky

Ich schloss die Augen. Die Laken des Krankenhausbettes fühlten sich unter meinen Händen beruhigend kühl an. Ich war in Sicherheit.

Ich rief mir die Bilder wieder vor Augen. Überall Bäume um mich herum. Dunkle Schatten.

Gras, das mich an den Füßen kitzelte. Kiesel, die mir in die Fußsohlen stachen. Das wilde Klopfen meines Herzens, das Keuchen meiner Lunge, das Dröhnen meiner rennenden Füße. Mehr wusste ich nicht. Ich rannte, ich rannte, ich flog. Ich hatte mich nicht umgeschaut, oder vielleicht doch.

Außer Atem war ich an einem Baum stehen geblieben. Mir war bewusst, dass ich einen großen Fehler gemacht hatte. Ich musste umkehren, um Rosie zu retten. Ich hatte sie blutend zurückgelassen.

Ich hatte mich umgeschaut, aber nicht die geringste Ahnung, wo ich mich befand, aus welcher Richtung ich gekommen war, wie ich zurückfinden sollte. Ich wollte rufen, aber mein Mund war so trocken, dass kein Geräusch mehr herauskam. Ein Stück weiter weg hatte ich einen hohlen Baumstamm gefunden und war hineingekrochen.

Dann musste ich eingeschlafen sein. Ich war erst wieder aufgewacht, weil mich etwas Kaltes am Bein berührt hatte. Der Hund der Männer, die mich gefunden hatten.

Und jetzt war ich hier, und sie waren immer noch da. Oder nicht? Hatte er sie woanders hingebracht, weil er Angst hatte, ich könnte der Polizei berichten, wo sie gefangen gehalten wurden? Oder hatte er sie getötet? Man konnte nicht einfach so viele Frauen irgendwo anders hinbringen. Das Errichten dieser Kellerräume musste ihn viel Zeit und Energie gekostet haben.

Man hatte das Gebiet rund um meinen Fundort mit allen verfügbaren Mitteln durchsucht. Sogar mit einer Hundestaffel. Nichts.

Das war unmöglich. Es musste da irgendwo sein. Irgendwo.

Sie suchten immer noch, hatte ich gehört. Auch Freiwillige hatten sich gemeldet, aber bisher waren alle Anstrengungen ergebnislos geblieben.

Ich hatte nur berichten können, dass sie sich unter der Erde befanden. Mehr nicht.

Sie hatten ihn verhaftet, hatte mir der Sheriff mitgeteilt, aber er schwieg. Matt. Er behauptete immer wieder, er sei unschuldig. Ich war also die Einzige, die helfen konnte. Aber ich wusste nicht mehr, aus welcher Richtung ich gekommen war.

Alle freuten sich so sehr, dass ich zurückgekehrt war, und das begriff ich nicht. *Sie* begriffen das Ganze nicht. Sahen sie denn nicht, was ich war, was ich getan hatte? Ich war eine Egoistin, ein Feigling, eine Verräterin. Ich hatte Rosie im Stich gelassen. Durch meine Schuld war sie jetzt höchstwahrscheinlich tot.

Ich hatte den Sheriff angefleht, Matt gehen zu lassen,

denn die Frauen waren dort allein, ohne Essen, ohne Wasser. Sie würden sterben. Aber der Sheriff sagte, er könne das unmöglich tun, es sei nur noch eine Frage der Zeit, bis Matt gestehen würde. Und dass er doch ohnehin nicht den Ort aufsuchen würde, weil ihm klar sein musste, dass man ihn observieren würde.

Sie waren in jedem Fall zum Tode verurteilt.

Matt hat vier Frauen und ein Baby auf dem Gewissen, nicht du, hatte der Sheriff gesagt. Alle sagten das.

Aber ich war geflohen. Alle meinten auch, dass die anderen Frauen, wenn sie in meiner Situation gewesen wären, genau dasselbe getan hätten, aber das glaubte ich nicht. Das sagten sie nur, damit ich mich besser fühlte, aber nicht einmal das verdiente ich. Ich konnte nicht begreifen, warum sie sich so lieb um mich kümmerten. Warum war niemand böse auf mich? Warum schimpfte niemand mit mir? Warum schauten sie mich an wie ein aus dem Nest gefallenes Vögelchen, das Liebe und Fürsorge brauchte?

Ich hatte kein weiches Bett mit weißen, herrlich duftenden Laken verdient, keine Blumensträuße, die so schön farbig waren, dass es mir beinahe in den Augen wehtat, kein Bad, nach dem ich mich wieder sauber und warm fühlte, keinen Schokoladenpudding, der auf fast widerwärtige Weise lecker schmeckte.

Sie lachten mich freundlich an, tätschelten mir den Arm und sagten, wie stolz sie auf mich waren, wie toll sie es fanden, dass ich entkommen war, dass ich es verdiente, wieder glücklich zu werden.

Der Psychiater, mit dem ich gesprochen hatte, hatte gemeint, ich müsse mir selbst Zeit zugestehen. Mir selbst verzeihen, weil ich keine andere Wahl gehabt hätte.

Als ich das hörte, wollte ich nur noch kotzen.

Genau darin lag das Problem. Ich *hatte* die Wahl gehabt. Ich hätte bleiben müssen.

Jede Sekunde des Tages sah ich vor mir, wie sie schmerzhaften Hunger und Durst litten. Ich musste an das Baby denken, das keine Zukunft hatte. So klein, so unschuldig. Das Baby konnte nichts dafür, in diese verdorbene Welt hineingeboren zu werden. Warum hatte ich bei der Geburt geholfen und unmittelbar danach sein Todesurteil unterzeichnet?

Ob sie mich wohl hassten? Ich wusste mit Bestimmtheit, dass sie mich hassten, und diese Gewissheit konnte ich nicht ertragen. Ich hatte ihr Leben für meines geopfert. Was war mein Leben also noch wert?

Der Psychiater hatte mir mitgeteilt, dass die Familien von Rosie, Lori und Nathalie darum gebeten hatten, mit mir sprechen zu dürfen. Sie wollten natürlich wissen, wie es ihnen ging, was ich ihnen von ihren Lieben berichten konnte, aber ich wagte nicht, ihnen unter die Augen zu treten. Auch sie würden mich hassen.

Ich hatte geweint wie ein kleines Kind, als ich meine Mutter wiedersah. Das Verrückte war, dass ich sie zuerst fast nicht erkannte, sie für eine Krankenschwester hielt, obwohl sie überhaupt keine Uniform trug. Erst als meine Mutter die Hände vors Gesicht schlug, erkannte ich sie. Ihre sonst so munter wirkenden Locken lagen ihr platt am Schädel. Ich hatte gelitten, begriff ich, aber meine Mutter ebenfalls. Hinter ihr stand mein Vater. Auch er war dünner, als ich ihn in Erinnerung hatte. Hose und Pullover schlotterten ihm um den hochgewachsenen Körper.

Vor Glück lachten und weinten sie zugleich. Die ganze Zeit, in der sie bei mir waren, ließen meine Eltern meine

Hände nicht los. Zu beiden Seiten des Bettes saßen sie, als wäre ich ein kleines Kind. Meine Mutter küsste mir immer wieder die Hand, streichelte mir übers Haar, übers Gesicht. Ich konnte mich nicht daran erinnern, dass sie jemals so liebevoll zu mir gewesen war.

Es war verrückt, aber wir sprachen nicht darüber, was ich durchgemacht hatte. Vielleicht hatten sie auch Anweisungen erhalten, nicht davon anzufangen oder nachzufragen. Während der ganzen Zeit blickte meine Mutter mich besorgt an; ihr Blick kroch mir förmlich unter die Haut und verursachte dort einen intensiven Juckreiz. Ich würde nie wieder dieselbe sein wie vorher, aber meine Mutter auch nicht. In meinen Augen waren meine Eltern immer unbesiegbar gewesen, zwei starke Wesen, die mich immer gegen das Böse auf der Welt beschützen würden. Jetzt, wo mich das Böse gestreift hatte, waren Beulen und Risse in ihren Schutzschildern entstanden, und sie waren plötzlich verwundbar geworden.

Auch das hatte ich auf dem Gewissen.

44

Mackenzie

Voller Anspannung schaute ich auf die Uhr. Es war fast Mitternacht. *Verzweifelte Menschen fassen verzweifelte Entschlüsse*, fuhr es mir durch den Kopf. Und verzweifelt hieß auch immer undurchdacht. Ich hatte nicht viel Zeit gehabt, meinen Plan in allen Einzelheiten auszuarbeiten, alle möglichen Details zu kalkulieren, die Risiken zu berechnen. Und wenn man die Dinge nicht durchdachte, machte man in der Regel Fehler.

Aber mir blieb keine andere Wahl. Ich musste es einfach wissen. Ich hatte nur eine einzige Chance, Matt zu befreien. Eine gute Chance, und die würde sich morgen ergeben. Die Polizei – Dave – glaubte mir nicht. Ich musste es einfach tun.

Ich hatte Angst, war jedoch fest entschlossen, mich davon nicht abhalten zu lassen. Angst hatte ich schon häufiger gehabt und gelernt, dass mir dann zwei Möglichkeiten zur Verfügung standen: mich in eine Ecke zu verkriechen oder weiterzumachen. In beiden Fällen blieb die Angst, aber wenn ich mich versteckte, hatte das überhaupt nichts Positives. Weitermachen schon.

Darum blieb ich nicht in meinem Auto sitzen, das ich

außer Sichtweite abgestellt hatte, sondern machte mich so klein wie möglich und rannte, so schnell ich konnte, zur Hintertür des Hauses. Seths Wagen stand nirgends, also war er wohl nicht da, obwohl ich damit rechnete, dass er jeden Augenblick zurückkommen konnte; das hoffte ich zumindest, denn sonst würde ich sehr lange warten müssen.

Das Haus stand am Rand von Atmore. Der großzügige Garten dahinter grenzte ans Weideland. Das war günstig für mich: das erste Haus in der Straße. Das Risiko, dass mich jemand sehen würde, verringerte sich so beträchtlich. Zwischen diesem und dem Nachbargrundstück gab es eine hohe Hecke. Natürlich konnte mich trotzdem jemand aus den Schlafzimmern auf der anderen Seite sehen. Allerdings brannte nirgendwo Licht, deswegen nahm ich an, dass die Nachbarn schon zu Bett gegangen waren.

In einem heruntergekommenen, von Unkraut überwucherten Vorgarten stand ein »Zu-verkaufen«-Schild.

Ich hatte vor, drinnen auf Seth zu warten und ihn dann mit dem Taser auszuschalten. Die Frage war nur, wie ich ins Haus kommen solle. Wie zu erwarten war, waren sowohl die Haus- als auch die Hintertür abgeschlossen. Die untere Hälfte der Hintertür bestand aus geriffeltem Glas, und ich erwog die Scheibe einzuschlagen, aber dann würden vielleicht die Nachbarn durch den Lärm geweckt. Ich schaute hoch, und dort stand eines der Schlafzimmerfenster einen Spalt offen. Einen Versuch war es wert.

Auf der hinteren Seite des Hauses gab es einen Vorbau mit einem flachen Dach. Wenn es mir gelang, da hinaufzuklettern, würde ich über die Dachschräge ans Fenster gelangen können. Im Garten stand ein Picknicktisch aus Plastik, und den schleppte ich zum Vorbau. Über den

Tisch, der sich dabei gefährlich durchbog, gelang es mir, mich auf das Flachdach hochzuziehen. Meine Handteller waren schweißbedeckt, als ich die ersten vorsichtigen Schritte auf dem Dach wagte. Stückchen für Stückchen schob ich mich weiter, und am Fenster ließ ich mich vornübersinken, bis ich platt auf dem Dach lag.

Ich kroch nach oben und zog mich gleichzeitig über den Rahmen hoch. Das Fenster hatte einen Schließmechanismus mit einem einfachen Haken, den ich mühelos lockern konnte. Ich stieß das Fenster auf. Mit einem leisen Plumps landete ich auf dem Teppichboden, und ganz kurz blieb ich erleichtert liegen. Ich ließ meinen Augen Zeit, sich ans Dunkel zu gewöhnen, dann stand ich auf.

Ganz offensichtlich befand ich mich in Seths Schlafzimmer. Dort standen ein Doppelbett und ein Schrank, und überall lagen Kleidungsstücke herum. Es stank nach Zigarettenrauch. Auf Zehenspitzen ging ich in den Flur. Die Tür war angelehnt und gab ein Quietschen von sich, als ich mich durch die Öffnung schob. Ich wusste, dass sich außer mir niemand im Haus aufhielt, war jedoch trotzdem auf der Hut.

Die Treppe knarrte, als ich nach unten ging. Ich kam direkt ins Wohnzimmer. Auch hier gab es Teppichboden, und meine Schuhe versanken beinahe darin. Der Zigarettenrauch war hier weniger aufdringlich. An der Wand stand ein durchgesessenes braunes Sofa. Auf und unter dem Kaffeetisch lagen die Verpackungsreste von Fast Food herum. Mehr Möbel gab es nicht. Es hatte etwas Bedrückendes.

Als ich näher heranging, erkannte ich sofort, was sonst noch ganz offen auf dem Tisch lag. Ein transparenter Beutel mit einer weißen Substanz, Backpulver, ein Löffel, ein Feuerzeug und eine Pfeife.

Seth war also cracksüchtig. Keine andere Droge machte einen so abhängig und so kaputt.

Ganz kurz überkamen mich Zweifel. War so jemand in der Lage, Frauen zu entführen? Dafür brauchte man eine methodisch operierende, kaltblütige und zielgerichtete Persönlichkeit. Diese Eigenschaften besaßen Drogenabhängige nicht. Die waren verzweifelt, unberechenbar, schlampig.

Das hier war das Haus seiner Mutter gewesen, hier hatte er die Frauen nicht versteckt. Und Becca befand sich auch nicht hier, darauf hätte ich wetten mögen. Trotzdem erkundete ich zur Sicherheit auch den Rest des Hauses.

Ich ging ins Nebenzimmer, die Küche. Auf der Anrichte lag eine Sporttasche, die einen seltsamen Geruch verströmte. Vorsichtig schaute ich nach, was darin war. Ich fand einen Laptop. Meinen Laptop.

Den hatte ich noch nicht mal vermisst, so sehr hatte ich mich auf den Taser konzentriert. In der Tasche war noch etwas, etwas Weiches. Ein Kapuzenshirt, erkannte ich. Jetzt konnte ich auch den Geruch einordnen. Blut.

Plötzlich glitt das Licht von zwei Scheinwerfern an den Wänden entlang. Schnell duckte ich mich. Ich holte den Taser aus der Tasche, die ich in eine Ecke warf, und kroch zur Haustür. Man konnte das Gerät mit drei Patronen befüllen, ich musste also nach dem ersten »Schuss« nicht sofort wieder nachladen. Aber wenn es wie geplant funktionierte, war Seth sofort ausgeschaltet. Ich nahm es fest in beide Hände und zielte. Zielte noch einmal, diesmal mit einer Hand. Tat so, als würde ich den Abzug bedienen.

Auf der anderen Seite der Tür hörte ich, wie Seth leise vor sich hin sang, und mein Herzschlag beschleunigte sich, als sich der Schlüssel im Schloss drehte.

Seth betrat das Haus, schloss die Tür hinter sich und blieb stehen. Das Singen brach abrupt ab. Instinktiv schien er zu spüren, dass sich noch jemand im Raum befand. Ich richtete das Lämpchen auf seinen Rücken und betätigte den Taser. Zwei Drähte mit Pfeilen wurden abgeschossen, deren Spitzen sich in Seths Körper verhakten. Sofort versteifte er sich, nach ein paar Sekunden fiel er vornüber und begann heftig zu zucken. Mit aufeinandergepressten Kiefern schaute er mich an. Seine Nackenmuskeln waren angespannt, die Arme hielt er fest an den Körper gepresst. Ein Schock durchfuhr mich, als ich ihn erkannte. Mit ihm war ich im *Joe's* zusammengestoßen. Das war kein Versehen gewesen, begriff ich nun.

Überall um Seth lagen konfettiartige Papierschnipsel mit einer Seriennummer darauf, mit der man den Taser identifizieren konnte, aber das war in meinem Fall egal. Damit man einen Taser kaufen konnte, musste man seine eigene Identität preisgeben. Aber ich hatte ihn nicht gekauft und bezweifelte stark, dass meine damalige Mitbewohnerin ihn legal erworben hatte.

Ich handelte schnell, denn ich hatte keine Ahnung, wie lange Seth ausgeschaltet wäre. Ich fesselte ihm die Hände mit Handschellen und fixierte seine Füße mit Klebeband. An der linken Hand fehlten ihm zwei Finger, der kleine und der Ringfinger. Er stank unglaublich, war verschwitzt und ungewaschen.

Danach knipste ich das Licht an. Es dauerte lange, bis Seth auch nur einigermaßen zu sich kam.

Hektisch holte er über die Nasenlöcher Luft. »Was willst du von mir?«, brachte er heraus.

Wer ich war, fragte er nicht. Das wusste er also.

Seine Brust hob und senkte sich rasch. »Du hast mir wehgetan«, verkündete er kläglich.

»Ich kann dir noch mehr wehtun.« Drohend hielt ich den Taser hoch.

Er rollte sich auf die Seite und richtete sich stöhnend auf, bis er mit dem Rücken gegen das Sofa gelehnt dasaß. Er keuchte. »Was willst du von mir?«, wiederholte er seine Frage.

Ich hielt mich in sicherem Abstand zu ihm. Ganz kurz schoss sein Blick in Richtung Tisch. Natürlich, er brauchte einen Schuss. Darum war er nach Hause gekommen.

»Becca Fisher. Was hast du mit ihr angestellt?«

»Was? Ich kenne keine Becca. Wirklich nicht, das musst du mir glauben.«

»Du bist weg aus der Stadt, und zwar kurz nachdem man Matt wegen der Entführungen verhaftet hatte.«

»Matt?«

»Matt Ayers. Jetzt stell dich nicht so dumm, du weißt sehr gut, wer das ist. Jeder hier weiß das. Jetzt bist du wieder da, und es ist wieder eine Frau verschwunden. Matt kann es nicht getan haben, er sitzt in der Todeszelle.«

Seths Mund öffnete sich ein bisschen, als ihm klar wurde, was ich damit andeutete. Er fing leise zu lachen an. »Du bist ja verrückt, Mädchen. Ich habe nichts damit zu tun.«

»Das glaube ich aber schon. Du hast im selben Krankenhaus gearbeitet wie Vicky. Hast du ihr Auto manipuliert und ihr dann angeboten, sie mitzunehmen, als sie liegen blieb? Du wusstest ja, dass sie nicht mehr weit kommen würde.«

»Hast du vielleicht gekokst oder so?«, fragte Seth empört.

Alles, was er von sich gab, sogar seine Reaktion, wirkte ganz und gar authentisch, aber davon ließ ich mich keine Sekunde lang täuschen. In der Phase, die ich als Obdachlose verbracht hatte, hatte ich genug Leute wie Seth getroffen. Sie hatten die Lüge zu einer Art Lebenskunst erhoben. Sie glaubten ihre eigenen Unwahrheiten. Damals kannte ich ein Mädchen, das seine eigene Mutter die Treppe hinuntergestoßen hatte, als die ihre Tochter davon abhalten wollte, sich Drogen zu besorgen; dann hatte sie die Mutter bewusstlos in ihrem Blut am Fuß der Treppe liegen lassen. Nur eines war diesen Leuten wichtig: Drogen zu konsumieren oder dafür zu sorgen, dass sie an Drogen herankamen. Dabei durfte sich ihnen nichts und niemand in den Weg stellen, dafür sorgten sie notfalls mit Gewalt.

»Das ist ja wohl eher deine Abteilung.«

»Okay, gib mir was von dem Zeug, dann erzähle ich dir alles, was du wissen willst.«

»Nichts da. Du sagst mir, was ich wissen will, *und dann* bekommst du was davon.«

»Dann sage ich nichts.«

»Okay«, sagte ich. »Mir ist das egal. Ich habe alle Zeit der Welt.« Bei ihm war das nicht der Fall, wusste ich. Er brauchte dringend den nächsten Schuss.

Von Minute zu Minute wurde er unruhiger. Sein linkes Bein fing an zu zittern. Immer wieder räusperte er sich oder zog die Nase hoch. Er seufzte, stöhnte und tat sein Bestes, um nicht zum Kaffeetisch hinüberzuschauen.

Ich beugte mich in diese Richtung. »Ziemliches Chaos hier. Ich werde ein bisschen für dich aufräumen.« Ich hatte richtiggehende Angst davor, die Drogen und die anderen Utensilien mit bloßen Händen zu berühren, weil ich mich vor einer Infektion fürchtete, aber ich tat es trotzdem. Zumindest schob ich mit einer Hand alles auf einen leeren Pizzakarton, den ich mit der anderen festhielt. Ich lief zur Küchenzeile und hielt dabei in der einen Hand den Karton und in der anderen den Taser. Den Karton legte ich auf die Anrichte und drehte den Wasserhahn auf.

»Warte!«, rief Seth. Er ließ sich auf den Boden gleiten und kroch auf mich zu. Es war ein lächerlich erbärmlicher Anblick.

»Bleib, wo du bist«, gab ich zurück und hielt den Taser drohend hoch.

»Bitte, wirf es nicht weg.«

»Drogen sind nicht gut für dich, Seth«, quälte ich ihn. Ich nahm den Karton hoch und hielt ihn über die Spüle.

»Nein, nein! Sonst habe ich nichts mehr.«

»Wirst du mir erzählen, was ich wissen will?« Ich drehte den Wasserhahn wieder zu.

Seth setzte sich hin. Sein Blick schoss unruhig hin und her, und ständig leckte er sich die Lippen. »Ich weiß doch gar nicht, wovon du sprichst!«

Ich ließ mich nicht hinters Licht führen. Wenn Seth derjenige war, für den ich ihn hielt, würde er nicht einfach so zusammenbrechen. Die Möglichkeit, dass ich ihn überhaupt nicht kleinkriegte, war sogar groß. Nicht ohne Grund lief er immer noch frei herum. Er war alles andere als naiv. Ich hatte nur keine Ahnung, was ich tun sollte, wenn er den Mund nicht aufmachte. Sollte ich dann einfach wieder gehen? Das ging nicht. Er wusste, wer ich war und wo ich wohnte.

Dann schaute ich zu dem Drogenbesteck hin, und wieder überkamen mich Zweifel. Einem Vergewaltiger bedeuteten Drogen nichts, der gierte nach einem ganz anderen Rausch. Außerdem fragte ich mich, ob Seth überhaupt hell genug im Kopf war, all die Frauen zu entführen.

Aber für mich gab es kein Zurück mehr. Außerdem hatte er bei mir eingebrochen. Warum?

45

Es war an der Zeit, meinen Trumpf auszuspielen. »Du bist bei mir eingestiegen und hast Taylor niedergeschossen«, sagte ich.

Er riss die Augen auf.

»Die große Frage ist, warum.«

Keine Reaktion.

»Ich kann sofort zur Polizei gehen und alles dem Sheriff erzählen. Willst du, dass ich das tue?«

Immer noch keine Reaktion. »Dann wanderst du ins Gefängnis. Da gibt's kein Crack. Oder wenigstens nicht die Mengen, die du brauchst. Wie hoch ist deine tägliche Dosis, Seth? Vom Crack kriegt man den besten Rausch, aber leider dauert er immer nur so kurz.«

Seths ganzer Körper verkrampfte sich. »Das war ein Unfall«, murmelte er. »Ich schwör's, ein Unfall. Ich bin nach draußen gegangen, und da hat sie mich gesehen. Ich wollte sie nur erschrecken, aber sie hat den Weg einfach nicht freigegeben.« Er weinte jetzt. Krokodilstränen.

Sein Selbstmitleid kam mir alles andere als gelegen. »Taylor liegt im Koma, Seth, wusstest du das? Es sieht nicht gerade gut für dich aus.«

Seth jammerte leise vor sich hin.

»Warum hast du mir den Laptop gestohlen?«

Seth schüttelte den Kopf. Er brachte nur unterdrückte Geräusche hervor. Ich begriff, dass er Angst hatte.

»Soll ich also zur Polizei gehen?«

»Vor der Polizei habe ich keine Angst. Vor dem Gefängnis auch nicht. Da bin ich zumindest sicher.«

»Glaubst du das wirklich?«

Er hob seine entstellte Hand hoch. »Siehst du das hier? Das haben sie gemacht, als ich meine Schulden nicht bezahlen konnte.«

»Sie? Deine Dealer? Bist du darum zurückgekommen, Seth? Bist du auf der Flucht?«, mutmaßte ich.

»Nein, meine Schulden kann ich bezahlen.« Abrupt hielt er inne.

Ich war da auf etwas gestoßen, wurde mir bewusst. »Wie bist du denn an das Geld gekommen?«

»Die Ersparnisse meiner Mutter.«

»Das glaube ich dir nicht.« Ich schaute mich um. »Hier sieht's ganz schön runtergekommen aus. Ich glaube, deine Mutter hatte keinen müden Cent mehr. Und das Haus steht noch immer zum Verkauf, daher stammt das Geld also auch nicht.«

Seth rollte sich auf die Seite und fing heftig zu zittern an. »Bitte, gib mir ein kleines bisschen, dann kann ich vielleicht besser sprechen. Ich will dir ja helfen, aber so kann ich nicht nachdenken. Das Zeug hilft mir, dass ich klarer werde.«

Daran hatte ich so meine Zweifel. »Ich glaube eher, dass du dich erst noch ein bisschen mehr anstrengen musst.«

Mit einem gequälten Gesichtsausdruck schaute er mich an. »Ich habe dir schon gesagt, dass ich Taylor aus Versehen angeschossen habe, was willst du denn noch?«, jammerte er.

»Ich weiß immer noch nicht, was du mit meinem Laptop anstellen wolltest. Und du hast mir noch nicht gesagt, wo Becca ist.«

»Weil ich das nicht weiß, du blöde Schlampe!« Er stöhnte laut.

»Es gibt keinen Grund, gleich unhöflich zu werden, Seth.«

»Becca ist nicht hier. Da kannst du Dave fragen, der ist auch schon hier aufgetaucht.«

Ich hatte die allergrößte Mühe, mir meine Verblüffung nicht anmerken zu lassen. Dave hatte mit Seth gesprochen und mir nichts davon erzählt. Warum nicht? In Gedanken schalt ich ihn dafür.

»Ich glaube auch nicht, dass du so dumm bist, sie hier zu verstecken. Das hast du mit den anderen auch nicht getan.«

»Mit den anderen?«, gab er verwirrt zurück.

»Mit Rosie, Lori, Nathalie, Jane. Und mit Vicky.«

»Du bist ja durchgeknallt, Mädchen! Völlig wahnsinnig bist du. Kein Wunder, dass ich …« Wieder hielt er abrupt inne. Ich wusste mit Sicherheit, dass er gerade fast etwas Entscheidendes preisgegeben hätte.

»Ja, dass du …?«, hakte ich nach.

»So eine blöde Scheiße«, murmelte Seth vor sich hin. »Ich wusste, ich hätte die Finger davon lassen sollen.« Dann folgte eine ganze Reihe von Kraftausdrücken, die ich mir ungerührt anhörte. »Jetzt gib mir endlich was«, quengelte er.

»Ich wette, du fühlst dich nicht besonders gut.« Ich nahm wieder den Taser in die Hand. »Aber wenn ich den hier noch mal benutze, wird es dir noch schlechter gehen.«

Ihm traten die Tränen in die Augen.

»Bitte nicht«, flehte er.

Ich ging in die Hocke, achtete aber sorgfältig darauf, dass zwischen uns noch genug Abstand blieb. Er würde sonst mit den Beinen nach mir ausholen können. »Lustige Teile sind das. Ich habe einiges im Internet darüber gelesen. Wie es aussieht, sind sie nicht tödlich. Wenigstens theoretisch. Seit die Polizei sie einsetzt, hat es allerdings schon Todesopfer gegeben. Es heißt wohl, dass man sie bei schwangeren Frauen, älteren Leuten, Kindern oder Drogenabhängigen nicht anwenden darf. Das hat sicher damit zu tun, dass die von der Konstitution her nicht ganz so widerstandsfähig sind, meinst du nicht auch?«

»Wenn ich tot bin, nutze ich dir nichts mehr«, sagte er plötzlich mit einigem Selbstvertrauen.

»Das hast du gut erkannt. Aber in Anbetracht der Tatsache, dass du dich weigerst, mir etwas mitzuteilen … Ich kann ja wohl kaum gehen und dich hier zurücklassen. Du weißt, wer ich bin und wo ich wohne.«

»Du kannst mich ja bei der Polizei anzeigen, okay? Dann lande ich im Gefängnis und kann dir nichts mehr tun.«

»Aber dann müsste ich der Polizei auch erzählen, was ich mit dir angestellt habe. Den Stress kann ich nicht gebrauchen.«

»Ich verspreche dir, ich werde nichts sagen.«

»Du bist ein Junkie. Und jeder weiß, dass man Junkies nicht vertrauen darf.« Ich richtete den Taser auf ihn. Er öffnete den Mund, wollte protestieren, aber dazu gab ich ihm nicht die Gelegenheit. Ich drückte ab. Es kostete mich überraschend wenig Überwindung. Ich hatte immer gedacht, ich sei der Typ Mensch, der anderen keine Schmerzen und kein Leid zufügen wollte, aber ich brauchte nur an Taylor zu denken, und alle Zweifel lösten sich in Luft auf.

Seth schrie vor Schmerzen, als fünfzigtausend Volt

durch seinen Körper gejagt wurden. Ich hatte Angst, die Nachbarn könnten ihn hören und würden die Polizei rufen. Zuckend lag er vor mir. Er versuchte, etwas zu sagen, als ich die Waffe erneut auf ihn richtete.

Heftig schüttelte er den Kopf.

»Was ist, Seth?«

»Nicht noch mal. Bitte.«

»Du wirst mir also erzählen, was ich wissen will?«

»Ich weiß nicht, wo Becca ist, ich schwöre es dir.« In einer flehenden Geste hob er die gefesselten Hände.

Ich verlor die Geduld. »Seth, du widerliches Stück …«

Seth fing an zu weinen. »Dann mach schon, benutz ihn noch mal.«

Er sagte die Wahrheit, begriff ich. Damit blieb nur noch eine einzige Frage übrig.

»Warum hast du mir den Laptop gestohlen?«

»Da kam ein Anruf von einem Mann. Er hat mir fünfzigtausend Dollar dafür angeboten. Mir blieb keine Wahl, weil mir die Leute aus Florida auf den Fersen waren«, berichtete er und stolperte dabei fast über seine eigenen Worte. »Die haben mir schon die Finger abgehackt, und beim nächsten Mal würde es nicht dabei bleiben. Ich schulde denen fünfzigtausend Dollar, und so hätte ich auf einen Schlag alles begleichen können. Ich will nicht sterben. Ich habe einfach ihr Zeug ein bisschen gestreckt und weiterverkauft.«

»Wer ist dieser ›Mann‹?«, fragte ich in drängendem Ton.

»Ich weiß es nicht.«

»Seth …«

»Wirklich nicht, ich schwöre es dir!«

»Für meinen Geschmack schwörst du ein bisschen zu viel.«

»Er hat mich angerufen und mir den Auftrag angeboten.«

»Und du hast ihn nicht nach seinem Namen gefragt?«

»Er nannte sich John. Aber irgendetwas lässt mich vermuten, dass das nicht sein richtiger Name ist«, antwortete Seth sarkastisch.

»Was wollte er denn mit meinem Laptop?«

»Das hat er mir nicht gesagt.«

»Letzte Chance, Seth, wie heißt der Mann?« Ich richtete den Taser wieder auf ihn.

»Ich weiß es nicht, das sage ich dir doch!«

»Wie kann ich mit ihm in Kontakt kommen?«

»Ich bin gleich mit ihm verabredet. Um ihm den Laptop zu geben und mein Geld zu bekommen.«

Blitzschnell überlegte ich. »Ich begleite dich.« Oder sollte ich die Polizei rufen? Nein. Zu viel Risiko. Man würde Seth verhaften, und dann wäre die Übergabe geplatzt. Ich musste erst in Erfahrung bringen, wer der Mann war und warum Seth den Laptop stehlen sollte.

Ich schaute zu Seth hinüber, der immer noch zusammengekrümmt auf dem Boden lag. Auch er stellte ein Risiko dar. Aber eine Wahl hatte ich nicht.

»Keine Tricks.« Ich machte ihm die Handschellen los und hielt den Taser auf ihn gerichtet. Dann warf ich ihm eine Schere zu und ließ ihn selbst das Klebeband durchschneiden. Anschließend bedeutete ich ihm, er solle mir die Schere zurückwerfen. Schwankend stand Seth auf. Er war sehr unsicher auf den Beinen.

»Du fährst, ich sitze auf der Rückbank.«

»Erst brauche ich einen Schuss.«

»Nein.«

»Sonst halte ich das nicht durch.« Er hielt mir beide Hände hin; sie zitterten schrecklich.

»Dann mach schon.«

»Ganz ruhig, wir haben Zeit genug. Er ruft gleich an, um mir mitzuteilen, wohin ich kommen soll.« Ich folgte ihm zur Küchenzeile, wo er sich jammernd ansah, welchen Schaden ich verursacht hatte. Ich fand, dass ich noch Gnade vor Recht hatte ergehen lassen. Mit einem bösen Gesichtsausdruck wandte er sich mir zu, und etwas flog in meine Richtung. Ich versuchte auszuweichen und duckte mich – genau in diesem Augenblick sprang mich Seth an. Wie in Zeitlupe sah ich ihn näher kommen. Instinktiv hob ich den Taser und feuerte einen Schuss ab. Er fiel hin, schlug mit dem Kopf gegen die Kante der Anrichte und sank auf dem Küchenfußboden in sich zusammen. Dort blieb er still liegen.

Zitternd vor Schreck blieb ich stehen, wo ich war. Ich musste schwer schlucken. Lebte er noch? Stellte er sich nur tot? Langsam ging ich näher. Seine Brust hob und senkte sich leicht. Gott sei Dank, er war noch am Leben.

Das Klingeln eines Telefons ließ mich aufschrecken. Es kam aus Seths Richtung. Was, wenn das der Auftraggeber war, der ihm den Ort der Übergabe mitteilen wollte?

Mir schauderte bei dem Gedanken, diesen leblosen, ungewaschenen Körper anfassen zu müssen, doch ich zwang mich, auf Seth zuzugehen und mich neben ihn zu knien. Er lag auf seinem Handy, das er sich in die Gesäßtasche geschoben hatte, und ich musste seinen schwerfälligen, schlaffen Körper umdrehen, um an das Gerät heranzukommen. Das Klingeln hörte auf und erklang wenig später erneut.

Eine unterdrückte Nummer.

Ich drückte auf den grünen Knopf, sagte aber nichts.

»Seth, du Idiot, warum bist du gerade nicht rangegangen?«

Sagen durfte ich nichts. Dann wusste er sofort, dass nicht Seth am Handy war.

»Seth, sag doch was! Seth, Seth!« Und dann, als hätte er plötzlich begriffen, dass da etwas nicht stimmte, legte er auf.

Aber es war zu spät. Schockiert starrte ich das Gerät in meiner Hand an. Ich hatte seine Stimme erkannt. Mit Übelkeit verursachender Klarheit fügten sich die Stücke des Puzzles zusammen.

46

Vicky

»Bist du bereit?«, fragte der Sheriff.

Nein, das war ich nicht. Natürlich nicht.

Vorgestern war er zu Besuch bekommen. Ob ich mit Matt würde sprechen wollen. Sie mussten ziemlich verzweifelt sein, das wurde mir bewusst. Matt leugnete immer noch alles. Immer noch. Sie hofften, er würde zu reden anfangen, wenn er mich sah.

Das wollte ich nicht, aber weigern konnte ich mich nicht. Es war das Mindeste, das Einzige, was ich für Rosie und das Baby, für Lori, Nathalie und Jane tun konnte. Sie vertrauten auf mich. Sie waren immer noch gefangen. Ich musste sie wiederfinden.

Wenn sie noch lebten.

War es meine Schuld, dass Rosie verblutet war?

Und das Baby? Was geschah mit dem Baby, wenn Rosie nicht mehr lebte?

Diese Fragen quälten mich jede Sekunde. Nein, es waren keine Fragen, es waren Bilder – Bilder, die wie ein Schleier über meinen Augen lagen, sodass ich sie immerzu ansehen musste.

Meine Mutter hatte mir heute Morgen ein paar Kleidungsstücke mitgebracht. Ich suchte mir eine Jeans und einen Pullover aus. Die Hose schlotterte mir am Leib, und ich musste den Gürtel bis zum letzten Loch zuziehen. Ich kämmte mir die Haare und putzte mir die Zähne.

Und dann war es so weit. Eine Schwester kam mit einem Rollstuhl. Ich zitterte am ganzen Körper. Sie bot mir ein Beruhigungsmittel an, aber ich hatte Angst, die Pillen würden mich benommen machen. Ich musste klar bei Verstand sein. Das hier war das letzte Gefecht, mit ihren Leben als erstem Preis, und ich war fest entschlossen, als Siegerin daraus hervorzugehen.

Der Fahrer warf mir im Rückspiegel ständig neugierige Blicke zu. Das machte mich ganz nervös, doch ich sagte nichts. Draußen war es kalt, aber ich bat trotzdem darum, das Fenster zu öffnen. Ich fühlte mich eingesperrt und hatte das Gefühl, ich müsste ersticken.

Wir fuhren zur Polizeiwache, und dort wurde ich in ein Vernehmungszimmer gebracht. Der Raum erinnerte mich auf schreckliche Weise an die Zelle, in der ich gesessen hatte. Von meiner Beklemmung konnte die Polizei natürlich nichts wissen, und ich sagte zu mir selbst, dass ich mich nicht so anstellen durfte, aber ich bestand darauf, dass die Tür aufblieb.

»Du bist hier sicher«, sagte der Sheriff. »Er kann dir nichts tun.«

Mein Herz klopfte wie verrückt, und mir war so übel, dass ich mich beinahe übergeben musste. Ich biss mir kräftig auf die Lippen, um nicht in Tränen auszubrechen, und konzentrierte mich auf die Wut, die am Beginn meiner Gefangenschaft so groß gewesen war. Die Angst hatte von ihr gezehrt, langsam, bis nur noch ein stecknadelkopfgroßes

Stück übrig blieb. Ich musste die Wut wieder wachsen lassen, um das hier durchzustehen.

Als ich seine Schritte hörte, brach mir der kalte Schweiß aus. Ich schaute erst auf, als er mir gegenübersaß. Sein Blick suchte meinen. Das war mehr, als ich ertragen konnte, und ich wandte mich schockiert ab. Sein Körpergeruch war eine Erinnerung, die mich unerwartet überfiel und mich fast umwarf. Ich richtete meine Aufmerksamkeit auf das stecknadelkopfgroße Stück Wut. Golfball. Tennisball. Größer und immer größer.

Sein Rechtsanwalt – ein hochgewachsener Mann – wollte mir die Hand schütteln, aber ich nickte ihm nur zu. Ich wusste, er tat hier lediglich seine Arbeit, aber wie konnte jemand so ein Monster wie Matt verteidigen? Wie konnte er nachts ruhig schlafen? Hatte er Kinder, vielleicht ein Mädchen? Ein Mädchen, das einmal zur Frau heranwachsen würde, das dann in Gefahr war – einfach nur weil es Männer wie Matt gab?

Endlich wagte ich ihn anzuschauen. Er sah anders aus. Mager war er. Seine Augen waren blutunterlaufen, seine Wangen eingefallen. Auf seiner Augenbraue klebte ein Pflaster, das Haar war ungewaschen. Unsere Welten hatten sich ins Gegenteil verkehrt, begriff ich. Nun war ich frei und er der Gefangene.

Ich dachte an all die Methoden, die ich mir in der Zelle ausgedacht hatte, um Rache an ihm zu nehmen, Rache. Rache dafür, was er mir angetan hatte. Und jetzt saß ich ihm hier gegenüber und hatte die Hände kraftlos im Schoß gefaltet.

»Wo sind sie?« Ich erschrak vor dem Klang meiner eigenen Stimme, so heiser war sie. Schwach. Ich räusperte mich.

»Ich weiß nicht, wovon du sprichst.« Seine Stimme ließ mich erschaudern. Ich war sofort zurück. Zurück in der Zelle. Ein hoher Pfeifton füllte mir die Ohren. Ganz aus der Ferne drang eine Stimme zu mir hindurch. Jemand berührte mich mit sanftem Druck am Arm.

»Geht es?«, erkundigte sich der Sheriff.

Ich nickte.

»Sag mir, wo sie sind«, verlangte ich. Ich verwendete meine autoritäre Stimme. Sie erinnerte mich daran, wer ich einmal gewesen war, und ein Gefühl des Verlusts brach über mich herein. Diejenige, die ich damals gewesen war, gab es nicht mehr. Und der Mann mir gegenüber trug die Schuld daran. Ich wollte, dass er begriff, was er mir angetan hatte. Aber ich wusste auch, dass es ihm gleichgültig war. Wahrscheinlich versetzte es ihm sogar noch einen Kick.

Matt rutschte auf seinen Stuhl hin und her, beugte sich ein wenig nach vorn. Instinktiv wich ich zurück. »Hör zu, ich weiß nicht, wovon du redest. Ich finde es sehr, sehr schlimm, was dir da passiert ist, und auch den anderen Frauen, aber ich habe nichts damit zu tun.«

»Ich hatte einen platten Reifen. Du hast angehalten …« Ich schwieg. Und was war danach passiert? Ich wusste es nicht mehr.

Er schüttelte den Kopf. »Das war ich nicht.«

»Du lügst.«

»Du lügst«, sagte auch der Sheriff fast im selben Augenblick. »Wir haben ihre Kette in deinem Haus gefunden.«

»Das habe ich doch schon erklärt«, gab Matt mit erhobener Stimme zurück. »Ich hatte sie in der Garage gefunden und …«

»Ich bin noch nicht verrückt. Ich erkenne deine Stimme wieder …«

»Der Mann, der Sie entführt hat, hatte eine Baseballkappe auf, haben Sie berichtet«, schaltete sich der Anwalt ein. »Und es war dunkel.«

Ich nickte.

»Sie haben sein Gesicht also nicht gesehen.«

»Seine Stimme, ich habe seine Stimme erkannt«, wiederholte ich. Und seinen Geruch, wollte ich sagen, von seinem Geruch war mir speiübel. Aber meine Stimme versagte, ich hatte einen Kloß im Hals.

»Eine Stimme, die Sie nur ein einziges Mal vorher gehört hatten: bei Ihrem Besuch in der Garage«, meinte der Anwalt.

»Miss Moore wird hier nicht verhört«, griff der Sheriff ein.

»Und an der Stelle, wo Sie gefangen gehalten wurden, haben Sie Ihren Entführer nie gesehen, das haben Sie der Polizei erklärt. Er kommunizierte über eine Luke mit Ihnen. Hatte er da auch eine Baseballkappe auf, war es dort auch dunkel?«, fuhr der Anwalt gnadenlos und unerschütterlich fort.

»Russell …«, schaltete sich der Sheriff warnend ein.

»Ihr Wort steht gegen das seine. Ihr habt nichts in der Hand. Nur die Aussage einer schwer traumatisierten Frau. Bei allem Respekt …« Die letzten Worte waren an mich gerichtet.

Ich wollte einfach nur noch laut schreien. »Rosie, Lori, Nathalie, Jane, das Baby …« Ich schlug mit der Faust auf den Tisch. »Sag mir, wo sie sind. Sie sind allein. Sie haben Hunger … Sie werden sterben.« Ich hatte es im Internet nachgelesen. Ohne Essen konnte man zwei Wochen überleben. Ohne Wasser drei Tage. Sie waren wahrscheinlich schon tot. Wie lange lag das Ganze jetzt zurück? Fünf Tage? Es gab Menschen, die länger überlebt hatten. Es gab noch eine Chance. Es gab noch Hoffnung.

»Es tut mir leid …«

Heiße Tränen strömten mir über die Wangen. Ich wollte meinen Kummer nicht zeigen, gönnte ihm den Triumph nicht, konnte es aber nicht verhindern. Ich war der Verzweiflung nahe. »Willst du, dass ich dich anbettele? Das magst du doch so gern? Das geilt dich doch auf? Rosie hat mir … Sie musste dich immer anbetteln, dass du sie vergewaltigen solltest, hat sie gesagt. Wenn sie sich weigerte, hast du sie so sehr geschlagen, dass sie schließlich doch tat, was du wolltest. Nur auf diese Weise konntest du einen hochkriegen. Ich flehe dich an, sag mir, wo sie sind.«

Unbehaglich rutschte er hin und her. Er legte die Hände in Handschellen auf den Tisch. Dann warf er seinem Anwalt einen Seitenblick zu. »Das hier hat keinen Sinn, sie glauben mir doch nicht.«

Ich meinerseits schaute den Sheriff an. Warum konnte er diesem Wahnsinn kein Ende machen? Er sah unerbittlich aus. »Gib auf. Du bist verhaftet, das Spiel ist aus und vorbei. Du hast verloren. Verhalte dich wie ein Mann und sag uns, wo du sie gefangen hältst.«

»Was soll ich denn sagen? Ich weiß es doch nicht. Soll ich mir vielleicht etwas ausdenken?«

»Nenn uns deinen Preis.« Der Sheriff schaltete auf eine andere Taktik um. »Hier in Alabama gilt die Todesstrafe. Wir können versuchen, etwas für dich zu erreichen, aber dann musst du mit uns zusammenarbeiten.«

»Ich werde nichts gestehen, was ich nicht getan habe«, beteuerte er.

»Man wird dich wegen Mordes verurteilen.«

»Nein, ich bin unschuldig.«

Flehen, drohen. Ihm Geld bieten. Und wer weiß, was sie in den vergangenen Tagen sonst noch alles versucht hatten. Es war zwecklos. Dass ich gekommen war, half nichts. Dieses ganze Theater war eine unendliche, schreckliche Verschwendung von Zeit und Energie.

Warum er schwieg, konnte ich nur vermuten. »Du hast doch auch Gefühle, ich weiß, dass du auch Gefühle hast. Du hast Rosie das Baby behalten lassen, hast ihr Sachen besorgt, du hast mich zu ihr gebracht, als sie mich brauchte. Dieses Kind ist auch dein Kind. Rosie ist die Mutter deines Kindes …« Ich suchte nach Worten. »Ich flehe dich an …«, wiederholte ich.

»Nein, *ich* flehe *dich* an! Schau mich an. Hast du überhaupt irgendeine Ahnung, was du … Ich kann hier zum Tode verurteilt werden. Ich bin unschuldig!«

»Lügner«, gab ich leise zurück. Dann wurde ich lauter: »Lügner.« Ich fing an, immer lauter zu schreien. Der Sheriff versuchte mich zu beruhigen, aber ich konnte nicht aufhören. Ich stand auf und schlug auf die Wand ein. Ich wollte ihm Schmerzen zufügen, konnte ihn aber nicht erreichen. Das ertrug ich nicht. Ich riss mir die Hände auf. Ich sah etwas Rotes und begriff, dass es Blut war. An der Wand erschienen lange Schlieren. Jemand packte mich bei den Schultern, und ich schrie immer weiter, so laut ich konnte. Ich wollte nicht angefasst werden. Ich schrie und schrie und verkroch mich in einer Ecke. Ich schlang mir die Arme um die Knie und machte mich so klein wie möglich. Ich wollte niemanden sehen. Und niemand durfte mich sehen.

47

Mackenzie

Es war noch früh am Morgen, und obwohl der strahlend blaue Himmel einen drückenden Tag voller klebriger Hitze versprach, war die Luft jetzt noch frisch und prickelte angenehm. Zumindest empfand ich es so. Ich war die ganze Nacht ziellos mit Seth im Kofferraum herumgefahren und hatte kein Auge zugetan. Das Telefongespräch hatte alles, was ich bisher geglaubt hatte, auf den Kopf gestellt. Unzählige Gedanken rasten mir durch den Kopf. Ich fühlte mich aufgepeitscht und zugleich vollkommen leer. Wie betäubt. Eines wusste ich nun sicher: Ich musste Matt befreien. Nach heute Nacht war Eile geboten, eine hektische, wilde Eile, die mir beinahe den Schädel sprengte.

Ich war schrecklich nervös. Während die Minuten quälend langsam vergingen, spielte ich den Plan immer wieder in Gedanken durch, auf der Suche nach Schwachstellen und Alternativen. Eine völlige Katastrophe konnte über mich hereinbrechen. Ob dieser Plan funktionierte oder nicht, war von so vielen Zufallsfaktoren abhängig, dass ich nicht einmal daran zu glauben wagte, es gäbe überhaupt eine Chance auf Erfolg.

Am allerwichtigsten war, dass ich ruhig blieb, aber mein

Herz wollte einfach nicht zu einem kontrollierten Rhythmus zurückfinden. Meine Hände schwitzten wie verrückt, egal wie oft ich sie an meiner Jeans abwischte.

Mit Mühe brachte ich eine Tasse Kaffee und einen Donut herunter; ich hatte beides in einem Tankstellen-Shop gekauft. Keine fünf Minuten später kam alles wieder hoch.

Ich war davon überzeugt, dass man mir vom Gesicht ablesen konnte, was ich vorhatte. Erst als ich Blut schmeckte, wurde mir bewusst, dass ich mir zu fest auf die Lippen gebissen hatte. Mir war kalt und heiß zugleich.

Und ich stand erst ganz am Anfang; die richtige Arbeit lag noch vor mir.

Um Viertel vor neun fuhr ich auf den Hof von Taylor und Joe. Die Polizei war nicht mehr vor Ort. Absperrband wehte auf der Veranda im Wind. Ich war froh darüber, dass Misty bei Dave geblieben war. Eine Sorge weniger. Ich wusste, ich würde sie nicht mit in unser Versteck nehmen können. Dave würde sich schon gut um sie kümmern.

Ich klopfte an die Tür des Wohnhauses, aber wie ich erwartet hatte, war niemand da. Dann holte ich Seth aus dem Kofferraum und brachte ihn in einen der Zwinger, wo ich ihn einschloss. Joe würde ihn dort schon finden. Ich schickte eine Nachricht an Joe, er solle Seth der Polizei übergeben, weil er Details über die Schüsse auf Taylor wusste. Ich war mir sicher, Joe würde tun, worum ich ihn bat, und seine Wut nicht an Seth auslassen.

Danach lief ich in die Scheune, in der unser Minibus stand.

Taylor hatte um zehn Uhr den Termin im Gefängnis, weil die Gefangenen sich dann in ihren Zellen aufhielten. Um halb elf durften sie nach draußen und hatten eine Stunde Hofgang. Das war der besagte Augenblick. Alles musste schnell ablaufen. Die Insassen würden aus ihren Zellen kommen, und ich konnte nur hoffen, dass dann nicht auffallen würde, dass Matt nicht unter ihnen war; dass man glauben würde, er wäre schon nach draußen gegangen.

Mein Mund war völlig trocken, aber ich wagte nicht, etwas zu trinken, weil ich Angst hatte, dann im verkehrten Augenblick dringend auf die Toilette zu müssen. Nach einer halben Stunde startete ich den Bus und fuhr los. Während der ganzen Fahrt bat ich die Götter, meinem Vorhaben günstig gesinnt zu sein.

Ich fuhr bis ans Tor, und sobald der Mann vom Personal den Minibus sah, öffnete er es für mich. Ein zweiter kam aus dem Wachhäuschen und schaute erstaunt drein, als er mich sah.

»Sie sind spät dran. Ich dachte, es würde gar niemand kommen. Wie geht es Taylor?«

»Sie liegt immer noch im Koma«, antwortete ich. »Ich glaube, es ist in ihrem Sinne, wenn wir alles machen wie geplant. Und der Hund muss wirklich zum Tierarzt.«

Der Wärter nickte. Mein Bein zitterte so heftig, dass es mir fast nicht gelang, die Kupplung gedrückt zu halten.

»Dann rein mit Ihnen.«

Ich dankte ihm und fuhr auf die Rückseite des Gebäudekomplexes. Als ich an der Halle ankam, die man an den Zellentrakt angebaut hatte und wo das Be- und Entladen stattfand, parkte ich den Minibus. Ich lief auf die Rückseite, und über die automatische Hebebühne holte ich den Trolley mit dem Käfig aus dem Laderaum. Dann nahm ich mir eine große, dicke Decke und warf sie über den Käfig.

»Okay, los geht's«, murmelte ich.

Erfolg auf ganzer Linie oder eine riesige Katastrophe, dazwischen gab es nichts.

Ich drückte auf den großen roten Knopf und wandte das Gesicht der Kamera zu. Das Rollgitter schob sich hoch. Vor mir tat sich eine große, hohe Halle auf, in der sich einige Gegenstände wie Bettzeug, Tische, Stühle, Handtücher, aber auch Esswaren befanden. Alles wurde hier ausgepackt, sorgfältig kontrolliert und danach ins Gefängnis gebracht.

So harmlos wie möglich begrüßte ich den Mann vom Wachdienst. Er begleitete mich zur nächsten Tür. Über einen Flur erreichte ich das eigentliche Gefängnis. Als ich erst einmal drin war, durchlief ich den üblichen Prozess und gelangte zusammen mit einem Wärter problemlos in den Todestrakt.

Inzwischen war es halb elf, und die Gefangenen wurden aus den Zellen geholt. Es war ein ganz schönes Theater, und keiner der Wärter beachtete mich, weil sie genug damit zu tun hatten, die Gefangenen aus ihren Zellen zu bekommen und ihnen Fesseln anzulegen.

Ohne jeden Seitenblick fuhr ich den Käfig in Mitchells Zelle. Aus dem Augenwinkel sah ich, dass Matt, ans Gitter gelehnt, dastand. Ihm wurden Hände und Füße gefesselt.

»Hallo Mitchell, wie geht es Wilson?«

Der Hund lag auf dem Bett seines Herrchens und sah genau genommen so aus, als wäre er schon gestorben. Er hatte die Augen geschlossen, sein Schwanz bewegte sich nicht.

»Er hat große Schmerzen. Ich verstehe gar nicht, wieso er plötzlich so krank ist«, erwiderte Mitchell, während er dem Tier über den Kopf streichelte.

»Hüftdysplasie kommt bei Hütehunden häufiger vor. Ich nehme ihn mit zum Arzt, der schaut sich das Ganze an. Es wird bestimmt alles gut, Mitchell.« Ich schob den Trolley in die Zelle, und zusammen hoben wir Wilson hoch und steckten ihn in den Käfig. Im selben Moment glitt Matt herein.

Mitchell schaute von einem zum anderen und lächelte dann. »Kein Problem, ich gönne euch gern ein bisschen Privatsphäre.« Er streichelte Wilson noch einmal und verschwand dann.

»Was tust du hier?«, fragte Matt.

»Dich rausholen. Setz dich in den Käfig. Sofort.«

Matt zögerte einen Augenblick, aber tat schließlich, was ich verlangte. Zusammen mit dem Hund war es eng, aber es ging. Wilson protestierte nicht, dafür hatte er zu große Schmerzen. Ich stellte sicher, dass die Decke genau richtig positioniert war. Wilsons Schwanz schaute unten ein bisschen heraus. Wunderbar.

»Mitchell, wo steckt denn Matt?«, hörte ich einen der Wärter fragen.

»Der ist schon draußen.«

Ich schob den Trolley über den Flur. Dabei versuchte ich mir nicht anmerken zu lassen, dass der Käfig viel schwerer war als geplant.

»Das kann gar nicht sein, ich habe ihn nicht vorbeigehen sehen.«

Der Wärter schickte sich an, in Matts Zelle zu gehen.

In diesem Augenblick lief ein anderer Sträfling an Mitchell vorbei, und Mitchell schubste ihn. »Pass doch auf, Mann.« Drohend hob er die Faust.

»Mach keinen Stress, du Idiot«, blökte ihn der andere an.

»Stress? Du bist doch in mich reingerannt, du Depp.«

»Mitchell, stell dich hin, damit ich die Fesseln anbringen kann!«, ordnete der Wärter an.

»Fällt mir gar nicht ein. Erst wenn der Sack da sich bei mir entschuldigt.«

»Wofür denn? Ich habe doch gar nichts gemacht.«

Mitchell schlug dem Mann mit der Faust ins Gesicht. Der ließ sich das nicht gefallen und rammte Mitchell seinen Schädel gegen die Brust. Zusammen rollten sie auf dem Boden herum. Die Wärter riefen vergeblich, sie sollten damit aufhören, und stürzten sich mit erhobenen Knüppeln auf die beiden.

Ich machte mir die Verwirrung zunutze und stapfte davon. Mit jedem Schritt, der mir dabei gelang, kam Matt der Freiheit ein Stück näher. Weil die Gefangenen nach draußen sollten, standen die Türen einfach auf. Erst als ich links abbiegen musste, landete ich vor einer geschlossenen Tür. Hinter mir war noch immer Geschrei zu hören.

»Da geht's ganz schön rund«, sagte ich zu dem Wärter, der mir öffnete.

»Ist es also mal wieder so weit?«

Quälend langsam öffnete er die Tür und hielt sie für mich offen. Er winkte einem Kollegen zu und bedeutete ihm, mich zu begleiten. »Alles Gute für den Hund«, sagte er mit einer Geste zum Käfig hin. Er machte Anstalten, die Decke hochzuheben, und mich durchfuhr ein heftiger Schreck. »Lassen Sie das bitte. Wilson wurde eben ziemlich aggressiv, weil er nicht in den Käfig wollte. Die Decke war die einzige Möglichkeit, ihn zu beruhigen«, log ich. »Er hätte mich sogar fast gebissen.«

Schnell zog der Mann die Hand zurück.

»Brauchen Sie Hilfe?«, erkundigte sich sein Kollege.

»Nein, vielen Dank, es geht schon.« Sobald er den Trolley anschob, würde er merken, dass der viel zu schwer war.

Ein Schweißtropfen glitt mir über den Rücken nach unten, und der Schädel drohte mir zu platzen. Die nächste Tür wurde geöffnet und schloss sich mit einem dumpfen Klicken hinter mir, doch es lagen noch einige vor mir. Es war, als befände ich mich in einer Schachtel in einer Schachtel in einer Schachtel. Alles ging mir viel zu langsam. Heimlich schaute ich auf die Uhr. Zwanzig vor. Wie lange würde es dauern, bis die Wärter dahinterkamen, dass Matt gar nicht auf dem Hof war? Ob sie dann wohl sofort Alarm schlügen? Vermutlich würden sie erst in seiner Zelle nachschauen.

Und dann wäre hier die Hölle los.

Auch an den nächsten Türen gab es keine Probleme. Ich machte nicht noch einmal den Fehler, ein Gespräch mit den Wärtern zu beginnen, und nachdem ich sie begrüßt hatte, tat ich, als wäre ich ganz in Gedanken versunken.

Matt sagte immer, es gebe zwei Sorten beim Wachpersonal. Die eine war zu dumm, auch nur zwei und zwei zusammenzuzählen, und darum ängstlich und aggressiv, weil sie überall Gefahr witterte. Die andere war schlau und verfügte über einen gut ausgebildeten Instinkt. Letzterer musste ich heute, so weit es ging, aus dem Weg gehen, und wie es aussah, war das Glück auf meiner Seite.

Auf wackeligen Beinen erreichte ich die Halle. Am Minibus unterdrückte ich mühsam den Drang, die Decke vom Käfig zu ziehen und nachzuschauen, wie es Matt ging. Erst außerhalb des Gefängnisses würde ich ihn aus seiner beengten Lage befreien können, jetzt hatte ich dafür keine Zeit. Jede Sekunde zählte. Ich wollte die Rückklappe des Minibusses öffnen, aber zu meinem großen Entsetzen konnte ich den Autoschlüssel nirgendwo finden.

48

»Nein, nein, nein«, flüsterte ich voller Panik. In Gedanken vollzog ich die Schritte, die ich absolviert hatte. Dann schlug ich mir vor die Stirn. Natürlich, ich hatte ja alles vor Betreten des Komplexes abgeben müssen.

Das hatte ich vergessen. Es blieb mir nichts anderes übrig, als den Trolley stehenzulassen und zurückzugehen.

Aber erst nahm ich die Zange, die ich mitgenommen hatte, und machte Matts Handfesseln los. Dann überreichte ich ihm die Zange. Den Rest durfte er selbst erledigen. »Ich habe den Schlüssel vergessen.« Matt riss die Augen auf. Er öffnete den Mund, um etwas zu sagen, aber ich wollte nicht hören, wie dumm ich gewesen war. Das wusste ich auch selbst. »Bin gleich wieder da«, flüsterte ich ihm zu.

Ich lief wieder zum Rollgitter, wo ich auf den Summer drückte. Es schien eine Ewigkeit zu dauern, bevor die Stimme des Wärters erklang.

»Schlüssel vergessen«, meldete ich mich. Eine Tür, die im Rollgitter angebracht war, öffnete sich.

»Sie können einfach nicht genug von uns bekommen, was?«, scherzte der Wärter.

Ich lachte über seinen lahmen Witz und widerstand dem Drang loszurennen. Am Empfang hielt sein Kollege die Schlüssel bereits hoch.

»Ich bin heute nicht ganz da«, sagte ich.

»Ich habe Ihnen sogar noch hinterhergerufen, aber Sie haben mich nicht gehört.«

»Ich war mit den Gedanken ganz woanders«, sagte ich. »Ich mache das Ganze zum ersten Mal allein.« Sei still, befahl ich mir selbst. Je mehr ich von mir preisgab, desto größer die Chance, dass ich mich verriet. Und Reden bedeutete auch, dass jemand antwortete, dann dauerte alles nur noch länger.

Aus dem Augenwinkel sah ich BB um die Ecke biegen. Ich wandte ihm den Rücken zu und hoffte, er würde mich nicht bemerken, aber das war natürlich naiv.

»Schau an, schau an. Mrs. Ayers«, sagte er provokant.

Ich nickte ihm zur Begrüßung zu, schaute ihn jedoch nicht an, sondern ging weg.

Er folgte mir. »Ein schönes Haus hast du da.«

Ich musste schlucken. Er war also dort gewesen.

»Obwohl es da jetzt ein bisschen weniger schön ist«, spielte er auf die Vorfälle an. Nach Taylor erkundigte er sich nicht.

Ich ignorierte ihn und ging schnell weiter.

»Hast du es eilig?«

»Wilson. Einer der Hunde ist krank«, sagte ich. »Er muss so schnell wie möglich zum Tierarzt.«

Wie sich herausstellte, gehörte BB zu der Sorte Wärter mit gut ausgebildeter Intuition – er merkte, dass etwas nicht stimmte. »Dann begleite ich dich ein Stück. Das Gefängnis ist ein gefährlicher Ort für eine Frau, so ganz allein.«

»Ich muss doch nur noch durch diesen Flur, und hier gibt es keine Gefangenen.«

»Gehört zum Service«, insistierte BB.

»Ich komme schon allein zurecht, wirklich, vielen Dank.«

Er machte keine Anstalten umzudrehen. Verzweifelt überlegte ich, was ich tun musste, damit BB hierblieb. An der letzten Tür wandte ich mich um und sagte: »Bis zum nächsten Mal.«

»Damen muss man immer den Vortritt lassen.«

Der Wärter an der Schleuse schaute sich das Ganze mit hochgezogenen Augenbrauen an und bediente die Türverriegelung.

Was sollte ich jetzt tun? Wie gelähmt stand ich da.

»Hey, ich habe nicht den ganzen Tag Zeit«, sagte der Wärter.

Ich konnte ihm ja kaum erklären, dass ich BB nicht mitnehmen wollte, darum ging ich weiter. BB folgte mir. Die Tür fiel hinter uns ins Schloss. Würde er wirklich noch weiter mitkommen? Mit steifen Beinen ging ich weiter, nickte dem Wärter zu und verließ das Gebäude durch die Tür, bevor ich mich zum Minibus wandte.

»Ich helfe dir«, sagte BB mit einer Kopfbewegung zum Trolley hin.

»Das kann ich sehr gut allein.«

Aber BB gab noch immer nicht auf. Ich entriegelte das Auto. Mir war, als würde ich durch Schlamm waten, so langsam und mühsam erschienen mir meine Bewegungen. Währenddessen dachte ich fieberhaft nach. Ich konnte nur hoffen, er würde nicht unter die Decke schauen oder merken, wie schwer der Käfig war. Jeder Atemzug verursachte mir Schmerzen.

Ich drückte auf den Knopf, sodass die Hebebühne nach unten sank. BB wagte ich nicht anzusehen. Er schaute mir zu, die Arme vor der Brust verschränkt und breitbeinig aufgebaut. Mir war so schrecklich heiß. Ich hätte schon längst nicht mehr hier sein dürfen. Jeden Augenblick konnten sie Alarm schlagen, jeden Moment die Wärter hier reinstürmen. Wie viel Zeit blieb mir noch? Minuten, Sekunden?

Ich streckte eine Hand aus, um den Trolley auf die Hebebühne zu schieben, und plötzlich war da BB. Er zog die Decke vom Käfig. Wenn es nicht so schrecklich gewesen wäre, dass er uns erwischt hatte – sein Gesichtsausdruck hätte mich laut auflachen lassen.

»Was zum …«

Er konnte seinen Satz nicht zu Ende bringen. Matt, der die Käfigtür entriegelt hatte, stieß sie auf und BB gegen die Beine, der dadurch für einen kurzen Augenblick das Gleichgewicht verlor.

Ohne Zögern versetzte ich ihm einen Stoß. BB fiel auf den Boden. Matt war inzwischen aus dem Käfig geklettert und schlug auf BB ein. Der schrie vor Schmerzen, und ich bekam Angst, der Wärter an der Anlage würde uns hören. Er brauchte nur durch das kleine Fenster zu schauen, und wir wären fällig. Zum Glück stand der Minibus mit der Vorderseite zur Kamera, sodass wir außer Sicht waren. Matt trat BB so fest und so schnell, wie es nur ging, und das Geräusch seiner Schuhe auf BBs Körper verursachte mir Übelkeit.

Aber BB war stark, und er gab sich nicht so ohne Weiteres geschlagen. Schützend hielt er sich die Arme vors Gesicht und trat zurück, wodurch nun Matt seinerseits für einen kurzen Moment das Gleichgewicht verlor. Diese Sekunde reichte BB, um sich halb aufzurichten. Er griff nach etwas an seiner Taille, und ich vermutete, dass er da ein Gerät hatte, womit er Alarm schlagen konnte. Ich schob seine Hand weg; das langte, denn Matt war schon wieder auf den Beinen und hieb BB noch mal mit der Faust ins

Gesicht. BB fiel um und Matt über ihn her. Er saß halb auf ihm, und es hagelte Schläge.

Matt wirkte wie in Trance, er machte immer weiter, und mir wurde klar, dass wir dadurch kostbare Zeit verloren. BB hatte bereits das Bewusstsein verloren.

»Matt, hör jetzt auf, wir müssen hier weg.«

Ich zog meinen Mann am Arm, und er schien aus seinem Rausch zu erwachen. Auf seinem Sträflingsanzug und an seinen Händen klebte Blut.

»In den Käfig mit dir. Sofort«, herrschte ich ihn an. Ich schaute mich um und suchte nach einer Ecke, in die ich BB würde schleifen können, damit er außer Sicht war. Ein paar Schritte entfernt stand ein Container. Ich packte BB an den Fußknöcheln. Er war schrecklich schwer, aber das Adrenalin setzte ungeahnte Kräfte in mir frei.

Zurück am Auto, kontrollierte ich meinen eigenen Anblick im Rückspiegel. Meine glänzenden Augen waren weit aufgerissen, und ich wirkte schrecklich blass.

Wir näherten uns dem Schlagbaum, und mich überfiel eine ungeheure Erleichterung, als er sich für mich hob. Das bedeutete, dass ich mich nicht würde unterhalten müssen. Ich bewegte die Hand zum Gruß, zwang mich zu einem Lächeln und fuhr durchs Rolltor, das sich automatisch für mich öffnete.

Endlich befand ich mich außerhalb des Gefängnisgeländes, aber zum erleichterten Atemholen gab es nicht den geringsten Anlass. Ich war noch lange nicht am Ziel. Jetzt musste ich wie eine Wahnsinnige zu der Stelle rasen, an der ich das Fluchtauto geparkt hatte. Am liebsten hätte ich das Gaspedal ganz durchgedrückt, aber ich ging kein Risiko ein.

Im Laderaum gab Matt einen Jubelschrei von sich.

49

Alle paar Sekunden schaute ich nervös in den Rückspiegel. Ich war davon überzeugt, jeden Moment Blaulicht hinter mir zu entdecken, und hielt mich streng an die Geschwindigkeitsbegrenzung. Ob man Matts Verschwinden wohl bereits bemerkt hatte? War BB schon gefunden worden? Hatte er Alarm ausgelöst?

Noch knapp zwei Meilen, dann würden wir die Straße nach Little River State Forest erreichen. Dort stand auf einem abgelegenen Platz im Wald unser Fluchtauto. Den Minibus würden wir zurücklassen – er war zu leicht zu identifizieren – und in einen unauffälligen grauen Chrysler umsteigen. Diese Autos gab es überall zu Tausenden.

Ich stand unter extremer Anspannung. Es fühlte sich an, als müsste ich mich jeden Moment übergeben, aber diesen Luxus konnte ich mir nicht erlauben. Das Schild kam in Sicht, doch immer noch wagte ich nicht aufzuatmen. Nicht einmal kurz. Es konnten noch so viele Dinge schiefgehen.

Ich bog rechts ab und folgte einige Meilen einer zweispurigen Straße, bis ich wieder abbiegen musste. Eine asphaltierte Nebenstraße führte zu einem Parkplatz, von dem aus man Spaziergänge in die umliegenden Wälder unternehmen konnte. Zu meiner riesigen Erleichterung stand der Chrysler noch da. Ich stoppte den Bus auf einem der Parkplätze ein Stück davon entfernt. Es gab noch einige andere Autos, aber niemand war zu sehen.

Schnell stieg ich aus, öffnete die Hintertüren des Busses und rannte zu dem Chrysler. Im Kofferraum hatte ich eine Tasche mit den Dingen deponiert, die ich nun brauchte: eine Perücke mit kurzen dunkelblonden Haaren, unter der ich meine eigenen versteckte. Dann setzte ich mich auf den Beifahrersitz. Ich reichte Matt eine Jeans und ein weißes T-Shirt. Als er noch eine große Brille mit viereckigen Gläsern aufgesetzt hatte und sich eine Mütze über den Kopf stülpte, war die Verwandlung perfekt. Er kroch hinters Steuer. Ich stopfte seinen Overall in die Tasche und warf sie auf die Rückbank.

»Lass uns losfahren«, sagte ich nervös. Ohne ein weiteres Wort startete Matt den Motor. Der Tank war bis obenhin gefüllt. Wir hatten noch gut zwei Stunden Weg bis zu unserem Ziel vor uns. Über die Schnellstraße wären wir früher dort gewesen, aber die wollte ich meiden, deswegen hatte ich eine Route über kleinere Straßen zusammengestellt. Auch dort gab es Verkehr, aber weniger.

Unterwegs schwiegen wir. Ich wagte Matt nicht einmal anzuschauen. Keinem von uns beiden wäre es eingefallen, das Radio anzustellen, um die Stille zu vertreiben. Erst an unserem Ziel würde es Zeit und Raum für Gespräche geben. Jetzt mussten wir auf der Hut bleiben, aufmerksam, Ruhe bewahren, gut aufpassen, was womöglich als Nächstes passierte, auf Plan B umschalten, falls es die Situation erforderte. Wenn Spannung eine Farbe gehabt hätte, wäre es in unserem Auto jetzt schwarz gewesen.

Das Einzige, was ich mir gönnte, war ein Schluck Wasser, aber nur einen kleinen, denn ich wollte unterwegs nicht für eine Toilettenpause anhalten müssen; auch Matt trank am Steuer ein paar Schlucke. Seine Hände umklammerten das Lenkrad so fest, dass seine Fingerknöchel weiß hervortraten. Ich glaubte ihn sogar mit den Zähnen knirschen zu hören.

Ich konnte nur hoffen, dass die Polizei noch keine Straßensperren errichtet hatte. Ich ging davon aus, sie glaubten, wir wären nach Florida abgehauen. Atmore lag weniger als fünf Meilen von der Grenze entfernt. Stattdessen fuhren wir in die entgegengesetzte Richtung, tiefer nach Alabama hinein, Richtung Moundville.

Bei jedem Auto, das uns überholte, befürchtete ich, es könnte sich um einen Polizeiwagen handeln. Am liebsten hätte ich mich die ganze Zeit umgesehen, aber das wäre zu sehr aufgefallen. Die Hände hielt ich zwischen den Knien, weil ich sonst Angst hatte, die ganze Zeit auf meinen Nägeln herumzukauen. Ob sie den Minibus schon gefunden hatten?

Ich hoffte, wir wirkten auf die anderen Autofahrer wie ein ganz normales Paar. Entspannt. Nach einem Supermarkteinkauf auf dem Weg nach Hause.

Weil Matt unser Ziel nicht kannte, gab ich ihm Anweisungen. Ich hatte ihm ganz bewusst nichts erzählt. Je weniger er wusste, desto besser.

»Ist es noch weit?«, erkundigte er sich nach eineinhalb Stunden Fahrt.

»Etwa eine halbe Stunde«, gab ich zurück. Meine Stimme war heiser vor Anspannung. Die Lippen hatte ich mir völlig kaputt gebissen. Ich riskierte einen Seitenblick. Seine Kiefermuskeln waren angespannt.

»Hältst du durch?«, fragte ich.

Er nickte. Lächelte kurz. »Ich kann gar nicht glauben, dass ich jetzt hier auf dieser Straße fahre.« Er warf einen

Blick auf die Uhr am Armaturenbrett. »Normalerweise würde ich jetzt in meiner Zelle auf der Pritsche liegen und lesen.«

»Ich weiß.«

»Was haben wir nur getan?« Es klang eher amüsiert als panisch.

Ich schluckte schwer. »Jetzt können wir nicht mehr zurück.«

»Alles oder Nichts«, erwiderte Matt.

»Es tut mir leid, dass ich den Schlüssel vergessen habe. Es ist meine Schuld, dass BB …«

Matt schüttelte den Kopf. »Das ist egal. Wir sind auf dem Weg, nichts passiert. Kein einziger Plan funktioniert reibungslos.«

»Ja, aber …«

»Du hast dich unglaublich tapfer geschlagen. Mach dir keine Sorgen.« Er kniff mir kurz ermutigend ins Knie.

Wenn ich es nur nicht verbockt hatte. Ich würde erst Ruhe finden, wenn wir das Haus erreichten. Dann waren wir sicher. Das hier durfte nicht schiefgehen. Ich hatte so viel Zeit und Energie investiert.

Wir verließen die zweispurige Straße und bogen auf die Gabriel Creek Road ein. Noch eine Viertelstunde weiter nördlich lag Moundville. Über mehrere Meilen befuhren wir die schmale Straße, gerade breit genug, dass zwei Autos einander passieren konnten. Hier war es sehr ruhig, und das gab mir Mut. Wir hatten es fast geschafft. Ich spürte, wie die Euphorie leise in mir zu kribbeln begann, durfte das Gefühl jedoch noch nicht zulassen. In der Ferne erschienen wie aus dem Nichts große dunkle Wolken, die schwer über den Himmel trieben, und es fing heftig zu regnen an, nachdem wochenlang Sonne und Trockenheit regiert hatten. Die Sicht wurde schlecht, und das bedeutete, dass wir noch weniger auffielen.

»Noch ein Stück, dann kommt auf der rechten Seite ein hoher Metallzaun«, sagte ich.

»Es wird schon alles gut, Schatz«, gab Matt zurück. Er ballte die Faust.

»Hier«, wies ich ihn an. Matt hielt am Straßenrand, und ich sprang aus dem Auto, um das Tor zu öffnen. Dann manövrierte er das Auto durch das hohe Gras, und ich schloss den wackeligen Zaun rasch wieder. Regentropfen kühlten mir die erhitzte Haut, aber ich erlaubte mir nicht, das zu lange zu genießen, sondern stieg schnell wieder ein.

»Einfach weiter geradeaus«, sagte ich zu Matt. Wir fuhren über den Pfad, der nach einiger Zeit eine Biegung nach rechts machte. Bäume umgaben uns, sodass wir den Blicken anderer entzogen waren. Erleichtert atmete ich aus.

Matt jubelte laut und klopfte enthusiastisch auf dem Steuer herum. »Es hat geklappt!«, rief er aus. Er hielt vor dem weißen Haus. Ich stieg aus, und das ganze Adrenalin floss aus mir heraus. Ich spürte, wie meine Beine unter mir nachgaben, aber Matt fing mich auf und schwenkte mich herum. Lachend klammerte ich mich an ihm fest. Ganz kurz gab ich mich auch der Euphorie hin.

Endlich setzte er mich ab und gab mir einen kräftigen Kuss auf den Mund. »Du bist einfach fantastisch. Lieber Herr Jesus, als du gesagt hast, du willst mich befreien, dachte ich, du wärst verrückt geworden, und es würde dir nie gelingen, aber du hast es hinbekommen.« Er nahm mein Gesicht zwischen beide Hände. »Großartig bist du. Einfach großartig.«

Er ließ mich los und sprang ein paarmal in die Luft. »Ich

bin frei«, jubelte er. Er holte tief Luft, streckte die Arme aus und drehte sich um die eigene Achse. »Hallo, Welt! Guten Tag, Himmel, guten Tag, Sonne, guten Tag, Regen, guten Tag, Wolke, guten Tag, Vogel, guten Tag, Baum. Ihr glaubt gar nicht, wie sehr ich mich freue, euch zu sehen.«

Ich holte die Tasche aus dem Wagen und kramte den Hausschlüssel hervor. »Willkommen daheim«, sagte ich und überreichte ihn Matt.

»Ich habe einfach Angst, dass das hier nur ein Traum ist.«

»Es ist keiner«, versicherte ich ihm.

»Ich kann pissen, wann ich will, essen, was und wann ich will, schlafen, wann ich will!« Matt öffnete die Tür und ging nach drinnen. Dort roch es muffig. »Home, sweet home!«, schrie er. Er lief sofort zum Wasserhahn, suchte in den Küchenschränken nach einem Glas und füllte eines. »Eigentlich müssten wir Champagner trinken.«

»Den habe ich vergessen«, sagte ich voller Bedauern.

Matt trank einen Schluck. »Ich bin so high, dass dieses Wasser fast schmeckt wie Champagner«, verkündete er mit einem glückseligen Lachen.

Es war so weit. Danach hatte ich mich die ganze Zeit gesehnt. Monatelang hatte ich darauf hingearbeitet. Meine eigenen Bedürfnisse verleugnet. Ich wollte mich kneifen, weil ich fast nicht glauben konnte, dass das hier wirklich passierte. Der Gedanke war Furcht einflößend, aber auch befreiend. Es gab kein Zurück mehr, und ich wollte auch nicht mehr zurück.

Wozu die Liebe einen bringen konnte, war unglaublich. Wegen ihr verschob man die eigenen Grenzen immer wieder. Wie sich herausstellte, war ich zu ganz außergewöhnlichen Dingen imstande, die ich nicht für möglich gehalten hatte. Erst jetzt begriff ich, was die Leute meinten, wenn sie von der Macht der Liebe sprachen. Irgendwo hatte ich einmal gelesen, dass eine Mutter ein Auto hochgehoben hatte, weil ihr Kind daruntergeraten und eingeklemmt war. Ich war zwar keine Mutter, aber ich konnte diese Frau verstehen. Die Liebe schob alles beiseite, zog alles gerade, kümmerte sich nicht um Gesetze und Konventionen.

Die Nervosität hatte mich immer noch an der Kehle gepackt. Die Übelkeit stieg wieder voller Heftigkeit in mir auf, aber damit konnte ich inzwischen umgehen. Was das anging, war die Auseinandersetzung mit Seth eine ausgezeichnete Generalprobe gewesen.

Ich stellte die Tasche auf dem Tisch ab, holte den Taser heraus und drehte mich um.

Matt hatte mir den Rücken zugekehrt, und in dem Moment, als ich zielte, drehte er sich zu mir um. Erstaunt riss er die Augen auf, als er erkannte, was ich da in der Hand hielt. Dann öffnete er den Mund, wollte etwas sagen, aber ich betätigte den Taser und brachte ihn zum Schweigen.

Matt hielt sich ein paar Sekunden lang aufrecht und sank dann auf die Knie. Er versuchte in dieser Haltung zu bleiben, landete jedoch trotzdem auf seiner rechten Seite. Wild zuckend lag er da. Ganz kurz erwog ich, einen weiteren Schuss abzugeben, zur Sicherheit, aber er sah völlig hilflos aus. Ehe er wieder Gewalt über sich bekommen konnte, nahm ich mir die Handschellen und fesselte ihm die Hände hinter dem Rücken. Danach fixierte ich seine Füße mit Eisendraht.

Schneller als erwartet war Matt wieder Herr seiner Sinne und wehrte sich heftig, als ich ihn anders lagern wollte. Sofort nahm ich den Taser und verpasste ihm noch eine volle Ladung. Seine Körpergeräusche, die von unerträglichen Schmerzen zeugten, ließen Übelkeit in mir aufsteigen, aber irgendwo empfand ich auch Genugtuung. Jetzt war ich an der Reihe.

Ich griff ihn bei den Schultern und zog ihn in den Flur. Es kostete mich nicht wenig Kraft, ihn die paar Stufen hinunter in den Keller zu verfrachten, und ein paarmal hätte ich fast das Gleichgewicht verloren. Auf den letzten Stufen rutschte er mir aus den Händen. Sein Kopf knallte auf den Boden. Na ja, Schmerzen hatte er sowieso, das würde er auch noch aushalten.

Der Keller war ein fensterloser Raum, gerade hoch genug, dass ich aufrecht darin stehen konnte. Eine kahle Glühbirne an der Decke stellte die einzige Lichtquelle dar. In einer Ecke hatte ich eine alte Matratze aus einem der Schlafzimmer abgelegt. An den Fußknöcheln zerrte ich Matt dorthin. An der Wand war ein stabiler Ring montiert, ein unerwartetes Geschenk, und dort hatte ich bereits eine starke Kette angebracht. Außerdem lag dort ein weiteres Paar Handschellen bereit, die ich zusätzlich zu den bereits anliegenden um seine Handgelenke und um die Kette befestigte, nachdem ich ihm die Hände auf den Bauch gelegt hatte.

Dann entfernte ich den Eisendraht, ging nach oben und riegelte die Kellertür sicher ab. Ich hatte selbst drei Schlösser angebracht. Draußen löschte ich das Licht.

Mit dem Rücken zur Wand blieb ich kurz stehen, um zu Atem zu kommen. Erst jetzt bemerkte ich, wie stark meine Hände zitterten, und ich klemmte sie mir unter die Achseln, damit das aufhörte. Als das nichts brachte, setzte ich mich auf einen Stuhl. Aber noch keine Sekunde später überrollte mich eine Welle der Übelkeit. Ich übergab mich in die Spüle. Es kam nicht viel aus meinem Magen, der sich in Krämpfen zusammenzog.

Vorsichtig trank ich einige Schlucke Wasser. Es hatte angefangen, wurde mir bewusst. Jetzt gab es wirklich keinen Weg mehr zurück. Das Herz hämmerte mir im Brustkorb, im Rhythmus der Hoffnung.

50

Vicky

Schritte. Seine Schritte. Er kam her. Er war hier. An meinem Bett. Ich rang nach Luft und fuhr hoch. Ein paar Sekunden lang schaute ich mich orientierungslos um. Wo war ich? Ein Streifen Licht kam unter der Tür hindurch. Da wusste ich es wieder. Ich war im Krankenhaus.

Schnell knipste ich die Lampe an. Ich war schweißgebadet, und mein Herz raste. Ich wehrte mich gegen das Bedürfnis, unter dem Bett nachzuschauen.

Ich bin hier sicher, sagte ich zu mir selbst. Sie haben ihn eingesperrt, und sie werden ihm den Prozess machen. Er kann mir nichts mehr tun.

Aber warum fühlte ich mich dann nicht sicher?

Ich hatte den Sheriff schon etwa tausendmal angerufen und ihn gefragt, ob Matt auch wirklich hinter Schloss und Riegel saß. Ob er bitte nachsehen könnte, dass das auch tatsächlich so war. Er hatte eine Engelsgeduld mit mir. Immer wieder versicherte er mir, Matt sei gut aufgehoben in seiner Zelle.

Das Ganze hatte angefangen, nachdem ich Matt gesehen hatte: das Gefühl, er würde mich belauern. Wäre bereit, wieder zuzuschlagen.

Natürlich hatte ich das mit dem Psychiater besprochen. Er sagte, das sei völlig normal. Damit meinte er, völlig normal für jemanden, der das erlebt hatte, was ich erlebt hatte. Er sprach von »Paranoia«.

Verfolgungswahn.

Er sagte auch etwas über das Posttraumatische Stresssyndrom.

Da war ich also in der Gefangenschaft nicht verrückt geworden, wurde es aber hier. Wunderbare Aussichten.

Schon ein paar Nächte war ich schwitzend aus dem Schlaf hochgefahren und hätte schwören können, dass ich Schritte gehört hatte, dass er neben meinem Bett stand, dass er nur die Hand auszustrecken brauchte, um mich anzufassen. Ich spürte seinen Atem auf meinem Gesicht, seine kalten Finger auf meiner Haut. Dann lag ich stocksteif da. Ich konnte mich nicht bewegen, kein Geräusch von mir geben, ich bekam keine Luft, mein Herz überschlug sich fast. Ich wollte eine Schwester rufen, auf die Klingel drücken – Hilfe, helft mir doch! –, aber ich wagte nicht einmal die Augen zu öffnen, weil ich Angst hatte, ihn dann zu sehen.

Das hatte ich einmal getan, und da hatte er wirklich vor mir gestanden, auch wenn ich sein Gesicht nicht erkennen konnte.

Und dann wachte ich auf. Oder war ich schon wach? Ich wusste es nicht. Ich wusste es nie. Ich versuchte, so lange wie möglich wach zu bleiben, aus Angst vor dem Schlaf, aber das gelang mir natürlich nicht. Immer wieder schlief ich ein. Bei brennendem Licht. Aber wenn ich wach wurde, war es dunkel. Die Schwester schwor jedes Mal, sie hätte das Licht nicht ausgemacht, ich hätte das selbst getan, aber daran konnte ich mich nie erinnern.

Manchmal meinte ich, Matt könnte recht haben mit seiner Behauptung, dass nicht er dahintersteckte.

Aber ich wusste ganz sicher, dass er es doch war.

Aber warum kam er dann nachts in mein Zimmer? Er sagte nie etwas. Machte etwa er das Licht aus?

51

Mackenzie

Am ersten Tag ließ ich ihn volle vierundzwanzig Stunden allein. Sofort nachdem er wieder zu sich gekommen war, fing er an zu schreien. Er forderte, ich solle zu ihm kommen, ihm sagen, was los war, ihn befreien.

Dann begann das Gebettel. Er rief, er liebe mich so sehr, und ob ich nicht bitte, bitte zu ihm kommen würde. Was auch immer das Problem wäre, wir könnten doch über alles reden. Was auch immer er falsch gemacht habe, tue ihm leid. Er weinte. Sagte, er habe Hunger. Durst. Müsse zur Toilette. Dann kamen die Drohungen. Das Schimpfen. Das Fluchen.

Stundenlang ging es so weiter. Ich wurde ganz wahnsinnig. Ich sagte mir, es wäre besser, das Haus zu verlassen, denn draußen würde ich ihn nicht hören können, aber ich wollte aus nächster Nähe miterleben, wie es mit ihm bergab ging. Erst dann würde ich einschätzen können, ob er schwach genug war. Ob er kurz vor dem Zusammenbruch stand. So weit war es noch lange nicht. Er klang alles andere als verzweifelt. Im Gegenteil, er steckte noch voller Kampfgeist und war wohl überzeugt, dass er mich dazu bringen würde zu tun, was er wollte.

Seine Wut und sein Hass krochen durch die Ritzen der Kellertür nach oben und wirbelten mir bei jedem Schritt um die Füße.

Aber was er auch sagte: Nach unten ging ich nicht. Dieses Spiel lief nach meinen Regeln, nicht nach seinen. Je früher er das begriff, desto besser.

Ich schlief unruhig – genau wie er lag ich auf einer Matratze auf dem Boden, obwohl mir ein Schlafzimmer zur Verfügung stand – und am nächsten Morgen fühlte ich mich kaum ausgeruht. Nach einer Tasse Kaffee und einer Scheibe Toast ging es mir ein bisschen besser. Mehr hätte ich auch wirklich nicht heruntergebracht.

Am späten Nachmittag ging ich in den Keller und nahm den Taser mit – man konnte nie wissen. *Bleib stark*, sagte ich zu mir selbst, als ich kurz davor war, die Kellertür zu öffnen. *Lass dich nicht manipulieren.*

Das konnte er wie kein anderer, das hatte ich in letzter Zeit festgestellt. Er würde alles dafür tun, mich dazu zu bringen, mich auf ihn einzulassen. Aber was er konnte, konnte ich auch. Ich hatte beschlossen, seine eigene Taktik gegen ihn einzusetzen. Und dass er es verdiente, hatte sich in den vergangenen Monaten gezeigt. Er hatte geglaubt, mich dort zu haben, wo er mich haben wollte – dabei war es genau andersherum gewesen.

Ich hatte mich vorbereitet, trotzdem traf mich sein Blick wie ein Hammerschlag.

»Mach mich bitte sofort los«, sagte er in ruhigem, aber drängendem Ton. Er versuchte natürlich, freundlich zu klingen, aber es gelang ihm nicht, den wütenden Unterton ganz aus seiner Stimme zu verbannen. Unter seinen Augen zeigten sich tiefe Ringe, und er war heiser vom vielen Schreien.

»Hast du gut geschlafen?«

»Was soll das? Warum hast du mich eingesperrt? Mich festgebunden wie ein Tier?« Er rüttelte an der Kette. Seine Unterarme und Hände waren blutverschmiert, und an seinen Handgelenken konnte ich tiefe rote Einkerbungen erkennen.

Ich hatte vorher geprobt, was ich sagen wollte, und mir vorgenommen, mich nicht in ein Gespräch verwickeln zu lassen. Je weniger ich sagte, desto besser. *Er* musste reden. Und vor allem durfte ich mich nicht von meinen Emotionen leiten lassen. Das war am schwierigsten, denn ich hatte so viel mehr zu verlieren als er. Sobald er das begriff, und das war nur eine Frage der Zeit, hatte er Macht über mich.

Über diesen Punkt hatte ich lange nachgedacht. Wie konnte ich dafür sorgen, dass ich das Heft in der Hand hielt und auch behielt? Dass er mehr zu verlieren hatte als ich? Darum hatte ich mir diesen Plan ausgedacht, auch wenn ich nicht blindlings davon ausgehen konnte, dass ich bekam, was ich wollte. Aber nach dem, was ich bei Seth in Erfahrung gebracht hatte, war mir bewusst, dass ich endlich den stärksten Trumpf in der Hand hatte: Matts Leben und Tod.

Er konnte drohen, flehen, mir schmeicheln, mich zu beeinflussen versuchen – kurzum, er würde alles versuchen, was er für notwendig hielt. Einen Vorgeschmack davon hatte ich bereits gestern bekommen.

Stark bleiben, prägte ich mir noch einmal ein. *Niemals auf direkte Fragen antworten.*

»Ich werde dich losmachen, wenn du mir gibst, was ich haben will.«

»Und was wäre das?«

»Das erzähle ich dir später. Hast du gut geschlafen?«, wiederholte ich meine Frage.

Er verlor die Selbstbeherrschung. »Nein, natürlich nicht. Es ist stickig hier, ich kann mich nicht bewegen, ich muss aufs Klo, und ich habe Durst«, schnauzte er mich an.

Unbewegt betrachtete ich ihn. Das hier fühlte sich gut an, viel zu gut, und in gewisser Weise flößte mir das Angst ein. Ich wollte nicht so werden wie er.

Er zerrte an seinen Handschellen. »Und ich habe Schmerzen. Diese Dinger tun wirklich schrecklich weh. Mach schon, mach mich los. Du hast deinen Spaß gehabt, es hat lange genug gedauert. Ich verspreche dir auch, dass ich nicht böse werde, wirklich nicht, aber jetzt mach diesem ganzen idiotischen Quatsch ein Ende.«

»Ich kann dir noch nichts zu essen oder zu trinken bringen.«

»Was? Warum nicht? Mackenzie, jetzt führ dich doch nicht so albern auf!«, rief er böse. »Warum machst du das?«

»Ich wollte nur kurz nachschauen, wie es dir geht.«

Von seinem verblüfften Gesichtsausdruck würde ich eine ganze Weile zehren können, entschied ich.

»Komm, lass uns über alles reden. Bist du böse wegen etwas, was ich getan habe? Weswegen denn? Sag es mir einfach. Das hier ist doch nicht notwendig. Wir konnten doch immer so gut miteinander reden, du und ich. Das geht doch jetzt auch? Lass uns nach oben gehen und wie zwei vernünftige Menschen über alles sprechen.«

»Ich werde nach oben gehen. Du bleibst hier.«

»Wenn dir das lieber ist, kannst du mir sogar die Handschellen anlassen.« Er suchte mein Gesicht nach einer winzigen Reaktion ab. »Ist es das? Hast du Angst vor mir? Ich habe diese Frauen nicht ermordet, das weißt du doch? Warum hättest du mir sonst zur Flucht verholfen?«

»Du hast Zeit genug, um über all diese Fragen nachzudenken«, sagte ich unbeeindruckt. Ich wandte mich um und ging die Treppe hoch.

»Verdammt, Mackenzie, du blöde Kuh! Komm zurück! Sofort! Warum tust du das?«, schrie er mir nach, aber ich reagierte nicht. »Du lässt mich nicht noch eine Nacht hier unten! Mackenzie!«

Den restlichen Tag ging ich nicht mehr nach unten. Morgen früh würde ich ihm ein wenig Wasser und Essen bringen. Nur das Allernotwendigste, gerade genug, damit er am Leben blieb. Ich hatte den Plan, ihn zu schwächen. Mental war er noch ziemlich stark, und das musste ich unterminieren. Ein geschwächter Körper führte auch dazu, dass der Geist an Kraft einbüßte, hatte ich gelesen. Es war eine der Methoden, mit denen ich mich ausführlich auseinandergesetzt hatte. Es gab viele Möglichkeiten, ihn zum Reden zu bringen, und wenn nötig, würde ich sie alle ohne Zögern anwenden.

Allerdings hoffte ich, dass das nicht notwendig sein würde, sondern sein reduzierter Allgemeinzustand zusammen mit der nahenden Unsicherheit für mich arbeiteten. Unsicherheit fraß einen auf, das hatte ich am eigenen Leib erfahren. Sie konnte einen wahnsinnig machen. Mich würde es an seiner Stelle auch wahnsinnig machen, nicht zu wissen, wer ich war und warum ich das alles tat und was ich vielleicht noch mit ihm vorhatte. Ich musste ihn bis zur Erschöpfung bringen, körperlich und geistig, bis er mir das gab, was ich haben wollte.

Ich war mir in vollem Umfang der Tatsache bewusst, dass es nicht leicht werden würde. Matt hatte monatelang unter den schwierigsten Bedingungen im Gefängnis gesessen, und das hatte er nur durchhalten können, weil er über eine enorme mentale Stärke verfügte. Aber jeder Mensch erreichte irgendwann den Punkt, an dem er zusammenbrach. Dieser Punkt war unter den dicken Schichten des Selbstschutzes verborgen, die man wie Putz an einer Wand angebracht hatte, damit aller Schmerz, alle Trauer, alle Enttäuschung und alle Verzweiflung verborgen blieben.

Ich würde ihn peinigen, quälen und bis zur Erschöpfung bringen. Er würde zusammenbrechen, er musste einfach. Er würde seine eigene Grenze erreichen, dort im Dunkeln, wo der Hunger seinen Körper malträtierte, wo er angekettet war wie ein Tier. Es gab kein Entkommen. Nur das, oder den Tod.

Weil ich verhindern wollte, dass mich die Situation in einem lähmenden Würgegriff hielt, versuchte ich, mich, so gut es ging, abzulenken. Nach draußen wollte ich nicht – das Haus war zwar abgelegen und lag geschützt zwischen den Bäumen, aber man wusste nie, ob sich vielleicht jemand auf den Feldern herumtrieb. Nur das Auto hatte ich kurz in den alten Holzschuppen gefahren, außer Sicht vor neugierigen Blicken.

Ich putzte das Haus, was auch sehr nötig war. Mit der Küche fing ich an. Überall lagen große Staubflocken, tote Insekten und Mäusedreck herum. Das Linoleum klebte mir förmlich an den Fußsohlen, und ich rückte ihm mit Wasser und Bleichmittel zu Leibe. Alle Küchenschränke hängte ich ab, wischte den Kühlschrank sorgfältig aus und schrubbte die Spüle, bis mir die Hände wehtaten.

Es fühlte sich gut an, nicht nachzudenken, etwas zu tun

zu haben. Auch weil mir Misty mehr fehlte, als ich mir eingestehen wollte. Ich hätte sie gern bei mir gehabt. Zur Ablenkung, zum Trost. Sie hielt treu zu mir.

Ich erwog, die Fenster zu putzen, nahm dann jedoch wieder Abstand von dieser Idee. Von außen musste es weiterhin so aussehen, als wäre das Haus unbewohnt. Im Wohnzimmer machte ich den verfärbten, stinkenden Teppich los und schleppte ihn in die Scheune. Danach säuberte ich den Boden. Wie eine Besessene arbeitete ich. Als Letztes nahm ich mir das Klo vor. Das Wasser in der Schüssel war braun verfärbt und hatte hässliche Streifen auf dem Porzellan hinterlassen. Es gelang mir auch mit Bleiche nicht, das ganz und gar wegzubekommen, aber das Ergebnis konnte sich trotzdem sehen lassen. Jedenfalls wagte ich wieder, mich auf die Brille zu setzen.

Es war eine gute Entscheidung gewesen, meinen Plan im Sommer in die Tat umzusetzen. Es blieb lange hell, und ich brauchte keine Lampen anzuschalten. Vielleicht litt ich unter Paranoia – aber es könnte ja wirklich jemandem auffallen, dass im Haus plötzlich Licht brannte.

Ich nahm mir die Zeit und kochte mir etwas Leckeres. Kartoffeln mit Fleisch und eingelegtem Gemüse. Ich aß auf dem durchgesessenen Zweiersofa, das ich schon während eines früheren Besuchs mit einer Decke versehen hatte. Ich hatte keine Ahnung, wie viel Zeit ich hier würde verbringen müssen, aber solange ich mich in diesem Haus aufhielt, wollte ich mich einigermaßen daheim fühlen, so gut das eben ging. Es war wichtig, dass ich mental stark blieb, und Gemütlichkeit, Wärme und Komfort spielten dabei eine entscheidende Rolle.

Ich hatte in so vielen Häusern gewohnt, in denen ich mich nicht zu Hause hatte fühlen dürfen, weil es lächerliche Regeln gab – in einer meiner Pflegefamilien hatte ich versucht, mein kaltes, zugiges Zimmer mit einem alten, bequemen Sessel, den ich auf der Straße gefunden hatte, und einem schönen Teppich ein bisschen wohnlicher zu machen, aber das wusste meine Pflegemutter zu verhindern. Seitdem hatte ich immer mein Bestes getan, mir einen Rückzugsort zu schaffen, der ganz mir gehörte, aber es war mir nie richtig gelungen. Schon mein ganzes Leben lang tat ich nichts anderes, als meine Sachen ein- und wieder auszupacken, um wieder weiterzuziehen an einen Ort, an dem ich Ruhe zu finden hoffte.

Diesen unangenehmen Gedanken schüttelte ich ab. Bald würde alles anders werden. Mein Leben sich zum Guten wenden. Und damit meinte ich kein Haus, keine Familie, keine Karriere oder all die anderen Dinge, die meine Altersgenossen so wichtig fanden und denen sie so voller Leidenschaft hinterherrannten. Denn die Möglichkeit, dass ich für das, was ich getan hatte, im Gefängnis landen würde, war groß. Nein, ich strebte nach innerer Ruhe. Ich war müde, völlig erschöpft von der Unsicherheit. Zeit, dass sie ein Ende fand.

Während des Essens schaute ich fern: auf einem heruntergekommenen, altmodischen Gerät, das nur noch ein ganz schlechtes Bild ausstrahlte. Ich zappte mich durch die Nachrichtensender. Wie ich erwartet hatte, widmete man Matts Flucht große Aufmerksamkeit. Es war beunruhigend, mein eigenes Gesicht im Fernsehen zu sehen. Sie hatten mein Passfoto genommen. Nachbarn, die man interviewte, beschrieben mich als Einzelgängerin, menschenscheu und seltsam. Eine Frau sagte: »In unserer Stadt haben die Leute gute Manieren. Als diese Frau hergezogen ist, habe ich versucht, Bekanntschaft mit ihr zu schließen. Das ist nicht mehr als anständig, finde ich, aber sie hat mir die Tür vor der Nase zugeschlagen.«

Ich hatte die Trulla noch nie im Leben gesehen.

Russell weigerte sich, den Journalisten Rede und Antwort zu stehen. Er hatte lediglich eine schriftliche Erklärung publiziert, in der er uns dazu aufrief, wir sollten uns bei der Polizei melden. Die Lust aufs Essen verging mir, als Dave auf dem Bildschirm erschien. Sein Gesichtsausdruck wirkte wie versteinert, als er berichtete, dass Matt mit meiner Hilfe entkommen war, er aber keine Details preisgeben dürfe – auch wegen der Sicherheitsvorkehrungen im Gefängnis, die man inzwischen verschärft habe, versicherte er den Leuten, um sie zu beruhigen. Es gäbe nicht den geringsten Grund zur Panik. Er forderte alle potenziellen Zeugen auf, sich umgehend bei der Polizei zu melden, und verkündete voller Zuversicht, man werde uns bald fassen. »Sie können sich nicht ewig verstecken«, erklärte er.

52

Ich nahm eine Scheibe Brot, füllte einen Becher mit Wasser und stellte beides auf ein verschlissenes und ausgebleichtes Tablett, das ich in einem Küchenschrank gefunden hatte. Matt war nicht gerade erfreut darüber, mich zu sehen. Ich wusste nicht so recht, womit ich in diesem Stadium gerechnet hatte. Mit Wut oder Gelassenheit. Vielleicht mit einem Versuch, mir zu schmeicheln.

»Ich habe dir was zu essen mitgebracht.« Ich stellte das Tablett auf den Boden und schob es mit einem Besen in seine Richtung.

»Wasser und Brot? Soll das ein Witz sein?« Mit einem Fuß schob er das Tablett von sich, und dabei fiel der Becher um.

»Jetzt hast du nichts mehr.«

Ich wandte mich um und ging nach oben.

»Warte, warte! Das tut mir leid. Bring mir bitte neues Wasser. Ich habe so schrecklichen Durst.«

Aber das hatte ich nicht vor. Ich kehrte ihm den Rücken zu.

»Komm zurück, ich will mit dir reden. Du kannst mich hier nicht die ganze Zeit schmoren lassen und dann nach einer Minute wieder gehen! Wie spät ist es? Ich muss aufs Klo, mach mich bitte los. Nur ganz kurz.«

Ich drehte mich wieder um, ging jedoch nicht auf ihn zu. »Neben dir steht ein Eimer.«

Er schaute mich voller Entsetzen an. »Das ist völlig inakzeptabel, Mackenzie.«

»Bis später«, sagte ich.

»Mackenzie, komm zurück. Mach schon.«

Etwas in seiner Stimme ließ mich tun, worum er mich bat. Aus sicherem Abstand schaute ich auf ihn herunter. Ich stellte mir vor, dass er auf dieselbe Weise seine Opfer betrachtet hatte. Sie hatten ihn auch angefleht. Sie hatten gekämpft, geschrien, geweint, die Hoffnung aufgegeben. Er hatte sie benutzt, erniedrigt, gebrochen, geschändet, misshandelt, sowohl mental als auch körperlich. Dieses Wissen hatte mir viele Nächte lang den Schlaf geraubt. Er hatte ihnen ihr Leben genommen. Und während dieser ganzen Zeit waren sie völlig hilflos gewesen. Ich konnte mir vorstellen, dass sie jetzt gern an meiner Stelle gewesen wären: Sie hatten mit Sicherheit von dem geträumt, was hier gerade vor sich ging. Sich vielleicht so in dieser ganzen Zeit auf den Beinen gehalten: mit dem Gedanken, es könnte eines Tages andersherum sein.

Er hob seine gefesselten Hände. Flehentlich schaute er mich an. »Ich liebe dich, das weißt du doch? Ich dachte, du liebst mich auch? Du hast gesagt, dass du mich liebst.«

Ich spürte, wie eine eisige Kälte in mir emporkroch. »Das war gelogen.«

Er schüttelte den Kopf. »Das glaube ich dir nicht. In deinen Briefen … Du warst so leidenschaftlich. Und während unserer Begegnungen …«

Eines musste man ihm lassen: Er konnte ganz ausgezeichnet schauspielern. Es wirkte, als hätten ihn meine Worte tatsächlich getroffen.

»Du liebst mich doch auch nicht.«

Verletzt schaute er mich an. »Bin ich darum hier? Ist

das ein Test? Mackenzie, ich liebe dich mehr als alles andere auf der Welt …« Er musste den Unglauben in meinem Blick lesen können, denn er fuhr fort: »Was muss ich tun oder sagen, damit du mir glaubst?« Er ging auf die Knie, nahm eine bittende Haltung ein. »Hör zu, meine liebe, liebe Mackenzie, wie du weißt, habe ich nicht gerade die besten Vorbilder gehabt, was Beziehungen betrifft, und ich bin vielleicht auch nicht so gut in diesem ganzen romantischen Theater, aber meine Gefühle sind echt. Ich liebe dich so unendlich. Ich kann es gar nicht erwarten, mit dir zusammen zu sein, mein Leben mit dir zu teilen.«

»Ich glaube dir kein Wort.«

»Dann darfst du mich hier unten gefangen halten, bis du mir glaubst. Gefesselt und mit allem Drum und Dran. Aber komm zu mir, sprich mit mir, sei bei mir. Ich werde es dir beweisen.«

Ich konnte nicht anders, ich musste lachen. »Sobald ich dich losmache, würdest du entweder flüchten oder, noch schlimmer, mich umbringen.«

Er kniff die Augen zu Schlitzen zusammen. »Was ist denn passiert? Hat dir jemand Angst vor mir eingejagt? Das war noch nicht alles nur vorgetäuscht, Mackenzie. Du hast mich geliebt. Du hast mir geglaubt.«

»Du hast das gesehen, was du sehen wolltest.«

»Ich verstehe gar nichts mehr.«

»Geduld, mein lieber Matt. Das kommt schon noch.«

»Du klingst gar nicht wie meine Mackenzie. Du bist verwirrt. Was ist los mit dir? Gibt es etwas, was du mir nicht erzählt hast? Eine psychische Störung? Das macht nichts, wir schaffen das zusammen, wir beide. Zusammen meistern wir alles. Du hast mir in dieser ganzen Zeit im Gefängnis zur Seite gestanden, du warst für mich da, und jetzt bin ich für dich da. Du kannst mir alles anvertrauen.«

Er bot mir alles, was jemals eine Frau von einem Mann hatte hören wollen. Nur kam es aus dem Mund des falschen Mannes. Das war also die Erkenntnis nach diesen langen Stunden. Dass er eine Verrückte vor sich hatte.

Ich schickte mich an zu gehen.

»Mackenzie, du hast mir etwas versprochen, vor Gottes Angesicht. Du hast versprochen, mich zu lieben, für mich zu sorgen … Wie nennst du dann das hier?«

»Du hast recht, so dürfte sich eine Ehefrau nicht verhalten.«

»Wir sind einen Bund eingegangen. Für den Rest unseres Lebens. Diese Entscheidung habe ich nicht unüberlegt getroffen. Ich habe vor, mich daran zu halten. Ich lasse dich nicht gehen. Ich liebe dich.«

»Ich gehe jetzt. Wir sehen uns bald wieder.«

»Mackenzie, hörst du, was ich sage? Ich liebe dich.«

»Du lügst.«

»Machst du das hier darum? Willst du mich bestrafen? Weil du denkst, ich liebe dich nicht? Ich habe dich geheiratet, bedeutet dir das denn gar nichts? Es gab so viele Frauen, so viele Briefe, aber ich habe mich für dich entschieden. Weil ich dich liebe. Auch jetzt noch. Mach mich los, bitte. Ich bin dir nicht böse. Du hast Angst, du bist verwirrt … Du brauchst jemanden, der sich um dich kümmert. Das werde ich tun. Wir werden zusammen ein ganz neues Leben anfangen. Du und ich gegen den Rest der Welt. Mehr brauchen wir nicht. Weißt du noch, wovon wir die ganze Zeit gesprochen haben? Wir können unser eigenes Gemüse anbauen. Ein paar Hühner halten, vielleicht ein paar Kühe, eine Ziege … Ich baue uns eine Veranda, mit einem

Schaukelstuhl, in dem wir zusammen sitzen können, wenn die Sommerabende schön warm sind …« Sein Gesicht verzog sich. »Du hast mich angelogen.«

»Morgen früh komme ich wieder.«

»Lass mich hier nicht allein, bitte.«

Ich wandte mich um, lief die Treppe hoch.

Der sanfte, liebevolle Ausdruck auf seinem Gesicht verschwand blitzschnell unter dem harten Blick, der jetzt in seinen Augen erschien. »Bleib bitte hier. Sprich mit mir, stoß mich nicht weg …«

Ich stieg die Stufen hoch.

»Ich verlange, dass du sofort wieder zurückkommst. Ich bin dein Mann, das kannst du nicht machen … Mackenzie! Dann lass wenigstens die Tür offen! Damit ich dich hören kann, das Licht sehen.«

Ich schloss die Kellertür.

53

Der nächste Tag verlief größtenteils wie der vorhergehende. Jetzt war die obere Etage an der Reihe, aber dort beschränkte ich mich auf das Bad und mein Schlafzimmer. Es war ein kleiner Raum für eine Person. Hier gab es keinen Teppichboden, und die vergilbte, ausgebleichte Tapete mit Medaillonmotiv sagte mir, dass er schon sehr lange nicht mehr benutzt worden war. Ich hatte nur eine Matratze und meinen Schlafsack hineingelegt, das Buch lag noch unberührt auf dem Boden. Gestern Abend war ich wie ein Sack auf die Matratze gefallen und zu meiner eigenen Überraschung sofort eingeschlafen.

Ich fegte den Holzfußboden, und die winzigen Staubpartikel, die ich einatmete, kitzelten mich im Rachen. Es gelang mir einfach nicht, alles wegzubekommen, und erst als ich ordentlich den Besen geschwungen hatte, war ich zufrieden. Die alte Tapete zog ich von der Wand. Doch das Ergebnis konnte sich nicht unbedingt sehen lassen. Darunter zeichneten sich große Schimmelflecken ab.

Wie sich herausstellte, war das Säubern des Badezimmers eine gewaltige Aufgabe. Die Ausstattung war sehr veraltet, mit grünen, geriffelten Fliesen an der Wand und braunen auf dem Boden. Erst nach vier Eimern war das Wasser nicht mehr völlig schwarz. Als ich es durch den Badewannenabfluss entsorgte, stieg ein schrecklicher Abwassergeruch auf. Der Spiegel an der Wand wies Risse auf, und durch das Porzellan des Waschbeckens zogen sich dunkle Streifen.

Ich fragte mich, was für eine Familie hier wohl gewohnt hatte. Ich hatte Kontakt zum Sohn des Hauses gehabt, wusste aber nur über ihn, dass er Projektentwickler war und jetzt im Ausland lebte. Er hatte lediglich seinen Vater erwähnt, und ich wusste nicht, ob es da eine Mutter oder andere Geschwister gegeben hatte. Die ganze Einrichtung war altmodisch, und ich vermutete, dass sein Vater allein zurückgeblieben war und bis zu seinem Tod hier gewohnt hatte.

Ich hatte nirgendwo persönliche Gegenstände – Fotos, Kleidungsstücke oder anderen Kleinkram – gesehen und ging davon aus, dass der Sohn sie nach dem Tod seines Vaters entfernt, sich um das restliche Haus aber nicht gekümmert hatte. Zu viele Erinnerungen? Irgendwo in mir empfand ich Eifersucht auf diesen Mann. Er kannte sein Elternhaus, er besaß Wurzeln, seine Eltern hatten hier einen großen Teil ihres Lebens verbracht. Ich konnte mir nur zu gut vorstellen, wie er Baumhäuser gebaut, sich nach der Schule in den Feldern herumgetrieben, seinem Vater beim Rasenmähen geholfen hatte, und wie die Familie an langen, warmen Sommerabenden den Grill anwarf.

Aber möglicherweise stellte ich mir das auch alles zu idyllisch vor. Vielleicht hatte sich der Junge zu Tode gelangweilt, ohne Freunde in der näheren Umgebung, mit unzugänglichen, schweigsamen Eltern, die ihn nicht verstanden. Vielleicht hatte er es gar nicht erwarten können, dieses Haus und seine Vergangenheit für immer hinter sich zu lassen.

Trotzdem sagte mir eine innere Stimme, dass das nicht

der Fall gewesen war. Sonst hätte der Mann das Haus schon lange verkauft. Er wollte nicht dort wohnen, warum auch immer, konnte sich aber noch nicht davon trennen.

Es war Matt irgendwie gelungen, das Tablett zu sich heranzuziehen, denn es stand neben ihm, und das Brot war verschwunden. Es stank schrecklich nach Schweiß und Exkrementen, aber ich hatte nicht vor, den Eimer zu leeren. Je mehr sich seine Umstände verschlimmerten, umso besser.

»Guten Morgen«, sagte ich. Morgen war es schon lange nicht mehr, aber hier im Dunkeln hatte Matt jedes Zeitgefühl verloren. Und das sollte auch so bleiben.

»Als guten Morgen kann man das hier wirklich nicht bezeichnen.«

An der roten, geschwollenen Haut seiner Handgelenke konnte ich erkennen, wie verzweifelt er versucht hatte, sich zu befreien. Ich deutete darauf. »Damit solltest du vorsichtig sein. Schließlich willst du dir keine Entzündung holen. Das könnte ziemlich schmerzhaft werden.«

»Wirklich rührend, wie du um meine Gesundheit besorgt bist.«

»Schieb mal das Tablett in meine Richtung.« Ich hatte nicht vor, mich ihm weiter zu nähern. Er würde nach mir treten oder versuchen, mich zu packen. Bewegen konnte er sich kaum, aber das hieß noch nicht, dass er nicht versuchen würde, die Situation zu seinen Gunsten zu verändern und mich bei einem Befreiungsversuch in die Hände zu bekommen.

Ohne Murren gehorchte er.

»Wo ist mein Frühstück?«

»Heute Abend komme ich wieder.«

»Das kannst du mir nicht antun, Mackenzie! Ich habe

wirklich schrecklichen Hunger und schrecklichen Durst«, klagte er. »Und mir ist so kalt.«

Ich beugte mich zu ihm hin. Auf Kinn und Wangen waren ein paar Bartstoppeln durchgekommen. In seinem Blick gab es noch zu viel Leben, zu viel Feuer. Ich konnte sehen, dass er davon überzeugt war, als Sieger aus dieser Auseinandersetzung hervorzugehen. Er versuchte nur herauszufinden, wie ihm das gelingen würde. Aber ich hatte einen Vorsprung, einen gehörigen, und nicht vor, ihn kleiner werden zu lassen.

An der Wand ließ ich mich zu Boden sinken und betrachtete ihn.

»Wie fühlst du dich, Matt?«

»So, wie ich aussehe«, erwiderte er in gefasstem Ton, aber dabei lächelte er nicht. Es klang vielmehr drohend.

»Du bist mir ausgeliefert. Genauso wie die Frauen dir ausgeliefert waren.«

»Bin ich darum hier? Willst du Rache?«

»Ich kann mit dir machen, was ich will. Hast du Angst?«, quälte ich ihn.

Matt schwieg, schaute mich nicht einmal an.

»Sag mir, was du empfindest, Matt.«

Er brach sein Schweigen nicht.

Ich holte einen Schokoriegel aus der Hosentasche. »Schau mal, was ich da für dich habe.« Ich bewegte die Schokolade vor seiner Nase hin und her. »Willst du?«

Immer noch keine Reaktion.

Ich wickelte den Riegel aus und roch daran. »Mir läuft richtig das Wasser im Mund zusammen.« Ich biss ein Stück ab, schmatzte laut.

Er schaute hin. »Ich fühle mich …«

»Sag schon, erkläre es mir«, ermutigte ich ihn.

»Betrogen.«

»Braver Junge. Ich wusste doch, du kannst das.« Ich steckte die Schokolade wieder ein.

»Bekomme ich denn gar nichts?«

»Warum sollte ich dir etwas geben? Hast du deinen Opfern jemals etwas gegönnt? Ich glaube nicht, oder? Was haben die denn bekommen? Das kannst du mir mal erzählen.«

Er seufzte erschöpft, als wäre ich ein kleines Kind, das es einfach nicht begreifen wollte. »Bist du darauf aus? Ein Geständnis? Wie oft soll ich es dir denn noch sagen? Ich bin nicht der Mann, für den du mich hältst.«

»Das wissen wir beide besser.«

Er streckte die Hände nach mir aus, ließ sie jedoch wieder sinken. Die Ketten rasselten. »Du quälst dich und mich ganz umsonst. Es stimmt nicht, Mackenzie. Ich bin unschuldig. Wirklich, du musst mir glauben.«

»Ich glaube, du bist ein Lügner.«

»Und du bist grausam. Ich bin doch kein Tier. Mir ist kalt, ich mache kein Auge zu, ich habe Hunger und Durst …«

»Ich bin noch richtig lieb zu dir. Ich vergewaltige dich nicht. Ich füge dir keine Schmerzen zu …«

Er zeigte mir seine Handgelenke.

»Diese Schmerzen hast du selbst zu verantworten. Ich schlage dich nicht, ich schubse dich nicht herum. Du bekommst Essen von mir. Du kannst deine Notdurft verrichten.«

»Klar, was kann sich ein Mensch sonst noch wünschen?« Plötzlich kam er in Bewegung und schoss nach vorn. Seine Nackenmuskeln waren angespannt, als er schrie: »Lass mich frei, du dumme, gestörte Irre!«

Die Kette hielt ihn zurück, und er war immer noch einen halben Meter von mir entfernt, aber ich erschrak trotzdem. Das ließ ich mir aber nicht anmerken, sondern lachte schnell. »Nicht so unfreundlich, Matt. Du liebst mich doch so sehr? Was du da gerade gesagt hast, ist nicht besonders nett.«

Müde ließ er sich zurücksinken. »Es tut mir leid. Ich bin einfach so fertig … Ich habe Schmerzen …«

»Ist das deine Taktik, Matt? Mich bei Laune halten, mir schmeicheln, mir nach dem Mund reden, mich nicht wütend machen? Gar nicht so einfach, wenn man eigentlich ganz, ganz anders empfindet. War das bei ihnen auch so? Aber du bist nicht darauf reingefallen, was? Und genauso wenig falle ich darauf rein. Du wusstest, dass sie dich hassen.«

Hatte ihm das etwas ausgemacht? Oder nicht? Wollte er Liebe oder gerade Hass? Hatte er sie gehasst? Verachtung für sie empfunden? Ging es ihm um Macht, Unterdrückung? Ich fragte mich das schon so lange und wollte es so gern wissen. Aber es gab auch Augenblicke, in denen ich es um keinen Preis wollte. Würde es einen Unterschied machen, wenn ich erfuhr, warum er getan hatte, was er getan hatte?

»Ich weiß nicht, wovon du redest.«

Ich stand auf und versetzte ihm einen Tritt gegen das Bein. Glücklicherweise hatte er das nicht kommen sehen, und bevor er reagieren konnte, hatte ich schon wieder einen Schritt zurück gemacht. Mein Herz klopfte wie mit Hammerschlägen. Vielleicht erschrak ich sogar noch mehr als er. Weil er mir diese Reaktion hatte entlocken können, weil ich mich von meinem Gefühl hatte leiten lassen, weil ich die Kontrolle über mich verloren hatte, aber auch weil es sich auf eine ganz bestimmte Weise einfach gut anfühlte, ihm Schmerzen zuzufügen.

In Afghanistan hatte ich Geschichten von Kollegen gehört, die ihre Kompetenzen überschritten und Feinde folterten. Oder noch schlimmer, sie töteten unschuldige Zivilisten. Ich hatte sie deswegen nicht verurteilen können, weil ich wusste, welche Zustände dort herrschten. Die Hitze, die einen wahnsinnig machte, einen tagein, tagaus quälte. Die ständige Anspannung: War dieses Dorf sicher oder nicht, gab es auf dieser Straße Landminen oder nicht? Der Hass in den Augen der Bevölkerung. Man wollte den Leuten helfen, deswegen war man gekommen, aber man wusste nie, wem man vertrauen konnte und wem nicht. Die Familie fehlte einem. Die Unterstützung, die man aus der Heimat kannte. Man trauerte, weil man Kollegen an eine Bombe aus dem Hinterhalt oder durch feindliche Angriffe verlor.

Trotzdem hatte ich nie begriffen, was diese Leute zu ihren Taten trieb, warum sie die Selbstbeherrschung verloren, dem Verlangen nachgaben, jemandem Schmerzen zuzufügen. Bis jetzt.

Hasserfüllt schaute mich Matt an.

»Liebst du mich immer noch?«, konfrontierte ich ihn mit seinen eigenen Worten. »Bist du immer noch davon überzeugt, dass du mit mir zusammen sein willst, dass wir es zusammen schaffen?«

»Was willst du von mir?«

»Ich will, dass du mir sagst, wo sie sind.«

Was auch immer er erwartet hatte, das hier war es nicht, das konnte ich an seinem Gesichtsausdruck ablesen. Sein Mund öffnete sich ein Stück vor Erstaunen. Es war vielleicht die erste ehrliche Reaktion, bei der ich ihn jemals ertappt hatte.

»Wer bist du?«

»Du weißt, wer ich bin. Und ich weiß auch, wer du bist.«

Langsam schüttelte er den Kopf. »Ich bin nicht der Mann, für den du mich hältst.«

»Du lügst«, sagte ich leise. Ich versuchte, alle Gefühle aus meiner Stimme zu bannen. Er durfte unter keinen Umständen irgendeine Schwäche wahrnehmen.

»Ich weiß nicht, wo sie sind, Mackenzie. Die Sache ist ganz einfach: Ich habe niemanden entführt.«

»Ich weiß, dass du lügst.«

»Ich lüge nicht!«, schrie er.

»Sag es!«

»Und dann, lässt du mich dann gehen?«, fragte er spöttisch.

»Dann lasse ich dich am Leben, ja. Ich bin nicht so wie du.«

»Ich kann dir nicht helfen, selbst wenn ich das wollte.«

Es war Zeit, meinen Trumpf zum Einsatz zu bringen. »Seth Fielding«, sagte ich.

»Wer?«

Ich holte das Vertragshandy zum Vorschein, das ich extra angeschafft hatte, und hielt es hoch. Ich hatte ein Foto von Seth gemacht, als er bewusstlos gewesen war.

»Was ist das?«

»Erkennst du ihn?«

Er schluckte mühsam. »Was ist mit ihm passiert?«

»Ich hatte keine Verwendung mehr für ihn«, sagte ich wegwerfend. »Er hat mir alle Informationen gegeben, die ich brauchte.«

»Informationen.« Das war keine Frage.

»Weißt du, die ganze Zeit habe ich geglaubt, du wärst

der Täter, so wie alle. Und dann wurde bekannt, dass die DNA, die man auf Kate Underwoods Leiche gefunden hatte, nicht mit deiner übereinstimmte. Und wenig später ist dann Becca verschwunden. Das hat mich verwirrt. Warst du vielleicht doch unschuldig? Ich musste es mit Bestimmtheit wissen, bevor ich dir zur Flucht aus dem Gefängnis verhalf und damit meine eigene Freiheit aufs Spiel setzte.« Ich tippte mit einem Finger auf das Foto. »Der Gute hat mir wirklich sehr geholfen.«

»Du bist ja verrückt.«

»Verrückt geworden bin ich, das stimmt. Ich war nicht immer so.« Sofort bereute ich, das gesagt zu haben. Ich durfte nichts preisgeben. Aber es war zu spät.

»Wer bist du?«, fragte er wieder.

»Das erzähle ich dir, wenn du mir sagst, was ich wissen will.«

»Ich weiß nichts. Wie oft …«

»Wie schon gesagt, Seth hat mir wirklich sehr geholfen«, unterbrach ich ihn. »Du hast nicht allein gehandelt. Darum hast du die ganze Zeit geschwiegen, du wolltest ihn nicht mit reinreißen.«

Matt lehnte langsam den Hinterkopf gegen die Wand. »Warum werde ich dann hier gefangen gehalten und nicht er?«, fragte er nach einer Weile. »Es wäre leichter gewesen, ihn zu entführen.«

Natürlich hatte ich schon viel früher über Matts Frage nachgedacht. Es wäre auf den ersten Blick viel einfacher gewesen, als Matt zur Flucht zu verhelfen. »Ich habe erst wenige Stunden vor deiner geplanten Flucht erfahren, dass er auch mit von der Partie war. Ich musste mich entscheiden: mir einen Entführungsplan für ihn ausdenken oder dir zur Flucht verhelfen. Aber ein neuer Plan hätte Zeit gekostet. Zeit, die ich nicht hatte, weil sich mir nur an diesem einen Tag die Möglichkeit bot, dich aus dem Gefängnis zu holen. Wann gäbe es dazu noch mal die Gelegenheit? Vor allem jetzt, wo der Hinrichtungstermin feststeht und näher rückt? Und als ich erst mal begriffen habe, dass ihr das Ganze gemeinsam auf dem Gewissen habt, begriff ich auch, dass die Frauen noch leben. Und da wollte ich nicht länger warten. Wenn du weiter schweigst, habe ich immer noch ihn.«

»Und woher weiß ich, dass du mich nicht umbringst, sobald ich dir erzählt habe, was du wissen willst? Und angenommen, du lässt mich wirklich gehen, dann wandere ich sofort wieder ins Gefängnis.«

»Ich bin keine Mörderin. Und die Frauen leben noch, du wirst also nicht wegen Mordes verurteilt. Du landest nicht wieder in der Todeszelle. Aber wenn du mir nicht erzählst, wo sie sind, lasse ich dich hier verrecken und hole mir deinen Kumpel. Du hast die Wahl.«

»Wer bist du?«, fragte er wieder.

»Spielt das eine Rolle?«

»Ich habe ein Recht darauf, das zu erfahren. Die wissen ja auch, wer ich bin.«

Mir stockte der Atem. Halleluja, dachte ich. Endlich gab Matt es zu. Mir blieb keine Zeit, darüber irgendwelche Euphorie zu empfinden – ich musste weitermachen. Dadurch, dass ich hier so isoliert war und die Nachrichten über Matt immer spärlicher wurden, war es leicht zu glauben, man würde uns nicht finden. Aber Dave würde nicht aufgeben. Niemals.

»Du weißt schon genug.«

»Okay, gut«, sagte Matt.

Ich versuchte, mir nicht anmerken zu lassen, wie überrascht ich war. Ich hatte geglaubt, es würde schwieriger werden, viel schwieriger. Doch ich hatte mich zu früh gefreut.

»Nur unter einer Bedingung: Wir machen es nach meinen Regeln. Ich bringe dich hin.«

Das wilde Feuer der Freude, das in meinem Inneren aufgelodert war, wurde genauso schnell wieder erstickt. Damit hatte ich nicht gerechnet.

»Nein«, lehnte ich instinktiv ab. Ich hatte in seinem Blick etwas aufblitzen sehen, und das verhieß nur wenig Gutes. Ich konnte aber nicht in Worte fassen, was es war. Matts Vorschlag gefiel mir überhaupt nicht. Was hatte er vor? Was hoffte er damit zu erreichen? Ging es ihm wirklich nur um sein Leben – natürlich vertraute er mir nicht –, oder steckte mehr dahinter?

»So machen wir's, so oder gar nicht«, erklärte Matt.

»Das werden wir noch sehen.«

Als ich den Keller verlassen hatte, verließ jegliche Energie meinen Körper. Ich schleppte mich zum Sofa und ließ mich darauffallen. Ich empfand Freude, aber auch Enttäuschung. Ich hatte nicht bekommen, was ich wollte. Noch nicht, sprach ich mir selbst Mut zu.

Ich vertraute Matt nicht. Kein Stück weit. Aber ich war so verdammt nah dran. Ich hatte ihn so weit bekommen, dass er zugab, die Frauen entführt zu haben, und dass sie noch lebten, dass er wusste, wo sie sich befanden. Ich hatte zwar sehr selbstbewusst von meinem Plan B gesprochen, aber angenommen, sein Komplize würde wie Matt schweigen?

Nein, ich wollte noch nicht aufgeben. Es gab weitere Methoden, Matt zum Reden zu bringen.

54

Ich nahm zwei Scheiben Brot und füllte den Becher mit Wasser. Wie erwartet erntete ich diesmal keine Begeisterung. Sofort spuckte er den ersten Bissen wieder aus.

»Das ist verschimmelt.«

»Man muss nehmen, was man kriegen kann.«

»Das kannst du nicht machen, Mackenzie. Ich bin doch kein Tier, verdammt.« Er zerrte an den Ketten. »Sag endlich was, glotz mich nicht die ganze Zeit so blöd an!«

Ich schwieg, weil ich wusste, dass ihn das wahnsinnig machte.

»Das ist menschenunwürdig – im Gefängnis ging es mir besser als hier!«

»Ich habe dir das schon mal gesagt: Die Dinge laufen nicht mehr so, wie du das willst. Du kriegst, was du verdienst.«

»Wer gibt dir das Recht …«

»Du, gerade du, willst mir eine Moralpredigt halten? Wer hat *dir* das Recht gegeben, diese Frauen zu entführen, ihnen ihr Leben zu rauben?« Ich hob den Besen hoch über meinen Kopf und schlug Matt damit auf den Oberschenkel. Schreiend zog er die Beine weg und erwartete mit schützend vors Gesicht gehaltenen Händen den nächsten Schlag. Ich traf ihn an der Schulter, dann hob ich den Besen noch einmal, hoch über meinen Kopf. Ich dachte nicht mehr nach, überließ mich meinem Gefühl, und das schrie mir förmlich zu, ihm Schmerzen zuzufügen. Nur so konnte ich ihn erreichen, schien es. Ich hasste sein widerliches siegessicheres Grinsen, den spöttischen Blick, den ich durch nichts, was ich sagte oder tat, aus seinen Augen vertreiben konnte. Ich wollte, dass er die Selbstbeherrschung verlor, an seine Grenzen kam, doch stattdessen kam ich an meine. Wie an diesem einen Abend in der Bar, wie bei allen anderen Malen, als ich in blinder Raserei um mich geschlagen hatte.

Und genau wie in diesen Augenblicken schoss mir durch den Kopf, dass meine Mutter sich auch so gefühlt hatte, wenn sie mich und meine kleine Schwester schlug. Erleichtert. Weil alles verschwand: all der Schmerz, all der Kummer, all der Zorn. Dann gab es nur noch ein tief verwurzeltes Verlangen, den anderen Menschen dazu zu bringen, dass er aufhörte, einen zu quälen, wütend zu machen, zu verletzen.

Zu spät bemerkte ich, dass Matt die Schläge nicht mehr abzuwehren versuchte: Er hatte sich halb aufgerichtet, streckte die Hände aus und griff nach dem Besen. Als er ihn mit aller Kraft zu sich heranzog, verlor ich das Gleichgewicht. Einen Sturz konnte ich gerade noch so vermeiden, aber plötzlich war ich viel zu dicht bei ihm. Mit einer Hand hielt er mein Knie umklammert, mit der anderen meinen linken Knöchel. Instinktiv warf ich mich zurück und trat mit beiden Füßen wild um mich, um mich zu befreien. Mein rechter Fuß traf ihn unter dem Kinn.

Ich kroch nach hinten weg und hielt erst inne, als ich die beruhigende Kühle der Kellerwand im Rücken spürte. Keuchend und zu Tode erschrocken, saß ich da, bis ich mich wieder unter Kontrolle hatte. Innerlich fluchte ich. Was war nur in mich gefahren? Fast hätte er mich gehabt.

»Sag es«, befahl ich. »Sag mir, wo sie sind.« Ich spuckte ihn an.

»Wir machen das nach meinen Regeln.«

»Vergiss es. Früher oder später kriege ich dich, ich werde dich zerstören.«

»Du bist ja gestört.«

»Du kannst dem Ganzen sofort ein Ende machen. Du brauchst nur …«

»Nie im Leben. Dann bringst du mich eben um.«

»Noch nicht, mein Lieber. Noch nicht.«

»Warum nicht?«

»Weil ich noch nicht fertig bin mit dir. Morgen früh komme ich wieder.«

»Bleib ruhig weg. Ich will dich nicht mehr sehen.« Er kroch auf seine Matratze und rollte sich zusammen. »Such dir jemand anders für deine kranken Spielchen.«

55

Am nächsten Morgen lag er immer noch zusammengerollt auf seiner Matratze. Wasser und Brot vom Vortag standen unangerührt neben ihm. Ich stellte das frische Wasser und Brot neben ihm auf dem Fußboden ab und nahm das alte mit. Dabei war ich auf einen Angriff gefasst, aber er bewegte sich nicht. Seine Brust hob und senkte sich ganz leicht, was mich beruhigte. Ich sagte nichts und ging wieder.

Oben setzte ich mich an den Küchentisch und starrte nach draußen, wo die Bäume gegen den Wind ankämpften. Das Wetter war plötzlich umgeschlagen, es war kalt und regnerisch. Heftige Windböen und dunkle Wolken dominierten das Geschehen am Himmel.

Er war in einen Hungerstreik getreten, wurde mir bewusst. Damit hatte ich nicht gerechnet. Eine erprobte Methode, auch im Gefängnis, wenn man seinen Forderungen Nachdruck verleihen wollte. Aber ich durfte nicht nachgeben, kein Stück.

Den restlichen Tag über versuchte ich mir etwas auszudenken, womit ich das Machtverhältnis wieder zu meinem Vorteil verändern konnte. Erst als mein Blick auf den Hammer fiel, kam mir eine Idee. Mit ihm hatte ich ein paar Nägel zurück in den Holzfußboden des Wohnzimmers getrieben, weil die Köpfe herausgeschaut hatten, nachdem ich den Teppich losgemacht hatte.

Mit dem Taser fest in der einen und dem Hammer in der anderen Hand stieg ich am nächsten Morgen die Treppe hinunter.

»Guten Morgen, Matt, hast du gut geschlafen?«

Der Gestank war fast unerträglich. Ich hatte einen zweiten Eimer hingestellt.

Keine Antwort. Wie erwartet hatte er Wasser und Brot wieder nicht angerührt.

»Hast du denn keinen Hunger, keinen Durst?«

Immer noch keine Reaktion.

»Ich hätte nicht erwartet, dass du so schnell aufgibst.« Ich war mir im Klaren darüber, dass ich ihm jetzt in seiner Strategie folgte, sagte mir aber, dass das nicht schlimm war, dass mir keine andere Wahl blieb und dass es vielleicht auch gut so war. Auch er musste das Gefühl haben, dass er etwas gewinnen konnte, dass er vielleicht hier rauskam, wenn ich ihm die Gelegenheit dafür bot.

»Es ist schade. Zu diesem Mittel wollte ich eigentlich nicht greifen, aber du lässt mir keine andere Wahl.« Ich legte den Taser ab, außerhalb seiner, aber innerhalb meiner eigenen Reichweite, und nahm den Hammer fest in beide Hände. Weil er mit dem Rücken mir zugewandt lag und mich nicht ansah, wagte ich es, mich ihm zu nähern. Ich hob den Hammer über den Kopf und schlug mit all meiner Kraft auf seinen linken Knöchel.

Matt fuhr hoch und brüllte laut vor Schmerzen, den Schrecken im Gesicht. Ohrenbetäubend. Er griff sich an den Knöchel und bewegte sich jammernd vor und zurück. Er fluchte und schimpfte. Der Blick in seinen Augen war nichts als purer Hass.

Angst wäre mir lieber, dachte ich.

Es dauerte lange, bis er wieder einigermaßen zu sich

kam. Während dieser ganzen Zeit stand ich da und schaute ihn an, schweigend.

»Du hast … Mein Knöchel … Er ist gebrochen«, keuchte er voller Entsetzen.

»Das glaube ich nicht. Vielleicht schwer verstaucht. Hör zu, ich gehe jetzt nach oben und hole Wasser und Brot, und ich will, dass du das trinkst und isst.«

Er schüttelte den Kopf. »Du kannst mich nicht zwingen«, gab er verbissen zurück.

Ich hob den Hammer wieder über meinen Kopf, und bevor ich erneut zuschlagen konnte, wich Matt zurück an die Wand, bis er nicht mehr weiterkam. Schützend hielt er sich beide Hände vors Gesicht. »Gut, gut, ich tue ja, was du willst.«

»Das gefällt mir schon besser«, verkündete ich mit einem Nicken. »Mach einfach, was ich sage, dann gibt es überhaupt kein Problem.«

Vorsichtig zog er sich den Schuh aus, dann den Strumpf, wobei er sich mit seinen gefesselten Händen sehr ungeschickt anstellte. Sein Knöchel war stark geschwollen und gerötet. Er streckte die Beine aus und wackelte mit den Zehen.

»Du bist schlimmer als BB«, warf er mir wütend vor.

Seine Worte zeigten mir, dass er noch über eine gehörige Portion Kampfgeist verfügte, und das war genau das, was ich nicht wollte. Ich musste ihn verdammt noch mal dorthin bekommen, wo ich ihn haben wollte. Er dachte immer noch, er wäre der Stärkere – derjenige, der die Kontrolle hatte, der Sieger. Das konnte ich nicht zulassen.

Mit geschlossenen Augen lehnte er an der Wand. Ich hob den Hammer noch einmal und schlug damit auf den schon verletzten Knöchel. Schwächer, das wohl, aber weniger schmerzhaft war es darum nicht, zumindest wenn man Matts wahnsinnigem Gebrüll glauben durfte. Er schrie alles heraus – so hatte ich noch nie einen Menschen schreien hören – und ließ sich unter lautem Wehklagen auf die Seite fallen. Mit beiden Händen umklammerte er schützend den verletzten Fuß.

»Je schneller du begreifst, dass ich viel, viel schlimmer bin als BB, desto besser«, erklärte ich ruhig. »Wenn ich fertig mit dir bin, wirst du dich nach BB zurücksehnen. Aber so braucht es nicht zu laufen. Wenn du einfach tust, was ich von dir verlange, gibt es überhaupt kein Problem.«

»Warum sollte ich? Damit unterschreibe ich mein eigenes Todesurteil.«

»Ich werde dich nicht umbringen, du hast mein Wort.«

»Ich traue dir nicht.«

»Und ich traue dir nicht.«

56

»Ich bin krank.«

»Nein, du bist geschwächt, aber krank bist du nicht.«

Er hustete. Er war blass, und ein Netz aus Schweißtropfen überzog seine Stirn.

»Ich habe hohes Fieber.« Er zitterte. »Ich brauche einen Arzt, Mackenzie. Mein Knöchel tut entsetzlich weh. Er ist gebrochen, er muss geröntgt werden … Eingegipst … Ich werde zum Krüppel …«

Es klang, als fantasiere er. Vielleicht tat er auch nur so, als ob. »Du musst dir Zeit lassen für die Heilung.«

»Das ist unmenschlich. Dann gib mir wenigstens ein paar Aspirin.«

»Ich habe keine im Haus, und wie du weißt, kann ich nicht einfach mal kurz einkaufen fahren.«

Seine Kleidung und sein Körper stanken. Die Luft im Keller war einfach ekelerregend.

Wir hatten eine Pattsituation erreicht, und ich hatte beschlossen, einen allerletzten Versuch zu riskieren, um ihn zu brechen. Mir lief die Zeit davon. Der Nachrichtenstrom verebbte langsam, die Meldungen wurden immer kürzer und schafften es in den Nachrichtensendungen nur noch auf die hinteren Plätze. Mal hieß es, wir wären in New York gesehen worden, dann wieder, wir hätten ein Flugzeug nach Europa bestiegen; man spekulierte, jemand hätte uns beim Untertauchen geholfen. Aber ich machte mir keine Illusionen. Die Möglichkeit, dass mein Versteck entdeckt werden würde, wuchs mit jedem Tag. Ich hatte mein Bestes getan, keine Spuren zu hinterlassen, wusste aber nur allzu gut, dass einem immer Fehler unterliefen. Auch mir. Kein einziger Plan funktionierte reibungslos.

Außerdem wusste ich nicht, wie lange Matt noch durchhalten würde. Ich hatte anhand seiner Größe und seines Gewichts ausgerechnet, wie viel Nahrung er in etwa benötigte, um am Leben zu bleiben, wusste jedoch, dass es sich dabei nur um Richtwerte handelte. Mir war nicht daran gelegen, dass sich sein Zustand extrem verschlechterte, denn dann wäre alles umsonst gewesen.

»Bisher war ich noch richtig nett zu dir. Ich will nicht böse werden, aber wenn es sein muss …« Ich musste ihn härter anfassen. Indem ich ihn austrocknete und verhungern ließ, kam ich nicht an mein Ziel, das war mir klar. Das Problem bestand darin, dass ich ihm nicht zu nahe kommen konnte, ohne mich selbst in Gefahr zu bringen. Das war mir bei meiner unvorsichtigen Aktion von neulich nur zu deutlich bewusst geworden. Dafür musste ich eine Lösung finden.

Misstrauen kroch in seinen Blick.

»Du hältst schon länger durch, als ich dachte. Mir ist inzwischen klar, dass du ganz schön was abkannst. Die Zeit im Gefängnis hat dich hart gemacht. Da hast du natürlich auch jede Minute des Tages um dein Leben gefürchtet. Da hat man dich zusammengeschlagen. Ich habe mir vorgestellt, dass man dich vergewaltigt hat, wie in diesen krassen Storys, die sie immer im Fernsehen zeigen, aber dann bin ich dahintergekommen, dass du ja die allermeiste Zeit in deiner Zelle verbracht hast. Du warst also geschützt. Das ist schade. Aber gut, es kann trotzdem jederzeit passieren.

In ein paar Minuten kann so viel geschehen. Und vielleicht haben die Wärter ja auch ab und zu ein Auge zugedrückt. Du weißt, wie es ist, allein eingesperrt zu sein, du kennst Schmerz, Angst …« Ich räusperte mich. »Du weißt, wie man damit umgehen muss. Aber trotzdem glaube ich, dass jeder Mensch irgendwann an seine Grenzen kommt. Auch du, Matt. Vielleicht wird es Zeit, diese Grenze zu finden.«

»Tu, was du nicht lassen kannst.«

Ich lachte spöttisch. »Die Worte eines starken Mannes. Aber wir werden sehen, ob du morgen auch noch so darüber denkst. Schlaf gut.«

Ich war schon halb die Treppe hoch, als ich mich umwandte und auf eine Stufe setzte. »Ach ja, ich hatte dir doch geschrieben, dass man mich aus der Army entlassen hat, weil ich bei einer Schlägerei in einer Kneipe dabei war. Das war gelogen. Ich werde dir noch eine Gutenachtgeschichte erzählen; ich war in der Air Base von Bagram stationiert, da gab es ein Gefängnis für Afghanen. Das mussten wir bewachen, das habe ich dir auch erzählt, weißt du noch? Etwa dreitausend Häftlinge gab es da. Ich weiß nicht, was du darüber gelesen oder davon gehört hast, vielleicht ja auch gar nichts, denn da waren jeden Tag Leute, die sich über unseren Einsatz beschwerten, aber die afghanischen Ermittler haben uns beschuldigt, wir hätten die Gefangenen misshandelt. Das war, kurz bevor sich die Army ganz und gar aus diesem Gebiet zurückziehen sollte. Ich war beinahe am Ziel, fast sicher wieder zu Hause. Natürlich gab es eine Ermittlung. Und weil man nicht das Gesicht verlieren wollte, hat man uns unehrenvoll entlassen. Statt uns zu unterstützen, hat die Regierung uns einfach fallen lassen. Ich sage ja nicht, dass wir unschuldig waren, weißt du. Ganz im Gegenteil. Aber da hieß es: Auge um Auge, Zahn um Zahn. Unsere Leute wurden auch ohne Skrupel in die Luft gejagt oder erschossen. Glaub mir, wenn du den soundsovielten Kameraden wegen einer hinterhältig deponierten Bombe verlierst und nur seinen Rumpf in einem Sarg nach Hause schicken kannst … Wer könnte da der Versuchung widerstehen, sich an den angeblich so hilflosen Gefangenen abzureagieren? Das waren wirklich keine lieben kleinen Kinder, weißt du.«

Kein Wort davon stimmte; ich hatte nie in meinem Leben ein Gefängnis bewacht, aber das konnte Matt nicht wissen. Ich stand wieder auf. »Morgen werde ich dir zeigen, was ich dort gelernt habe. Und glaub mir, dann wirst du mich anbetteln, wieder den Hammer zu nehmen.« Ich nickte in Richtung seines Knöchels. »Morgen werden wir herausfinden, wo deine persönliche Schmerzgrenze liegt.«

57

Ich schaute mir die große Zange an, die vor mir auf dem Tisch lag. Im Schuppen hatte ich ein paar Nägel gefunden. Rostige Nägel, aber für meine Zwecke waren sie perfekt geeignet. Sie lieferten auf jeden Fall genug Material für die erste Runde. Die auch die letzte sein würde, hoffte ich.

Unsicherheit, nervliche Anspannung und Versagensängste quälten mich, aber ich wusste, dass ich mir das Matt gegenüber nicht anmerken lassen durfte. Er würde es wittern, wie ein Hund Furcht beim Gegenüber erschnüffelt. Von dem hier hing so viel ab, wenn nicht sogar alles. Ich nahm den Taser, die Zange, die Nägel und den Eisendraht und ging in den Keller hinunter.

Matt lag auf dem Boden, das Gesicht hatte er mir zugewandt. »Hallo, Matt.«

Er knurrte etwas und setzte sich hin. Der Gestank hier unten war inzwischen fast nicht mehr zu ertragen. Wahrscheinlich nahm er ihn selbst auch gar nicht mehr wahr, schade eigentlich.

Ich hatte mir überlegt, wie ich dicht an ihn herankommen konnte, ohne dass ich mich dabei selbst in Gefahr brachte. Die einzige Möglichkeit bestand darin, ihn erst auszuschalten und dann zu fixieren, sodass er mir nichts tun konnte – und ich mit ihm alles. Ich würde die Kette so anziehen, dass er nicht vor- und zurückrollen oder sich aufbäumen und mich damit erwischen konnte. Seine

Hände wären dann über seinem Kopf befestigt. Das größte Problem bestand darin, dass er dann noch würde um sich treten können, aber ich hatte nicht die Absicht, ihm zu nahe zu kommen. Ein anderes Problem war, dass ich ihn noch einmal tasern musste. Und ich wusste nicht, wie viel sein Körper noch ertrug. Aber dieses Risiko musste ich eingehen, mir blieb keine andere Wahl.

Matt war geschwächt und dehydriert. Er wirkte erschöpft. Bleicher und dünner als je zuvor. Das erfüllte mich mit immenser Zufriedenheit.

»Ich glaube, du hast Motivationsprobleme.« Ich legte die Zange und die Nägel auf den Boden. Langsam, sodass er alles gut sehen konnte. »Du darfst es dir aussuchen. Was möchtest du? Die Zange oder die Nägel?«

»Jesus.«

»Eigentlich wollte ich dir mit der Zange einen Zeh abzwicken oder dir vielleicht einen Finger abschneiden. Aber die Nägel finde ich als Option auch reizvoll. Ich habe mir überlegt, ich könnte sie dir ins Knie hämmern. Das tut am meisten weh, glaube ich. Wir haben ja gestern schon darüber gesprochen, dass du ganz schön was abkannst, aber das sicher nicht.«

Eines musste ich ihm lassen: Er ließ sich seine Angst keine Sekunde lang anmerken. Eher schien es, als wäre er neugierig, ob ich mich wirklich trauen würde. Ich brauchte nur daran zu denken, was er mit den armen Frauen angestellt hatte, um mein Gewissen zu beruhigen. Was ich gleich tun würde, war nichts im Vergleich zu dem, was er verbrochen hatte. Und ich hatte in den letzten Monaten schon so viele meiner persönlichen Grenzen verschoben, um an mein Ziel zu kommen … Da kam es auf eine Grenze mehr oder weniger nicht an.

»Letzte Chance«, sagte ich.

»Fuck off!«

Mit einem Seufzer nahm ich den Taser und drückte ab. Er sagte noch etwas, aber seine Worte gingen in dem Geräusch unter, das die heftigen, seinen Körper quälenden Spasmen verursachten. Ich verkürzte die Ketten, sodass er mit den Händen über dem Kopf dalag, und fesselte seine Knöchel am Fuß wieder mit Eisendraht. Dann nahm ich ein Seil, legte es um den Eisendraht und befestigte es mit den Enden am Treppenpfosten. Jetzt war er bewegungsunfähig, und sobald er wieder etwas bei sich war, würde ich ihm einen Finger abschneiden. Seine Zehen waren keine Option, denn dabei konnte er nach mir treten. Deswegen konnte ich ihm die Nägel auch nicht ins Knie treiben, auch wenn ich ihn vielleicht gut genug würde festhalten können. Mit den Armen hatte er zumindest keine Option. Aber ich konnte ihm auch einfach einen der Nägel in den Handteller schlagen.

Es dauerte einen Moment, bis er wieder zu sich kam – länger als beim letzten Mal? Lag das daran, dass er geschwächt war? –, und so blieb mir genug Zeit, wieder zu Atem zu kommen. Ich schluckte die Übelkeit herunter und versuchte meinen unregelmäßigen Herzschlag zu ignorieren. Ein Adrenalinstoß durchfuhr mich. Noch ganz kurz, versprach ich mir selbst. Noch ganz kurz durchhalten, dann war alles vorbei. Ich wartete ab, bis er wieder völlig bei sich war. Sobald er seine neue Situation erfasste, wehrte er sich heftig. Aber er hatte nur wenig Kraft und gab die Sache rasch auf. Ich hielt seine Rechte über seinen Kopf. »Du bist Rechtshänder, oder? Mal schauen, welchen Finger soll ich nehmen … Den Ringfinger, das scheint mir eine symbolische Geste, findest du nicht auch?«

Als Reaktion ballte er die Hand zur Faust, aber ich kniete mich auf sein Handgelenk und bog die Finger auseinander. Voller Panik wandte er den Kopf in meine Richtung, weil er sehen wollte, was passierte. Ich nahm die Zange und trennte den Finger auf der Höhe des ersten Knöchels ab.

Matt schrie aus Leibeskräften. Es kam gar nicht einmal so viel Blut. Wie von Sinnen zerrte er an seinen Ketten, versuchte sich knurrend aufzurichten, wand seinen Körper wie eine Schlange. Dabei gab er unmenschlich klingende Laute von sich.

Ich presste mich gegen die Wand. Ich hatte es getan. Ich hatte es wirklich getan. Keuchend holte ich Luft.

»Du wirst sterben, elendig krepieren wirst du!«, rief er mit angespannten Kiefermuskeln. »Warte nur, bis ich mit dir fertig bin, du dumme, blöde Fotze.«

»Habe ich jetzt endlich den echten Matt vor mir?«

»Halt's Maul, halt einfach dein dummes Maul!«

»Gar kein Problem. Soll ich den nächsten Fingerknöchel nehmen, oder sagst du mir, was ich wissen will?« Ich klang ruhiger, als ich mich fühlte.

Er stöhnte. Seine Brust hob und senkte sich erschreckend rasch. Seine Atemzüge rasselten. »Ich … Nein.«

»Also gut.« Ich nahm mir einen Nagel, positionierte ihn auf seinem Handteller und schlug kräftig mit der Zange darauf. Diesmal war das Resultat nur ein schwaches Stöhnen. Ich erkannte auch bald, warum. Matt war in Ohnmacht gefallen.

58

Vicky

Ein Geräusch weckte mich, und ein paar Sekunden lang blieb ich orientierungslos liegen. Panik trieb meinen Puls in die Höhe, und mein Herz schlug rekordverdächtig, bis ich mich wieder daran erinnerte, wo ich war. Zu Hause, in meinem alten Zimmer. Ich war in Sicherheit. Meine verkrampften Hände entspannten sich. Auf dem Wecker sah ich, dass es acht Uhr war. Normalerweise wäre ich längst aufgestanden und bereit, zur Arbeit aufzubrechen. Aber nichts würde jemals wieder normal werden, auch wenn ganz kurz diese Hoffnung in mir aufkeimte.

Erst frühstücken, dann duschen, entschied ich. Ich ließ mich aus dem Bett gleiten und ging nach unten. Meine Mutter war schon zur Arbeit gefahren, und mein Vater erledigte etwas im Garten, stellte ich mit einem Blick durchs Küchenfenster fest. Der Kaffee war noch warm. Ich goss mir eine Tasse ein.

Außer Kaffee bekam ich nichts herunter. Auf dem Küchentisch lag die Zeitung.

Ich stellte mir die Frage, die ich mir jeden Tag stellte: War heute der Tag gekommen, an dem ich in mein eigenes Haus zurückkehren würde? Und genau wie an allen anderen Tagen lautete auch heute die Antwort: Nein. Ich traute mich nicht.

Das Ganze lag jetzt drei Monate zurück. Ich befand mich schon länger wieder in Freiheit, als ich entführt gewesen war. Matt saß im Gefängnis. Er konnte mir nichts mehr tun. Die Angst, die ich im Krankenhaus durchlitten hatte, der Gedanke, er hätte mich in meinem Zimmer aufgesucht, war jetzt, zu Hause, fast verschwunden. Trotzdem gelang es mir nicht, mein altes Leben wieder aufzunehmen. An manchen Tagen fürchtete ich, nie wieder die Vicky von früher zu werden. Ich hielt mir selbst vor, dass es mir auch schlechter hätte ergehen können. Er hätte mich vergewaltigen können, genau wie die anderen. Aber das hatte er nicht getan – zu diesem Zweck hatte er mich nicht entführt. Ich war einzig und allein dort, um Rosie zu helfen. Aber auf diese Erkenntnis folgte immer die andere, die mir das Blut in den Adern gefrieren ließ: Hätte er mich ermordet, sobald Rosie das Kind zur Welt gebracht hatte?

Ich schaute auf die Uhr. Halb neun. Normalerweise wäre ich jetzt schon bei der Arbeit. Vor ein paar Wochen hatte mich einer meiner Vorgesetzten angerufen. Er wollte wissen, wie es mir ging, und ganz unauffällig erkundigte er sich auch danach, wann ich glaubte, wieder arbeiten zu können. Mein Psychologe hatte mir geraten, mein altes Leben so schnell wie möglich wieder aufzunehmen, um in einen Rhythmus zu kommen, darum hatte ich zugesagt, einen Frühdienst zu übernehmen. Das war letzte Woche gewesen. Mein Vater hatte mich hingefahren. Ich war ausgestiegen, hatte es aber nicht weiter als bis zum Eingang geschafft.

Ich sah Kollegen, die nach drinnen eilten. Es war, als

gebe es zwischen uns eine Mauer. Sie konnten mich nicht sehen, ich sie aber schon.

Ihr Leben war weitergegangen, wurde mir bewusst. Sie waren immer noch dieselben. Ich nicht, und das würde ich auch nie wieder sein, das begriff ich auf schmerzliche Weise. Eine Trennungslinie war gezogen, die ich nie wieder würde überschreiten können. Mit dieser Erkenntnis war ich wieder in den Wagen gestiegen und hatte meinen Vater gebeten, mich nach Hause zu fahren.

Vielleicht war es einfach zu früh, hatte mein Vater tröstend gesagt. Aber es lag nicht nur daran. Ich war entwurzelt.

Es machte meine Mutter wütend. Lass ihn nicht gewinnen, sagte sie immer. Lass nicht zu, dass er dir auch noch den Rest deines Lebens stiehlt.

Ich trank einen Schluck von meinem inzwischen kalten Kaffee. Ich war wieder ins Grübeln geraten, und das führte nirgendwohin. Diese Dinge musste ich mit meinem Psychologen besprechen. Dafür bezahlte ich ihn schließlich.

Mit einem Seufzer schlug ich die Zeitung auf. Auf den ersten Seiten fand ich ausnahmsweise einmal keinen Artikel über Matt oder den Prozess. Mein Vater ging vorbei, sah mich am Tisch sitzen und winkte mir zu. Ich winkte zurück. Heute war er an der Reihe, auf mich aufzupassen. Zwar hatte ich beteuert, ich brauche niemanden und komme prima allein zu Hause zurecht, aber meine Eltern waren ganz offensichtlich anderer Meinung. Manchmal befürchtete ich, sie dachten, ich würde mir etwas antun. Ich fragte mich, wie lange sie mich noch überwachen wollten. Bisher hatten die Arbeitgeber meiner Eltern sehr viel Wohlwollen gezeigt, aber auch das würde nicht immer so bleiben.

Ohne großes Interesse blätterte ich weiter. Bis ich bei

den Hochzeits- und Geburtsanzeigen ankam und mir das Gesicht einer ehemaligen Klassenkameradin entgegenlachte. Einen kurzen Augenblick gestattete ich mir selbst, eifersüchtig zu sein. Selbstmitleid zu empfinden. Aber dann sah ich Rosie wieder vor mir.

Gerade wollte ich weiterblättern, als etwas meine Aufmerksamkeit erregte. Ich schaute noch einmal hin. Ich spürte, wie mir das Blut aus dem Gesicht wich, und vor meinen Augen tanzten schwarze Flecken. Ich hielt mich an der Tischkante fest, weil ich Angst hatte, in Ohnmacht zu fallen. Die Flecken wurden schwächer, und mit einem Ruck funktionierte mein Gehirn wieder.

Plötzlich begriff ich alles. Wie hatte ich nur so dumm sein können? Während dieser ganzen Zeit hatte ich die Wahrheit direkt vor der Nase gehabt und sie nicht gesehen.

59

Mackenzie

Weil ich bei Kräften bleiben musste, gönnte ich mir eine Mahlzeit: Makkaroni mit Käse aus der Dose. Doch ich bekam kaum etwas herunter. Vor Nervosität konnte ich nicht schlucken. Ich brauchte frische Luft, um wieder einen klaren Kopf zu bekommen, und lief nach draußen. Auf einem vergammelten Holzliegestuhl schaute ich in den Himmel, der sich langsam verdunkelte. Würde das meine letzte Nacht in Freiheit sein?

Immer mehr Sterne erschienen am Himmel. Es gab kaum Wind, und die Hitze war drückend. Ein idealer Abend zum Grillen. Mit der Familie. Freunden. Musik. Zusammen. Ich schob dieses Bild und die Gefühle, die es in mir wachrief, an den Rand meines Bewusstseins. Es war nichts anderes als sinnlose Selbstquälerei. So war mein Leben nicht, und so würde es auch nie aussehen. Ich hatte mich anders entschieden. Und der lange Weg, den ich zurückgelegt hatte, würde heute Nacht unweigerlich enden.

Ich hatte beschlossen, Matts Vorschlag zuzustimmen. Das war das Beste, vor allem, weil ich mir selbst auch etwas überlegt hatte: Ich würde Dave einweihen und mitnehmen.

Das bedeutete natürlich, dass ich dann ins Gefängnis wanderte. War ich dazu bereit? Sobald ich wusste, wo sich die Frauen befanden, würde ich es den Behörden mitteilen.

Oder sollte ich danach für immer verschwinden? Aber wäre es nicht sowieso nur eine Frage der Zeit, bis man mich auch fasste? Man würde nach mir suchen. Ich würde den Rest meines Lebens auf der Flucht zubringen. Wollte ich das?

Sorgfältig bereitete ich eine Mahlzeit zu: Kartoffeln, mariniertes Hühnerfleisch mit süßsaurer Soße und eine große Portion Gemüse. Matt brauchte Energie.

Vorsichtig stieg ich die Stufen hinunter. Matt saß mit dem Rücken an die Wand gelehnt. Nach seinem Ohnmachtsanfall gestern hatte ich die Handfesseln wieder weiter oben an der Kette befestigt und die Fußfesseln gelöst, ihm mehr Bewegungsfreiheit gegeben. Unbewegt sah er mich an. Ich konnte nicht gut einschätzen, in welcher Stimmung er gerade war. Sein Blick schien leer, seine Lippen wirkten rissig. Seine Gesichtshaut war über seinen Schädel gespannt, und durch den Bart sah er ganz anders aus als vorher.

Er hielt seine verletzte Hand hoch, gegen die Schulter gepresst.

»Dein Abendessen«, erklärte ich und stellte das Tablett vor ihm ab.

Dafür erntete ich ein flüchtiges, müdes Lächeln. »Das sieht mir verdächtig nach einer Henkersmahlzeit in der Todeszelle aus.«

»Du musst wieder zu Kräften kommen, denn wir brechen heute Abend auf. Unter einer Bedingung.«

»Und die wäre?«

»Ich will noch jemanden mitnehmen.«

»Was? Wen denn?«

»Den Sheriff.«

Matt lachte schwach. »Wer garantiert dir, dass er uns nicht sofort verhaftet?«

»Er will genauso dringend wissen, wo sie sind, wie ich.«

Ich sah, dass Matt über meine Worte nachdachte. Der Gedanke, er könnte sich weigern, flößte mir Angst ein und erfüllte mich zugleich mit Wut. Mir juckte es in den Fingern, ich wollte ihn schlagen, doch es gelang mir, mich zu beherrschen. Es war fast vorbei, und ich wusste, dass die Möglichkeit, ich könnte einen Fehler machen, im Endspurt am größten war. Genau das wollte er: dass ich die Selbstbeherrschung verlor und dumme Dinge tat.

»Wir machen es so oder gar nicht. Das hier ist tatsächlich dein letztes Abendmahl.«

Matt zog das Tablett zu sich heran und fing an, das Essen in sich hineinzustopfen. Ich wandte den Blick ab.

»Warum hast du seinem Plan zugestimmt?« Ich fragte es nicht nur, weil ich hoffte, das Gespräch werde meine Nerven beruhigen, sondern auch, weil ich es wirklich wissen wollte.

Matt war sofort klar, wovon ich sprach. »Dass ich ins Gefängnis gehe und er nicht? Wer sagt, dass es seine Idee war?«

»Ich täusche mich also?«

Matt schüttelte den Kopf.

»Wenn du ihn mit reingerissen hättest, wärst du vielleicht nicht zum Tode verurteilt worden«, fuhr ich fort.

»Das weiß man nicht. Es ging um alles oder nichts. Wenn ich ihn mit reingezogen hätte, wären wir alle beide für den Rest unseres Lebens hinter Gittern verschwunden.

Er hat mir geschworen, er würde sich einen Plan ausdenken, um mich freizubekommen.«

»Und du hast ihm geglaubt?«

»Natürlich. Für ihn steht genauso viel auf dem Spiel wie für mich. Er wusste doch, dass ich ihn jederzeit verraten kann.«

»Aber der Plan ist nicht aufgegangen, und du wurdest verurteilt.«

»Dafür konnte er nichts.«

»Wieso denn nicht?«

»Er wollte das Ganze Seth in die Schuhe schieben.«

»Warum Seth?« Das begriff ich nicht.

»Der sollte tot an dem Ort gefunden werden, wo wir die Frauen festhielten«, sprach Matt einfach weiter. »Selbstmord. Aber es sollte so aussehen, als hätte er die Frauen ermordet. Wir konnten sie nicht am Leben lassen. Schließlich hätten sie uns identifizieren können. Aber dann ist Seth verschwunden, dieser Idiot, und ich bin hinter Gittern gelandet. Als er zurückkam, konnten wir es kaum fassen und haben uns einen neuen Plan ausgedacht. Oder vielmehr ich. Dazu hatte ich im Gefängnis ja alle Zeit der Welt. Man musste eine Frau entführen …«

»Becca.«

»Becca entführen und umbringen, Seth dorthin locken … Ihn mit einer Überdosis Selbstmord begehen lassen, nachdem er die Polizei angerufen, seine Reue kundgetan und erklärt hat, wo man ihn finden würde, und fertig.« Das Wort »er« sprach Matt auf ganz besondere Weise aus, und mir wurde klar, dass nicht Seth dieses Telefonat geführt hätte.

»Er kann sehr gut Stimmen imitieren. Dieser Mann hat

viele Talente«, verkündete Matt mit einem Grinsen. »Auf dem Gelände hätte die Polizei dann die Leichen der anderen Frauen gefunden. Und ich wäre freigekommen.«

Ich versuchte zu erfassen, was er da gerade gesagt hatte. »Aber wenn der Plan nicht gelingen sollte … Du warst doch in der Todeszelle. Er nicht.«

Matt lachte leise.

»Was ist?«

»Das klingt fast, als wäre dir an meinem Wohlbefinden gelegen.«

»Ich kapiere es einfach nicht«, sagte ich. »Du hast dein Leben aufs Spiel gesetzt. Du musstest nicht nur mit deiner Hinrichtung rechnen, sondern auch mit einem Angriff durch Mitgefangene … Und die ganze Zeit lief er einfach draußen frei herum.«

»Wenn ich ihn mit reingerissen hätte, wie du es so schön formuliert hast, würde der ganze Rest meines Lebens so aussehen. Zwar vielleicht nicht im Todestrakt, aber die anderen Bereiche des Gefängnisses sind auch nicht gerade ohne. Da wird man auch rangenommen, früher oder später. Da habe ich mir lieber eine Chance auf die Freiheit erhalten.«

»Ein sehr riskantes Spiel.«

»Nein, gar nicht. Ich habe dem Plan zu hundert Prozent vertraut, er konnte gar nicht schiefgehen.«

»Aber dann ist Seth verschwunden, hast du gerade gesagt.«

»Das war ein ganz schöner Rückschlag, ja.«

»Und trotzdem hast du weiter geschwiegen.«

»Wir mussten Seth aufspüren, doch das stellte sich als schwierig heraus. Aber wir hatten Glück, weil seine Mutter starb und er nach Atmore zurückkehrte.«

»Warum wolltest du eine Beziehung eingehen? Warum heiraten?«

»Wegen des Geldes«, gab er unumwunden zu. »Ohne Geld hat man im Gefängnis keine Möglichkeiten. Und du warst ein unerwarteter Bonus. Ich dachte wirklich, du machst einen Witz, als du gesagt hast, dass du mir zur Flucht verhelfen willst.«

»Warum bist du mit mir gekommen, wenn du doch so viel Vertrauen in euren Plan hattest?«

»Ein Freispruch auf der Flucht wäre mir lieber gewesen als ein Freispruch im Gefängnis. Vor allem, weil das Hinrichtungsdatum immer näher kam. Das hätten sie wahrscheinlich verschoben, wegen der ganzen Entwicklungen, aber trotzdem …«

»Aber angenommen, euer Plan wäre aufgegangen … Wärst du dann nicht wieder im Gefängnis gelandet, weil du geflohen bist?«

»Das glaube ich nicht. Und wir werden es auch nie wissen. Das haben wir dir zu verdanken. Jetzt bist du an der Reihe. Wirst du mir endlich erzählen, wer du bist und warum du das hier tust?«

Ich schüttelte den Kopf. »Nicht jetzt, nicht bevor du mir den Ort gezeigt hast …« Ich zögerte kurz. »Wenn der Plan gelungen wäre, was hättest du dann mit mir gemacht?«

»Keine Ahnung.«

Sein Gesichtsausdruck verriet mir nicht, ob er log oder nicht. Es war auch egal. Wir würden nie erfahren, ob sein Plan gelungen wäre. Ich hatte ihm schließlich alles verdorben. Aber etwas sagte mir, dass ich auf keinen Fall ein lebenslanges Eheglück erlebt hätte. Ein kalter Schauder überlief mich. Angenommen, Matt hätte eine andere Frau gefunden, die verrückt genug gewesen wäre, ihn zu heiraten? Und die nicht erkannt hätte, dass er trotz allem schuldig war? Hätte sie dasselbe Schicksal erlitten wie die anderen, sobald man ihn freigesprochen hatte?

»Warum musste Seth meinen Laptop stehlen?«

»Sobald du mir von deinem Fluchtplan erzählt hattest …« Er zog die Schultern hoch. »Wir wollten einfach wissen, was du vorhast. Zur Sicherheit. Wir hofften, du hättest auf dem Laptop Informationen darüber gespeichert.«

Und ich hatte geglaubt, Matt erfolgreich getäuscht zu haben. Das stimmte nur zum Teil. Ich hatte gewusst, dass ich Matt nicht vertrauen durfte. Aber unterschätzt hatte ich ihn trotzdem.

»Gibt es davon noch mehr?«, fragte Matt und deutete auf das Tablett.

Ich schaute auf meine Armbanduhr. Es war Zeit für den Aufbruch. »Wir fahren jetzt.« Ich warf ihm den Schlüssel für das Paar Handfesseln zu, das an der Kette befestigt war. Mit dem anderen würden seine Hände fixiert bleiben. Den Taser hielt ich im Anschlag.

»An deiner Stelle würde ich lieber keine Dummheiten machen«, meinte ich.

Nicht dass Matt aussah, als ob er noch viel hätte anstellen können. Er stand auf und stützte sich dabei an der Wand ab. Mit wackeligen Bewegungen machte er ein paar Schritte in meine Richtung. Ich vermied einen Blick auf seine Hand, die er schützend in die Seite gepresst hielt. Rückwärts ging ich zur Treppe, den Taser ständig auf ihn gerichtet, nach oben, nach draußen, zum Wagen.

Unsicher humpelte er hinter mir her. Ich befahl ihm,

sich in den Kofferraum zu legen. Danach setzte ich mich auf den Fahrersitz, setzte die Perücke auf und fuhr los.

Anspannung war nur ein winziger Teil all dessen, was ich dabei empfand. Das Ganze konnte noch auf so viele verschiedene Arten schiefgehen.

60

Mit großen Sorgen im Kopf und im Herzen bog ich auf die Straße nach Atmore ein. In Gedanken spielte ich alle Schritte noch einmal durch. Das Auto abstellen, den Motor laufen lassen, klingeln und den Taser im Anschlag halten. Den würde ich ohne Zögern einsetzen, hoffte jedoch, Dave würde freiwillig mitkommen.

Mit meiner Entscheidung, Dave abzuholen, waren ganz ohne Zweifel Nachteile verbunden; das galt aber auch für die Option, sich irgendwo mit ihm zu verabreden. Bei der ersten Variante bestand das Risiko, dass jemand, ein Nachbar zum Beispiel, uns sehen oder hören und Alarm schlagen könnte. Möglicherweise weigerte sich Dave auch mitzukommen, oder er gebrauchte seine Waffe. Aber ihn anzurufen und ihn dazu aufzufordern, allein zu der vereinbarten Stelle zu kommen, schätzte ich als noch größeres Risiko ein. Ich war nicht davon überzeugt, dass Dave dann allein kommen würde. Ich konnte nicht wissen, wozu er in seiner Wut fähig war. Denn dass er wütend auf mich war, schien mir nur allzu deutlich.

Auf der Straße war es völlig still, in keinem einzigen Haus brannte Licht. Meinem Gefühl nach verursachte der Motor schrecklich viel Lärm, und die Scheinwerfer strahlten außergewöhnlich hell. Irgendjemand würde davon bestimmt aufwachen. Aber es gab kein Zurück mehr für mich. Ich musste mich beeilen.

Ich stellte das Auto am Bürgersteig ab und rannte zur Haustür. So laut ich mich traute, klopfte ich. Ich wartete und schaute mich währenddessen hochnervös um. Keine einzige Bewegung war erkennbar, auch nichts zu hören, weder drinnen nach draußen. Ich klopfte noch einmal, und gerade als ich mir überlegte, es lieber hinten zu versuchen, an Daves Schlafzimmerfenster, ging drinnen das Licht an. Ich hörte, wie Dave etwas brummte, und wenig später wurde die Haustür geöffnet. Für den Bruchteil einer Sekunde sah er mich ausdruckslos an. *Er erkennt dich nicht, weil du eine Perücke trägst*, wurde mir bewusst. Er stand in Boxershorts und weißem T-Shirt vor mir. Dann wich der erstaunte Blick dem Erkennen, der Freude und Erleichterung. Das berührte mich tief, aber ich hatte keine Zeit, weiter darüber nachzudenken.

»Mackenzie, was machst du hier? Ich bin fast verrückt geworden vor Sorge.« Er streckte eine Hand nach mir aus und entdeckte im nächsten Moment den Taser, den ich drohend vor mir ausgestreckt hielt.

»Es tut mir leid, Dave, ich will, dass du mit mir kommst.«

»Was soll das? Was ist los?«

»Ich brauche dich.«

»Wozu?«

»Das erfährst du dann unterwegs. Jetzt beeil dich.«

Er baute sich breitbeinig vor mir auf. »Du musst dich stellen …«

»Dave, für diese Dinge habe ich keine Zeit. Entweder kommst du freiwillig mit, oder ich setze dieses Teil hier ein und schleife dich ins Auto. Das kann ich. Mit Matt habe ich es auch geschafft. Du hast die Wahl.«

Seine Augen schienen noch dunkler zu werden, als er sagte: »Dann lass mich schnell eine Hose anziehen.« Er drehte sich um, und ich folgte ihm ins Haus. Ich wollte sicher sein, dass er seine Waffe und sein Handy nicht mitnahm. Misty konnte ich nirgends entdecken. Vielleicht war das auch besser so. Schnell schlüpfte Dave in eine Jeans und Schuhe. Ganz kurz ließ er den Blick auf mir ruhen, und ich wusste fast sicher, dass er abwog, ob er versuchen sollte, mich zu überwältigen.

»Ich will dir nichts antun«, versicherte ich ihm darum schnell. »Ich brauche nur deine Hilfe. Wir sind nicht hier, um dir etwas anzutun.« Die Worte klangen komisch, als spielte ich eine Rolle in einem Film. »Das würde ich nie tun, Dave«, fügte ich hinzu. »Nicht nach all dem, was du für mich getan hast.« Ein Kloß im Hals hinderte mich am Weitersprechen, und ich spürte, wie mir die Tränen in die Augen stiegen. Sofort rief ich mich selbst zur Ordnung. Für Sentimentalitäten war keine Zeit. Ich durfte keine Schwäche zeigen. Musste stark bleiben.

»Okay«, stimmte Dave zögernd zu, als wäre er nicht völlig von meinen guten Absichten überzeugt.

Ich ging zum Wagen und öffnete den Kofferraum, Dave folgte mir. »Hilf mir mal«, sagte ich zu Dave.

Er riss die Augen auf. »Ist das Matt?«

»Ich habe ihn gefesselt«, sagte ich. »Wir müssen ihn auf den Rücksitz verfrachten.«

Dave hob Matt hoch wie einen Sack Kartoffeln und bugsierte ihn auf die Rückbank.

»Du fährst«, sagte ich zu Dave und reichte ihm die Schlüssel.

»Wohin denn?«, erkundigte sich Dave, nachdem er sich gesetzt hatte. Er wandte sich zu Matt um, und die beiden tauschten einen kurzen Blick, sprachen jedoch kein Wort miteinander.

»Matt?«, erkundigte ich mich in fragendem Tonfall.

»Erst mal Richtung Huxford.«

»Okay, jetzt will ich aber wissen, was hier vor sich geht«, verlangte Dave, als wir uns auf der AL 2I N befanden.

Während ich den Taser auf Matt gerichtet hielt, erzählte ich Dave alles, was ich erfahren hatte, und endete damit, wohin wir unterwegs waren – ich konnte nur hoffen, dass das auch stimmte. Dave fiel die Kinnlade herunter vor Überraschung. Er schaute mich kurz an, ehe er seine Aufmerksamkeit der Straße zuwandte, und seine Augenbrauen berührten sich fast, so heftig runzelte er die Stirn.

»Hast du das alles in Szene gesetzt, um …« Er rang nach Luft, suchte nach Worten.

Ich nickte.

»Warum?«

»Ich will wissen, wo sie ist. Das bin ich ihr schuldig.«

»Wem?«

»Meiner kleinen Schwester.« Ich flüsterte jetzt. »Rosie.«

Beide Männer reagierten sofort. Ich meinte, Matt kurz leise lachen zu hören, und Dave fluchte.

»Aber Rosie hatte gar keine Schwester«, meinte Dave, der ganz eindeutig verwirrt war.

»Offiziell bin ich auch ihre Halbschwester. Meine Mutter hat zweimal geheiratet, und Rosie hat einen anderen Vater als ich. Als sie sieben war, wurde sie adoptiert. Meine Mutter kam mit uns nicht zurecht. Wir waren öfter in Pflegefamilien als zu Hause. Ich kehrte immer wieder zu meiner Mutter zurück, Rosie von einem bestimmten Moment an nicht mehr. Sie hat eine neue Familie gefunden. Eine liebevolle, gute Familie.«

Dave schlug auf das Lenkrad ein. Aus Frustration, vermutete ich, weil er das nicht gewusst hatte.

Mir schnürte es die Kehle zu, und das hinderte mich daran, weiter zu berichten, aber das schien auch niemand von mir zu erwarten.

An dem Tag, an dem man Rosie – diesmal für immer, aber das wusste ich damals noch nicht – von uns wegholte, hatte ich ihr versprochen, ich würde sie finden, für sie sorgen, sie beschützen. Eines Tages würden wir wieder zusammen sein. Als ich sie Jahre später tatsächlich fand, erkannte ich, dass sie mittlerweile ein glückliches Leben führte. Das war das letzte Mal, dass ich sie sah. Ich hatte sie damals nicht anzusprechen gewagt, aus Angst, sie würde mich nicht erkennen oder, noch schlimmer, mich wegschicken. Ich war damals achtzehn, Rosie fünfzehn. Ich war ihr gefolgt, als sie mit ein paar Freundinnen von der Schule nach Hause ging. Sie hüpfte, sang, tanzte, schwatzte und lachte auf dem ganzen Weg. Sie hatte schönes, dickes, langes Haar, das glänzte und ihr ordentlich gekämmt über den Rücken hing. Trotz ihres spitzen Gesichts und der dünnen Gliedmaßen wirkte sie gesund, was darauf hindeutete, dass sie genug zu essen bekam. Nirgends sah ich auf ihrer Haut blaue Flecken. In ihren blauen Augen war kein Kummer zu lesen, keine Angst.

Ich hatte mich abgewandt und war gegangen. Ich verkörperte ihr altes Leben, und das hatte ihr nie etwas Gutes gebracht. In ihrem neuen ging es ihr viel besser. Ich brauchte sie nicht mehr zu beschützen. Sie brauchte mich nicht mehr. Ihre neuen Eltern kümmerten sich jetzt um sie, viel besser, als ich das jemals gekonnt hätte. Ich hatte ihr nichts zu bieten. Nur böse Erinnerungen.

Hin und wieder suchte ich auf Google nach ihr. Beim letzten Mal kam ich dahinter, was ihr zugestoßen war. Eine rasende Wut flammte in mir auf. Wäre sie bei mir gewesen, wäre das nie geschehen. Sie hatten Rosie nicht beschützt, und sie konnten sie nicht einmal finden. Damals hatte ich mir vorgenommen, da anzusetzen, wo sie versagt hatten: Ich würde meine Schwester finden. Das würde ich schon schaffen. Ich würde sie aufspüren und ihren Leichnam nach Hause bringen. Der stand mir zu, nicht ihrem Entführer. Dann wären wir wieder zusammen.

»Das ist doch Wahnsinn«, hörte ich Dave neben mir murmeln.

»Es war der einzige Weg.«

»Also hast du während dieser ganzen Zeit …«

Ich nickte.

Ein Blitz spaltete den dunklen Himmel plötzlich in zwei Hälften. Ich zählte. Bei drei hörte ich den Donner. Das Gewitter war uns ganz nah.

»Warum hast du mir nicht gesagt, was du wusstest? Dann hätte ich ihn verhaften können und …«

»Nein, er war mein Plan B. Stell dir vor, er hätte genauso wie Matt geschwiegen?«

Dave schaute in den Rückspiegel. »Was hast du mit ihm angestellt, Mackenzie?«

»Nicht mehr als das, was er verdient«, sagte ich hart.

»Du hast das Recht in die eigenen Hände genommen. Stell dir vor, das würde jeder so machen! Dafür haben wir doch ein Rechtssystem …«

Seine Worte waren mir unangenehm, aber sie trafen zu. Dennoch wollte ich, dass er mich verstand. Vor allem seinetwegen. Aber natürlich konnte er mir das nicht zugestehen, denn er befand sich auf der richtigen Seite des Gesetzes. Ich dachte an Afghanistan, wo es keine Regeln und Gesetze gab. Nicht bei den Afghanen selbst, aber auch nicht bei uns. Wir hatten dort alles abgeworfen, weil uns die Umstände dazu zwangen, und uns für das Recht des Stärkeren entschieden. Aber wo lag die Grenze? Hätte ich das hier getan oder gewagt, wenn ich nicht in Afghanistan gewesen wäre? Hatte mich meine Zeit dort abgestumpft, verhärtet?

Die ganze Zeit war uns kein Gegenverkehr begegnet, und Dave schaltete das Fernlicht an, um besser sehen zu können. Dicke, schwere Tropfen explodierten auf der Windschutzscheibe, erst langsam und dann immer schneller; die Scheibenwischer schafften es kaum, die große Menge an Wasser zu bewältigen, und Dave spähte angespannt auf die Straße, auf der sich rasch ein Wasserfilm bildete. Es war entsetzlich heiß im Auto, und ich kurbelte die Scheibe ein Stück herunter. Der Regen schlug mir rhythmisch ins Gesicht, aber das war nicht einmal unangenehm.

»Jetzt nach rechts in die Ross Gate Road, dann wieder rechts in die Butler Street«, sagte Matt.

Links und rechts an der Straße ragten hohe Bäume in den Himmel hinauf, und dadurch wurde es noch dunkler. »Jetzt links.«

»Moment mal, in die Hope Grant Road?«, fragte Dave erstaunt nach. Er überlegte kurz. »Fahren wir etwa zur alten Farm von Mitch Fielding?«

61

Erst jetzt begriff ich, warum sie ausgerechnet Seth die Sache hatten anhängen wollen. Schließlich war das hier sein Elternhaus. Nach weniger als einer halben Meile erschien zu meiner Linken ein einfacher, selbst gebauter Holzbriefkasten. Er hatte die Form eines Beils und deutete auf die gegenüberliegende Straßenseite, hin zu einem Sandpfad, der sich in einen regelrechten Schlammpfuhl verwandelt hatte.

War Vicky auch hier entlanggelaufen, oder hatte sie sich in die andere Richtung gewandt? Kein Wunder, dass sie völlig desorientiert gewesen war. Hier gab es dichten Wald und unendlich viele kleine Pfade wie diesen hier. Ich selbst würde einen Baum auch nicht vom anderen unterscheiden können. Wir hatten zumindest noch das Scheinwerferlicht, aber Vicky war hier in völliger Dunkelheit herumgeirrt. Außerdem war sie natürlich traumatisiert gewesen. Und auf der Flucht vor ihrem Entführer.

Ich wusste, dass mir die Fantasie einen Streich spielte, aber trotzdem schien die Temperatur immer weiter zu sinken, je näher wir der Farm kamen. Als die endlich vor uns erschien, hielt Dave ganz kurz an. Das Gebäude wirkte bedrohlich. Düster. Wie ein verfluchter Ort. Weil es so dunkel war, konnte ich nur Umrisse erkennen. Ein Blitz erleuchtete alles für einige Sekunden. Das Gebäude hatte zwei Stockwerke und ein flaches Dach. Es bestand aus drei Teilen, dem größten in der Mitte und zwei kleineren Anbauten links und rechts davon. Auf dem Gelände standen noch vereinzelte andere Gebäude.

»Hier in der Gegend habt ihr nie gesucht?«, erkundigte ich mich.

Dave trat aufs Gas. Er schüttelte den Kopf. »Der Ort, an dem man sie gefunden hat, die Old Stage Road, liegt gute zwölf Meilen von hier entfernt. Das sind zu Fuß ungefähr vier Stunden. Sie hatte keine Ahnung, aus welcher Richtung sie gekommen war. Hoffnungslos.«

Als Dave schließlich bremste, rutschten wir noch ein Stückchen weiter.

Ich wandte mich zu Matt um.

»Wo?« Mehr brachte ich nicht heraus.

»Im Haus«, bestätigte er mit einem Nicken.

Wir stiegen aus dem Auto. Der Regen peitschte mir gnadenlos ins Gesicht, und innerhalb weniger Sekunden waren wir durchgeweicht. Es erschien uns sinnvoller, Matt im Wagen zu lassen, und Dave befestigte seine Handfesseln am Angstgriff auf der Beifahrerseite. Ich riss mir die Perücke vom Kopf und ließ sie auf den Boden fallen. Mehr rutschend als gehend, legten wir die paar Meter zum Haus zurück. Ich rüttelte an der Haustür, aber wie erwartet war sie abgeschlossen. Der Anstrich war ausgebleicht, und an einigen Stellen blätterte die Farbe ab, genau wie auf dem Rahmen des großen Fensters daneben. Durch die Scheibe liefen breite Risse. Ich spähte nach drinnen, sah jedoch nichts. Warum hatte ich nicht an eine Taschenlampe gedacht?

Ich schaute mich um. Das Unwetter tobte unvermindert weiter. Das Gelände war eine einzige Schlammwüste. Ich fror bis auf die Knochen.

Irgendwo hier befand sich meine Schwester. Ich war ihr so nah wie seit vielen Jahren nicht mehr.

Ich lief auf die Rückseite des Hauses, was wegen der Kälte und Dunkelheit nicht gerade einfach war. Ich konnte nicht gut erkennen, wohin ich mit den Füßen trat, und es lag lauter Zeug herum. So vorsichtig wie möglich lief ich weiter.

Irgendwo musste eine Hintertür sein. An der einen Seitenwand des Hauses gab es einen Wintergarten, und als ich aus dem Augenwinkel einen Schatten sah, blieb mir fast das Herz stehen, bis ich begriff, dass es sich um mein eigenes Spiegelbild handelte. Um das Gefühl der Angst zu vertreiben, fluchte ich aus tiefstem Herzen. Ich zweifelte nicht daran, dass dieser Ort tagsüber genauso abscheulich war wie nachts.

Die Hintertür erwies sich ebenfalls als abgeschlossen, aber ich hatte nicht vor, mich davon zurückhalten zu lassen. Überall lagen Steine herum, und ich bückte mich, um einen großen, der halb aus dem Erdboden ragte, herauszuziehen. Das kostete mich einige Kraft, aber mit Daves Hilfe gelang es mir. Dave warf den Stein durch die Scheibe und vergrößerte das Loch mit ein paar Tritten. Danach steckte er eine Hand hindurch und öffnete die Tür von innen.

»Pass auf, die Scherben«, sagte er zu mir, bevor er als Erster nach drinnen ging.

Wir landeten direkt in der Küche. Jetzt, wo mir der Regen nicht mehr ständig in die Augen lief, konnten sie sich an die Dunkelheit gewöhnen, und bald gelang es mir, unscharfe Silhouetten voneinander zu unterscheiden. Die plötzliche Stille war ohrenbetäubend, das Geprassel des Regens draußen schien auf einmal sehr weit weg. Eine Gänsehaut überlief mich. Das einzige Geräusch kam von meinen keuchenden Atemzügen und dem Tropfen des Wassers, das an mir herunterlief. Es roch muffig und feucht.

Mit einer Hand tastete Dave die Wand ab. Als ich ein Klicken hörte, begriff ich, dass er einen Lichtschalter gefunden hatte.

»Kein Licht«, kommentierte er.

Wenn man die Frauen hier festhielt, musste doch aber das Licht funktionieren? Zweifel beschlichen mich. Das Haus wirkte unbewohnt, wurde mir bewusst. Vielleicht war das aber auch nur Tarnung.

Ich rief den Namen meiner Schwester. Das Haus schien zu erschrecken. Ich lauschte angespannt, hörte jedoch nichts.

Dann machte ich ein paar Schritte und stieß gegen einen Tisch. Stühle. Auf einer rechten Seite befand sich ein Küchentisch. Rechts vor mir gab es eine Tür. Auf die ging ich zu. Dahinter lag ein Flur, der sich als enger, dunkler Tunnel erwies. Ein eiskalter Luftzug wehte mich an, und ich zitterte. Mit vor mir ausgestreckten Händen ging ich weiter, kam an eine weitere Tür und landete in einem Vorraum. Rechts von mir befand sich die Haustür. An der Wand hing eine Garderobe. Dort gab es noch eine Jacke am Haken, und ganz kurz bildete ich mir ein, sie würde sich leicht hin- und herbewegen.

Es gab mehrere Türen. Die, der ich am nächsten war, zog ich auf. Dunkelheit. Wieder streckte ich die Hände vor mir aus und ertastete so ein Regalbrett mit einigen Dosen. Hier hatte man offensichtlich die Vorräte aufbewahrt.

Hinter mir erklang ein Quietschen, und ich drehte mich

blitzschnell um. Es war Dave, der genau wie ich eine Tür öffnete, um herauszufinden, was sich dahinter verbarg.

»Das Wohnzimmer«, meldete er.

»Hier geht es in den Keller«, sagte ich. Zu meinen Füßen führte eine kleine Treppe nach unten, deren letzte Stufe ich nicht sehen konnte. Ob die Frauen hier gefangen gehalten wurden? Trotz der Kälte spürte ich Schweiß auf der Haut. Ich nahm mir eine Dose und ließ sie fallen. Es dauerte kaum zwei Sekunden, bevor ich sie unten aufschlagen hörte. Nein, nicht tief genug.

Dave war verschwunden, und ich hörte einen dumpfen Knall, gefolgt von einem Fluch. Wenig später tauchte er wieder auf. Inzwischen hatte ich mich der letzten Tür zugewandt. Dahinter gab es eine schmale, steile Treppe, die in den ersten Stock führte.

Meine Kehle wurde ganz rau, weil wir so viel Staub aufwirbelten, wenn wir uns bewegten, und meine Haut juckte und fühlte sich klebrig an.

»Der Keller ist nicht tief genug«, sagte ich. Eine enorme Mutlosigkeit überfiel mich. Hatte Matt mich angelogen? Es war nur allzu offensichtlich, dass wir meine Schwester und die anderen hier nicht finden würden. Frustration umschloss meine Brust wie ein Schraubstock und nahm mir den Atem. Das durfte einfach nicht wahr sein. Ich war so weit gekommen. Meine ganzen Anstrengungen konnten nicht umsonst gewesen sein. Ich zermarterte mir das Gehirn. Was hatte ich übersehen? Wie, in welchem Moment war es Matt gelungen, mich zu manipulieren? Hatte ich mir zu sehr gewünscht, dass er die Wahrheit sagte? Ihm zu bereitwillig Glauben geschenkt?

In meinen Augen brannten die zurückgehaltenen Tränen, aber ich wusste, dass ich sie nicht zulassen durfte.

Wenn ich jetzt zu weinen anfing, würde ich nie wieder aufhören.

Ich stürmte nach draußen, bereit, Matt mit bloßen Händen zu erwürgen. Aber das Auto war leer.

62

Die Tür auf der Beifahrerseite stand auf. Ungläubig schaute ich in den Wagen, als hätte ich wirklich erwartet, Matt da noch irgendwo vorzufinden. Der Haltegriff war herausgerissen.

Mühsam holte ich Atem. Ich musste nachdenken, fühlte jedoch nichts als den Regen, der auf mich herunterprasselte. Jeder Tropfen erschien mir wie ein Vorwurf. *Du hast ihn entkommen lassen. Du dumme, naive Kuh. Du hast es vermasselt.*

Ich schaute mich um. Weit konnte er nicht sein. Wir mussten ihn finden. Unentschlossen lief ich hin und her. In welcher Richtung sollte ich suchen?

Ich schrie meine ganze Frustration heraus. In diesem Augenblick hörte ich jemanden hinter mir und schnellte herum, rechnete mit Gefahr. Aber es war Dave.

»Er ist weg«, stammelte ich.

Fluchend lief Dave zum Wagen und schaute sich an, was ich bereits wusste. Und genau wie ich vorher blickte er sich voller Unglauben um.

»Wir müssen ihn finden, Dave. Er ist schwach, verletzt, er kann nicht weit kommen …« Ich schaute auf den Boden, suchte nach Spuren, doch der Regen hatte alles weggespült.

Dave packte mich an den Schultern, wollte mich beruhigen.

»Wir können nichts ausrichten, Mackenzie. Das Gelände ist viele Hektar groß, das bewältigen wir zu zweit nicht, schon gar nicht bei diesem Unwetter.« Er musste fast schreien, damit ich ihn durch den Lärm des strömenden Regens hindurch überhaupt verstand.

Er hatte recht. Es war Zeit, die Polizei jetzt auch offiziell dazuzuholen.

»Ich habe ein Handy«, sagte ich. »In meiner Tasche.« Ich deutete zum Auto.

Dave öffnete die Wagentür und schüttelte dann den Kopf. »Da ist keine Tasche.«

Die hatte Matt natürlich mitgenommen. Während mir das Wasser in den Mund lief, rang ich nach Luft. Das Gefühl der Hilflosigkeit, das mich jetzt überfiel, war mehr, als ich ertragen konnte.

Dave behielt einen kühlen Kopf. »Dann gehen wir eben zu Fuß. Komm, wir müssen los. Wir haben noch ein ganzes Stück vor uns.«

Ich nickte niedergeschlagen. Meine Beine, Arme, mein ganzer Körper fühlte sich tausendmal schwerer an als noch vor wenigen Augenblicken.

Der Regen prasselte unbarmherzig auf uns herunter. Ich hob das Gesicht und ließ mir den ganzen Staub vom Gesicht spülen, fühlte mich aber trotzdem immer noch schmutzig. Als ich die Augen wieder öffnete, nahm ich die Konturen der Nebengebäude wahr. Ich war kurz davor, Dave zu folgen, da erleuchtete ein Blitz den Himmel, und der Donner ließ den Boden erzittern. Irgendwo wurde das Licht reflektiert, ganz kurz und nur ganz leicht.

Es dauerte ein paar Sekunden, ehe mein Kopf erfasste, was gerade geschehen war. Es gab da etwas, das das Licht nicht eingefangen hatte. Meine Intuition wusste es vor meinem Gehirn, und meine Beine hatten sich bereits in Bewegung gesetzt. So schnell ich konnte, rannte ich in die Richtung, aus der die Reflexion gekommen war. War es die Scheune gewesen? Ich platschte durch den Schlamm, und ein paarmal wäre ich fast hingefallen, weil es mir die Füße wegriss.

»Mackenzie!«, schrie Dave, der bemerkt hatte, dass ich ihm nicht hinterherkam.

»Warte noch kurz, ich komme gleich!«, rief ich zurück, bezweifelte jedoch, dass er mich genau verstehen konnte.

Ich rutschte aus und landete auf dem Hintern. Mit schlammverschmierten Händen rappelte ich mich wieder auf. Die doppelte Tür der Scheune war mit einer Kette verschlossen. Mit einem neuen Schloss, stellte ich fest, als ich es berührte. Es fühlte sich glatt und kühl an. War nicht verrostet oder kaputt wie die restlichen Dinge hier auf dem Gelände.

Jemand war vor Kurzem hier gewesen.

Jemand hatte an dem Scheunentor ein neues Schloss angebracht.

Ich zog daran, aber es gab nicht nach.

»Was machst du da?«, fragte Dave, der mich eingeholt hatte.

»Das ist ein neues Schloss«, keuchte ich aufgeregt. »Hier muss es sein, ich weiß es ganz sicher.« Suchend schaute ich mich um. Es musste etwas geben, womit wir die Türen aufbekamen. »Wir müssen das Schloss abkriegen.«

Dave zeigt auf eine zweite Scheune ganz in der Nähe. »Vielleicht gibt es dort etwas, mit dem wir es aufbrechen können.«

Wir rannten hinüber und gelangten durch einen Türrahmen, in dem die Tür fehlte, nach drinnen. Dort standen einige landwirtschaftliche Maschinen herum – ein Traktor, ein alter, verrosteter Pflug, ein Heuwender –, und an der rechten Wand befand sich ein hohes Regal, auf dem sich allerlei Gerätschaften befanden.

Kälte und Müdigkeit waren mit einem Schlag verschwunden. An ihre Stelle war ein neues Feuer getreten, das mich vorantrieb. Hier war es, ich spürte, ich wusste es. Fieberhaft suchte ich nach den richtigen Werkzeugen. Ich fand eine Kettensäge, aber als ich sie auf den Boden legte und an der Schnur zog, blieb sie stumm. Ich hob einen Schraubenzieher auf.

Dave hatte ein Brecheisen gefunden. »Damit müssten wir es schaffen.«

Auf steifen Beinen lief ich nach draußen zur ersten Scheune. Dave setzte das Brecheisen am Holz an und machte sich an die Arbeit. Ich schickte ein Stoßgebet zum Himmel. »Wenn es damit nicht klappt, suche ich mir ein Beil und hacke das Holz kaputt«, brummte er. Seine Hände rutschten ab, weil er wegen des Regens das Brecheisen nicht richtig zu fassen bekam. Trockenwischen ging nicht, denn alles war durchweicht, und er fluchte, doch dann zerrte er kräftig am Schloss. Es gab nach und fiel mit einem dumpfen Knall in den Schlamm.

Ohne Zögern schlüpfte ich als Erste durch die entstandene Öffnung. Ich hatte keine Ahnung, was mich erwartete, und meine Fantasie gaukelte mir die schlimmsten Bilder vor. Drinnen sah ich überall Schatten, die sich vom Hintergrund lösten, und jedes Geräusch ließ mich zusammenfahren. Seite an Seite schlichen wir durch den Raum.

Die Scheune war hoch, und genau wie in der anderen gab es auch hier große landwirtschaftliche Maschinen. An der rechten Wand standen Kisten aufgestapelt, in denen man früher wahrscheinlich Kartoffeln oder Gemüse transportiert hatte. Ich nahm einen scharfen Geruch wahr, konnte ihn aber nicht einordnen.

Ich wagte kaum zu atmen, weil ich befürchtete, zu laut zu werden, obwohl ich wusste, dass das lächerlich war. Hier war niemand.

Mehrere Autos standen da, und sofort lief Dave auf eines von ihnen zu. »Vicky fuhr so einen Typ, und das Kennzeichen könnte auch stimmen.«

»Wir sind also am richtigen Ort.«

Wir durchsuchten die Scheune weiter, aber es gab nichts. Gar nichts. Nein, das konnte nicht sein. Es war hier. Das Schloss hatte man nicht ohne Grund angebracht. Um dafür zu sorgen, dass niemand nach drinnen kam. Oder nach draußen.

»Hier muss es irgendetwas geben«, flüsterte ich.

»Der Fußboden«, meinte Dave. »Hier muss etwas unter dem Fußboden sein.«

Der war aus Beton. Man konnte im Dunkeln kaum etwas sehen, und ich stampfte herum, lauschte nach ungewöhnlichen Geräuschen. Es musste doch irgendwo eine Falltür oder so etwas geben. Erneut durchsuchten wir die gesamte Scheune, doch wieder ohne Erfolg.

»Die Maschinen«, sagte Dave. »Wir müssen die Maschinen von der Stelle schieben.«

Erst versuchten wir einen alten Traktor in Bewegung zu setzen, aber das gelang uns nicht. »Wenn wir es zu zweit nicht schaffen, konnte er es allein auch nicht«, folgerte Dave.

Danach versuchten wir es mit einer Kippmulde, die wir problemlos ein Stück nach vorn schoben. Darunter war sie. Eine Luke im Boden, aus breiten Holzbrettern. Gerade groß genug, dass ein erwachsener Mann hindurchkonnte. Dave zog heftig an den Ringen. Es kostete ihn einiges an Kraft, doch dann hob sich die Luke. Ein kalter Luftzug wirbelte nach oben. Der Raum darunter wirkte noch dunkler als der um uns herum.

»Ich gehe als Erster«, erklärte Dave. Er setzte sich hin. »Da sind Stufen aus Stein«, teilte er mir mit und verschwand in dem Loch.

Die Nervosität prickelte durch meinen Körper, während ich ihm folgte. Das Loch wirkte entsetzlich beklemmend auf mich, und nachdem ich die ersten Stufen zurückgelegt hatte, konnte ich dem Drang nicht widerstehen, die Hände vor meinem Körper auszustrecken. Überall um mich herum spürte ich kalten, rauen Stein. Ich schätzte, dass das Loch im Durchmesser kaum größer als zwei Fuß war. Mit äußerster Vorsicht stieg ich die steilen Stufen hinab.

Ich blinzelte, als mir plötzlich ein grelles Licht in die Augen schien. Dave stand vor mir, er hatte einen Lichtschalter gefunden. Er stand am Anfang eines Flures, über unseren Köpfen leuchtete eine Neonröhre. Ab und zu flackerte sie, und jedes Mal hatte ich Angst, sie würde ganz erlöschen. Ich hätte nicht gewusst, wie ich den Weg nach draußen hätte finden sollen.

»Ja?«, fragte Dave.

Ich schaute zu ihm hin. Jeans und T-Shirt klebten ihm am Körper und waren schwarz vom Schlamm. Auch in seinem Gesicht gab es viele dunkle Spritzer. Aus seinem Haar tropfte immer noch das Wasser. Seine Augen wirkten in seinem Gesicht riesengroß. Ich konnte nur mutmaßen, wie ich selbst gerade aussah.

Ich nickte entschlossen. Wirre Gefühle, die ich so schnell gar nicht hätte benennen können, schnürten mir die Brust zu. Was für ein grauenhafter Ort. »Das hier ist Mitchs Schutzkeller. Ende der Achtzigerjahre gab es einen regelrechten Hype, weil der Kalte Krieg noch im Gange war und alle Angst vor Atombomben hatten.«

Das Echo seiner Stimme hallte von den Wänden wider.

Wir landeten vor einer Stahltür. Dave drückte dagegen, aber sie gab nicht nach. An der Seite, auf Augenhöhe, sah ich an einem Nagel einen Schlüsselbund hängen. »Dave«, sagte ich und tippte ihm auf die Schulter.

Er riss den Schlüsselbund vom Nagel und probierte einen Schlüssel nach dem anderen aus. Wir hörten ein Klicken, und dann öffnete er problemlos die Tür.

Was sich jetzt vor unseren Augen entfaltete, entsprach ungefähr dem, was Vicky beschrieben hatte. Links und rechts jeweils drei Räume, deren Türen geschlossen waren. Mit Sehschlitzen im oberen Bereich. Eine seltsame Stille hatte sich im Raum ausgebreitet. Mich überlief eine Gänsehaut, und das kam nicht von der Angst, sondern von etwas anderem. Ich schaute Dave an und er mich. Aber keiner von uns beiden wagte etwas zu sagen.

Da erklang Husten, rechts von uns. Es stammte weder von mir noch von Dave. Gleichzeitig bewegten wir uns in die Richtung der ersten Zelle auf der rechten Seite. Die wenigen Schritte, die wir dafür benötigten, erschienen uns endlos lang.

»Ich bin von der Polizei, wir holen euch hier raus«, sagte Dave laut. Seine Finger suchten nach einem der Schlüssel und versuchten, ihn in das Loch zu stecken. Ihm zitterten die Hände, erkannte ich.

Kaum hatte er ausgesprochen, entstand ein ungeheurer Lärm. Geschrei, Rufe, es wurde an die Türen gehämmert.

»Helft mir«, erklang es auf der anderen Seite. »Schnell

bitte.« Ich wollte durch den Schlitz schauen, um zu sehen, wer die Frau war, aber damit wäre ich Dave im Weg gewesen, deswegen unterdrückte ich meine Ungeduld. Ich rannte zur nächsten Tür, öffnete die Luke. Entsetzt dreinblickende Augen. Ein aufgerissener Mund, der wie von Sinnen schrie. Hände, die sich durch die Gitterstäbe schoben und nach mir griffen. Aber es war nicht Rosie.

Der Druck auf meiner Brust wurde immer größer, und ganz kurz schien alles Licht um mich herum zu verschwinden. Ich suchte Halt an der Wand und schwankte in Richtung der nächsten Tür. Ich schaute hinein. Diese Zelle war leer. Schmerzhafte Stiche fuhren mir durchs Herz, während ich zu der ersten Zelle gegenüber lief. Wieder erschienen mir die wenigen Schritte dorthin endlos lang.

Auch diese Zelle war leer. Ich schaute durch die nächste Luke. Den Blick in den Augen dieser Frau würde ich nie im Leben vergessen. Es war, als hätte sie einen Geist gesehen.

»Wer bist du?«, fragte die Frau, während sie den Blick die ganze Zeit auf mich gerichtet hielt – als hätte sie Angst, ich würde verschwinden, wenn sie ihn abwandte oder auch nur zwinkerte.

»Wir holen euch hier raus«, versprach ich mit heiserer Stimme.

»Ihr habt uns gefunden«, sagte die Frau. »Wieso hat das so lange gedauert, verdammt noch mal?« Ihr Blick war plötzlich voller Hass.

Ich schaute zu Dave hin, der noch immer nach dem richtigen Schlüssel suchte. Ich wollte ihm den Schlüsselbund aus den Händen reißen und alles selbst übernehmen. Ich war ganz außer mir.

»Alles ist gut, dir kann nichts mehr passieren«, hörte ich

ihn sagen, und er schob zitternd den nächsten Schlüssel ins Schloss, das sich mit einem Klicken öffnete. Es war das schönste Geräusch, das ich seit Jahren gehört hatte. Becca! Sie warf sich in Daves Arme.

Das Haar hing ihr in wirren Strähnen ums Gesicht. Mit ihren kleinen, dünnen Fingern klammerte sie sich an ihm fest. Sie war blass und sah müde und zu Tode verängstigt aus.

Es gab eine letzte Zelle, an der ich noch nicht gewesen war. Ich rannte darauf zu und ignorierte das Rufen der Frau, in deren Gefängnis ich gerade geschaut hatte. Ein Windstoß umspielte meine Beine. Den Bruchteil einer Sekunde zu spät wurde mir klar, was ihn verursachte. Bewegung. Irgendetwas hatte die Luft in Bewegung gesetzt. Aus dem Augenwinkel sah ich eine Gestalt auftauchen. Ich versuchte Dave zu warnen, aber es war zu spät. Russell hob den Arm. In der Hand hielt er den Taser und feuerte ihn auf Dave ab. Dave hechtete noch zur Seite, konnte aber nicht verhindern, dass er getroffen wurde. Geräuschlos sank er an der Wand entlang zu Boden.

Becca fing an zu schreien. »Nein, verdammt noch mal, nein. Du solltest mich doch hier rausholen. Nein!«

Instinktiv hob ich beide Hände. Hinter Russell erschien Matt. Mit einem teuflischen Grinsen kam er auf mich zu. »Hallo, meine Schöne. Hast du mich schon vermisst?«

63

Es fühlte sich an wie ein kräftiger Tritt in den Magen. Ich rang nach Luft. »Wie …«, stammelte ich. Dieses Szenario hatte ich mir keinen Moment lang vorgestellt. Blindlings war ich davon ausgegangen, Matt würde flüchten, genau wie Russell. Warum war ich zur Scheune gelaufen, warum hatte ich nicht einfach Hilfe geholt? Dann wäre ich jetzt nicht hier, dann … Voller Panik sah ich mich um. Es gab keinen Ausweg.

Hinkend kam Matt auf mich zu. Dave lag immer noch auf dem Boden und stöhnte. Russell hielt den Taser weiter auf ihn gerichtet.

»Wie … ?« Mehr brachte ich nicht heraus. Die unendliche Ernüchterung, die ich verspürte, schnürte mir die Kehle zu.

»Ich habe am Eingang einen Alarm installiert«, ergriff Russell das Wort. »Als er ausgelöst wurde, bin ich sofort hergefahren.«

Jetzt begriff ich, warum Matt hatte mitkommen wollen. »Warum seid ihr nicht sofort geflüchtet?«, rief ich. Wie hatte ich nur so dumm sein können? Ein Alarm!

»Soll ich vielleicht mein ganzes Leben aufgeben?«, fragte Russell zurück.

»Wir haben schon gehofft, ihr würdet den Keller finden. Jetzt können wir euch verschwinden lassen, ohne dass auch nur die kleinste Spur zurückbleibt. Hier geht das am leichtesten, ohne große Schmierereien. Kein Blut, keine Hinweise, die jemand finden könnte. Macht euch keine Sorgen wegen des Autos, da kümmern wir uns drum. Oder wir stellen es in die Scheune und stecken die dann an. Oder auch nicht, immerhin weiß niemand, dass der Wagen dir gehört hat …«

Matt hob eine Hand, und ich machte mich auf einen Schlag gefasst. Doch stattdessen streichelte er mir sanft die Wange. Brüsk stieß ich seine Hand weg. Matt lachte. »Wir beide werden es noch richtig schön zusammen haben.«

»Lieber sterbe ich«, gab ich voller Wut zurück.

»Das kann ich ohne Probleme für dich organisieren«, erklärte Matt. »Außerdem gibt es noch jede Menge anderer Anwärterinnen, das weißt du ja.«

Ich spuckte ihm ins Gesicht.

»Jetzt sieht die Situation genau umgekehrt aus, meine liebe Mackenzie. Das solltest du dir gut merken, bevor du mich noch einmal beleidigst.« Grob nahm er mein Gesicht zwischen beide Hände und kniff zu. »Wenn ich das will, leckst du das jetzt vom Boden auf. Verstanden?«

»Nicht jetzt, Matt«, erklang Russells gebieterische Stimme. »Wir müssen uns beeilen.« Er machte eine Kopfbewegung in Daves Richtung.

Matt wandte sich halb zu Russell um. »Ich freue mich schon so lange auf sie. Ihre Schwester habe ich ja schon gehabt, und jetzt will ich endlich herausfinden, wie es mit ihr ist. Ob sie genauso …«

Genau auf diesen Augenblick hatte ich gewartet. Matt achtete nicht auf mich, und sein Körper verdeckte Russell teilweise die Sicht. Ich holte den Schraubenzieher, den ich bei mir behalten hatte, aus der Gesäßtasche und rammte ihn Matt in die Brust. Instinktiv reagierte Becca im selben

Augenblick und riss die Tür weiter auf; sie prallte gegen Russell und brachte ihn aus dem Gleichgewicht.

Plötzlich passierten mehrere Dinge gleichzeitig. Matts Augen schienen aus ihren Höhlen treten zu wollen. Ich sah, dass er wie in Zeitlupe die Hände zum Schraubenzieher führte, der ihm nun aus der Brust ragte, und ein paar Schritte zurücktaumelte. Er fiel gegen Russell, der gerade versuchte, wieder aufzustehen. Becca glitt aus ihrer Zelle. Dave sprang schnell auf. Matt und Russell wehrten sich mit Händen und Füßen, traten um sich. Russell lag auf dem Rücken, Matt auf ihm. Er versuchte den schweren Körper seines Komplizen von sich herunterzubekommen, aber das gelang ihm nicht. Der Blutfleck auf Matts Shirt breitete sich immer weiter aus, und er holte keuchend Atem.

Im Fallen war Russell der Taser aus den Händen geglitten, er lag jetzt zu seinen Füßen. Im Bruchteil einer Sekunde wog ich meine Chancen ab. Sollte ich mir den Taser greifen? Wie viele Patronen waren wohl noch darin? Vor unserer Abfahrt hatte ich drei hineingetan, und bisher war er erst einmal abgefeuert worden. Es mussten noch zwei weitere darin sein. Oder? Vielleicht sollte ich lieber versuchen, Matt den Schraubenzieher aus der Brust zu ziehen, um ihn wieder als Waffe einzusetzen. Dave sah den Taser auch auf dem Boden liegen, aber Becca war schneller als wir. Sie schnappte sich das Gerät, zielte damit auf Russell und drückte ab. Der schrie etwas Unverständliches. Sein Körper zuckte, und Becca betätigte den Taser noch ein weiteres Mal. Sie schien nicht aufhören zu können, und ich schrie sie an, damit sie aus ihrer Trance erwachte, obwohl ich vollstes Verständnis für sie hatte. An ihrer Stelle hätte ich genau dasselbe getan.

»Becca, es reicht. Er kann dir nichts mehr tun«, versuchte ich sie zu beruhigen.

Becca schaute mich mit wildem Blick an, die Arme immer noch vor sich ausgestreckt. Ihre Beine zitterten.

»Hast du ihn erwischt, das Arschloch? Gut gemacht, Mädchen«, jubelte die Frau, mit der ich zuletzt gesprochen hatte. Sie hielt das Gesicht an den Sehschlitz gepresst, um etwas erkennen zu können.

Matt lebte noch, auch wenn er nicht dazu im Stande schien, uns noch etwas antun zu können. Trotzdem hatte ich nicht vor, auch nur das geringste Risiko einzugehen. Russell war zwar momentan außer Gefecht gesetzt, aber lange würde das nicht dauern. Ich zögerte keinen Moment, packte Matt bei den Füßen und zog seinen schweren, leblosen Körper in die Zelle, in der noch keine fünf Minuten vorher Becca eingeschlossen gewesen war. Etwas schien mir Superkräfte zu verleihen, denn ohne Schwierigkeiten schleifte ich ihn nach drinnen. Dave hielt unterdessen Russell in Schach. Mit vereinten Kräften gelang es uns, auch Russell in die Zelle zu schleppen.

Das Gefühl der Erleichterung, das sich langsam in meinem Körper ausbreitete, war riesig. Fast wäre alles schiefgegangen.

»Saubere Aktion, Becca«, brachte ich heraus.

»Das war ganz spontan … Ich habe gesehen, wie du Matt angegriffen hast, und da wusste ich …« Sie schüttelte den Kopf.

»Los, ihr Bitches, hört auf zu labern und lasst mich hier raus.«

Eine Frauenstimme holte mich aus meinem Zustand der Selbstzufriedenheit. Rasch entriegelte Dave die Tür, und die Frau glitt nach draußen. Durch den Schlitz schaute sie in die Zelle, in der wir Matt und Russell eingesperrt hatten.

»Ich verstehe das nicht«, sagte sie. »Den Großen erkenne ich, aber wer ist der andere Kerl?«

»Sie waren zu zweit«, erklärte Dave.

Sie riss die Augen auf und schien dann fast zusammenzubrechen. »Ich muss hier raus«, stammelte sie. Ohne sich auch nur einmal umzuschauen, rannte sie zur Öffnung und verschwand.

Dave öffnete die nächste Tür. Die Frau warf sich ihm laut schluchzend in die Arme. »Ist es wahr? Ist es wirklich wahr? Sind wir frei?«

Eine einzige Zelle war noch übrig. Die, vor der ich gestanden hatte, als Matt und Russell erschienen.

Dave schien zu begreifen, was in mir vorging. »Soll ich …?«

Ich schüttelte den Kopf. Mir war ganz schwindlig vor hoffnungsvoller Erwartung. Meine jahrelange Suche war zu Ende. Jetzt und hier. Ich legte die wenigen Schritte zurück und schaute in die Zelle.

Leer. Keine Rosie.

Es war, als würde jemand ein Ventil aus mir herausziehen und alle Kraft meinen Körper verlassen, während ich an der Wand in mich zusammensackte. In meiner Brust verkrampfte sich alles. Mühsam holte ich Luft.

Der Schmerz schien mir das Herz zusammenzupressen und es gleichzeitig sprengen zu wollen. Ich konnte die Tränen nicht mehr zurückhalten, und diesmal unternahm ich nicht einmal den Versuch, sie abzuwischen. In einer unstillbaren Flut liefen sie mir über die Wangen.

Ich dachte daran, was ich meiner Schwester zum Abschied gesagt hatte.

Eines Tages sind wir wieder zusammen, das verspreche ich dir.

Dave kniete sich zu mir und nahm mich in die Arme. Ich klammerte mich an ihn und weinte, weil ich meine kleine Schwester verloren hatte.

64

Daran, wie ich nach draußen gekommen war, konnte ich mich nicht mehr erinnern. In einem Moment befand ich mich noch in dem abscheulichen Schutzkeller, im nächsten schon an der frischen Luft. Es hatte aufgehört zu regnen. Die Sonne stieg am Himmel auf und verlieh ihm einen goldenen Schein. Die Bäume bewegten sich sanft im Wind hin und her, und die Vögel sangen voller Inbrunst.

Irgendwann hatte ich meinen rechten Schuh verloren, und meine Zehen krümmten sich im Gras. Ein Stückchen weiter vorn drehte eine der entführten Frauen immer wieder langsame Runden und schaute sich verwundert um. Hin und wieder holte sie laut schnaufend Luft. Sie lachte und weinte gleichzeitig.

Becca stand neben Dave, die Arme hatte sie steif um den Oberkörper geschlungen. Ich ging auf sie zu.

»Wir müssen Hilfe holen«, meinte Dave.

»Und die Frauen bleiben hier?«, wollte ich wissen.

»Das erscheint mir am vernünftigsten. Sie sind geschwächt.«

»Ich kann gern bei ihnen warten.«

Becca reagierte, als hätte sie eine Schlange gebissen. »Ich komme mit dir«, sagte sie zu Dave. »Keine Minute länger bleibe ich hier.«

Dave machte sich zusammen mit Becca auf den Weg,

und ich richtete ein Stoßgebet zum Himmel, er möge schnell zurückkommen. Ich kämpfte gegen den Drang, hinter ihm herzurennen. Auch ich selbst wäre am liebsten sofort von diesem gottverlassenen Ort entkommen.

»Wo geht er hin?«, rief die Frau, die mich vorhin eine Bitch genannt hatte.

»Hilfe holen«, sagte ich. Ich fragte sie nach ihrem Namen.

»Nathalie. Meine Kinder … Weißt du, wie es meinen Kindern geht?«

Ich schüttelte den Kopf. »Es tut mir leid, ich habe keine Ahnung.«

Mit einem träumerischen Blick starrte Nathalie vor sich hin. »Ich will sie einfach nur in die Arme nehmen und an mich drücken, dass es wehtut.«

»Das wollen sie sicher auch«, gab ich zurück.

»Wie habt ihr uns denn gefunden?«

»Eine lange Geschichte«, sagte ich. »Rosie … Rosie war meine kleine Schwester.«

»Sie hat ab und zu von dir gesprochen. Wenn wir … Manchmal haben wir uns gegenseitig gefragt, was wir zuerst tun würden, wenn wir dieser Hölle entkommen. Dann meinte sie, dass sie zu dir gefahren wäre.«

»Was … Kannst du mir sagen, was mit ihr passiert ist?«

Nathalie verzog das Gesicht. »Sie hat ein Baby bekommen, wusstest du das? Ich habe ihr gesagt, das Kind würde ihr nichts als Leid bringen, und damit hatte ich recht. Ich habe verdammt noch mal immer recht, auch wenn ich das gar nicht will.« Sie verstummte, suchte nach Worten. »Rosie hat die Geburt nicht überlebt.«

Wieder liefen mir die Tränen über die Wangen. Ich hatte nicht geglaubt, noch mehr Trauer empfinden zu können, aber da hatte ich mich getäuscht. Der Schmerz war wie ein Gummiband, das sich endlos dehnen ließ.

»Sie war der erste Mensch, den ich bedingungslos geliebt habe.«

»Es gab da noch eine Frau. Vicky. Sie hat versucht, deiner Schwester zu helfen …«

»Sie ist entkommen.«

Nathalie riss die Augen weit auf. »Was? Er hat gesagt, er hat sie umgebracht.«

»Aber sie wusste nicht, wo ihr gefangen gehalten wurdet. Sie hat Matt, den anderen Mann, als Täter identifiziert. Matt hat man verhaftet und zum Tode verurteilt.«

»Aber wie kommt ihr dann hierher?«

»Das ist eine lange Geschichte«, wiederholte ich.

Nathalie hob den Kopf und richtete den Blick auf die Scheune. »Am liebsten würde ich ihn umbringen«, sagte sie.

»Ich glaube«, erklärte ich ihr, »das Gefängnis ist hundertmal schlimmer als der Tod.«

65

Das Drama dominierte wochenlang die Nachrichten. Die Tinte der ersten reißerischen Schlagzeile war noch nicht getrocknet, da kam schon die nächste. Aus dem »Monster von Atmore« hatte man »die Monster von Atmore« gemacht.

Am liebsten hätte ich diesen Ort für immer verlassen, aber eine Verfügung zwang mich, in Alabama zu bleiben. Ich durfte von Glück reden, dass man mich nicht wegen der Entführung von Matt verhaftet hatte.

Meinem Anwalt zufolge sah es gut für mich aus. Becca und die anderen waren gerettet, und daran hatte ich einen nicht unerheblichen Anteil. Außerdem hatte Dave ein gutes Wort für mich eingelegt. Mehr als das, vermutete ich. Und das verdiente ich ganz sicher nicht, dessen war ich mir nur allzu sehr bewusst. Ich hatte keine Ahnung, wie ich ihm jemals für alles würde danken können, was er so selbstlos für mich getan hatte.

Mit einem Herzen, das vor Liebe überströmte, schaute ich zu dem kleinen Mädchen hin, das auf dem Fußboden mit Bauklötzen spielte. Misty umkreiste sie eifrig und verlor sie keine Sekunde aus den Augen. Meine Nichte. Millie. Rosies Tochter, die Russell und seine Frau als ihr eigenes Kind ausgegeben hatten. Kurze Zeit nach der Verhaftung von Matt und Russell war sie in einer Pflegefamilie untergebracht worden. Auch Russells Frau hatte eine

Gefängnisstrafe zu erwarten, weil sie sich auf illegale Weise des Babys bemächtigt hatte.

Ich hatte inzwischen einen Antrag eingereicht, Millie adoptieren zu dürfen, aber bis dahin würde wohl noch viel Zeit vergehen. Und wenn ich tatsächlich verurteilt wurde, konnte ich eine Adoption vergessen, aber selbst im besten Fall war die Sache noch nicht sicher. Doch es gab viel, was für mich sprach – zum Beispiel die biologische Verwandtschaft –, aber auch viel, was sich gegen mich verwenden ließ. Ich versuchte, das Vertrauen in die Zukunft nicht zu verlieren. Diese paar Stunden Besuchszeit waren vorläufig mehr als genug.

Für Rosies Adoptiveltern bedeutete Millie einen großen Trost. Vor einer Woche hatte ich sie zum ersten Mal getroffen, das war sowohl ihnen als auch mir sehr wichtig gewesen. Ich konnte noch immer nicht daran denken, ohne dass es mir die Tränen in die Augen trieb. Eine sehr emotionale Begegnung. Sie hatten mir von Rosie erzählt, davon, wie glücklich sie bei ihnen gewesen war. Und endlich hatte ich ihnen die Frage stellen können, die mich schon so lange quälte: Warum hatte Rosie nie versucht, Kontakt zu mir aufzunehmen? Doch wie sich herausstellte, hatte sie das sehr wohl getan. Sie war erst zu meiner Mutter gefahren, die ihr erzählte, ich wolle nichts mehr mit ihr oder Rosie zu tun haben, und sie wisse nicht, wo ich wohnte. Rosie hatte ihr nicht geglaubt und sich auf die Suche nach mir gemacht, doch es war ihr nicht geglückt, mich ausfindig zu machen. Wahrscheinlich war ich zu diesem Zeitpunkt bereits in Afghanistan. Ihre Adoptiveltern versicherten mir, dass Rosie niemals aufgegeben hätte, mich aufzuspüren, doch dann wurde sie entführt.

Es klingelte an der Tür. Die Frau vom Jugendamt, die

Millie abholen sollte, war viel zu früh dran, stellte ich mit einem Blick auf die Uhr fest. Verärgert öffnete ich die Tür, aber es war Dave, der da auf der Schwelle stand, mit dem Hut in den Händen.

»Komme ich ungelegen?«

Ich öffnete die Tür noch weiter für ihn. »Du bist immer willkommen. Ich habe gerade Millie bei mir.«

»Ich will nicht stören.«

»Jetzt sei nicht albern, komm rein.«

Millie schaute kurz auf, als Dave das Zimmer betrat, aber danach wandte sie ihre Aufmerksamkeit wieder den Bauklötzen zu. Ich bat Dave, kurz auf sie aufzupassen, während ich in die Küche ging und zwei Tassen Kaffee für uns einschenkte.

»Gibt es neue Entwicklungen?«, erkundigte ich mich nervös, als wir Platz nahmen. Er setzte sich aufs Sofa, ich mich auf einen Stuhl ihm gegenüber.

»Nicht, was deine Situation betrifft.«

»Matt und Russell?«

»Wir haben alles, was wir brauchen. Jetzt liegt es am Richter.«

Dave lehnte sich zurück und schloss kurz die Augen. Mir fiel auf, wie müde er aussah. Er hatte tiefe Ringe unter den Augen, die mir zeigten, dass die Verhöre ihren Tribut forderten.

Als könnte er spüren, dass ich ihn anstarrte, öffnete Dave die Augen wieder. Ich unterdrückte den Drang, den Blick abzuwenden, und erwiderte seinen.

Dave räusperte sich. »Russell hat Angaben dazu gemacht, wo Rosie und Vicky begraben liegen. Morgen beginnen wir mit der Suche. Ich dachte, das wirst du wissen wollen.«

Ich nickte. »Danke«, sagte ich mit heiserer Stimme.

Während der vergangenen Wochen waren Dave und sein Team mit vollem Einsatz damit beschäftigt gewesen, die Anklage vorzubereiten. Ich wusste nicht über alle Details Bescheid, aber in groben Zügen hatte mir Dave erzählt, wie der Teufelspakt zwischen Matt und Russell funktioniert hatte.

Russells Vater, der zur Gewalttätigkeit neigte und außerdem sehr eifersüchtig war, hatte geglaubt, seine Frau hätte eine Affäre mit einem anderen Mann. Im Streit hatte er sie niedergestochen, im Beisein seines Sohnes. Nachdem sein Vater im Gefängnis gelandet war, hatte man Russell in eine Pflegefamilie gegeben – zu den Fieldings.

Die Familie nahm häufiger Kinder auf, und Matt gehörte ebenfalls zu ihnen. Neben Matt gab es noch ein Mädchen, Cecilia. Mit sechzehn war sie weggelaufen. Zumindest ging man davon aus, weil sie das öfter tat. Man suchte nach ihr, aber aufgrund ihrer Geschichte gab man bald auf.

Russell hatte gestanden, dass er Matt bei der Vergewaltigung des Mädchens in der Scheune ertappt hatte. Danach war Russell an der Reihe gewesen. Weil Cecilia drohte, alles zu erzählen, hatte Matt sie in Panik erwürgt. Das behauptete zumindest Russell. Matt hatte ausgesagt, es sei genau andersherum gewesen.

Beiden Jungen war daran gelegen, dass der andere schwieg, und so entstand ein Bündnis von monströsem Ausmaß. Matt wohnte wieder bei seinen Eltern, doch die beiden hielten Kontakt und gingen häufig zusammen auf Frauenjagd. Niemand ahnte auch nur das Geringste davon. Russell lebte inzwischen bei einem Onkel und einer Tante und hatte den Nachnamen seines angeheirateten Onkels angenommen.

Russell – inzwischen ein erfolgreicher Anwalt – kam irgendwann die Idee, die Farm der Familie Fielding zu erwerben, die der neue Besitzer wieder zum Kauf anbot. Auf diese Weise brauchten sie nicht ständig loszuziehen, um ihre Sucht nach Frauen zu befriedigen, denn das erhöhte die Wahrscheinlichkeit, dass man sie irgendwann erwischte, ganz wesentlich. Die Farm verfügte über einen Schutzkeller, das wussten sie. Während des Kalten Krieges hatte Seths Vater die Obsession entwickelt, es werde einen Atomkrieg geben, deswegen hatte er den Bunker bauen lassen.

Durch eine komplizierte juristische Konstruktion, über die er erreichte, dass nicht er als Eigentümer der Farm eingetragen wurde, sondern irgendeine Holding, hatte Russell sie erworben.

Und so hatten die beiden angefangen, Frauen zu sammeln. Der Keller war ihr Trophäenlager. Jeder hatte seine eigenen und rührte die des anderen nicht an. Russell zufolge hatten sie nie vorgehabt, die Frauen zu ermorden. Das glaubte ich sogar. Die Frauen mussten am Leben bleiben. Es ging beiden Männern um Macht. Russell behauptete, Kate sei krank geworden und gestorben, auch wenn er nicht sagen konnte, um welche Krankheit es sich handelte. Sie fühlte sich nicht gut, wurde immer schwächer, und eines Tages fand er sie tot in ihrer Zelle. Inzwischen hatte man nachgewiesen, dass die DNA, die man auf Kates Leiche gefunden hatte, von Russell stammte.

Rosies ungeplante Schwangerschaft stellte die beiden vor große Probleme, darum hatte Matt Vicky entführt. Sie sollte Rosie beistehen. Deswegen hatte Matt sie auch nie angerührt. Er wollte sie nicht für sich, sie war aus anderen Gründen gefangen.

Keine der entführten Frauen hatte je gewusst, dass es zwei Kidnapper gab, nur Vicky hatte das herausgefunden. Die schlaue, tapfere Vicky.

Russell hatte berichtet, wie Vicky eines Tages mit einer Pistole vor ihm stand. Ihm war es ein Rätsel, warum sie allein gekommen war. Wahrscheinlich hatte sie ihn zwingen wollen, ihr zu sagen, wo die Frauen sich befanden, und große Angst gehabt, Russell werde genau wie Matt schweigen.

Vicky hatte in der Zeitung die Geburtsanzeigen gelesen und dabei festgestellt, dass Russell und seine Frau stolze Eltern einer Tochter namens Millie geworden waren. Darunter befand sich ein Bild, und Vicky erkannte das Muttermal auf der Stirn des Mädchens wieder. Es war dasselbe wie bei dem Kind, das Rosie zur Welt gebracht hatte.

Die eigene Tochter der Russels war in derselben Nacht, als Millie geboren wurde, am plötzlichen Kindstod verstorben, der auch ihrem Sohn Everett zum Verhängnis geworden war, auch wenn Russels Frau ihn wiederbelebt hatte. Russell hatte seiner Frau erzählt, eine drogenabhängige Mandantin habe gerade ein Baby geboren, um das sie sich nicht kümmern könne. Seine Frau, die vor Kummer fast von Sinnen war, hatte sofort zugestimmt, das Mädchen als ihre eigene Tochter auszugeben. Die Leiche der eigenen Tochter hatte Russell im Garten begraben, ohne jemals die Behörden von ihrem Tod in Kenntnis zu setzen.

Als Vicky im Krankenhaus lag, befand sich auch Millie wegen einer Atemwegsinfektion dort. Niemand hatte es seltsam gefunden, dass Russell dort herumlief und sich mit dem Deputy unterhielt. Er hatte Vicky ausschalten wollen; es war ihm sogar einmal geglückt, nachts in ihr Zimmer zu schlüpfen, aber da war sie aufgewacht, und er hatte sich schnell davongeschlichen.

Russell hatte vorgegeben, Vicky zu dem Ort fahren zu wollen, wo sich die Frauen befanden. Dabei war es ihm gelungen, Vicky zu überwältigen, und er hatte sie umgebracht.

Sofort nach Matts Verhaftung entwickelte er den Plan, Seth für die Entführungen dranzukriegen, aber der war dann plötzlich weggezogen. Schließlich war es Russell gelungen, ihn wieder aufzuspüren, indem er vortäuschte, Seths Mutter hätte ihm einen ordentlichen Geldbetrag vererbt: Das hatte Seth zurück nach Atmore gelockt.

Diese Version entsprach nicht dem, was Matt mir erzählt hatte, aber einer der wichtigsten Gründe, das Spiel weiterhin mitzuspielen, war sein Kind. Matt wusste, wenn er Russell verpfiff, würde seine Tochter in einer Pflegefamilie landen. Und das wollte er auf keinen Fall. Seltsam, sich vorzustellen, dass selbst ein Monster wie Matt zu lieben im Stande war. Er wollte, dass seine Tochter ein normales Familienleben kennenlernte.

Auch ich selbst war mehrere Male vernommen worden. Bis ins Detail hatte ich berichtet, wie ich langsam, aber sicher hinter die volle Wahrheit gekommen war. Wie ich zunächst dachte, Matt sei der Täter, der einzige Täter, und meine Schwester wäre tot. Wie ich fest entschlossen war, mit ihm in Kontakt zu kommen, ohne meine wahre Identität zu enthüllen. Wie ich von dem Hundeprojekt gelesen und dafür gesorgt hatte, dass ich Taylor begegnete. Wie ich ihr meine Hilfe angeboten hatte und mein Glück kaum fassen konnte – erst recht, als sich herausstellte, dass ich so Zutritt zum Gefängnis und sogar zum Todestrakt bekam. Ich wusste, dass Matt einen bestimmten Opfertyp bevorzugte, dem ich ähnlich sah, und daraus konnte ich meinen Vorteil ziehen. Als ich hörte, wie viele Briefe er von Frauen erhielt, hatte ich nur wenig Hoffnung gehabt, meinen Plan, mich mit ihm in Verbindung zu setzen und ein Vertrauensband zu knüpfen, realisieren zu können. Aber er hatte meinen Brief beantwortet. Erneut konnte ich mein Glück kaum fassen, als er Gefühle für mich entwickelte und mich bat, ihn zu heiraten. Damals hatte ich an eine günstige Fügung geglaubt, aber jetzt begriff ich, wie perfekt ich in seine Pläne gepasst hatte.

Eine Heirat war nie Teil meines Plans gewesen. Ich hatte nur gehofft, er würde sich mir anvertrauen und gestehen, was er meiner Schwester angetan hatte. Als das ausblieb, erkannte ich, dass ich mir einen anderen Plan zurechtlegen musste, nämlich ihn zu entführen, damit er die Wahrheit erzählte. Genau wie alle anderen hegte ich Zweifel an seiner Schuld, als die DNA, die man auf Kates Leiche gefunden hatte, nicht mit seiner übereinstimmte; durch Beccas Verschwinden wurden sie noch verstärkt.

Ich hatte berichtet, dass ich herausfinden musste, ob Matt auch bestimmt der Täter war, weil es sonst keinen Sinn hatte, ihm zur Flucht zu verhelfen – wenn er unschuldig war, wusste er nichts über das Schicksal meiner Schwester.

Wie ich zu Seth gegangen war, weil ich vermutete, dass es sich bei ihm um den Täter handelte. Wie Seth zugab, wofür ihm Russell eine enorme Gegenleistung angeboten hatte. Und wie Seth nur zu gerne zustimmte, weil er Geld brauchte, um seine Schulden in Florida zu begleichen.

Wie mir Seth gestanden hatte, dass er Taylor aus Versehen niedergeschossen hatte, als er meinen Laptop stahl. Den Laptop, den Russell haben wollte, weil er dachte, dass sich darauf Informationen über meinen Plan zu Matts Flucht befanden.

Wie in mir die Hoffnung erwacht war, meine Schwester und die anderen könnten noch am Leben sein, als ich begriff, dass Matt nicht allein gehandelt hatte.

Schweigend tranken wir unseren Kaffee und schauten Millie beim Spielen zu. Sie watschelte in meine Richtung und drückte mir einen Klotz in die Hand. Noch vor ein paar Wochen hatte ich meine Freiheit und mein Leben aufs Spiel gesetzt, und es wäre mir herzlich egal gewesen, wenn ich beides verloren hätte, aber jetzt hatte sich alles verändert, und das lag an Millie. Ich war nicht mehr nur für mich verantwortlich, sondern auch für sie. Ich war nicht mehr allein.

Dave schaute auf seine Armbanduhr. »Ich muss wieder zurück.« Er stand auf. »Tschüss, Millie.«

Ich begleitete ihn bis an die Haustür.

»Wie geht es Taylor?« Allem Anschein nach würde sie sich wieder vollständig erholen. Es war einfach riesengroßes Pech gewesen, dass sie Seth begegnet war. Sie hatte gesehen, dass ich zu Hause war, und mich etwas fragen wollen. In dem Augenblick, als sie an die Tür klopfen wollte, kam Seth nach draußen. Er war genauso erschrocken wie sie und hatte die Pistole gezogen.

»Sie lässt dich grüßen.«

In einem Impuls packte ich ihn am Arm. »Dave, ich habe dir nie wirklich für all das gedankt, was du für mich getan hast … Für das, was du immer noch für mich tust. Ich verdiene es nicht, nach allem, was ich dir … Nach allem, was du meinetwegen durchmachen musstest.«

»Du brauchst mir nicht zu danken«, sagte Dave, der sich ganz offensichtlich unbehaglich fühlte.

»Ich meine es aber ganz ernst, Dave.«

Er lächelte. »Das weiß ich doch. Ist schon in Ordnung.

War jetzt der Augenblick gekommen, die Frage zu stellen?, überlegte ich. In den vergangenen Wochen hatten wir oft miteinander gesprochen, aber es ging immer um den Fall. Beim letzten Besuch hatte er mir erzählt, dass er mit Matts Vater gesprochen hatte. Wie ich bereits vermutet hatte, hatte er mein Haus beschmiert, mich eingesperrt und vom Weg abgedrängt.

In Wahrheit traute ich mich nicht. Wahrscheinlich hatte ich das Ganze völlig verbockt. Es war schrecklich, mir vorzustellen, dass ich die Konfrontation mit einem Mann wie Matt nicht scheute, aber einen sanftmütigen und noblen Menschen wie Dave nicht einmal zu fragen wagte, ob für uns die Chance auf eine gemeinsame Zukunft bestand. Es war zu spät.

»Wann sehe ich dich denn wieder?«, rutschte es mir heraus.

»Wir müssen irgendwann damit aufhören, uns nur unter diesen Umständen zu treffen.«

Ich erschrak heftig, bis ich merkte, wie er mich angrinste. »Ist das eine Einladung?«

»Ja, wenn du das so verstehen willst.«

»Bist du dir auch sicher? Kennst du dieses Zitat aus *Speed*, dass Beziehungen, die auf extremen Erfahrungen beruhen, nicht von Dauer sind?«

»Das ist doch nur ein Film«, antwortete Dave. »Und das hier ist das richtige Leben.«

Zur Entstehung dieses Buches

Es hat wirklich eine Frau gegeben, die ihrem Geliebten zur Flucht aus dem Gefängnis verhalf, indem sie ihn in einem Käfig versteckte und in ihrem Minibus nach draußen schmuggelte. Diese Geschichte diente mir als Inspiration für meinen Roman, aber weitere Parallelen gibt es nicht.

Auch Atmore und die Strafvollzugsanstalt existieren wirklich; allerdings habe ich mir bei der Darstellung einige Freiheiten erlaubt.

Danksagung

Mein Dank gilt Marjolein, Melissa und allen anderen bei *Cargo* für ihre wertvollen Ratschläge, ihr Vertrauen und die ständige Ermutigung.

Ganz besonders möchte ich Gerard danken, der mich auch beim Schreiben dieses Buches nach Kräften unterstützt hat.